國手
국수

## 일러두기

- 이 책(1~5권)에서 본문 표기는 '한글 맞춤법'(2017. 3. 28)에 따르되, 경우에 따라 글지(작가) 원칙을 따랐다. 대화문은 가능한 한 그 시대 말투나 발음에 가깝도록 적어줌을 원칙으로 하여 살아 있는 우리말을 전달하고자 하였다.

- 본문에서 한 단어가 다른 형태로 표기되는 것은(예: 곳=꽃, 갈=칼, 가마귀=까마귀 등) 임병양란을 거치며 조선말이 경음화되기 시작한 이래로 된소리, 거센소리, 예사소리가 혼재되어 쓰이던 당시의 상황을 반영한 것이다.

- 본문에서 이(李), 유(柳), 임(林) 씨는 리, 류, 림 씨로 표기하였으며 『國手事典』에서는 이, 유, 임 씨로 표기하였다.

- 우리말로 잘못 알고 있는 일본말은 본디 우리말로 적어주고자 애쓰는 저자 뜻을 존중한다.

  〈예〉 민초(×) ⇨ 민서, 서민(○)

  　　　농부(×) ⇨ 농군(○)

- 낯선 어휘나 방언은 본문 아래 뜻풀이를 달아 이해를 돕고자 하였다.

- 이 책의 본문에서 O 표시는 『國手事典』에 뜻풀이를 실었다.

- 이 책 뒤에 부록을 붙여 소설 배경이 되는 1890년대 전후 시대상황을 이해하는 데 도움을 주고자 하였다.

# 國手

## 2권

金聖東 장편소설

솔

# 國手

2권

# 차 례

2권 주요 등장인물 · 7

제5장   충청도 양반 · 9

제6장   어— 홍어— 하 · 59

제7장   웃는 듯한 분홍빛 · 178

제8장   아기장수 · 249

부록 · 375

**김석규** 金石圭
  김사과댁 맞손자로 바둑에 동뜬 솜씨를 보이는 똑똑한 도령.

**김병윤** 金炳允
  석규 아버지로 비렴급제飛簾及第하여 아산현감牙山縣監에 특명제수되었으나 아전
  잔꾀에 말려 관직을 버리게 됨.

**김사과** 金司果
  몇 군데 고을살이에서 물러나 맞손자 석규 가르침에 오로지하는 판박이 시골 선비.

**만동** 萬同
  김사과댁 씨종인 비부婢夫쟁이 천千서방 전실 자식으로 동뜬 힘과 무예를 지녀
  '아기장수'로 불림.

**서장옥** 徐璋玉
  장선전을 찾아와 동학에 들 것을 넌지시 구슬리고, 만동이를 눈여겨보는 처음 동
  학남접 우두머리.

**장선전** 張宣傳
  미관말직인 권관權管을 지낸 타고난 무인으로 때를 못 만난 나날을 보내다가 만동
  이를 따라 산으로 들어감.

**인선** 仁善
  장선전 외동따님. 뛰어나게 예쁜 얼굴과 슬기롭고도 숭굴숭굴한 인품으로 만동
  이와 내외가 됨.

**큰개**
  임술민란에 부모를 잃고 떠돌다가 임오군변과 갑신거의 때 기운차게 움직인 동
  뜬 힘을 지닌 사내.

**허담** 盧潭
  김사과 하나뿐인 벗. 벼슬길에 나아가지 않고 애옥한 살림 속에서도 경학經學 궁
  구에만 골똘하는 도학자道學者.

# 제5장
## 충청도 양반

솔안말 안침 쪽 다릿골에서 세상을 등지고 사는 허담虛潭선생이 병환중이라는 기별을 받은 김사과金司果는 비부쟁이* 천서방千書房한테 견마를 잡혀 아침 일찍 집을 나섰다. 즐겨 타던 청부루*는 아들 병윤이 몰고 서울로 떠난 지 달포가 넘도록 돌아오지 않아, 읍성 안 저자에서 반찬짐이나 실어 나르는 비루먹은* 나귀를 타는 수밖에 없었다. 상년 시월 보름께 예산禮山과 청양靑陽에 있는 선산을 돌며 시제時祭를 올리고 온 다음으로는 처음 출타를 하는 것이니, 근 반년 만에 나들이였다.

허담이 세상을 등진 채로 책만 읽는 개결한 선비라면 김사과 또한 그러하였으니, 책 속에서 깨친 이치를 세상에 널리 펴고자

---

**비부쟁이**(婢夫--) 계집종 지아비를 낮추어 부르던 말. **청부루** 푸른털과 흰털이 섞인 말. **비루먹다** 개·말이 털 빠지는 살갗병에 걸리다.

나아가 벼슬길에 오른즉 대부大夫요, 물러나 다시 책 속에 파묻힌즉 사부士夫 곧 선비인 것이었다. 출중한 재주를 타고났으되 스스로 과거를 마다하고 단 한 번도 벼슬길에 나가지 않은 허담과 홍지紅紙에 이름을 올리고 몇 차례 고을살이 끝에 사과직첩司果職牒까지 받은 김사과를 같은 경우 선비라고 할 수는 없겠으나, 근본에 있어서는 크게 다를 바가 없었다.

사과라는 벼슬은 원래 오위五衛에 두었던 정육품 무직이나 반드시 무과에 급제한 사람한테만 주어지던 벼슬이 아니라 실직에 있지 아니한 문무관과 음관한테 주어지던 명목만 벼슬 이름이었는데 임란 뒤로 유명무실해지다가 그마저 아주 없어지게 된 것이 상년˙이었다. 허담은 김사과가 다만 한 사람 마음속으로부터 두려워하며 그 마음을 열어 마음속 말을 주고받을 수 있는 벗으로서 병윤이 어릴 적 스승이기도 하였다.

생이지지生而知之라는 말을 들을 만큼 어려서부터 뛰어나게 총명하여 열다섯 살에 벌써 백지白紙에 이름을 올린 준재였으나 "내 분수는 이것으로 족하다"고 말하며 다시는 더 과거에 응하지 않은 사람이 허담이었다.

한산리씨韓山李氏로 토정土亭 방손 되는 허담은 언제나 단정한 몸으로 방에 앉아 책읽기를 그치지 않았고, 성묘나 조상弔喪이 아

---

상년(上年) 지난해. '작년'은 왜말임.

니면 문 밖에 잘 나가지도 않았으며, 제삿날이 아니면 안방에 들어가는 일조차 드물었다. 살림살이는 남한테 책을 빌려주고 받는 답례로 메우고 그 안해°는 바느질과 길쌈으로 살림을 보태었다. 늘 삼가하는 몸가짐으로 어진 선비를 만나면 반드시 나아가 공경할 줄 알았고, 말에 무게가 있어 누구도 그 앞에 이르면 함부로 대하지를 못하였으니, 재주가 뛰어났으되 그 재주보다도 오히려 덕이 앞서는 사람이었다.

조촐한 어렴시수°를 보내어 그 청빈한 살림을 풀쳐주려°던 관장이 있었으나 웃으며 물리쳐 당최 받은 적이 없었고, 환갑이 지난 이날까지 단 한 번도 관아에 발을 들여놓은 적이 없었다. 집안이 언제나 애옥하였°으면서도 손님이 오면 따비밭°을 일구어 꽂아둔 채소를 뽑아 기꺼이 대접하고 조금도 남을 탓하는 말이 없으니, 사람들은 그를 만고에 어진 선비라고 일컬었다. 사람됨이 지극히 방정하여 기쁘거나 슬프거나 좀처럼 티를 내지 않으며 가볍게 입을 열지도 않으니, 왈 군자였다.

곳샘추위를 하는가. 춘삼월이라지만 날씨가 제법 쌀쌀하다. 경결천京結川을 건너서 불어오는 소소리바람°이 길가 버드나무 가지 끝에 달려 있는 곳가루를 흩뿌리며 지나간다. 은은하게 반물°

---

**안해** '안에 뜨는 해'라는 말. **어렴시수**(魚鹽柴水) 서민 삶 소남인 생선·소금·땔나무·물. **풀쳐주다** 어루만져주다. **애옥하다** 가난하다. **따비밭** 따비로나 갈 만한 좁은 곳에 있는 작은 밭. 따비: 풀뿌리를 뽑거나 밭을 가는 연장 한가지. 쟁기보다 좀 작고 보습이 좁게 생겼음. **소소리바람** 회오리바람. **반물** 짙은 검은빛을 띤 남빛. 쪽빛.

빛 나는 도포자락을 나부끼며 나귀 위에 앉아 있는 김사과 전이 넓은 진사립 위로 흙먼지가 앉으면서 배꼽 아래까지 길게 드리워진 갓끈이 그네처럼 흔들리는데, 행세깨나 한다는 양반이라면 누구나 드리우게 마련인 수정주영水晶珠纓이 아니라, 산죽山竹 뿌리를 쪼개어 만든 대갓끈이다.

섶무시에서 읍내로 가는 이십 리가 넘는 길 위로 장꾼들이 지나간다. 달구지가 가고 나무꾼이 간다. 장작짐을 고봉으로 진 장정과 소쿠리 광주리며 무명 보따리를 이고 든 아낙들이 잰걸음을 치고 있고, 누런 코를 고드름처럼 매단 아이들이 타박타박 걸어간다. 자갈길에 짚세기가 닳을세라 두 손에 벗어들고 가는 방물장수 여편네도 있고, 선짓국에 찬 보리밥 한 덩어리 말아 먹고 새벽길을 나선 늙은 등짐장수 봇짐장수도 있고, 맨드라미처럼 볏이 빨간 장닭 한 마리와 계란 한 줄 치룽°에 담아 멘 총각도 있고, 때꼬지락물이 조르르 흐르는 중치막 위로 흑립을 얹은 채 양반걸음을 하고 있는 유학명색도 있는데, 간잔조롬하게° 치켜뜬 실눈으로 연신 장꾼들 몬을 곁눈질하고 있는 것은 말감고° 도거머리°다.

나귀 발굽소리에 깜짝 놀란 사람들이 길섶으로 얼른 비켜서며

---

**치룽** 싸리가지를 결어 뚜껑없이 만든 채롱 비슷한 그릇. **간잔조롬하다** 마음속으로 느끼는 바가 있어 눈시울이 가느다랗게 처지다. **말감고** 곡식을 사고파는 장판에서 되나 말로 되어주는 일을 업으로 하던 사람. 말쟁이. 되쟁이. **도거머리** 따로따로 나누지 아니하고 한데 합쳐서 몰아치는 일. 도거리.

나귀 등에 앉아 있는 김사과한테 머리를 숙이어 보이는데, 고개를 끄덕여주는 김사과 낯빛은 그러나 밝지가 않다. 향곳말을 벗어나면서부터 시루를 엎어놓은 듯 고만고만한 산봉우리들을 여기저기로 밀어붙이며 냉전들 창구 구렛들 소쟁잇들 펼쳐 있는데, 거북등처럼 엉그름진 논바닥에 살포°를 꽂은 채로 하늘만 바라보고 있는 농군들 모습은 차마 볼 수가 없는 것이었다. 가뭄이었다. 봄가뭄이 석 달째 이어지고 있었다.

수만 명 생령들이 죽어나가던 병자정축° 두 해 천재지변 이래로 해마다 가뭄이요 가뭄 뒤끝에는 으레 폭우가 쏟아져 내리었다. 가뭄과 폭우가 지나가면 또 역병이 창궐하는데, 넘쳐나는 것은 유개° 무리요 화적火賊떼였으니, 늙고 병들어 힘없는 자들은 쪽박을 차고 나서고 핏종발이나 있는 자들은 호미를 집어던지고 도적이 되는 것이었다. 어느 때라고 해서 천재지변이 없고 도적이 없는 사람세상이 있었겠는가마는, 그리고 순철純哲 연간에도 화적과 농군들 기뇨起鬧가 없지 않았으나, 대원군을 몰아내고 민문閔門 일족이 국병을 잡은 다음부터 그것은 더욱 창궐하는 것이었다.

"올봄이두 가뭄이 올서리가 네려 들판이 풀들이 죄 말러죽구 을어죽으니…… 우덜 농사꾼덜은 워찌 사는고."

---

살포 논에 물꼬를 트거나 막을 때 쓰는 농기구 하나로 흔히 노인들이 논에 나갈 때 지팡이 대신 짚고 다녔음. **병자정축** 1876~77년. **유개**(流丐) 거지.

부엉재 너머 벚나무 고개에서 천서방이 쳐주는 부시에 장죽한 모금을 빨아들이던 김사과는 담배연기와 함께 땅이 꺼질 것 같은 긴 한숨을 내쉬었다. 서너 발짝 떨어진 바로 옆댕이에 두 사람 농군으로 보이는 장골들이 앉아 있었는데, 김사과한테 들으라는 듯 껃진* 목소리가 높았다. 장을 보러 가는 이웃고을 사람들 같았다.

"가뭄 담이년 홍수가 지것지. 그러구년 왜늠 양늠덜이 들여온 왼갖 악빙덜*이 미쳐 날뛸 것이구……"

"골통이 먹물 든 선븨쳇것덜은 이런 때 뭐허구 자빠졌다나. 그 잘헌다년 글 가지구 상소 한 장 올려보잖구."

"상소를 올려본덜 뭐헌다나. 임금이나 선븨나 다 한통쇡이루 돗진갯진*인걸."

"그레두 멩색이 선븨된 자라면 글 읽은 값은 헤야 될 거 아닌가베."

천서방이 주먹을 부르쥐고* 일어서려는 것을 손을 들어 눌러 앉히고 난 그 늙은 선비는 지그시 눈을 감았다. 대흉고을 안은 물론하고 호서 태안*에서도 꼽아주는 선비인 김사과가 가만히 두 손 맺고 앉아 백성들 참상을 구경만 하고 있었던 것은 아니었다. 죽음을 무릅쓰고 뼈 있는 독소獨疏를 올리었던 것은 정축년*이

---

**껃지다** 억새고 꿋꿋하며 기운차다. 다부지다. **악빙덜** 악병惡病. 악질惡疾. **돗진갯진** 그것이 그것으로 비슷하다. **부르쥐고** 움켜쥐고. **태안** 테두리 안. 얼안. 일원. 모든 곳. **정축년**(丁丑年) 1877년.

맘때였다.

엎드려 아뢰옵건대, 천지 사이에는 한 음기陰氣와 한 양기
陽氣가 있을 따름이니, 양기가 항상 음기를 이기면 이치가 그
바른 것을 얻으므로 하늘이 이로써 도道가 순하고 나라가 이
로써 항상 편안한 것입니다. 혹 기운이 어그러져 음기가 왕
성하고 양기가 쇠퇴하게 되면, 하늘에서는 재변이 생기고
나라에서는 소인小人이 나오게 되는 것입니다.

저 병인년* 이래로 우리 동방 삼천리 강역이 왜인倭人과
양이洋夷 무리에게 더럽혀져 개나 도야지 세상으로 떨어지
고 있는 것은 다시 아뢰옵기로 하고, 참으로 화급한 것이 백
성들 살림인가 합니다. 밭에 풀만 있고 쟁기질도 하지 않은
것이 있기에 물었더니, "지난해에 가물었고 봄에 양식이 떨
어져서 힘이 모자라 심지 못하였다"는 것이며, 씨는 뿌렸는
데 김매지 않은 사람은 "금년 보리가 여물지 않아 양식이 떨
어져 호미질을 못하였다"는 것이었고, 씨는 뿌렸으나 이삭
이 패어나지 못한 사람은 "배가 고프고 힘이 탈진하여 때 늦
게 심었고 가을 들어 김매었다"는 것이었으며, 이삭은 있어
도 알이 들지 않은 사람은 말하기를 "올서리가 내리고 우박

---

**병인년**(丙寅年) '병인양요'가 일어났던 1866년.

도 쏟아지고 가물기도 하였으며 벼락과 폭우를 만나 충실하지 못하였다"는 것이었습니다. 민인 가운데 태반은 곡식을 얻어먹고 있으며, 지아비는 군역에 나가고 지어미와 아이들만 남아서 봄이 와도 밭갈이를 할 수 없고 가을이 와도 거두어들일 것이 없는 자도 있고, 혹은 끼니를 못 먹고 혹은 아침밥도 못 먹은 채 푸른밭에서 옷자락을 들고 이삭을 가려 뽑아 낱낱이 따는 자도 있으며, 봄에 마마를 앓고 여름에는 염병을 앓게 되니, 겨우 두어 이랑에다가 조를 심었으나 아직 타작도 하기 전에 죄다 관아에 실어가야 하는 사람도 있습니다. 그 가운데 혹 토양이 비옥하고 못이 깊으며 벼가 무성하고 열매가 실한 경우도 있기에 물어보니, 이는 대체로 보아 부호집과 세도하는 무리들 전지라는 것이었으며, 땅이 메마르고 싹이 피어나지 못하고 황무하여 벼가 자라지 못하는 것은 모두 피폐한 백성들 전지였습니다. 대저 토양 성질에는 걸고 메마름이 있으며 백성 재력에는 넉넉하고 모자람이 있겠지마는, 백성들 가운데 곤란하고 굶주리는 것은 모두 가난한 농군들이고, 전지 겉흙이 깊고 비옥한 것은 모두 호세한 집이 겸병하고 있어서, 수재가 있거나 한재가 있거나 경우에 따라 농사짓는 방책 또한 다르게 하고 있습니다. 신이 본 바로서 백성들 말을 듣고 들판을 자세히 살피면서 백성들 슬픈 심정을 생각하니, 슬퍼지기도 전에 눈물이 먼저 납니다.

감사는 수령을 시키고 수령은 위관에게 맡기는데, 위관은 또 서리에게 맡깁니다. 서리는 또 길 걷고 물 건너는 것을 꺼리어서 편하게 한두 동네만 다니면서 닭과 도야지를 잡고 밥을 짓게 하여 백성들 재물만 없이합니다. 하물며 서리는 뇌물 바치는 자를 이롭게 여기는 까닭에, 강활한 자에게는 혹 실한 것인데도 재해를 입었다고 보아주고, 빈천한 자에게는 혹 재해를 입은 것인데도 실한 것이라고 발긔*하며, 수령들이 힘쓰는 것은 오직 거두어들이는 것을 많이 하는 데 있는 까닭으로 흉년이 들어도 흉년이라 하지 않고, 조금 풍년이 들면 크게 풍년이 들었다고 등급만 높이 매기어 그 나누임을 분명히 하지 않습니다. 애달프게도 이 어리석은 백성들은 극도에 달한 곤란을 어디에 호소하겠습니까. 심지어는 김매지도 여물지도 아니한 전지를 가지고 처음에는 서리에게 침해를 당하고 끝에는 수령방백에게 침해를 당합니다. 혹은 환자곡*이라는 명목으로 올해와 지난해에 누적된 바가 있다 해서 전세田稅는 순열順列에서 벗어나고, 거두어 가는 품목은 고슴도치털같이 많아 백성들은 따를 길이 없으며, 혹 전지를 팔아 관가에 갚기도 하는데, 이문은 부잣집에

---

**발긔**[件記] 물품 이름이나 돈머릿수 따위를 죽 적어놓은 종이 이두. **환자곡**(還上穀) 각 고을 사창에서 춘궁기에 백성들에게 꿔주었던 곡식을 가을에 받아들이던 것.

돌아가니, 집에 남은 양식이 없어 사방으로 흩어져 가면 곧 일족을 핍박하여 사방으로 나누어놓고는, 반드시 명목을 붙여 교묘하게 빼앗아 거두어들인 다음에야 그만두는 것입니다. 이러므로 여염은 점점 비게 되고 군정軍丁은 날마다 줄어들며, 전지는 더욱 황무하게 되는 것입니다. 하물며 묵은밭에 결전結錢을 거두는 것은 묵은밭을 일구는 데에 게으른 자를 징계하려는 한 가지 일이었건만, 지금은 혹 지력이 모자라서 심지 못하였거나 양식이 떨어져서 호미질을 못한 것, 도망쳐서 묵게 된 것, 묵어서 황무하게 된 것인데도 굶주려 부황난 백성한테 감히 게으름을 책망하며, 죽은 백골을 잡고서 강제로 결전을 재촉하여 이웃과 마을이 피해를 받고 골육끼리 서로 헤어지게 되는 바, 이것은 묵은밭을 일구려는 당초 본뜻이 아닙니다.

대저 조종祖宗께서 법을 세우고 법제를 정한 것은 착한 정사를 베풀어 백성을 편안하게 하려던 것이었는데, 제도가 통하지 않아서 다스림이 성공할 수 없고 율령이 흔들려서 백성이 편하지 못하다면, 고치는 것만 못합니다. 무엇보다도 먼저 삼정三政을 혁파하여야 될 까닭이 진실로 여기에 있다 하겠습니다. 아아, 세월은 사람에게 너그럽지 못하고 때는 또 잃기 쉬운 것이어서, 신은 그윽이 슬퍼합니다. 삼가 죽을 줄 모르고 아뢰나이다.

김사과를 태운 나귀가 쪽다릿골에 있는 허담선생 거처를 찾은 것은 오정이 다 되어가는 시각이었다.

낙락장송들이 아름드리로 우거져 있는 물매진* 언덕에 오른 김사과는 이윽한* 눈빛으로 마을을 내려다보았다. 점심때였는데 스무남은 집 초가들이 옹기종기 엎드려 있는 마을 굴뚝에서 밥짓는 연기가 피어오르는 집은 보이지 않았고, 이따금 허공을 보고 짖어대는 개들 울음소리만 들려오고 있었다.

솔안말이라면 대흥군 안 민인들 마을 가운데서는 어디에도 뒤지지 않게 살림이 포실하던 곳이었는데 해를 이어 되풀이되는 가뭄과 수재와 역병에 이 지경이 되어버린 것이었다.

다랑논* 몇 마지기라도 제 땅을 가지고 있는 사람들은 죽는 소리를 하면서도 세 끼를 두 끼로 줄이고 두끼를 또 한 끼로 줄여 어떻게 간신히 연명이나마 한다지만, 제 땅 한 뼘 없이 병작이나 부치고 날품이나 팔던 사람들은 마침내 견디지 못하고 이불보따리와 솥단지를 사내는 등에 지고 계집은 머리에 인 채로 떠나갈 수밖에 없었으니, 유개길로 나서는 것이다.

비럭질*을 나서는 것은 그러나 마음 바탕이 본디부터 순하고 어질며 또 약하여서 남한테 싫은 소리 한마디 못하는 자들이고, 그 본디 바탕이 굳이 사납거나 완악해서가 아니라 혈기 있는 자

---

**물매지다** 비탈진 것이 세고 가파르다. **이윽하다** 느낌이 은근하다. 또는 뜻이나 생각이 깊다. **다랑논** 비탈진 산골짜기에 있는 층층으로 된 좁고 작은 논배미. **비럭질** 빌어먹는 짓.

들은 산으로 가 장꾼이나 노리는 구메도적*이 되거나 무리 형세가 큰 화적이 되거나 바다와 강으로 나가 수적이 되었으니, 조선 팔도 삼백스무세 고을 어디든 다 마찬가지였다. 상첨*이라는 요상한 이름의 그 이상한 중이 찾아왔던 다섯 해 전도 그러하였다.

"업쉐아."

"녜에, 나으리."

"장송 그늘이 아름답구나. 땀이나 조금 들이고 가자꾸나."

"녜에."

천서방이 나귀 옆구리에 바짝 붙어 섰고, 천서방 부축을 받아 땅 위로 내려온 김사과가 앉을 데를 찾아 좌우를 둘러보는데, 천서방이 얼른 넙적한 돌멩이 한 개를 들고 왔다.

"앉으시지유."

"오냐."

김사과가 장죽에 황엽을 다져넣었고, 천서방은 얼른 부시생기*에서 부싯돌을 꺼내었다. 길게 연기를 내어뿜고 난 김사과가 말하였다.

"만됭이는 요즈음 밥을 잘 먹녀냐?"

"미련한 자식이 밥량만 커가지구……"

천서방 손이 뒤꼭지로 올라가는데,

---

**구메도적** 좀도둑. **상첨**(尙忝) "충청도 대흥에서 화적승 상첨 등이 횡행하였다"는 『일성록』 고종 15년(1878) 9월 4일치 볼 것. **부시생기** 부시를 넣던 주머니로, 종들이 고윗말기에 차고 다녔음.

"요즈음두 밤 출입이 잦더냐?"

김사과가 다시 물었고, 천서방이 고개를 숙이었다.

"쉰네가 불민허와……"

"상기두 동학지혐*무리들과 왕래를 헌다넌 말이렷다."

"……"

"시장한고?"

"예? 웬걸입쇼. 아침밥 먹은 게 아직 자위두 돌지 않었넌 걸유우."

"한나절이 되었지 않느냐. 리군자댁이서 폐를 끼쳐서는 안되니, 부담농*뒤져 요기나 허거라."

"나으리께서는유?"

"되었느니라."

한번 입에서 말이 떨어지고 나면 어떠한 경우에도 다시 주워 담는 법이 없는 김사과 성품을 잘 아는 천서방은 묵묵히 나귀 쪽으로 걸어갔고, 마을 쪽을 내려다보는 김사과 낯빛은 어두웠다. 소리 없을 때에 듣고 형체가 나타나기 전에 볼 수 있어야만 모름지기 책 읽는 자라 할 수 있는 것일진대, 아무래도 조짐이 심상하지 아니한 것이었다. 들으라는 듯 일부러 목소리를 높여 씩둑깍둑*실까스르는*소리를 주고받던 벚나무고개에서 장골들 모습이 떠오르면서, 김사과는 한숨과 함께 장죽 연기를 내어뿜었다.

---

**동학지혐(東學之嫌)** 동학에 손닿고 있다는 의심. **부담농** 옷이나 책. 또는 간동한 음식물을 담아 말잔등에 싣던 자그마한 농짝. **씩둑깍둑** 객쩍은 일로 꼴사납게 지껄이다. **실까스르다** 트집잡다.

잡아먹을 것처럼 매섭고 독한 삵 눈빛으로 도끼질을 하던 그 사내들 모습이 자꾸만 눈에 밟히었다. 병정 년간에도 그러한 눈빛을 보아온 바 있지 않은가.

몇 해를 두고 천재지변이 되풀이되었는데, 하삼도˚에 더구나 극심하였다.

가물고 바람이 심하게 불고 흙비가 내리고 우박이 떨어지고 올서리가 내리고 흰무지개가 해를 꿰뚫는 일이 자주 일어나 들판에 풀들이 하얗게 타죽었다. 봄부터 여름까지 매우 가물더니 칠월에야 비가 왔다. 사람들은 좋아하였으나 비는 그치지 않았다. 마침내 강과 봇둑과 바다가 넘치고 산이 무너지고 집과 가축이 떠내려가고 골짜기가 바뀌어 평지가 되니, 근년에 수재가 이보다 더 심한 때가 없었다.

이때 수재는 전보다 우심하여 밖에서 들어오는 소문 또한 지극히 괴상하였으니, 근기˚는 물론이고 서울 장안에까지도 하룻밤 사이에 큰비가 퍼부어 평지물이 한 길도 넘고 다리가 무너지고 길에 물이 가득 넘쳐나며 집이 무너져 떠내려가고 깔려서 다치거나 빠져죽은 사람이 부지기수이며 사대문 밖 너머 수많은 무덤들이 무너져 내려 백골들이 드러나 삼태기˚를 들고 백골을 덮어 묻는 사람들이 잇따랐으며, 곡식도 다 묻혀버리고 채소밭

---

하삼도(下三道) 충청·전라·경상도. **근기**(近畿) 서울에서 가까운 경기도 테안. **삼태기** 흙·쓰레기·거름 따위를 담아 나르는 그릇. 앞은 벌어지고 뒤는 우긋하며 삼면三面으로 올이 있도록 대오리·싸리·짚·새끼로 엮어 만듦.

도 남은 것이 없어서 이름도 들어보지 못한 온갖 악질들이 오히려 창궐하니, 민생에 재액이 끊어지지 않았다.

이러한 모든 재액이 다 음양 이치가 어그러진 데서 오는 자작지얼°이라는 것이 김사과 생각이었다. 한치 어긋남도 없이 똑바르게 맞물려 돌아가야만 천지만물이 편안해지는 것인데, 음양기운이 어그러져버린 지 이미 오래인 것이었다. 음양이 뒤바뀌어버린 것이었다.

음기가 왕성하고 양기가 쇠퇴하게 되면 하늘에서는 재변이 생기고 나라에서는 소인이 나오게 된다. 소인이 득세하여 군자를 죽이거나 핍박하면 화기가 손상되고 기강이 문란하여 정사가 어지럽고 백성이 원망하여 우량하이° 화가 좇아 일어나 나라가 위태롭게 된다. 이미 그렇게 되어버린 지 오래이다.

그러면 어떻게 할 것인가?

이 판세를 만든 자들이 이 판세를 짊어져서 그 헤쳐나갈 방도를 찾아야 하련만, 그들은 모두 권세와 이끗에만 이와 서캐처럼 달라붙어 백성들 살림살이에는 오불관언이니, 말을 한들 무엇하겠는가. 올바르게 책을 읽어 올바른 길을 걷고자 하는 자는 모두 곤궁하고 영락하여 심하면 죄를 얻거나 형벌에 빠져 비록 죽음을 면하더라도 모두 쫓겨나기 때문에 이끗을 좋아하고 염치를

---

자작지얼(自作之孽) 제가 스스로 지어낸 언걸. 우량하이 '순록馴鹿치기'라는 말로 '오랑캐' 본딧말.

모르는 자들만 민문에 달라붙어 아첨함이 한이 없어서 잡채판서 김치정승*이라는 말까지 세상에는 나돌고 있다. 새벽에 일어나 소세하고 머리 빗고 향 피워 사당에 고한 다음 붓을 들게 된 까닭이 여기에 있었다.

　　……이에 삼강三綱이 비로 쓴 듯 없어졌으니 어찌 차마 말할 수 있겠습니까.
　　사치와 욕심이 도를 넘고 정사와 형벌이 문란하여 백성의 원망과 하늘의 노함이 극도에 이르고, 밖으로 무너지고 안으로 다투어 족히 나라를 망치고 제사를 끊었으나, 이것은 오히려 작은 일입니다. 왜와 양이 무리가 이 강산을 짓밟아 금수세상이 된 지 오래니 마음이 쓰리고 머리가 아픈 것을 어찌 다 말할 수 있겠습니까. 지금 우리나라 일을 돌아보건대 인심이 이미 흩어지고 군사들 힘이 이미 고갈되었으니. 이같은 형세로써 저같은 강적을 제어하려면 다시 그 방책이 없고 믿고 바라는 바는 오직 하늘뜻뿐인 것입니다. 진실로 하늘 돌아봄을 얻는다면 비록 막강한 적이 있더라도 그들이 우리에게 어찌하겠습니까. 무릇 하늘뜻을 감동시켜 돌리는 바는 마땅히 그 궁극함을 쓰지않음이 없어야 할 것이온대,

---

잡채판서(雜菜判書) 김치정승[沈菜政丞] 그때 썩고 재주없는 고관대작들을 음식에 빗대어 비웃던 말.

하늘뜻을 감동시켜 돌리는 기틀은 오직 인심을 얻는 한 가지일 뿐인 것입니다.

엎드려 바라옵건대 권간 무리들을 물리치고 충량한 무리들을 가까이하시어 흐트러진 민심을 바로잡아주소서. 한발과 수마와 역병 재앙이 또 좇아 생기어 종자 뿌리는 것이 때를 잃고 이미 익은 곡식도 병이 들어 백성들이 근심하고 탄식하는 오오한 소리*가 사방에 들리니, 하늘에서 내린 재앙이 이와 같은 것은 옛날에도 일찍이 없었던 바이라, 그 처참한 것을 차마 말하지 못하겠나이다.

신이 일찍이 옛적 사적을 상고해보건대, 춘정월春正月에 비가 오지 않았다고 씌어 있고, 하사월夏四月에 비가 오지 않았다고 씌어 있으나, 천리가 적지赤地가 되어 전야田野에 사람 없는 것이 오늘과 같이 혹독함이 없었으니, 엎드려 바라옵건대 전하께서는 먼저 백성들 뜻이 하늘뜻임을 아시어, 권간들을 물리쳐주옵소서.

소장을 올리고 나서 김사과는 매일같이 닭울음소리와 함께 일어나 의관을 정제하여 사당에 절하고 나서 사랑채에 고요히 앉아 있었으니, 단정한 몸과 마음가짐으로 금부도사禁府都事를 맞

---

오오(嗷嗷)한 소리 슬픔에 젖은 뭇사람 소리.

이하고자 함에서였다. 양이 쇠하고 음이 성하여 천지이치가 어긋남으로써 비롯된 것이 천재지변이라고 한 것은 중전 민씨 월권을 빗대어 말한 것이고, 권간을 물리치라고 한 것은 민문들 득세와 전횡을 경계한 말이었으니, 죽을 작정을 하지 않고서는 꺼낼 수 없는 시간屍諫이었던 것이다. 서너 달이 지난 다음에야 때늦은 비답批答이 내려왔는데, 아무런 알맹이도 없는 지극히 겉발림*인 것이었다. 일렀으되,

　　소를 살피매 족히 충성스러운 성의를 보겠으니, 진실로
　가상히 여기노라. 마땅히 대신들과 상의하여 처리하겠노라.

　상소문이 주상 손에 들어가지도 않은 채 민중전 총애를 받는 민아무개 대감댁 문갑 안에서 녹아 없어졌다는 것을 알게 된 것은 그다음 해 식년회시에서 갑과 장원으로 급제를 함으로써 구중궁궐 속 깊은 사정을 어느만큼이나마 알게 된 아들 병윤을 통해서였다.

　상첨이라는 비승비속非僧非俗 사내가 찾아온 것은 김사과가 막 독소를 올리고 난 다음이었다. 머리를 깎고 장삼을 걸치었으니 출가한 사문인 것은 알겠는데, 솥뚜껑 같은 손에 쥐고 있는 것은

---

**겉발림** 속과는 다르게 겉만 그럴듯하게 발라맞춤.

염주도 석장도 아닌 환도였다. 키는 후리후리하게 컸고 넓은 이마와 정기에 넘치는 눈빛이어서 첫눈에 보기에도 여간 비범한 인물이 아니었다. 당취°라고 하던가. 석씨釋氏가 아니라 미륵불彌勒佛을 받드는 중들 우두머리 가운데 하나로서 화적패와 손잡고 내포內浦 일원에 이따금 나타나 뒤가 구린 고을 원들 가슴을 뜨끔하게 한다는 괴승이었다. 다리가 길고 가슴이 떡벌어진 호마 위에서 김사과를 내려다보고 있었다.

유와 불은 그 근본이 서로 다른 것이어늘, 무슨 연유로 이런 속유를 찾으셨소이까?

목소리는 부드러웠으나 김사과 말에는 범할 수 없는 위엄이 있었고, 상첨이 말에서 내리더니 공손히 합장을 하였다.

전부터 선생 덕망을 듣고 한번 뵈옵는다는 것이 이렇게 늦어졌소이다. 결례를 허물하지 마십시오.

왜적이 강도를 짓밟은게 병자년인데, 하마° 여기까지 들어 왔던가.

김사과가 상첨 손에 들려 있는 환도를 보며 빙긋이 웃는데, 상첨이 정색을 하였다.

이것은 중생을 죽이는 살인검이 아니라 중생을 살리는 활인검이올시다.

---

당취(黨聚) 조선왕조 때 있었던 불교 비밀결사체로 미륵세상을 만들고자 애를 태웠음. 못된 중을 가리키는 말인 '땡초'는 이 '당취'가 '당추' '땡추'로 소리가 바뀐 것임. 하마 벌써. 이미.

그것으로 무엇을 어쩌겠다는 것이외까?

썩은 무리들을 도려내고 새 세상을 만들어야지요.

허허.

웃소이까? 이 활인검 뒤에는 수천수만 중생들이 한마음으로 따르고 있음인데, 선생께서는 웃고 계시오이까?

이글거리는 상첨 눈에서 살기를 읽어낸 김사과는 정색을 하였다.

관아를 치겠다는 것이오이까?

이 고을 관장이란 자 또한 적악을 많이 하고 있다는 것을 알고 있소이다.

이까짓 손바닥만 한 촌 고을 하나 두려뺀다고 해서 대사가 말하는 새 세상이 이루어지겠소이까?

이 고을만이 아니라 내포 테안 고을을 다 두려뺄 작정이오이다. 그러니 선생께서도 우리와 뜻을 함께해 주시라 이런 말씀이오이다.


낙락장송 우거진 오솔길을 따라가자 좌르르 콸콸 흘러가는 골짜기 개울물이 앞을 막아섰다. 굵직한 대나무로 얼기설기 엮어놓은 다리를 건너서자 단풍나무 신갈나무 층층나무 산벚나무 물푸레나무 개오줌나무 빽빽하게 우거져 있는데, 붉은 찰흙으로 말끔하게 다져진 소로가 가느다랗게 뚫려 있었다. 소로를 벗어

나자 문득 푸른 하늘이 이마에 걸리면서 나약하게 짖어대는 삽사리 울음소리가 들려왔다. 나지막하게 흘러내려온 산자락을 의지하여 삼간초옥이 자리잡았는데, 곱패집*이었다. 빽빽하게 우거진 뒤란 대숲에서 참새들이 요란하게 지저귀고 있었고, 울을 둘러 심어놓은 은행 잣 호두 복숭아 오얏 살구 따위 갖은 실과나무며 그 사이로 가지가 찢어지게 활짝 피어 있는 곳나무 위로는 벌 나비 춤을 추는데, 이따금 불어오는 바람에 휘날리며 부딪쳐 서걱거리는 대숲소리와 울 밖을 치돌아 흘러가는 개울물소리가 서늘하여서, 세속과 등지고 사는 군자 처소답게 청정한 기운이 감도는 것이었다.

나귀에서 내린 김사과가 댑싸리로 엮어진 시늉만 삽짝 안을 들여다보니, 고부로 보이는 두 여인이 안채 쪽 마당에서 무엇을 하고 있었다. 머리가 하얀 시어머니는 멍석 위에 쪼그리고 앉아 체질을 하고 있고 며느리로 보이는 젊은 아낙은 젖먹이를 등에 업고서 나무절구에 공이질을 하고 있는데, 사랑채 시늉으로 꼬부라진 곳에서 이따금 쇳소리 나는 기침소리가 들려오는 것이어서, 청빈하게 사는 주인 살림살이를 한눈으로 보는 듯하였다.

천서방이 삽짝 곁 복숭아나무 가지를 말말뚝* 삼아 나귀를 잡아매려는데 김사과가 뒤쪽을 가리켰고, 쨍쨍한 뙤약볕 아래 이

---

곱패집 부엌과 외양간을 곱패로 단 기역자집. 흔한 '초가상간'을 말함. 말말뚝 말을 매는 말뚝. 마굿대.

십릿길을 오느라고 지친 나귀가 머리통을 흔들며 거친 콧김을 내어 뿜었다. 딸랑거리는 워낭*소리에 젊은 아낙이 고개를 돌리는데, 저만큼 떨어진 개울가 버드나무 줄기에 나귀를 안돈시키고 온 천서방이 삽짝 안으로 들어서며 허리를 굽신하였다.

　"슨상님 지십니까유?"

　멍석가에 모잽이*로 쓰러져 자다깨다하고 있던 삽사리*가 꼬리를 흔들며 쫓아 나오다 말고 삽짝 밖 김사과를 보고 무춤* 서버린다. 사추리*에 꼬리를 말아 낀 삽사리가 눈곱 낀 눈으로 천서방을 올려다보는데,

　"뉘기여? 뉘가 오셨남?"

　고개를 돌리던 노부인이 치마에 묻은 검불을 털어내며 일어섰고, 천서방이 앞으로 다가서며 다시 한 번 허리를 굽신하였다.

　"마님, 그간 별고 읎셨습니까유?"

　"이게 뉘기여? 윗말 짐사과 으르신댁 천서방 아녀."

　"예. 마님."

　"그란듸……"

하다 말고 삽짝을 등진 채 서 있는 김사과 뒷모습을 본 노부인은 서둘러 부엌에 있던 계집종아이를 불렀고, 유건 쓰고 도포 입은

---

**워낭** 마소 턱 아래에 늘어뜨린 쇠고리. 또는 마소 귀에서 턱밑으로 늘여 단 방울. **모잽이** 몸이 모로 떠들린 꼴. 또는 모로 누운 꼴. **삽사리** 털이 북실북실한 조선 둥씨 개. **무춤** 놀라거나 열적은 느낌이 들어 하던 짓을 갑자기 멈추는 꼴. **사추리** 사타구니.

늙은 선비가 방문을 밀고 나왔다.

"얼른 뫼시지 않구."

서둘러 짚신에 발을 꿰며 마당으로 쫓아 나오는데, 중키에 흰 이마가 넓었고 정기 넘치는 눈과 백발 수염이 가슴에 드리워져 있어, 첫눈에 보기에도 비범한 인물이었다.

"별래무양허신가?"

김사과가 만면에 웃음을 지으며 삽짝 안으로 들어서는데, 허담이 두 손으로 김사과 손을 잡았다.

"어서 오시오, 휴암."

"격조하였소이다, 허담."

"누추하오만 어서 오르시오."

김사과를 끌어안을 듯 반기던 허담이 천서방을 바라보며 잔잔한 웃음기를 띠었다.

"자네두 여일허것지? 식구덜두 다 무고허구."

"네, 나으리. 모두 다 나으리 염려지덕이올습니다."

"허허."

하고 가볍게 웃고 난 허담이 늙은 안해를 바라보았다.

"원로에 고단할 터인즉, 뀐히 점 쉬게 헤주시오."

허담 방안에는 향내음이 은은하였다. 긴네모꼴로 길쭉한 사방 벽에 서가書架가 올려져 있는데 누렇게 빛바랜 온갖 서책들이 빈 틈없이 꽂혀 있고, 한편에 거문고가 기대어져 있었다. 방 북쪽으로는 감실*을 파서 여섯 개 홈을 만들었는데 붕어자물쇠로 잠갔고, 남쪽으로 낸 봉창 위에 매어진 선반 위에는 벽오동으로 짠 책궤가 놓여 있었다. 흔한 산수화 한 폭 걸려 있지 않아 책만 없다면 그대로 공안公案을 들고 침음沈吟하는 선승禪僧 처소였다. 소조蕭條한 백방 한복판에는 경상만 한 개 달랑 놓여 있을 뿐이어서 방 주인 되는 이가 개결한 처사處士임을 말하여주고 있었는데, 조그만 백자향로 속에서 푸른연기를 피워 올리고 있는 것은 계피 말린 것이었다.

"빙환 중이시라구 들었넌듸…… 그래 워디가 븨편허시오?"

서로 맞절을 하고 나서 경상을 사이에 두고 마주 좌정하였을 때 김사과가 말하였고, 허담이 엷은 웃음기를 띠었다.

"빙은 무슨…… 과도허게 책장을 넹기다 보니 긔가 허해졌을 뿐이지요."

"진맥이래두 헤보셨소이까? 아무래두 안색이 전만 못하오이다그려."

"진맥은 무슨…… 독서지유환지시라니, 책장만 덮구 보면 운권츤청*일 것을."

"허허, 허담에 그 스음즌벽*을 말릴 수두 읎넌 노릇이구…… 근자이는 무슨 책을 읽구 지시나?"

---

감실(龕室) 신주를 모시어두는 곳. **운권천청**(雲捲天晴) 구름이 걷히고 하늘이 맑게 갠다는 뜻으로, 병이나 근심걱정이 씻은 듯 없어진다는 뜻. **서음전벽**(書淫傳僻) 지나치게 글 읽기를 좋아하는 버릇.

"독서지유환지시讀書之有患之始니 절학무우絶學無憂라."

허담이 침통하게 중얼거리며 보일 듯 말 듯 고개를 내저었으니, 이 세상에서 일어나는 만 가지 근심걱정이 다 책을 읽는 데서 비롯되는 것인즉 마침내 책을 없이하지 않고서는 근심걱정 또한 사라질 수 없을 것이라는 저 노자老子 어록 한 줄을 빗대어 산림山林에 묻히어 책만 읽는 자 무력함을 스스로 탄식하는 것이었다.

나라일이 험난하여 백공천창*이고 큰집이 장차 무너지려는데 책은 읽어서 무엇하겠는가.

사람 발자취가 드물게 이르는 깊은 곳에 삼간초옥을 엮고서 따비밭이나마 힘써 갈고 안에서는 물레를 돌리고 길쌈을 하여 호구를 하였으나 조석끼니를 오히려 잇지 못하여 늦여름 초가을에는 산배[梨]를 삶아 주린 창자를 채워가면서도 갑년을 넘기도록 손에서 책을 뗀 적이 없었으니, 오로지 세상을 건질 수 있는 대문자大文字 책을 쓰고자 함에서였다. 대문자 책을 쓰기 위하여서는 먼저 천지만물이 돌아가는 원형이정元亨利貞 이치를 깨우쳐야 할 것이며, 원형이정하는 실다운 이치를 깨우치기 위하여서는 책을 읽어야만 할 것이었다.

책을 읽었다. 만권 서책을 읽어 원형이정하는 천지이치를 어

---

백공천창(百孔千瘡) 여러가지 나쁜 일로 엉망진창이 됨.

렴풋이나마 깨우쳤노라는 떳떳한 마음이 들었다. 그리하여 대문
자로 된 책을 써보려고 붓을 빨고 있는데, 세상은 이미 옛날세상
이 아닌 것이었다.

권간들이 국병을 잡아 흉함을 함부로 하고 악함을 극히 하며,
조금이라도 의리를 아는 자는 점차로 멀리 배척당하는 것이 아
니라 즉석에서 형벌을 받는데, 권간들 사타구니에 이와 서캐처
럼 달라붙어 그 부스럼을 빨고 치질을 핥는 아첨한 무리들이 냄
새를 좇아 다투어 모여서 군왕을 속이고 사대부들 아름다운 이
름을 더럽히는 것이야 새삼스러울 것이 없다 하더라도, 세상이
크게 바뀌어버린 것이었다. 사람들은 앞다투어 옛것을 버리고
새롭고 진기하며 편리한 것만 좇아가니, 물결처럼 흘러가는 인
심을 어떻게 잡는다는 말인가. 잔나비 같고 승냥이 같은 왜인이
다시 들어오고 낮도깨비 같고 밤두억시니* 같은 양이 무리가 몰
려오는 것은 차라리 두렵지 않으나, 물화들이다. 삼강도 모르고
오륜도 모르며 제사지내는 법 또한 모르는 저 금수 무리들이 철
선으로 싣고 와 풀어놓는 온갖 진기한 물화들이다.

내 아무리 오십 년 책 읽은 공력을 기울여 대문자로 된 책을 쓴
다한들 공부자 어록 앞에는 족탈불급일 터. 공맹의 도가 땅에 떨
어진 이 인종지말 세상에 내가 읽은 책들은 한낱 뒤지*로도 쓰이

---

밤두억시니 사나운 귀신 하나. 야차夜叉. 뒤지 밑씻개 종이.

지 못하는구나. 아아, 뉘 있어 이 세상을 바로잡을 수 있으리오.
다만 홀로 탄식할 뿐이로다. 탄식할 뿐이로다.

"참, 일유 그 사람은 요즈음 어찌 지내는지……"
허담이 나직하게 말하였고, 김사과 낯에 그늘이 깔리었다.
"티끌 속 뒤범벅이 미친 물결 같으니, 걱정헌들 무엇허리오."
김사과는 문득 탄식하면서 한숨을 길게 내쉬었다.
"선븨가 이 세상이 나서 나아가면 왕정이서 드날려 늑을 먹으
며 도를 행헐 것이요, 물러나면 즌야이서 넝사혀서 호구허며 의
리를 지킬 일이지요. 허넌 일 웂이 늑을 먹어 관을 빙들게 혜서두
안 되며 손을 묶구 굶을 수두 웂넌 것이오. 선븨덜이 물러가넌 것
을 그 자초지종두 들어보지 않구서 다만 나무라기만 헌달 것 같
으면 일세 선븨덜을 모두 꾸물꾸물 늑이나 받어먹구 있으라넌
말과 무엇이 다르겠소이까."
"우리나라는 그 땅이 쵭어서 재조 있넌 사람은 반다시 영달헐
수 있넌듸, 워찌 바닷속이 버려진 구슬이라구 한탄허겄소."
"그렇다넌 말이지. 이치가 다만……"
혼잣말로 중얼거리던 김사과가 다시 말을 이었다.
"근자이 쇡류가 죄정이 충만혀서 항상 증의廷議가 있으면 사론
邪論이 뗴루 지껄이니, 바른 의론의 약험이 머리털루 천근을 끄넌
것 같소이다. 더구나 임금 마음이 사류士類를 심히 싫어허니, 가

령 공맹과 관중 제갈량이 죄정이 있다 헤두 어찌할 수가 욶을 것이외다. 다만 고균*이 그 사이에서 서성거리며 임금을 바루잡구 잘된 증사럴 헤보려넌 것을 구실루 삼구 있으니, 그 증겅이 아름다울 뿐이오이다."

문밖에서 조심스러운 기침소리가 났고, 허담이 방을 나갔다. 몇 마디 주고받는 소리가 들리더니 허담이 조그만 상을 들고 들어왔다. 옻칠이 벗기어져 희뜩거리는* 소반 위에는 대접 두 개와 간장종지 하나가 놓여 있는데, 밀기울과 쑥을 섞어 버무린 개떡이었다.

"듭시다. 늦봄이 먹어보넌 가이떡은 자고루 빌믜인즉……"

허담이 말하였는데 조금도 부끄러워하는 기색이 아니었다.

"허허."

허담을 따라 개떡 한 점을 입에 넣는 김사과는 목이 메었다.

빈한하게 사는 것이야 스스로 택한 길이지만, 이 지경에 이르렀다는 말인가. 자식 일로 속을 썩이느라 경황이 없었다지만 내가 너무 무심하였구나. 김사과가 무슨 말인가를 하려고 목에 걸려 있는 개떡을 꿀꺽 삼키는데, 허담이 빙긋 웃었다.

"그 잎사귀에 물을 주먼서 그 뿌리에 또 도치질을 허넌 것과 한가지가 아니구 무엇이겠소이까."

---

고균(古筠) 김옥균 호. **희뜩거리다** 흰 빛깔이 여기저기 뒤섞이어 얼비치는 꼴.

스스로 고개를 끄덕이던 허담은 짧은 한숨을 내쉬었다.

"퇴지럴 밭갈이허넌 사람의게는 주지 아니허구 사람이 마을이 뫼서 살게 아니허구 허먼 비록 순과 우 같은 어진 임금두 능히 다스리지 못헌다구 헌 게 뉘였지요?"

"허허, 수대 왕퉁*이던가요."

"퇴지가 천하에 근본이라구 허먼 쓸데읎넌 군말이 되겠지요."

스스로 묻고 스스로 대답하던 허담이

"퇴지넌 천하에 큰 근본이니 큰 근본이 이미 바루 서면 일백제도가 따러서 하나두 그 마땅함을 읃지 못험이 읎구, 큰 근본이 이미 헝클어지면 일백 제도가 따러서 하나두 그 마땅험을 읃지 아니험이 읎넌 것이니, 이는 천리와 인사의 잘되구 잘못되구 이롭구 해롭구 함의 귀결은 진실루 이것이 하늘에 큰 법이요, 땅에 올바른 의루서 빈헐 수 읎넌 것이오이다. 공자 맹자루부터 밑이루 졍주*에 이르기까지 역대 여러 어진 이가 일찍이 이 일에 마음과 힘을 다허지 아니헌 이가 읎넌 까닭 아니겠소이까. 이러한 근본을 바루허지 않구서는 백성의 생업을 마침내 항구히 안돈시킬 수 읎구, 길전과 역역을 마침내 고르게 할 수 읎구, 호구를 마침내 밝힐 수 읎구, 빙대를 마침내 증돈헐 수 읎구, 쳥사를 마침내 멈출 수 읎구, 횡벌을 마침내 줄일 수 읎구, 뇌물을 마침내 막을 수 읎

---

**왕퉁**(王通) 중국 수나라 때 사상가. **졍주**(程朱) 중국 북송시대 거유巨儒인 정호程顥·정이程頤 형제와 남송 대유학자 주희朱熹.

구, 굉쇡을 마침내 도탑게 헐 수 읂넌 것이니……"

하고 나직한 목소리로 이어나가는데, 앳된 계집아이 다급한 목

소리가 들려왔다.

"나으리."

말을 멈춘 허담이 문께를 바라보는데, 다시 한 번 다급한 목소

리가 들려왔다.

"나으리."

소리 나지 않게 조용히 몸을 일으킨 허담이 문을 밀었고, 계집

종아이가 말하였다.

"손님이 오셨사오니다."

"손이?"

"네."

"워디서 온 뉘시더냐?"

"저어……"

고무래자루 형국으로 꼬부라져 들어간 안마당께를 돌아보며

계집종아이가

"용수골 사시넌 홍생원댁 은년이온데……"

하며 뒷말을 흐리었고, 뒷축이 주저앉은 짚신에 발을 꿴 허담이

토방을 내려섰다.

"아번님."

서둘러 몸을 일으킨 며느리가 조심스럽게 시아버지를 바라보

왔고, 겨울 들판 허수아비인 듯 꺼칠하고 쓸쓸한 낯빛으로 허공을 바라보던 허담이 턱 끝을 주억이었다.

"오냐."

허담이 계집종아이 뒤를 따라 마당으로 들어서는데, 멍석가에 쪼그리고 앉아 개떡을 먹고 있던 계집아이가 화들짝 놀라며 벌떡 몸을 일으키었다. 열서너 살 나보이는 그 계집아이는 입안엣것을 꿀꺽 삼키며 허리를 굽신하였다.

"나으리마님, 안녕허십니까유."

"오오냐. 목 맥히잖게 츤츤히 먹거라."

허담이 멍석가에 쭈그리고 앉아 먼산바라기*를 하고 있는 부인을 바라보며 마른기침을 한 번 하였고, 부인이 물대접을 들어올리었다. 찬물 한 모금을 마시고 난 계집아이가 입가를 씰룩거리더니 비죽비죽* 울음을 터뜨리기 시작하였다.

"크흐음."

허담은 마른기침만 하며 허공을 바라보았고, 노부인과 젊은아낙이 한참을 달래고 나서야 겨우 울음을 그친 계집아이가 딸꾹질 섞인 목안엣소리로 더듬더듬 입을 열기 시작하였는데,

"나으리가 돌어가셨슈,"

용수골 사는 선비 홍생원洪生員이 죽은 것이었다. 그것도 제 명

---

**먼산바라기** 한눈을 파는 짓. 또는 그런 사람. 먼산배기. **비죽비죽** 울려고 입을 자꾸 비죽거리는 꼴.

대로 천수를 다하여 살다가 잠들듯 편안하게 죽는 고종명考終命
을 하거나 무슨 병이 들어 죽거나 횡액을 당하여 죽은 것이 아니
라, 스스로 목숨을 끊어버린 것이었다.

"무슨 들 좋은 소식이래두……"

해거름녘 땅거미와도 같이 어두운 그늘이 짙게 드리워진 채로
허담이 장죽에 막불경이*를 다져넣고 있는데, 김사과가 물었고,
허담은 지그시 눈을 감았다.

"홍생원이라구 아시든가?"

"홍생원이라면…… 용수골서 내외가 에끠 읇넌 손자아이 하나
데리구 산다넌 그 선븨 말이오?"

"그렇소."

"내왕은 읇으되 믠분이야 있지. 꼿꼿한 것이 지나쳐 협량헌 위
인이루 뵈긴 허더구먼…… 헌디?"

미루어 짐작되는 바가 없지 않은 터라 김사과 말소리에 윤기
가 없는데, 후유우 하고 허담은 한숨을 내쉬었다. 막불경이를 다
져넣던 손길을 멈춘 허담이 보꾹을 올려다보았다.

"죽었다넌구려."

"죽다니?"

"자진을 헷다넌구려."

---

**막불경이** 붉은빛이 나는 살담배인 불경이보다 바대가 낮은 썬 담배.

"허어."

"간수를 마셨다넌구려."

"허."

"여보, 휴암."

김사과를 바라보는 그 늙은 군자 눈가에 이슬이 맺혀 있었다. 시나브로 손끝이 흔들리는 탓인가. 장죽 한 대를 다 태울 만한 시각이 지나도록 다져넣고 또 다져넣던 막불겅이는 무릎 위에 수북하고, 목소리는 또 가느다랗게 떨려 나오는 것이었다.

"부잣집에서는 가이*두 쌀밥이 뉘를 낸다넌듸…… 평생을 책만 읽던 선븨뭉색은 빈속이 간수를 들이붓구 스사루 그 뫽심을 끊넌구려."

"허."

김사과는 외마디 탄식만 뱉았고, 허담 손등이 눈께로 올라갔다.

"휴암."

"말쏨허시게, 허담."

두 늙은 선비가 가느다랗게 떨려나오는 목소리로 장탄식 한숨 섞어 느릿느릿 말을 주고받는데(이른바 '표준말'로)—

"이름 높은 가문에 자식으로 태어나서 얼굴은 관옥 같고, 다섯

_____

가이 '개' 충청도 내폿말.

수레에 차고 넘칠 만한 서책들을 읽어제낀 뒤에 과거에 나아가 장원으로 뽑히어서 화려하고 끽긴한* 벼슬과 청환현직을 지내되, 그 재능이 어디에나 적합하지 않은 곳이 없어 절충과 보필에 능히 직책을 다하고 공신이 되어 화상은 운대*나 능연*에 들어가며 이름은 죽백에 남겨야만 왈 대장부인가?"

"사람으로 이 세상에 태어나서 그 살림살이가 빈궁한 것은 실로 견디기 어려운 것이니, 떨어진 옷이 살을 가리지 못하고 겨와 찌꺼기도 달게 먹어야 하며 안해가 울고 아이들이 부르짖는 것은 오히려 한담처럼 들어 넘기지만, 주림과 추위가 몸에 박절하면 항심을 보전하기 어려운 것이니."

"항산이 없으면 항심도 없는 것이 백성이려니."

"항산이 없어도 항심이 있어야만 왈 선비려니."

"원컨대 부가옹이 되리니. 반드시 내 손으로 거만 황금을 쟁여두고 종자 천 말을 뿌릴 수 있게 되어, 어버이를 섬기고 처자를 기르는데 동기간들을 괴롭히지 않으며 사례에 그 곡진한 예를 다 갖추게 하고, 가난한 친족과 빈궁한 친구를 돌보아주는 일과 행려와 걸인을 맞아들여 먹이고 잠재우는 일에 이르기까지 그 마음을 다하는 데 어려움이 없게 하리니."

"겸손하고 검박하였으며 의로운 것이 아니면 머리카락 한 올

---

**끽긴한** 매우 중요로운. **운대(雲臺)** 중국 후한 명제 때 공신 28인 초상을 걸어두던 곳. **능연(凌煙)** 중국 당나라 때 공신들 초상을 걸어두던 곳. 능연각.

이라도 취하지 않았거늘. 감미로운 술과 음탕한 여색에 선대 재물을 허비하지 않았고, 달면 삼키고 쓰면 뱉아버리어 오로지 입과 창자를 위한 일만을 일삼지도 않았으며, 가난한 사람들을 업신여기어 남의 급한 처지를 생각해주지 않은 적이 없었고, 보기에 아름다운 것만을 취하고 추한 것을 미워하여 처자권속을 소리쳐 핍박하며 하늘이 낸 몬들을 함부로 허비하여 아까운 줄을 모른 채 헛되이 씀이 없지도 않았거늘."

"사람됨 성품이 청한한 것을 애호하는 벽이 있어 부귀공명을 도무지 간구하지 않았거늘. 산을 등지고 물을 굽어보는 곳을 찾아 초초하게* 초가삼간을 짓고 두어 이랑 논과 몇 그루 뽕나무가 있어 하늘에는 수해와 한재가 없고 땅에는 결전도 역역도 없어서 아침 밥 저녁 죽일망정 창자를 달랠 만하고, 겨울 솜옷과 여름 베옷은 다만 해지지 않고 깨끗하기를 바랄 뿐이며, 겸하여 자식과 아우가 그 직분을 나누어 맡아 훈계하고 타이르는 일로 애를 쓰는 일이 없고, 노비는 또 부지런히 힘써 시키지 않아도 스사로 밭 갈고 베 짜는 일을 맡아 하여 안에서는 시끄러운 말소리가 울타리를 넘어가는 일이 없고 밖에서는 오가는 손들 번거로움이 없었거늘. 편안하고 고요한 마음으로 뒷동산을 오르내리며 마음에는 반드시 하고자 하는 일이 없고 몸도 또한 평안하여 수가 백

---

**초초하게** 매우 간동하고 거칠게.

세에 이르렀다가 잠들 듯 고요히 왔던 곳으로 돌아가고자 하였거늘."

"아아, 그것이 이른바 깨끗한 복이 아니던가. 그 깨끗한 복은 세상 사람들이 모두 원하는 바이며 하늘에서도 매우 아끼는 바가 아닌가. 만약 사람마다 구할 수 있게 하고 구한즉 문득 얻어질 수만 있다면, 어찌 써 홀로 홍생원뿐이겠는가. 내가 마땅히 먼저 그렇게 되어 그 깨끗한 복을 누릴 것인즉…… 옥황상제가 무엇이 부러우리요."

김중진*익살 한 자락을 빌리어 터질 듯 민민하고 또 울울한 심사를 달래어보는 것이었다. 티끌 같은 한세상 욕된 삶을 날카롭고 또 눈물나는 웃음엣말로 달래었던 익살꾼 김중진 익살 한 자락에 저마다 스스로 심사를 실어 이야기를 대신하는 것이었다.

이야기 뒤끝이 허하기는 그러나 두 늙은 선비가 다 마찬가지였으니, 이른바 공리공론인 탓이었다.

굶주림을 견디지 못한 선비명색 하나가 창자가 오그라 붙게 빈속에 독한 간수를 들이붓고 스스로 목숨을 끊었다는데, 회해詼諧는 무엇이고 골계滑稽는 또 무엇이라는 말인가. 찬물 한 모금 도움이라도 되겠는가. 부모한테서 물려받은 것이 없이 평생을 두

---

김중진(金仲眞) 정조 때 선비로 익살과 상말을 잘하였음.

고 책만 읽느라 살포를 꽂아볼 논두렁 한 뼘 없고 누에를 쳐볼 뽕나무 한 그루 없어 마침내 스스로 목숨을 끊는 양반명색 선비명색이야 그 숫자가 많지 않으니 그렇다고 한다지만, 강변 모래알처럼 많은 저 백성들은 어떻게 한다는 말인가.

"흉년과 기근을 당한 백성들은 입을 벌려 먹여주기를 기다리고 힐끔힐끔 서로 쳐다보며, 기예를 업으로 하는 자는 그 기예가 쓸모 없고, 장사하는 사람들은 몬을 팔 곳이 없다. 물고기 새우 고둥 조개는 이미 씨가 말라버렸고 초근목피도 파내고 벗겨져 없어졌다. 얼굴은 사람 모양이 아니고 형체는 도깨비와 흡사하며, 늙은이를 부축하고 어린애를 이끌고서 뒹굴고 외치며 애를 쓰다가 병들고 쇠잔한 몸을 이끌고 주린 배로 신음하며, 숨이 곧 넘어갈 듯하여 아침에 저녁 일을 헤아리지 못한다. 위급한 처지에 빠져 죽음에 임박했음이 이와 같거늘, 윗사람 된 자로서 어찌 차마 홀로 그 받듦을 누리겠는가. 비록 누리고 싶더라도 또한 음식이 목구멍에 넘어가지 않는구나" 하고 탄식하였던 것은 구준*이었던가.

뒤란 대숲을 훑으며 지나가는 바람소리가 마당에 가득하였다. 참새떼만 요란하게 지저귀고 있었고, 시나브로* 흔들리고 있는 것은 때에 절고 빛에 바래인 문풍지였다. 두 사람은 똑같이 지그

---

**구준**(寇準) 중국 송대 관리. **시나브로** 모르는 틈에 조금씩 조금씩.

시 눈을 감은 채로였는데, 먼저 입을 뗀 것은 김사과였다.

"염이나 헸다던가?"

"스발막대 거칠 것 읎넌 살림에서 무슨 재조로 염이나마 헸것넌가."

허담이 한숨을 내쉬었고, 쯧쯧 안타까운 잔입맛만 다시고 있던 김사과가 큰기침과 함께 방문을 밀었다.

"천서방 게 있너냐."

마당가를 서성이고 있던 천서방이 바짓가랑이에 감겨드는 삽사리를 뿌리치며 득달같이* 달려왔고, 김사과가 말하였다.

"홍생원댁이서 왔다넌 사람은 아직 안이 있다더냐?"

"네에. 그 간나희*는 아직 이 댁 마님이 채려주시넌 개떡이루 요기를 허구 있습니다유."

"노자루 가져온 꿰믜 가운디서 두냥만 가져오너라."

"두냥씩이나 가져오라십니까유?"

무명 한 필에 넉냥이니 두냥이면 큰돈이다. 천서방이 얼음판에 미끄러진 황소눈°이 되어 상전을 올려다보는데, 김사과가 턱끝을 주억이었다.

"오냐. 두냥을 가져다 홍생원댁이서 온 간나희헌티 주거라. 그돈이루 우선 관을 사서 염을 허게 허구 조희권과 초나 사구 뮐과

---

득달같이 조금도 머뭇거림 없이 빠르게. 간나희 나이 어린 계집아이.

죽을 쒀서 조객덜을 대접허넌 예나 갖추게 허두룩."

"네에, 나으리."

하며 허리를 굽신하고 난 천서방이 몇발짝 걸어가다 말고 몸을 돌리었다.

"두냥씩이나 되넌 큰돈을 워찌 어린 지지배 손이 들려 보내것습니까유. 용수골이먼 예서 이십 리가 짱짱헌디······"

"저 사람 걱정이 근리허구려, 휴암."

허담이 말하였고, 김사과가 고개를 돌리었다.

"근자이두 화적패가 출몰헌답디까?"

"뺏길 것이 읎으니 화적패 아니라 대적이 온다 헌들 무슨 걱정이겠소."

"누구는 뺏길 것이 있어 화적을 두려워헌다던가. 백귕츤창이 된 나라 걱정을 허넌 것이지."

김사과 낯빛이 바뀌는 것을 본 허담이

"뷩이고개 늦나무고개에 구메도적덜이 엎디려 있다넌 말은 들었으나, 두려운 것은 차라리 장꾼이나 뇌리넌 구메도적이 아니라 뮌인들이외다. 곡긔를 못헤서 부모가 죽구······"

하는데, 계집종아이가 진둥한둥* 다가오며 다급한 목소리로 상전을 찾았다.

---

진둥한둥 몹시 바빠서 허둥지둥 서두르는 꼴.

"나으리!"

말을 멈춘 허담이 문께를 바라보는데, 다시 한 번 다급한 목소리가 들려왔다.

"나으리이!"

소리 나지 않게 조용히 몸을 일으킨 허담이 문을 밀었고, 계집종아이가 더듬거리었다. 그 어린 계집종아이 낯빛은 문창호지 빛깔로 하얗게 질려 있었다.

"소, 손님이 오셨사오니다."

"손이라구 헸너냐?"

"네."

"이번의는 또…… 워디서 온 뉘시라더냐?"

"저어……"

하면서 계집종아이가 말을 잇지 못하는데,

"아이구우, 아이구우."

목쉰 울음소리가 나면서 체소한 젊은 사내 하나가 진둥한둥 토방 앞으로 다가왔다. 탈망에 풀대님°인 그 젊은 사내는 두 손을 모아 앞으로 잡으며 깊숙하게 허리를 숙이었다.

"슨상님."

"자네 문지 아닌가?"

---

**탈망에 풀대님** 망건을 벗고 바지에 대님을 치지 아니한 것.

놀란 목소리로 물으며 허담이 몸을 일으키었고, 하가마*가 된 눈으로 허담을 올려다보던 젊은이는 피기*를 하였다.

"괵조헸더니……"

"피격."

"의관두 갖추지 않구 도대처 뭔 일인가?"

"피격."

"어허."

"피격."

짐작되는 바가 있는 듯 더는 묻지 않고 허담은 허공을 바라보았고, 숨가쁘게 피기만 하고 있던 젊은이가 고개를 푹 꺾으며 울음엣소리로 말하였다.

"아버지가 돌어가셨습니다."

"엉?"

"닷새를 굶으신 빈속이 간수를 들이부시구 그만……"

"자진을 허시었다 그 말인가?"

"아이구우, 아이구우."

문지라고 불리운 젊은이가 피기 섞인 목쉰 울음을 터뜨리고 있는데,

"아가."

─────────────

하가마 기생들이 머리에 쓰던 '화관花冠'을 가리키는 말로, 눈이 움푹 파여 들어갔다는 뜻. 피기(避氣) 딸꾹질.

허담이 며느리를 불렀다.

"가서 냉수 한 대접 떠온."

며느리가 치맛자락을 모아 잡으며 몸을 돌리는데, 저만치 떨어져서 짚신 끝으로 한일자만 긋고 있던 천서방이 곤두박질하듯 사립 밖 우물로 달려가 찬물 한 바가지를 떠왔고, 숨 한 번 쉬는 법 없이 바가지를 비우고 난 젊은이는 닭의똥 같은 눈물만 떨어뜨리었다. 허담과 김사과는 벌써부터 토방으로 내려와 있었고, 그제서야 김사과를 본 젊은이가 두 손을 모아 앞으로 잡으며 깊숙하게 허리를 숙이었다.

"아이구우, 사과으르신."

김사과는 지그시 눈을 감았고, 시아버지 눈짓을 받은 며느리가 젊은이한테 말하였다.

"안이루 가시지유."

이른바 추로지향*으로 일컬어지는 영남 토착 양반들과는 다르게 근기와 호서 태안 양반들은 그 살림살이가 참으로 곤궁한 처지에 놓여 있었다. 그 가운데서도 호서 양반들이 더구나 더하였으니, 오랫동안 과환*이 끊어져 거의 몰락한 양반들이었기 때문이다. 명색이 양반이라 하지만 서울에 올라가 벼슬아치로 있거나 조상전래 전장을 지니고 있지 아니한 열에 여덟아홉 양반

---

**추로지향**(鄒魯之鄕) 공자·맹자 고향이라는 뜻으로, 본데를 알고 학문이 기운찬 곳을 일컫는 말. **과환**(科宦) 과거급제하여 벼슬길에 나가는 것.

들은 이미 농사짓고 장사하는 상민과 다름이 없는 것이었다. 그런데 농사꾼이라면 농사지을 땅이 있어야 하고 장사아치라면 물화를 받아 올 밑천이 있어야 할 터인데, 송곳 꽂을 땅 한 뼘 지니고 있지 아니하고 베 한 필 미역 한 뭇 끊어오고 받아올 고린전˚ 한 닢 지니고 있지 아니하니, 농사꾼도 못 되고 장사꾼도 못 되었다. 암행어사로 유명한 박문수朴文秀가 "금년 흉황은 상년에 비하면 더욱 처참하여 이를 구제할 길이 막연합니다. 호서 양반으로 지조를 지키려는 자는 기한에 쪼들리어 간수를 마시고 스스로 죽고, 사부士夫 부녀로서 남복으로 변복하고 도적질을 하는 자까지 있는 실정인 것입니다" 하고 상주하였던 것이 영조대왕 8년˚이었으니 그로부터 1백50여 년이나 지난 지금은 더 그만 말할 나위조차 없는 것이다.

　호서 몰락 양반들이 택할 수 있는 길에는 대략 세 가지가 있었다. 세도가에 줄을 대어 그 사타구니를 핥고 그 치질을 빨아주며 출세를 꾀하던지, 선비 기개와 지조를 지켜 삼순구식三旬九食으로 허기를 달랠망정 오로지 책을 읽어 그 학문 깊이를 더욱 그윽하게 하던지, 숫제 유적˚에서 이름을 파낸 다음 화전이라도 일구거나 짚신짝이라도 삼아다 파는 것이 그것이다. 지체도 보잘것없고 글도 시원하지 않으며 가세도 빈한한 데다가 그 성품까지

---

고린전 고린내가 날 만큼 깊숙히 감추어둔 주머니지킴. **영조대왕 8년** 1732년. 유적(儒籍) 조선왕조 때 유생들 가계·학통·종파 따위를 적어놓았던 문부.

우유부단한 자로서는 눈곱만 한 세의나 척의라도 있는 집은 물론이고 오등친˙ 넘어 십등친 이십등친까지라도 찾아다니며 입농사˙로 세월을 죽이는 것이 고작이었다.

자字를 문지文知라고 하는 리유학李幼學 아비 리초시李初試 또한 거반 가난한 선비들이 그러하듯 조석 끼니가 간데없는 형편이었다. 풍년이 들었다고 하더라도 제 땅 한뼘 가진 게 없어 별반 다를 게 없었지만 흉년과 기근이 더욱이 몇 해를 두고 이어지니, 가난도 비단가난˙인 리초시네로서는 더구나 살아갈 길이 막연하였다. 꿈이라고는 오로지 늦게 본 외아들인 문지가 대과大科에 급제하여 벼슬길로 나아가기를 바라는 것이었는데, 집에서 삼십여 리 떨어진 금롱산金籠山 속 은사銀寺에 불목한이˙ 비슷하게 밥을 얻어먹으며 책을 읽고 있는 그 젊은이 글궁구는 그러나 도무지 늘품˙이 없었다. 두어 달 가르쳐보던 허담이 농사지을 궁리나 하라고 말하였을 만큼 뇌가 덜 좋았던 것이다.

긴긴 봄날에 연 닷새 간이나 리초시댁에서는 밥솥에 불을 지피지 못하였다. 허기를 견디기 어려워 사랑방에 누워 있던 리초시는 문득 얄궂은 생각이 들었다. 손바닥만 한 쪽마루를 사이에 두고 있는 안에서 오랫동안 기척이 없었다는 데 생각이 미쳤던 것이다. 몸을 일으키어 안으로 들어가보려 하였으나 도무지 갱

---

**오등친**(五等親) 오촌 안쪽. **입농사** 아는 집에서 밥을 먹는 것. **불목한이** 절에서 나무 따위 잡일을 하는 사내. **늘품**(-品) 앞으로 좋게 나아갈 바탕.

신을 할 수가 없었다. 사위스러운˚ 생각이 치밀어 올랐고, 리초시
는 서안에 의지하여서 간신히 몸을 일으키었다. 굼벵이가 담을
넘듯 엉금엉금 기어서 안방으로 들어가니, 늙은 마누라가 입에
무언가를 우물거리고 있다가 부끄러운 듯 그만 얼굴을 붉히는
것이었다.

여보, 뭘 혼자 먹다가 성기년 규?

하고 리초시가 서운하다는 투로 말을 하니

먹을 만헌 것이 있은즉 나 혼자 먹것습니까? 도무지 정신이 어
지러워 쓰러져 있넌디 무에 벽이 달러붙어 있길래 떼서 씹어보
니 빈 껍질입디다. 그레서 허희탄식˚을 허구 있다가 샤옹˚이 들어
오시넌 것을 보구 그만 쇰연쩍어진 것이쥬.

하며 꼭 쥐고 있던 주먹을 펴 보이는데, 빈대 껍데기처럼 바짝 오
그라 붙은 벼 껍질이었다.

두 늙은 양주는 서로 손을 잡고 눈물만 흘리었는데, 하릴없이˚
안방을 나온 리초시는 사랑방으로 들어가려다 말고 명아주대 지
팡이에 의지하여 뒤란 장독대로 갔다. 허기가 질 때면 하던 버릇
대로 간장에 냉수나 섞어 마시고 윤동지尹同知댁으로 가서 어떻
게 가승˚이라도 맡기고 곱장리 쌀되라도 변통하여볼 작정이었
는데, 찬물을 탈 것도 없이 그대로 삼년 묵은 간수를 마셔버렸던

---

**사위스럽다** 마음에 꺼림칙하다. **허희탄식**(歔欷歎息) 매우 한숨지음. **샤옹** 남
편. **하릴없이** 어떻게 할 속절없이. **가승**(家乘) 한 집안 내력을 적발이 한 것
으로 족보·문집 따위.

것이었다. 그것도 먹을 것이라고 코를 찌르는 독한 간수 내음에 회가 동한 그 늙은 양반은 맛이나 본다며 입으로 가져갔던 그것을 바가지째로 그냥 들이붓고 말았던것이었다.

"천서방."

김사과가 손짓을 하였고 천서방이 빠른 걸음으로 다가왔다.

"가져왔더냐?"

"네, 나으리."

천서방이 두냥짜리 엽전 한 꿰미를 두 손으로 받치어올리려는데, 김사과가 말하였다.

"이 으른께 올리거라."

"휴암께선 홍생원댁이 문상을 안 가시려오?"

허담이 물었고, 김사과는 한숨을 내쉬었다.

"한 골 사람이루 부의럴 보내년 것이야 즌고 법도이나, 나는 본시 그 망인을 잘 아지 못허넌디다 상주 또한 인사가 읎넌 사이니 즉접 찾어가서 조문을 헌다넌 것은 멩분이 읎넌 일 아니겠소이까. 나는 리초시댁이루 가볼 것인즉, 허담께서 부의나 전혀주시오. 가자."

김사과가 천서방한테 견마를 잡히어 잿골까지 가는데, 누구 싯귀처럼 동풍이 건듯 부니 풀잎이 흩날리고 피는 곳 나는 나비는 전과 다름 없건만……

개울물소리도 끊어져 적막하기만 한 두메산골 소롯길을 나귀 등에 앉아 산천을 바라보는 그 늙은 선비 마음은 도무지 부쩌지° 를 못하게끔 여간 민민하고° 또 울울하기만 한 것이 아니었다. 구 새먹은° 상수리나무 도토리나무 우거진 앞산 수평이°에서는 꾀 꼬리가 울고 뒷산 오리나무 수평이에서는 뻐꾸기가 울고 있었 다. 비 때 비 내리고 바람 불 때 바람 불어 백성들 살림살이가 고 르게 풍족한 우순풍조 민안락 춘삼월 호시절이라면 오언절귀 칠 언절귀 줄줄이 뽑히어 나오련만, 김사과 눈길은 아까부터 감기 어져 있었다. 숫제 보고 싶지가 않은 것이었다. 눈을 떠서 바라본 즉 어디나 목불인견 참상뿐인지라 차마 바라볼 수가 없는 것이 었고, 눈을 감고 있어도 손금을 들여다보듯 환하게 볼 수가 있었 으니—

들판으로 나가본다.

오르고 또 되오르며 종다리가 울어예는 보리밭에는 메뚜기 방 아깨비 사마귀 여치 풀무치 베짱이 찌르레기 날아다니고, 맹꽁 이가 자발맞게° 울어대고 주먹만한 개구리가 곤두박질하는 웅 덩이 위를 맴도는 것은 보리잠자리여야 한다. 그런데…… 날아 다니는 것이라고는 송장메뚜기밖에 없고 맹꽁이도 개구리도 보 이지 않는다. 웅덩이마다 괴어 있는 물이 없는 탓이다.

---

**부쩌지** 옴짝달싹. **민민하다** 매우 딱하다. **구새먹다** 벌레가 먹어 구멍이 숭숭 뚫리는 것. **수평이** 숲. **자발맞다** 움직임이 가볍고 참을성이 없다.

귀떨어진 쳇바퀴만 들고 논고랑을 훑어도 미꾸라지 우렁 붕어 새우 소쿠리°로 건졌건만, 진종일을 두고 고랑마다 더투어 봐도 허물 벗은 배암인 듯 잔뜩 엉그름진° 논바닥에서는 잔챙이 한 마리 없고, 무말랭이처럼 말라 비틀어진 모포기 사이로는 물땡땡이 물매미도 맴을 돌지 아니하며, 헤엄치는 물방개 소금쟁이 물장군 하나 없는 논배미°에는 캐어보고 건져내볼 그 무엇조차 없다.

산으로 가보지만 사정은 마찬가지.

상년 늦장마에 벌건 속흙을 드러내고 있는 사태 난 산에서는 칡뿌리는 그만두고 삘기 한 줌 뽑기 어렵고, 비가 오지 않아 땅이 무르지 않으니 둥글레 뚱딴지 한 뿌리 캐기 어렵다. 그나마 있던 것들은 부황난 사람들이 다투어 죄 캐어가고 뽑아가고 벗기어갔기 때문. 오늘도 뒷동산에서는 자고새 콩새가 해바라기를 하고 티티새 홍여새는 논두렁에서 해동갑°을 하건만, 깜부기만 총총한 보리밭에서는 갈아서 죽을 쑤어 입에 풀칠이나 하고자 하여도 풋보리 한 뭇° 잡아볼 수 없고, 온 산을 다 뒤져봐도 해동도 하기 전부터 가로세로 훑어온 산에는 고아 먹을 무릇은 그만두고 잔대 더덕 도라지 고사리 한 뿌리 남아 있지 않다.

개개비떼 어지러이 날아오르는 으악새숲을 오르던 나귀는, 이힝! 걸음을 멈추었다. 애가 끊겨져라 구슬프게 울어예는 뜸부기

---

**소쿠리** 앞이 트이고 테가 둥글게 결은 대그릇. **엉그름지다** 쩍쩍 갈라지다. **논배미** 논둑이나 논두렁으로 둘러싸인, 논 하나하나 가름. **해동갑** 해가 질 때까지 때. 일이나 길을 갈 때에 해가 질 때까지 금긋는다는 뜻. **한 뭇** 한 단.

소리에 놀래었는가. 요란한 워낭소리에 김사과가 눈을 뜨니, 저만치 떨어진 산등성이를 기어오르고 있는 사람들 모습이 보인다. 백설기에 박혀 있는 흰콩 검정콩 밤 대추인 듯 여기저기 엎드려 무엇인가를 캐고 있는 생치*들인데, 늙은이도 있고 어린아이도 있고 계집사람도 있고 사내사람도 있다. 간나희도 있고 엄지머리*도 있고 장옷짜리*도 있고 너울짜리*도 있다.

김사과는 눈을 감았다. 그 늙은 선비는 눈을 감은 채로 두 손바닥을 들어 두 귀를 꼭 틀어막는데, 귓청이 떨어질 것만 같았다. 울음소리였다. 뜸부기인 듯 애가 끊어지게 구슬픈 목소리로 울부짖으며 생치들은 산과 들을 헤매는 것이었으니―

어린 애기는 젖 달라구
자란 애기는 밥 달라구
문을 열구 측 나스니
강아지두 밥 달란다
오양간이 나가보니
망아지는 깔 달라구
사립 밖이 측 나스니
동네 사람 밥 달란다

---

생치(生齒) 인민. **엄지머리** 노총각. 또는 한뉘를 총각으로 지내는 사람. **장옷짜리** 평민 부녀. **너울짜리** 양반 부녀.

아가 아가 우지 마라

고들빼기 삶은 물이

아이 범벅 개어줄게*

* 충남 예산고장 전래 민요

# 제6장
## 어— 홍어— 하˚

"옛날 옛적 어느 골이서……"

오씨吳氏부인이 천천히 입을 열었고, 준정俊貞 석균石均 두 오뉘
는 무릎걸음으로 다가앉으며 놀란 토끼처럼 두 귀를 쫑긋 세운
채 저마다 할머니 입 끝만 올려다본다. 오씨부인이 느릿느릿 말
을 이어나가는데, 할머니 이야기 한 대목이 끝날 때마다 두 아이
목에서는 꼴깍꼴깍 생침 넘어가는 소리가 난다.

"모가지가 읎넌 사람이 목발 읎넌 지게를 지구 자루 읎넌 도치˚
를 메구 뿌리 읎넌 고주배기˚를 캐려구 모래갱빈이루 갔었구나."

"그레서유?"

"그 사람이 자루 읎넌 도치루 고주배기를 캔다넌 것이 그만

---

어홍어하 충남 예산고장 전래 상옛소리 후렴. **도치** '도끼' 충청도 내폿
말. **고주배기** 나무를 베고 남은 밑동이나 죽은 나무등걸.

잘뭇되서 발톱 읎넌 즤 발가락을 찍어서 하얀 피가 주루룩 흘렀구나."

"아이구우, 그레서유?"

"그레서 부랴부랴 의원을 찾어 나섰지."

"그레서유?"

"그렇긔 의원을 찾어가넌 질인디, 아 행길 한복판이서 뭉구리* 허구 활고재*허구 쌈박질을 허구 있었구나. 활고재는 뭉구리 상투를 쥐구 뭉구리넌 활고재 불을 쥐구 쌈박질을 허넌 것이었어."

"얼라."

"가까스루 쌈을 뜯어말리구 나서 의원을 찾어갔더니, 의원이 허넌 말이 갈*이 있어야 된다넌 겨."

"그레서유?"

"아, 그레서 뷕이루 갈을 가지러 갔더니 갈이란 늠이 바가지를 쓰구 춤을 추면서 허넌 말이……"

"허넌 말이?"

"물을 달라구 허더랴."

"그레서유?"

"그레서 다시 모래갱빈이루 갔더니, 푸르청청헌 하늘이서 소내긔가 쏟어져 네려 시퍼런 강물이 되서 흐르넌디 그 위루 커다

---

몽구리 아주 바짝 깎은 머리를 가리키는 것으로 '승려'를 낮추어 부르던 말. 활고재 고자. 갈 칼. 그때에 '칼'을 '갈'로 부르는 이들이 있었음.

란 보따리 하나가 떠네려오더랴.”

“그레서유? 그 보따리 속이 뭐가 들어 있었대유?”

“뭐가 들어 있었넌구 허니……”

잠깐 말을 끊고 잔뜩 뜸을 들이다가

“자루 읇넌 쇠시랑이루 그 보따리를 건져내서 끌러보니……”

하고 다시 말을 멈추었고, 아이들이 한 무릎 더 다가앉으며 꼴깍

소리가 나게 생침을 삼킨다.

“끌러보니?”

“새발간 그짓부렁만 달삭달삭.”

오씨부인은 픽 하고 웃음을 터뜨리었고, 아이들이 할머니 두

무릎을 콩콩 쥐어박는다.

“피이. 그런 그짓부렁이 워딧어?”

“옛날얘긔란 게 다 그짓부렁인 겨. 그짓부렁인 옛날얘긔럴 왜

대이구* 헤달라구 허누.”

“그런 거 말구우. 그런 그짓부렁말구 참말루 재미난 얘기 헤주

셔유우.”

할머니 무릎을 흔들어대며 아이들은 자꾸만 오복전조르듯*

졸라대는데 오씨부인은 도무지 심란하기만 하다. 소금장수 이야

기와 청개구리 이야기를 거쳐 옛날이야기는 이제 그만하겠다는

---

대이구 ‘자꾸’ 충청도 내폿말. 오복전조르듯 심하게 조르는 꼴.

뜻으로 거짓말 이야기까지 하는 동안에도 마음은 자꾸 건공중을 헤매고만 있었다. 대청 문지방 위에 걸어둔 올게심니\*에서는 금방이라도 터져 나올 듯 꽉찬 알곡이 탐스러운데, 눈에 밟히는 것은 오랜만에 돌아온 외아들 병윤이다. 천하에 흉악한 활리놈 작간질에 말려 몇 달을 못넘기고 고을살이를 그만두었을망정 비렴급제로 홍패\*를 찼던 그 잘난 자식이다.

"쥑일 늠."

입안엣소리로 낮게 중얼거리며 낯짝도 보지 못한 그 활리놈에 대한 생각을 떨쳐보려 하지만, 할수록에 더욱 마음을 짠하게 하는 것이 자식이다. 세상없이 잘난 그 자식 시커멓게 타 들어가는 낯빛과 껑하게 솟아오른 어깨뼈이다.

아이구우, 그게 워떤 자식이구 그 사람이 또 워떤 사람이라구. 제아무리 뇌가 좋다넌 유학이라구 헌달지라두 시 살 적버텀 들여앉힌 독슨상 밑이서 십 년 늠어 즉어두 이십 년 글겡구넌 헌 담이야 워치게 갱신히 백지에나마 승명삼자를 올려 본다지먼, 그레서 육십생원이 칠십진사까장 드물잖은 시상이건만, 호패두 차기 전 유소헌 시절이 잠깐 허담슨상 스실 출입을 헀을 뿐, 전수이 스사로 깨친 독겡구루 스물닛 나이에 븨렴급제 오른 불세출이 쥔재 아닌가.

---

올게심니 가장 잘 익은 오곡 목을 골라 뽑아다가 기둥이나 방문 위 또는 벽에 걸어두고 풍년을 빌던 것. 홍패(紅牌) 문과급제가가 받았던 붉은바탕 종이로 된 입격증.

"쥑일 늠."

오씨부인 입에서 다시 탄식 같은 혼잣말이 터져 나오는데, 이번에는 아산고을 그 활리가 아니라 이 고을 영각*이다.

물결처럼 휩쓸려 가게 마련인 것이 인심인지라 도무지 인사치례 할 줄 모르는 아랫것들 배운 데 없음이야 그렇다고 하더라도, 명색이 같은 우족*이요 거기다가 뿌리가 같은 동색*임에도 아랑곳 없이 도임 뒤 찾아왔던 존문* 뒤로는 큰문 잡을* 일도 없다. 목민牧民 일에 바빠 그러한 것이라면 다만 마땅한 일인지라 할말이 없겠으나, 참으로는 그러하지가 않다.

이 고을 뙇씨*인 붕어 게 지황地黃에다 옥판선지玉版宣紙 한 동*에, 쌀 한 섬 값인 유매묵油梅墨 한 동에, 화각華角 붓 한 동에, 미역 김 고등어서껀 연엽주蓮葉酒 다섯 방구리*를 등이 휘게 실은 청노새* 앞세우고 찾아온 것은 병윤이 비렴급제로 용두*에 올랐을 때였다. 굳이 채변하던* 영감이 받아둔 것은 겨우 붓 몇 자루에 지나지 않았지만, 그로부터 사흘거리로 찾아오며 온갖 간롱스러운 보비위 말로 아첨을 하며 갖은 알랑방귀를 뀌고 무슨 물잇구럭*이라도 된다는 양 갖은 명색 빗아치*들을 보내는 문안행렬이 연

영각(鈴閣) 원. 우족(右族) 사대부 가문. 동색(同色) 당파 색이 같음. 존문(存問) 수령방백이 도임하여 그 고을 힘 있는 이를 찾아가 인사하던 것. 큰문 잡다 대문을 열다. 뙇씨 토종. 토산. 제바닥 것. 한 동 50필. 방구리 동이와 비슷하나 좀 작은, 물 긴는 질그릇. 청노새 양반들이 거의 타고 다니던 털 빛깔이 푸른 노새. 용두(龍頭) 문과장원. 채변하다 뿌리치다. 사양하다. 물잇구럭 후원자. 빗아치 빚아지. 맡은이. 아전.

락부절이더니, 병윤이 사체˚를 한 다음부터는 숫제 발길을 끊고 있다. 영감이 자식 일로 심화를 끓이어 그토록 호팔없는˚ 나날을 보내건만 그러한 영문을 잘 알고 있으면서도 무가내로 모르쇠˚만 한다.

지난번 기근 때만 하여도 그러하였다.

김사과金司果 댁만 하더라도 고방문을 다 열어놓은 위에 바깥마당에 서말들이 흑철솥 두 개를 걸어놓고 죽을 쑤어댄 것이 장근˚ 달포˚가 넘었건만, 백성들을 그 자식같이 애호하여야 마땅할 목민관은 동헌에 앉아 있지도 않았다. 부호들한테서 기민미 명목으로 수백 석 쌀을 거두어 들이기는 추상 같았으나 동헌 앞뜰에 솥을 걸어놓고 멀건 겨죽이나 한 그릇씩 나누어주는 시늉만 하였을 뿐이었던 것이다. 흉년에는 군역을 벗기어주도록 나라법에 되어 있건만 불알 차고 나온 놈은 모조리 장기책에 올리어 군포˚를 받아갔고, 논밭에 처매는 결전인 대동미 한 결에 열두 말인 것을 네 말을 더 얹어 열여섯 말을 받았으며, 환자 갚을 때는 또 다른 치부책을 만들어 머릿수를 많게 하여 나머지를 빼돌리는 따위 온갖 덧거리질˚을 하였다.

못된 원을 담아내겠다고 농군들이 울근불근˚인 것을 영감이

---

**사체(辭遞)** 사임. **호팔없다** 고단하고 외롭다. **모르쇠** 아는 것이나 모르는 것이나 모두 모른다고만 하는 것. **장근(將近)** 때가 가깝게 됨을 이르는 말. **달포** 한달 위가 걸린 동안. **군포(軍布)** 조선시대 16세에서 60세까지 남자들이 해마다 베 한 필씩 나라에 바치던 것. **덧거리질** 받아야 할 것에 덧붙여 받는 짓. **울근불근** 울근거리며 불근거리는 꼴.

여러가지로 타이르고 달래어 간신히 눌러앉히고 있는 줄도 모르고 원이라는 위인은 민문과 줄을 대기 위한 한양 출입에만 바쁘다. 안전명색이야 그렇다고 하더라도 깃과 섶이 둥근 저고리에 주름이 굵고 접은 수가 적은 치마를 한가지로 입으며 높여서 쪽 찐 머리 차림인 대부인쳇것이라는 것은 또 어떻게 생겨먹은 계집사람이라는 말인가. 알고 보니 선대로부터 세의가 있는 사이라며 무슨 과갈간*이라도 된다는 듯 그 호들갑을 떨던 게 언제인데 무가내로 모르쇠하기는 모자간이 한가지니, 오씨부인 입에서 나오는 것은 탄식 같은 "간셔어엄보살."

명절을 맞아 새로 바른 창문장지에 와 부딪히는 햇살이 눈부시어 그 늙은 여자는 이맛전을 잔뜩 찡긴다*. 해가 거우듬하여*지면서부터 장지에 와 부딪쳤다가 시나브로 잦아들고는 하는 햇살은 더욱 눈부시게 밝기만 한데, 흐느끼는 것 같은 풍물소리 탓인가. 환갑을 넘긴 오씨부인 주름진 이마 위로는 산그늘 같은 어둠이 내린다.

한가윗날.

노부인과 아이들만 남아 있는 김사과댁은 적막하기만 하다. 전에 없이 서둘러 일찌감치 차례를 저쑵고 난 김사과 부자는 천서방을 앞세워 성묘를 떠났고, 리씨부인은 한산네 부축을 받아

---

과갈간(瓜葛間) 인척사이. 찡긴다 찡그린다. 거우듬하다 조금 거울러진 듯하다. 거운하다.

반보기˚를 갔으며, 차례상을 물리기 바쁘게 만동이 또한 읍내로 가고 없다.

양반명색 두 사람이 간수를 마시고 스스로 목숨을 끊었던 보릿고개를 넘기고, 부황난 얼굴로 지게목발에 의지하여 사내사람은 등에 귀떨어진 솥단지를 지고 계집사람은 머리에 그 남루한 옷가지를 인 채로 정처 없이 고향을 떠난 사람이 기백 명에 이르렀던 여름을 버티고 나니, 가을이다. 가뭄과 장마에 반타작도 못되는 농사라지만 들에는 그래도 새떼가 빨아먹고 남은 오곡이 영글었고 사람들은 오랜만에 솟중˚을 풀었다. 오려송편˚ 깨강정입에 문 아이들은 워리개와 함께 가로 뛰고 세로 뛰고, 살짝 스치기만 하여도 섬뻑˚ 버히어질˚ 것만 같은 억새풀인 듯 와삭와삭 풀발 세운 무색옷˚으로 한껏 차려 입은 아낙네들은 남정네 상투꼭지 너머로 놀이판을 기웃거리며, 늙은이들은 또 뒷간 출입이 잦아지는데, 핏종발˚이나 있는 젊은것들은 성 밖 모래강변에 펼쳐진 씨름판으로 달려간다.

가윗날 얼마 전부터 김사과댁은 부산하였다. 권간들과 연비를 맺고 거들먹거리는 양반이나 호세한 푼관˚에 비한다면 그야말

---

**반보기** 충청 이남 농촌에서, 서로 멀리 떨어져 살아 오랫동안 만나지 못한 친척 부인네들이 두 집 사이 중간쯤 되는 산이나 시냇가 같은 곳에서 만나 장만해온 음식을 나누어 먹으며 하루를 즐기던 것. **솟중** 푸성귀만 먹어서 고기가 먹고 싶은 티. **오려송편** 올벼로 빚은 송편. 오려: 올벼. **섬뻑** 잘 드는 칼에 쉽사리 깊게 베어지는 꼴. **버히어질** 베어질. **무색옷** 색깔 있는 옷. 물색옷. **핏종발** 핏기운. **푼관** 토반土班.

66

로 어린 계집아이 샅에 붙어 있는 밥풀을 떼어먹는 것에 지나지 않겠으나, 빈한한 상사람들보다는 그래도 유족한 편인 김사과댁에서는 두 손 맺고 가만히 앉아 있지만은 않았으니, 삼동네*이웃과 함께 더불어 한가윗날 명절을 쇠고자 한 것이었다.

　사종四從 안쪽 내외 친족 가운데서 그 살림 형편이 곤궁한 집을 골라 우선 쌀되나마 보내어준 다음, 소약하나마 기민미도 풀었고 작인들한테서도 벼바심이 끝나고 나면 거두어 들이게 될 도조를 반으로 탕감하여주기로 하였으며, 과객과 유개무리를 위하여 기슭집*을 아주 열어놓았는데다가, 잡곡과 감자 고구마가 반 넘어 섞이어 있는 밥은 주발전을 넘지 못하게 한 위에 반찬 가짓수를 절반으로 줄이었다. 제아무리 풍년이 든 해라고 하더라도 김사과 조석상이 칠첩을 넘은 적은 없었지만, 나물 저냐*구이 조치*마른찬 젓갈 편육이 오르던 칠첩이 편육과 구이가 빠진 오첩으로 줄고, 저냐와 조치까지 빠진 삼첩으로 줄었다가, 마침내는 김치와 강된장*끓인 것에 간장 한 종지만 달랑 올랐으니, 이미 반상飯床도 아니었다. 김사과가 제몸 조석 차림에 아예 반상을 폐하였던 것은 개떡으로 점심 요기를 하던 리군자李君子댁을 다녀오고 난 다음부터였다.

---

삼동네(三洞-) 이웃에 있는 가까운 동네. **기슭집** 행랑行廊. **저냐** 물고기나 쇠고기를 얇게 저민 다음 밀가루를 바르고 달걀을 씌워서 지진 음식. **조치** 국물을 바특하게 만든 찌개나 찜. **강된장** 제국인 된장만을 그루박은 것으로 삼삼하게 맛좋은 된장으로 작은 뚝배기에 끓인 것임.

가윗날 아침에는 그러나 상중하 삼동네 가운데서 떡을 못한 집을 찾아 콩 팥 밤 대추 햇것으로 넣고 곱게 빚은 오려송편 목판에 나물대접을 돌리었고, 소놀이 거북놀이 도는 농군들한테는 봄에 깬 병아리 적부터 정성껏 길러 포동포동 살이 오른 황계 두 마리 안주하여 밤새워 걸러두었던 백주 한 동이로 대접을 하였으며, 궁하여 남 도움을 받지 않고서는 스스로 일어날 수 없는 사궁°을 따로 불러모아 밥과 술과 떡과 강정과 경단이며 식혜에 햇실과를 먹이었다.

식곤증이 오는지 준정이는 할머니 무릎을 베개 삼아 잠이 들었고, 춘동이 찾아 사랑채 쪽으로 달음박질쳐 달려가는 석균이 종종머리°를 따라가던 오씨부인 눈길은 담장을 넘어간다. 바람개비인 듯 어지럽게 돌아가는 열두 발 상모는 보이지 않지만, 소리는 들려온다.

중문을 넘고 대문을 넘어 저 아래 아랫말 쪽에서 끊어질 듯 끊어질 듯 그러나 끊어지지 않고 다시 또 이어져서 들려오는 꽹과리소리 징소리 장구소리 북소리. 봄날에 부는 초동아이들 호드기°소리인 듯 참새 깃털을 떨어뜨리게 하는 새납소리 벅구소리 날나리소리. 구슬프게 낮은 중모리°로 흐느적거리는가 싶더니

---

**종종머리** 한쪽에 세 층씩 석 줄로 땋고 그 끝을 모아 땋아서 댕기를 드린 머리로, 열 살 안쪽 양반댁 사내아이들이 하였음. **호드기** 물오른 버들가지를 비틀어 뽑은 통껍질이나 보릿대 또는 밀대 토막으로 만든 피리. **중모리** 좀 빠른 박자. 박자: 장단.

중중모리*로 한 뼘 더 낮아지면서 자진모리*로 잦아드는가 싶으면 휘모리*로 다시 또 숨넘어가게 휘몰아치는 풍물소리.

"돌려치기루 메다꽂어버려!"
"그 친구 자식 넝사두 못 짓게 허리를 작신 분질러버려!"
"올치, 올치, 안걸이 집어느!"

차례상 퇴주잔에서부터 첫코 떼서° 소놀이 거북놀이로 집집을 돌며 얻어 걸친 낮술에 불그스름하여진 장정들이 비게* 오른 제 동무한테 힘을 돋우어주느라 고래고함*을 질러대고 있었다.

송편쪽 안주 삼아 호리병*에 담아온 백주를 나누어 마시는 그 사내들 앞으로는 금줄*이 드리워져 있는데, 모래판을 돌아가며 박아놓은 말뚝에 쳐진 금줄 밖으로는 숫제 갓과 신을 벗어놓은 채로 올방자*를 틀고 앉아 있는 갓쨔리 노인들을 비롯하여 댕기머리 아이들과 중치막 입고 창옷 걸친 장정서껀 중늙은이에다 너울쨔리 장옷쨔리 수건머리…… 대흥읍성 안 칠방坊은 차치물론하고 일남一南 이남二南 거변居邊 근동近東 원동遠東 내북內北 외북外北 여덟 개 면 민인들이 거지반 몰려나와 있었다.

읍내 오리정* 밖을 흐르고 있는 내천柰川.

---

**중중모리** 좀 느린 박자. **자진모리** 빠른 박자. **휘모리** 매우 빠른 박자. **비게** 애벌뽑기를 거친 장사. **고래고함** '고래'는 옛말 '아우성'이니, '커다란 소리'라는 말임. **호리병** 호리병박 꼴로 만든 병. 흔히 술이나 약을 가지고 다니는 데 쓰임. 호로병. **금줄**(禁-) 부정을 꺼리어 사람이 함부로 드나들지 못하도록 문에 건너맨 줄. 인줄. **올방자** 책상다리. 양반다리.

시냇가 모래밭 위에 수많은 하늘 밑에 벌레들이 혹은 앉아 있고 혹은 서 있으며, 그리고 또 서 있는 사람들 견대팔 틈바구니로 얼굴을 들이밀고 있는데, 한복판으로 두텁게 깐 씨름판 위에서는 웃통을 홀딱 벗어붙이고 허벅다리에 샅바 감은 두 사람 장정이 황소처럼 씨근덕거리며 뱅뱅이를 치고 있었다. 판막음장사* 손에 고삐를 잡히어 갈 황소가 영각하는 소리에 한 뼘 더 쪽빛하늘이 높아지는 상씨름판 아래쪽에서는 창옷자락 동여맨 총각들이 태껸을 놀고 있고, 목로 돌며 거나하게 걸친 다음 백차일 밑에 벌려놓은 하룻주막 들러 양지머리 푹 삶아낸 장국밥으로 든든히 요기를 한 사내들이 이리 기웃 저리 기웃 하는 사이로 한 대목 보겠다는 장돌림들 난전이 펼치어져 있는데—

엿장수 떡장수 생실과장수 얼레빗 참빗 가리마타개 비녀 동곳 보자기 가득 늘어놓은 빗장수, 댕기 각띠 대님 척척 걸친 긴 횃대 어깨에 걸고 돌아다니는 엄지머리며, 짚신 고은짚신 쇠짚신 엄짚신 왕골짚세기 부들짚세기 멱신 지총미투리 무리바닥 절치 탑골치 청올치* 미투리 삼신* 휜신 나막신* 발막* 뒷발막 이배치 진

---

**오리정**(五里亭) 읍성 밖 5리쯤 되는 곳에 손님을 배웅하기 위하여 세워두었던 정자. **판막음장사** 마지막 겨룸에 이겨 그 판을 거두어버리는 장사. **청올치** 겉껍질을 벗겨낸 칡 속껍질로 삼은 고급 짚신. **삼신** 삼 속껍질로 삼은 신으로 선비들 마른날 가까운 나들이에 쓰였음. **나막신** 나무를 배꼴로 파고 밑에 높은 굽이 두 개 달린 것으로 비 오는 날 신었음. **발막** 마른신 한 가지. 뒤축과 코에 꿰맨 솔기가 없고, 코끝이 뾰족하지 아니하고 넓적하며, 가죽 조각을 대고 구슬같이 아름다운 분을 칠하였는데, 얼추 부잣집 노인들이 신었음.

신 반결음 태사신˚ 검정신˚ 징신˚ 당여˚ 운여˚ 외코˚ 청목댕이˚ 홍목댕이˚ 오피리˚ 마상치 반마상치 온갖 신 쌓아놓은 신장수가 제몬 사라고 외쳐대는 소리 가마귀떼 우짖는 듯. 꽹이놀음 심지뽑기 주사위 윷 골패 쌍륙 십인계˚ 토전 돈던지기 땅딸구리 가보잡기 나란니 장장치기 쩍쩌기 동동이˚ 가귀대기 모듬따기 우동뽑기 찐붕어˚ 온갖 노름판이 벌어진 사이로 누더기 장삼에 깊숙하게 방갓 눌러쓴 각설이패 각정이패 소악패 왈짜 따기꾼 기웃대는데, 값싼 지분 덕지덕지 처발라 해반주그레해˚진 낯짝으로 호박 대모 수정 금패 연밥 주영 늘어뜨린 갓짜리들한테 살살 눈웃음치고 있는 것은 창기娼妓년들이었다.

"으랏차차!"

소리와 함께 장정 하나를 메다꽂고 난 만동萬同이는 땀도 닦지 않고 씨름판을 걸어 나왔다. 힘을 쓸 것도 없이 단숨에 번쩍 들어 메다꽂았으므로 닦아낼 땀도 흐르지 않았고, 아귀할미다리 쪽을 쳐다보았을 뿐이었다. 저만큼 떨어져 있는 돌다리 위에는 얼추 쓰개치마로 얼굴을 가린 양반댁 큰애기들이 씨름판 구경을 하고 있었는데, 손가락질을 해쌓아가면서 킬킬거리고 있는 하님˚들 사이에 장선전張宣傳댁 그 아기씨도 있을 것이었다. 아버지 병구

---

태사신·검정신·징신 남자용 신발. 당여·운여·외코 여자용 신발. 청목댕이 홍 바탕에 청 무늬 놓은 가죽신으로 양반댁 아기씨가 신었음. 홍목댕이 청 바탕에 홍 무늬 놓은 가죽신으로 양반댁 도령이 신었음. 오피리 검정 가죽신. 십인계(十人計) 야바위노름 한 가지. 동동이(同同-) 투전 하나로 '깃고땡' 격. 찐붕어 '섰다' 격. 해반주그레하다 얼굴이 해말쑥하고 주그레하다.

완에 정신이 없지만 가윗날만은 어떻게 하든 꼭 씨름 구경을 나오겠다고 하였다는 덕금德金이년 말이었다.

세 명을 더 물리쳐 맞수는 이제 하나로 줄어들어 있었다. 마지막 한 사람만 더 물리치고 나면 판막음장사가 되는 것이고, 어리중천을 보고 영각쓰는 황소는 만동이 차지가 된다. 그저께 시작된 애기씨름판부터 거쳐 상씨름판으로 올라온 것이 어제였다. 세 사람을 물리쳐 비게가 되었고 비게에 오른 장정 여덟 명을 물리쳐 결판까지 올라온 것이다. 정자관程子冠 쓰고 지팡이 짚은 늙은 유생이 씨름판 가운데로 올라서며 기침을 한 번 하였다.

"자아, 이제는 마지막 남은 두 장사가 나와서 자웅을 결하겠소이다. 이긴 사람은 결도국* 되어 저기 황소 한 필을 상물로 받게 될 것이오. 저 황소로 말할 것 같으면 벼 열 섬을 진 위에 장정 두 사람을 태우고도 하루에도 백릿길을 가는 벽창우*올시다."

만동이가 맞은편에 앉아 있는 장정을 보니 저보다 몸집은 작았으나 어깨가 탄탄하고 같은 패거리로 보이는 일행들과 지껄이는 목소리가 걸걸한 것이 힘꼴이나 쓰게 생겼다. 스물대여섯 나 보이는 상투잡이인데 볼따구니에 구렛나룻이 시커멓고 고방 자물통처럼 단단해보이는 각진 턱에 눈이 부리부리한 것이 여간내기로 보이지 않았다.

---

하님 계집종을 대접하여 부르거나 계집종끼리 서로 높이어 부르던 말. 하전下典. **결도국**(結都局) 판막음장사. **벽창우**(碧昌牛) 평안북도 벽동과 창성땅에서 나던 크고 억센 소.

"자아, 이리들 나오시게."

정자관이 두 사람한테 손짓을 하는데, 금줄 밖에 있던 악소패거리들이 소리를 질렀다.

"튀전걸이°는 안 허넌 거유?"

"튀전 옰넌 판막음이 워딧나?"

정자관이 헛기침을 하였다.

"자고로 대흥은 예향인즉, 씨름판에 투전걸이는 그 법도에 어긋나는 일. 자아, 장사들 나오시게."

두 사람이 허리를 구부리며 서로 샅바를 잡았다. 길게 땋아 늘인 머리를 무명수건으로 질끈 동여맨 만동이는 외손°으로 맞선이 허리 샅바를 잡았고, 두 사람이 꿇고 있던 무릎을 펴고 일어섰다. 두 사람 몸맨두리°를 살펴보던 정자관이 두 손바닥으로 양쪽 등짝을 철썩 소리가 나게 두들겼다.

정자관이 손을 떼자마자 구렛나룻은 샅바를 잡은 손에 힘을 주어 만동이를 번쩍 치켜들었다. 만동이 깍짓동° 같은 몸은 그러나 꿈쩍도 하지 않았고, 구렛나룻은 처음 들어갈 때 몸맨두리로 돌아가면서 궁둥이 쪽에 잔뜩 힘을 주었다. 비게들을 수숫단 집어던지듯 하는 것을 보고 이미 알았지만 힘으로는 도저히 맞수가 안 된다는 것을 잘 알고 있는 구렛나룻이었다. 바랄 것은 손재

---

**튀전걸이** 결판에 오른 장사들한테 돈을 걸고 이긴 편이 먹던 노름. **외손** 한쪽 손. **몸맨두리** 몸꼴과 틀. **깍짓동** 1. 콩이나 팥깍지를 많이 묶어 세운 동. 2. 몹시 뚱뚱한 사람 몸집을 빗대는 말.

주 발재주다. 아기장수 같은 이놈이 나를 어쩌려고 힘을 쓸 때를 기다려 배지기를 하든 들배지기를 하든 딴죽걸이를 하든 재주를 부려보자. 구렛나룻이 팥죽 같은 땀을 흘리며 식식거리고 있는데, 끙 소리와 함께 만동이가 샅바를 잡아당기었다. 힘을 쓰느라고 만동이 한쪽 다리가 앞으로 나왔고, 빈자리를 본 구렛나룻이 이때다 싶어

"으라랏차차!"

한소리 지르며 들배지기\*를 노리고 바짝 파고들었다. 황소 같은 콧김을 내어뿜으며 안걸이 밖걸이 돌려치기 온갖 재주를 다 부려보지만 들썩들썩 흔들리기만 할 뿐, 도무지 씨가 먹히지 않는다.

"으라랏차차!"

구렛나룻이 마지막 젖먹던 힘을 다하여 한소리 지르며 들배지기로 들어가는데, 만동이가 활처럼 몸을 뒤로 빼어 상대를 바짝 잡아당기며 발끝으로 안다리를 걸어 슬쩍 잡아채니, 제 힘을 견디지 못한 구렛나룻은 앞으로 폭 고꾸라지면서, 면상을 모래 바닥에 깔아버리었다. 어이쿠! 소리도 못 지른 채 구렛나룻이 코그루를 박고\* 있는데, 금줄 밖 사람들 입에서 무릎치는 소리가 떠들썩하였다.

---

들배지기 맞선이 배를 껴안고 몸을 슬쩍 돌리면서 넘어뜨리는 씨름 솜씨. **코그루를 박다** 잠을 자다.

"긔운이 장사로구나!"

"대흥에 장사 났네, 애긔장사 났어!"

"저만헌 장사라면 으영대장 훈련대장 떼논 당상일세!"


"해가 지구 밤이 오니 상사불권 수심 일다. 펑월이 만증헌듸 도 취비의 수심 일다."

창기년들이 주절거리던 수심가 한 자락을 홍얼홍얼 흉내내면서 만동이 읍치를 벗어나는데, 개 짖는 소리가 들려왔다. 삼키면서 길게 끌던 개울음소리가 멎었고, 반딧불인 듯 깜박이고 있는 것은 윗말 쪽 불빛이었다. 다시 개 짖는 소리가 들려왔고, 구름이 밀리면서 달이 얼굴을 드러내었다. 보름달이었다. 휘영청 밝은 보름달 아래 마을에서는 잔치가 벌어질 것이었다. 벽창우<sub>鐴昌</sub>牛 앞세우고 먼저 떠난 풍물패와 하님동무들 뒤를 따라 잰걸음을 놀리는 만동이 다부진 입이 벙긋 벌어진다.

동달이* 위에 전복 껴입고 전대 띠고 환도 차고 등채* 들고 산수털 벙거지* 쓰고 수혜자* 신고…… 진다홍 운문대단으로 지은 철릭* 떨쳐입고 공작새 꽁지털로 꾸민 갓에다 털을 붙여 번쩍번쩍 빛나는 밀화패영 단 갓벙거지 눌러쓰고 길이가 삼 척이

---

**동달이** 검정 두루마기에 붉은 안을 받치고 붉은 소매를 달았으며 뒷 솔기가 길게 째져 있던 군복. **등채** 굵은 등나무 도막 머리 쪽에 물들인 사슴가죽이나 비단 끈을 단, 무장할 때 쓰던 채찍. **산수털 벙거지** 무관들이 쓰던 모자. **수혜자**(水鞋子) 비 올 때 신던 무관 장화. **철릭** 무관 공식 차림새.

요 갈날이 서릿발 같은 장검 꼬나쥐고 금고소리 취각소리 천지를 진동하는 가운데 천리화광마* 높이 올라 천군만마를 호령하여……

장재將材로구나.

세 사람 관노가 달려들어 낑낑거리는 노둣돌*을 만동이가 단번에 번쩍 뽑아 들었을 때, 아산현감으로 있던 김병윤金炳允이 한 소리였다. 상전 권주* 받아 『백수문』 떼고 『통감』 초권이라도 읽게 된 것도 그때부터였는데, 아전살이하는 자들이 익혀야 할 책인 『전등신화剪燈新話』며 『이서필지吏胥必知』 대신 무경칠서武經七書와 『장감將鑑』을 읽게 하는 상전이었다.

만동이 여남은 살까지는 예사 여느 아이들과 같았으나 열두 살적부터 엄장 크게 숙성하기 시작하여 이미 이십청년 같았고 열다섯이 되면서는 깍짓동 같은 몸집에 칠척키 장사였다. 힘만 장사인 것이 아니라 백령백리하고 능소능대하며 묵중한 말에는 또 조리가 있어 나이든 양반이라고 하더라도 함부로 대하지를 못하였다. '기운이 장사'라는 소리를 들으면 출신*을 할 수 있는 터무니가 된다. 내년이 식년무과式年武科인데 이따금 불러 무경칠서와 『장감』 이치를 물어보는 상전이다.

속신*을 하여주시려나? 은근히 그러한 기대를 하여보며 다만

---

**천리화광마**(千里火光馬) 인조 때 무장 정충신(鄭忠信, 1576~1636)이 타던 명마. **노둣돌** 말을 타거나 내릴 적에 발돋움으로 쓰느라고 대문 앞에 놓였던 돌. 하마석下馬石. **권주**(卷住) 애호. 보살핌. 돌봄. **출신**(出身) 무과 급제.

힘만 셀 뿐인 장사가 아니라 일부당관一夫當關에 만부막개萬夫莫
開하는 용사 역사가 되어보고자 달리기 높이뛰기 큰 바위 들어
올리기 나무 뿌리째 뽑기 같은 몸닦달을 게을리하지 않는 만동
이다. 말 타고 활 쏘고 창갈 쓰는 법을 배우는 것은 장선전한테서
이다.

　비석거리로 돌아들던 만동이는 무춤 걸음을 멈추었다. 깁을
찢는 듯한 젊은 여자 비명소리가 귀를 찔러왔던 것이다. 서둘러
앞으로 나아가보니 즐비하게 늘어서 있는 송덕비 사이로 쪽빛
치맛자락이 보였고, 시커먼 더그레짜리가 어떤 여자 어깨를 끌
어당기며 실랑이를 하고 있었다.

　"덕금아! 아이구우 덕금아아!"

　숨넘어가는 소리로 부르짖고 있는 여자는, 장선전댁 아기씨였
다. 열여덟 살 난 장선전댁 따님 인선仁善이. 머리꼭대기까지 핏
기가 오른 만동이가 주먹을 부르쥐고 달려가는데, 더그레짜리
둘이 앞을 막아섰다.

　"웬 늠이냐?"

　엇질러 가로막는 창자루 두 개를 두 손으로 잡아 젖히며

　"애긔씨, 륌려 놓으시우. 저 만됭이유."

　소리치는데, 포졸들이 수리목*진 소리를 내었다.

－－－－－－－－－

속신(贖身) 종을 놓아주어서 양민이 되게 하던 것. 속량贖良. **수리목** 목청이
곰삭아서 조금 쉰듯하게 나는 목소리.

"이 자식이 누구여? 아까 빅창우 업어간 늠 아녀?"

"빅창우 업어가먼서두 인정전 한 닢 안 내는 늠일세."

"누구헌티 호늠여?"

만동이 눈을 지릅뜨는데, 포졸들이 마주보며 코웃음을 쳤다.

"허, 대갈박이 피도 안마른 늠이 딱딱거리는 것 점 봐."

"촌 씨름판서 눈먼 송아지 한 마리 건졌다구 눈이 뵈넌 게 옰 넌 모냥일세."

인선이 쪽으로 눈길을 주며 만동이는 목소리를 낮추었다.

"저자가 누구요?"

"저자라니? 이 골 장교*나리헌티 말허넌 뽄세* 좀 보게."

"장교먼 밤질 가넌 아녀자 붙잡구 희롱을 헤두 되넌 규?"

"허, 자식허구는. 이늠아, 희롱허넌 게 아니라 적간을 허시넌 중여."

"반가 애긔씨 잡구 즉간이라니, 화적이라두 났수?"

"반가구 왼가구 간이 행인긔찰은 우덜 소임여, 이늠아."

"이 자식덜이 싸래기 반 토막만 처먹었나."

만동이가 두 사내를 확 뿌리치며 앞으로 나가는데, 앙가바틈 하게 생긴 장교가 맞받아 나왔다. 그 사내 손이 등너머로 갔고, 휘영청 밝은 달빛 아래 번쩍번쩍 빛을 내고 있는 것은 두 자 가웃

---

장교(將校) 포졸을 거느리고 치안을 맡던 외방관아 군관. 포교. 뽄새 본새. 본보기.

쯤 되는 환도였다. 무춤하고 그 자리에 선 만동이 저한테 겨누어지는 환도를 보며 어이없어하는 웃음을 흘리고 있는데, 장교가 소리쳤다.

"웬 눔이냐?"

"아아."

만동이가 한 손을 들어 앞을 막는 시늉을 하며

"거 갈 점 치우슈. 여기는 깎어 먹을 능금 한 쪽 읎으니 갈 점 쳐."

웃음의 말을 하는데, 장교가 다시 소리쳤다.

"웬 눔이냐니께?"

"나 말이우? 나 만됭이라구 허우. 윗말 짐사과 으르신댁 사넌 천만됭이."

"이눔아, 네가 행인긔찰 중인 관원을 치구두 온전히 돌어갈 성싶으냐."

"거 참 무를 일일세. 누가 누구를 쳤다넌 규?"

"이눔 봐라. 방금 눈앞에서 긔찰관원 둘을 메다꽂구서두 뒵세 큰소릴세."

창대를 꼬나쥐고 앞을 막어서다가 만동이 손짓 한 번에 경칩 전 개구리 꼴로 엎어져 있던 포졸 두 명이 그제서야 엉금엉금 몸을 일으키었다. 만동이 손짓 한 번에 곤두박질로 자빠졌다고 하지만 어디를 어떻게 접질리거나 다친 것은 아니었다. 말끝마다 눔자를 놓는 데 부아가 치밀어 한 번 뿌리치기만 하였을 뿐이므로 그 천둥 같은 힘에 못 이겨 그냥 쓰러지기만 한 것에 지나지 않았고, 다만 서글펐을 뿐이었으니—

이런 넨장맞을. 언놈들은 추석이라고 술에 밥에 계집까지 꿰어차고 닐니리를 부르는데 나는 이게 뭐람. 저나 나나 마흔 고개를 넘어서기는 마찬가진데 언놈은 동헌마루 높다랗게 좌정하고 앉아 턱 끝으로 아랫것들 호령하고 언놈은 대궁밥 한술에 찬서리 헤쳐가며 기찰수탐으로 날새는 줄 모르고. 장교명색이라고 으르딱딱거리기만 하는 이자는 또 뭔가. 판막음장사로 집채 같은 벽창우 꿰어찼으면서도 신발차* 한 닢 없는 아기장순지 소금장순지 하는 놈도 괘씸하지만, 상관이랍시고 제 욕심 채우는 데 번이나 들게 했지 따뜻한 말 한마디 없는 장교놈은 더욱 괘씸하다. 하기야 누굴 원망하고 누굴 또 탓하랴. 상놈으로 태어나 군정에 박힌 내 팔자 탓이지. 아이구우, 어머니이.

사십 장년 중늙은이 포졸들이 탁탁 소리가 나게 왜청* 더그레를 털고 있는데, 장교가 갈끝으로 만동이를 가리키며 소리쳤다.

"뭣들 하는 게냐…… 이눔을 묶지 않구!"

집어들던 창대를 놓은 포졸들이 허리춤에서 오라*를 빼어 들고 주춤주춤 다가서는데, 만동이 한쪽 눈초리가 위쪽으로 길게 찢어져 올라갔다.

---

**신발차** 관차들에게 일을 잘 봐달라고 주던 돈. **왜청** 검은빛을 띤 푸른빛. **오라** 도둑이나 죄인 두 손을 뒷짐지워 묶는 데 쓰이던 붉고 굵은 줄.

"이거 왜 이러슈, 장교나리. 내가 뭔 조이가 있다구 오라를 지우려는 게요?"

"긔찰수탐 중인 관원 구타면 중곤 삼십 도여 이눔아. 영발하시기 끝날 같다넌 김사또 밑이서 닦달질 받었다는 눔이 대밍률두 물러."

"대밍률이구 소밍률이구 간이 한 가지 물어봅시다."

오라를 꺼내 들기는 하였으나 아까 당한 것이 있어 곧바로 달려들지는 못하고 서너 발짝 떨어진 곳에서 상관 눈치만 살피고 있는 포졸들을 지릅뜬* 눈으로 한 번 훑어보고 난 만동이는 장교 벙거지 너머로 안타까운 눈길을 보내었다. 찢어지게 밝은 한가위 보름달에 사방이 대낮같이 밝은데, 즐비하게 늘어선 송덕비 사이로 인선이 달덩이 같은 얼굴이 보였고, 열일곱 살 난 그 엄지락총각*은 지그시 아랫입술을 깨어물었다. 만됭이늠 예 있으니 뤔려 놓으시우, 애긔씨. 부탕도화*래두 마다 않구 지켜내서 털끝 한 올두 붐허지 뭇허게 헐 것인즉. 만동이가 말하였다.

"밤질 가넌 아녀자 잡구 뭔 긔찰이우?"

"윤동지댁이 도적이 들었단 소문두 뭇 들었너냐?"

"되적이 들었으니 워쨌단 말유. 요순 시절이두 되적은 있었구

---

**지릅뜨다** 1.고개를 수그리고 눈을 치올려 뜨다. 2.눈을 크게 부릅뜨다. **엄지락총각** 떠꺼머리총각. 노총각. **부탕도화**(赴湯蹈火) 끓는 물이나 뜨거운 불에도 가리지 않고 밟고 간다는 뜻으로 '아주 어렵고 힘겨운 수단'을 일컫는 말.

공자님 당대이두 되척이 있었거늘, 그깟 일루 더구나 양반댁 규수 잡구 긔찰헌단 말유?"

"그깟 일이라니. 니가 시방 툉감 초권이나 읽었다구 되잖게 문자를 농허구 있다만, 소소헌 돈을 도적질헌 구메도적이 아니라 유민지배들이 작당헌 화적떼라넌 걸 물러서 그러너냐?"

"화적떼라규?"

되물으며 만동이는 픽 하고 웃음을 깨물었다. 홍주목洪州牧 퇴리退吏로 돈냥이나 있다 하여 떵떵거리는 솔안말 윤동지댁에 도적이 든 것은 맞는 말이었다. 도적이 들었다지만 무엇이 없어졌네 무엇도 안보이네 법석을 떨며 관아로 달려가는 바람에 관차*들이 벌떼처럼 몰려나와 마을을 들쑤셨으므로 도적이 들었는가 하였을 뿐, 더구나 화적은 아니었다.

어미는 자식과 헤어지고 자식은 어미와 헤어져 남북으로 동서로 조밥 흩어지듯 살길을 찾아가던 전라도 쪽 유민流民 무리 스무 남은 명이 어떻게 대궁밥이나 얻어먹어볼까 하고 모란곳 호랑나비 새겨진 회랑이며 몇 굽이 난간으로 층층 용마루 이어진 솟을대문 들어섰다가 으르딱딱 광릉을 부리는 호노한복들과 불가불이 붙은 것에 지나지 않았다. 사납고 억세기가 가장비 같고 범강장달이 같은 노복들한테 밥 대신 주먹질만 당한 채 그들이 쫓

---

**관차**(官差) 아전·사령·군노 같은 구실아치들.

겨간 어름해서 두 조각으로 쪼개어진 전패°가 객관客館 뒤 시궁창에 처박힌 일이 일어났다.

전패작변殿牌作變 죄인은 잡아 목을 베게 되어 있었다. 기겁을 하게 놀란 원은 관차를 풀어 유민을 쫓았으나 그들은 벌써 대흥 지계를 넘어 홍주로 예산으로 공주로 넘어간 뒤였고, 무엇보다도 새롭게 밀려드는 또 다른 유민들로 하여서 모래 위에 물 쏟은 격°이었다.

내관 처가 출입하듯 하고 온 관차들이 잡을 길이 없노라고 머리를 조아렸을 때 과만을 눈앞에 둔 원 머릿속에서는 이미 산목이 놓여지고 난 다음이었으니, 전패작변 죄인을 잡아 들인다는 명목으로 덧거리질을 할 작정이었던 것이었다. 벌써 달포가 지난 일이었다.

"나으리."

"엉?"

"벙거지 시울 만지넌 소리°그만두슈."

속삭이듯 낮은 목소리로 한마디 오금을 박아주고 난 만동이가 인선이 쪽을 바라보며

"가십시다, 애긔씨."

하고 활기차게 말하는데, 장교가 발을 굴렀다.

---

전패(殿牌) 임금을 상징하는 '殿'자를 새긴 나무패.

"끼놈! 가긴 워딜 간다는 게야!"

환도로 만동이를 가리키며 포졸들한테 소리쳤다.

"뭣들 하는 게냐…… 이눔을 묶지 않구!"

포졸들이 주춤거리며 다가섰고, 만동이 짙은 눈썹이 **빳빳**하게 곤두섰다. 한두 걸음 내어딛으며 팔을 뻗치면 닿을 만큼 다가선 포졸 하나가 오랏줄 잡은 두 손을 빙빙 돌리는데, 장교 턱짓을 받은 다른 포졸이 꽁무니에 찬 몽치를 빼어 들고 만동이 뒷전으로 갔다.

"만동이이!"

다급하게 부르짖는 인선이 외침과 함께 박달나무 몽치*가 만동이 골통을 내려찍었다. 인선이 외침이 아니라도 뒤꼭지로 다가드는 자를 알고 있던 만동이는 휘청 어깨를 비틀며 고개를 젖히었고, 몽치는 허공을 갈랐다. 헛손질을 하는 바람에 비틀하고 쓰러지려는 몸뚱이를 바로잡는 포졸 견대팔을 나꿔챈 만동이가 한 손으로 멱살을 틀어쥐었다. 두어 자쯤 허공에 들어올려진 채로 숨이 막혀 캑캑거리는데, 가로세로 몇 번 흔들어보던 만동이 오랏줄을 잡은 채로 벌벌 떨고 있는 포졸한테 짚단인 듯 휙 집어던지었다. 어쿠! 소리와 함께 몸뚱이가 포개어진 두 포졸이 넉장거리*로 나자**빠**지는 것을 본 만동이는 탁탁 소리가 나게 손바닥

---

**몽치** 사람을 때리는데 쓰는 단단하고 짧막한 몽둥이로, 왕조시대 병장기 하나였음. **넉장거리** 네 활개를 벌리고 뒤로 자**빠**지는 것.

을 털었다.

"이눔이, 이눔이……"

낮빛이 달빛이 된 장교가 목안엣소리로 같은 말만 되풀이 하고 있는데,

"에잇, 승가셔!"

한소리 지르고 난 만동이 몸을 돌리었다. 그리고 성큼성큼 민틋한˚ 풀밭을 벗어나더니 굵기가 뼘 가웃쯤 되어보이는 소나무 앞에 섰다. 한쪽 어깨로 소나무 허리께를 턱 받치는데, 출렁 하고 흔들리면서 우수수우수수 솔잎이 쏟아져 내리었고, 두 손으로 아래쪽을 잡고 으윽! 다시 한 번 힘을 쓰자 우지끈 소리와 함께 중동˚이 부러져버리었다. 옷매무새를 바로하고 난 만동이 버덩˚으로 나오며 씩 웃었다.

"가십시다. 애긔씨!"


닐니리 쿵. 닐니리 쿵. 우쭐우쭐 구름도 춤을 추는 삼현육각 눈부시게 아름다운 소리 따라, 쌍저 부는 광대 뒤로 홍패 든 하인 앞세우고, 어사화 꽂은 복두 아래 앵삼 받쳐입고, 은안장 부루말˚ 높이 앉아 삼일유가˚ 마친 다음, 유자생녀 만수다복ㅡ

---

**민틋하다** 울퉁불퉁한 곳 없이 비스듬하다. **중동** 가운데 도막. **버덩** 조금 높고 평평하며 나무는 없고 잡풀만 난 거친 땅. **부루말** 온몸 털빛이 흰 말. 가라말. **삼일유가**(三日遊街) 과거에 급제한 사람이 사흘 동안 좌주座主와 선진자先進者와 친척을 심방하며 대접을 받고 놀던 일.

나아가면 장수요 들어오면 정승이라……

꿈꾸듯 아련한 눈길로 앞장서 걸어가던 만동이는 무춤 걸음을 멈추었다. 그리고 힘껏 도머리°를 치었는데, 풍물소리였다.

은쟁반 위에 떨어지는 복사꽃잎인 듯 화사하게 아름다운 삼현육각소리가 아니라, 흐느끼는 듯 숨넘어가게 찢어발기어지는 풍물소리.

풍물소리가 들려오는 곳은 저만큼 떨어진 곳에 있는 존위°댁이었다. 멍석 위에 콩 열 섬을 깔아놓고도 오히려 귀가 남는 그 댁처마끝이며 돌담 위로는 붉고 푸른 등롱°이 눈부시고, 넓디넓은 마당 한복판에서 이글거리며 타오르고 있는 것은 화톳불이었는데, 바람개비인 듯 어지럽게 돌아가고 있는 것은 몽돌이 아버지가 돌려대는 열두 발 상모였다. 하님동무들과 하님동무들 언니와 아저씨와 아버지들이 두드려대는 꽹과리소리였다. 징소리였다. 장구소리였다. 북소리였다. 벅구소리였다. 날나리소리였다. 상씨름판에서 판막음장사 되어 벽창우 몰고 온 아기장수 보려고 몰리어든 삼동네 이웃들이었다.

양반도 있고 상놈도 있고, 사내사람도 있고 계집사람도 있다. 늙은이도 있고 젊은이도 있고, 처녀도 있고 총각도 있고, 지주도

---

**도머리** 머리를 흔들어 무엇이 싫다거나 아니라는 뜻을 나타내는 것. **존위**(尊位) 동네 일을 맡아보던 오늘날 이장 택. 동네 어른. **등롱**(燈籠) 대오리나 쇠로 살을 만들고 겉에 종이나 헝겊을 씌워 그 안에 촛불을 넣어서 달아두기도 하고 들고 다니기도 하던 등.

있고 작인도 있고, 마름도 있고 머슴도 있고, 상전도 있고 종놈 종년도 있는데…… 아버지도 오시었는가? 작은사랑 서방님은?

만동이가 같이 가자는 눈빛으로 인선이를 바라보는데,

"나는……"

인선이는 옷고름을 만지작거리었다.

"집으로 가봐야겠어."

"꿩물 귀경 안 허시구요?"

"으응."

"나으리께선…… 차도넌 점 있으신감유?"

"그저 그러하셔."

"어서 쾌차허셔야 헐 텐디 큰일이네유."

아미를 숙인 채로 옷고름만 만지작거리고 있던 인선이가 고개를 들고 만동이를 똑바로 바라보았다.

"만동이 결도국 된 줄 아시면 굉장히 좋아하실 거야."

"에이, 애긔씨두. 쓸데읎넌 디다 글력 쓴다구 꾸중이나 안 허실넌지 물러유."

"꾸중은 무슨."

"저어……"

만동이가 무슨 말인가를 하려는데, 치맛자락을 모아 잡은 인선이

"아까는…… 고마웠어."

살그니 몸을 돌리었고, 모란꽃잎 위를 날아다니는 나비인 듯 하늘거리는 그 꽃두레* 갑사 댕기자락을 바라보는 만동이는 부르르 진저리를 치었다. 온몸에 쥐가 오르는 것만 같았다. 아름다운 꽃두레였다. 다만 그 얼굴이 아름답기만 한 것이 아니라 누구싯귀처럼—

　　아름다운 얼굴이야 천하에 흔하지만
　　덕스러운 모습은 세상에 드물레라
　　삼정三停에 빠진 데 하나 없고
　　오악五嶽 또한 준수하며
　　인당印堂이 단정하여 더욱 좋고
　　문조門竈도 너그러워 윤기나고
　　난대蘭臺는 봉 쓸개를 매어단 듯
　　채하彩霞는 활시위를 당기는 듯
　　열 손가락은 죽순처럼 보드랍고
　　두 손바닥은 피가 솟은 듯 붉고
　　심상心相은 맑고 따스하며
　　윤곽은 희고 오목하니……

---

**꽃두레** '처녀' 본딧말.

그 시인 시대로라면 부귀는 말할 나위 없고 복록 또한 고금에 드물어야 마땅하련만, 똥구녕이 찢어지게 가난한 오십궁무五十窮武 딸이었다.

"장선전……"
하다 말고 김병윤은 손바닥으로 입을 틀어막았다.
"쿨룩쿨룩……"
문창호지가 찢어지는 것 같은 날카로운 기침소리가 터져 나오면서 나귀 모가지에 매달려 있던 워낭이 물결처럼 출렁거렸고, 묏등에 뙤똑하니 앉아 해바라기를 하고 있던 참새 몇 마리가 화들짝 깃을 치며 날아올랐다.
"나으리!"
만동이가 쥐고 있던 고삐를 힘껏 잡아당기며 안타까운 눈빛으로 나귀 위 상전을 올려다보는데, 김병윤 손이 도포 콩소매* 속으로 들어간다. 곱게 다림질이 된 삼팔주 손수건을 꺼내어 든 김병윤이 입을 막아 보지만 기침은 멎지를 않고, 몸부림치듯 윗몸을 흔들어대며 거세차게 기침을 하는 상전을 올려다보는 만동이는 무슨 까닭으로 미주알*만 자꾸 졸밋거리는 것이어서, 도무지 부쩌지를 못한 채 나으리 소리만 입안엣말로 되뇌이고 있다.

**콩소매** 옷소매 밑으로 볼록한 어섯. **미주알** 똥구멍을 이루는 창자 끝 어섯.

백당목˚ 속곳 밑바대˚를 뚫고 금방이라도 비어져 나올 것만 같게 만동이 미주알이 졸밋거리는 것은, 기침소리 탓만은 아니다. 창자를 에는 듯한 번조가 한번 왔다 싶으면 장죽 한 대를 다 태울 동안은 끊어지지 않는 그 소리 또한 무섭지 않은 게 아니지만, 노점이야 익히 아는 병이고, 정작으로 두려운 것은 술병이다. 흑달˚이라고 하던가. 잔뜩 으등그려 붙인˚ 채로 흔들리고 있는 진사립 밑 검숭한 이맛전을 올려다보는 만동이 햇볕에 타 검게 그을어진 이맛전 또한 잔뜩 으등그려 붙이어진다. 그 병환에는 무엇보다도 노여움을 내거나 울화를 끓이게 되면 안 된다고 하던데, 심기를 상하였는가? 상하셨겠지.

갈가위˚ 같은 늠덜!

당자한테 직접 들은 바는 없고 또 가볍게 말을 할 사람도 아니지만, 금방이라도 방구들이 내려앉을 것만 같게 뿜어대는 큰사랑나으리 장탄식과 대방마님 관세음보살 소리와 그리고 또 무엇보다도 건넌방아씨 소리 죽인 한숨 소리를 통하여 작은사랑서방님이 죽을병에 걸려 있다는 것을 잘 알고 있어 얼음판에 발 대듯 조심조심 모시고 있는 만동이가 입안엣소리로 욕을 해대는 것은, 이 고을 군수 조아무개이다. 충청감사 조아무개와 과갈간

---

**백당목**(白唐木) 흰 무명실로 짠 바닥이 고운 천. **밑바대** 속곳 밑 안폭에 힘받침으로 댄 천. **흑달**(黑疸) 오한이 들어 열이 심하고 오줌이 잦으며 이마가 검숭하여지는 병. **으등그려 붙이다** 잔뜩 찌푸리다. **갈가위** 제 실속만을 차리는 소인배.

이라는 군수와 그 밑에 딸려 있는 온갖 구실아치들이 비렴급제로 어사화를 꽂게 되었다는 소문을 기별°보다 빠르게 알아차려 가지고 금의환향을 하기도 전부터 풀방구리 쥐 나들 듯° 연락부절이던 자들이 아무개댁 작은사랑 서방님이 요상한 사단이 생겨 고을살이를 내어놓게 되었다는 말을 또한 기별보다 빠른 소문으로 먼저 듣자마자 늙으신 그 부모님한테 위자하는 말 한마디를 하기는커녕 소 닭 보기°로 발길을 딱 끊더니, 무슨 까닭으로 다시 발길을 하기 시작한 것은 한가위를 쇠고 난 다음부터였다. 수리首吏 되는 자가 대문 밖에서 거래를 해온 것은 아침나절이었는데, 벌써 세번째였다. 좌수°와 별감°이 번차례로 온 것만 각기 두 번씩이고 사이사이로 관청빗°도 오고 색차지°도 오고 수통인°도 왔다. 빈손으로만 그냥 오는 것이 아니라 저마다 온갖 진귀한 음식이며 둟씨에 박래품까지를 등이 휘게 지운 부담마°를 앞세우고였는데, 김아산金牙山나으리를 뫼시고 오라는 안전쥐 분부시라는 것이었다.

비편한 몸인지라 출입을 삼가고 있노라고 전해드리게.

한마디 던지고는 부담마 쪽으로는 외눈 한 번 거들떠보는 법 없는 김사과였고, 판막음장사가 되던 날 밤 비석거리에서 있었

---

기별(寄別) 관보. 좌수(座首) 조선왕조 때 주·부·군·현에 두었던 향청 우두 머리. 수향. 별감(別監) 좌수 버금자리. 아향. 관청빗 음식맡은 아전. 색차지 (色次知) 관장 놀음놀이를 맡아보던 기생맡은 아전. 수통인(首通引) 관장 잔 심부름을 하던 이속 가운데 우두머리. 부담마 부담농을 싣고 그 위에 사람 이 함께 타도록 꾸민 말.

던 일로 그러는가 싶어 바짝 귀를 세우던 만동이는, 어금니에 힘을 주었다.

그깟 일루 겁을 먹다니…… 이런 좀사내* 같으니라구.

그날 밤 일로 사단을 삼아 율에 건다고 할 것 같으면 오랏줄 들고 몽치 찬 벙거지짜리들이 들이닥칠 것이지 양태 좁은 통영갓을 반백 상투 위에 얹은 명색이 좌수에 별감에 수리짜리가 찾아올 리 만무 아닌가. 대를 물려가며 아전질을 해오고 있는 그 늙은 사내는 살살 눈웃음을 치었고, 곱지 않은 눈으로 쏘아보며 만동이는 대문을 따주었다. 갓끈이 땅에 닿도록 김사과한테 하정배를 올리고 난 수리가 말하였다.

안전께오서 김아산나으리를 뵈옵자고 하시오니다.

아랫사랑에서 서책을 넘기고 있던 김병윤은 문도 열어보지 않았고,

밍부*께서…… 어인 연유로?

김사과가 묻는데 수리는 밭은기침을 하였다.

한번 뵈시구 시모*나 들잡으시자는 겝지요.

시모라. 그런 것이는 오불관언인 사람이기두 허려니와, 근자이는 더구나 겅향간이 출입조차 끊구 있은즉…… 나누어볼 이야긴들 무에 있겠는가.

---

**좀사내** 좀스러운 남자. **명부**(明府) 원. **시모**(時毛) 세상 소식.

점잖은 말로 물리쳐 보내었는데,

시모나 듣자니…… 이자가 누구를 주막쟁이루 아나. 아니면 언문소설나부랭이나 지어 파는 이야기꾼으루 안다는 게야. 매문자생*하고 설경자활*하는 도도평장*으로 알아. 늙마에 선조 음덕으루 백리*를 얻고 보니 눈에 뵈는 게 없는 모양일세.

펄쩍 뛰며 증을 내는 자식을 다독거려 달랜 것은 김사과였다.

경위에 맞넌 것은 아니겠다만 자고루 최려삼고草慮三顧라는 말두 있지 않느냐. 왼갖 이속덜을 보낸 위에 수향首鄕 아향亞鄕까지 두 번씩이나 보냈으면 소위 선비를 청허넌 예는 갖추었다 헐 것인즉, 잠시 얼굴이나 뵈구 오두룩 허거라. 내 골 관장과 척을 져서 좋을 게 무에 있으리오.

청부루를 타고 가라는 김사과 말에 병윤은 굳이 걸어가겠노라고 하였고, 그것은 관장 초빙에 응하는 우족 법도가 아니라는 아버지 말씀에 자식은 더는 거역을 하지 못하였으니, 어른이 주시는 것은 감히 사양하지 못한다는 『소학小學』「장자사長者賜 불감사不敢辭」를 읽은 탓이었다. 그러나 청부루 대신에 나귀를 타겠다고 하였다. 나귀라지만 김사과가 출입 때 타는 청부루 빼놓고는 오직 하나 탈것인 그 네 발 달린 짐승은 나귀 축에도 못 끼는 버새*였다. 스스로 고삐를 잡고 가겠다는 것을 김사과가 만동이

---

매문자생(賣文資生) 글을 팔아 먹고사는 사람. 설경자활(舌耕資活) 혀를 놀려 먹고사는 사람. 도도평장(都都平丈) 글을 잘못 가르치는 시골 본데없는 훈장訓長. 백리 한 고을.

를 길아뢰게˚하였는데, 활을 가져오게 한 것은 대문 밖 노둣돌을 딛고 막 버새에 오른 다음이었다. 제 것만이 아니라 만동이 것까지 가지고 오게 하였다.

"댁내 균안들 하시다더냐?"

기침이 멎은 김병윤이 뒤늦은 뒷동˚을 달았고,

"예예."

하면서 만동이는 긴경마˚를 잡아당기었다.

"우환이 계시다고 들었는데……"

"아직 완정은 안 되셨지면 그런대루 긔동은 허십니다."

"그 댁에 당혼한 따님이 계시다지?"

갑자기 얼굴이 붉어진 만동이 대꾸를 못하고 직수긋이˚나귀 줄만 잡아당기는데, 에멜무지로˚그냥 한번 하여본 말이었던가. 김병윤 눈길은 허공중으로 던지어져 있다. 한가위를 지나고 나서 한 길은 더 높아진 시월 하늘 막막한 허공중에 떠 있는 것은, 타는 듯 붉은 새털구름 몇 무더기.


활터에는 아무도 없다. 활 서너 바탕 저만치 아사衙舍가 내려다보이는 사직골 안침 버덩 위에 사정射亭이 서 있는데, 누마루에는

---

**버새** 수말과 암나귀 사이에서 난 잡종으로 노새보다 작고 나귀 비슷함. **길아뢰다** 길잡이 하다. **뒷동** 일 뒷 어섯. 또는 뒤에 얽힌 도막. **긴경마** 기구器 具를 갖춘 말 왼쪽에 달린 넓고 긴 고삐. **직수긋하다** 거스릴 뜻이 없이 풀기 가 죽어 수그러져 있다. 시키는 대로 순순히 굽히는 낌새가 있다. **에멜무지 로** 1. 헛일하는 셈치고. 2. 몬을 단단히 묶지않은 채로.

켜켜로 앉은 먼지만 수북하였고, 낙전落箭을 주우러 다니는 연전동이˙ 하나 보이지 않는다.

출신을 바라는 사람들이 모여 습사習射를 하는 것은 물론이고 육예六藝 한 가지인 활 쏘기를 익히고자 하는 선비들이며 한량閑良들도 발길을 끊은 지 오래니, 이 고을 관장 되는 이가 활 쏘는 것을 도무지 싫어하는 탓이었다. 싫어한다기보다 민막民瘼을 끼치고 다니는 가假한량들 잡도리˙ 한다는 명목으로 활터 출입하는 이들 근각˙을 하는 탓이었다.

갈가귀떼 같은 사령들이 허구한 날 지키고 서서 온갖 트집을 다 걸어오니, 활터 출입할 사람이 누가 있겠는가. 활터는 자연 신발차라도 후하게 집어주며 넉넉한 인정을 쓰는 호세한 사람들 차지가 되었는데, 진실로 습사를 하여 몸과 마음을 닦고자 하는 것이 아니라 위세를 부리고자 멋으로 활을 잡는 그들인지라 발길이 잦을 수 없고, 습사를 한다는 명목으로 관장이 불러서야 겨우 와서 사령들한테 인정이나 쓰고 가는 것이 고작이었다.

돈냥이나 있는 이들로서 활 쏘기를 좋아하는 사람들은 제 집 후원에 구메활터˙를 만들거나 뒷동산에 올라 벌터질˙이나 하는 수밖에 없었고, 양반명색 안줘이며 숙성한 큰애기들은 습사 대

---

연전동이(揀箭童-) 떨어진 화살을 주워 나르는 아이. 잡도리 1.잘못되지 않도록 엄하게 단단히 다잡는 일. 2.어떤 일에 대해 미리 넉넉한 채비나 맞설 꾀를 갖추는 일. 근각(根脚) 신원조회. 구메활터 사사로이 만든 활터. 벌터질 활을 과녁에 쏘지 않고 아무데나 쏘아서 팔에 힘을 올리는 것. 활 쏘기를 활터에서 하지 않고 들이나 산등성이 같은 데서 하는 습련.

신으로 집안에서 투호投壺를 하였다. 구사舊射들 거느린 행수°가 원을 만나 그 옳지 못함을 발괄°하였으나, 누가 활을 쏘지 말라고 하더냐고 됩세° 중°을 내던 원이었다. 그러나 활터가 망가진다는 까탈을 잡아 그 망가진 데를 고치고 다듬는다는 핑계로 도에 넘는 추렴을 손벌리었으니, 그로부터는 누구도 활터를 찾는 이가 없었다.

손보는 이 없어 버리줄°도 끊어지고 여염 넉가래°처럼 흙먼지만 더뎅이°져 앉아 혁심°도 보이지 않는 솔°을 닦아내어 바로 세우고 난 만동이가 사정으로 왔을 때, 김병윤은 각궁°에 살을 메기고 있었다. 평작°으로 된 아기살°이었는데, 몇 번 공현°을 하여보던 김병윤이 설자리°로 나아가며 말하였다.

"거기한량°이 없으니 쏠 맛이 안 나는구나."

"소인이……"

하면서 만동이가 솔 쪽으로 달려가는데, 김병윤이 불렀다.

---

행수(行首) 우두머리 한량. 발괄(白活) 백성들이 애꿎은 까닭을 관가에 말로 하소연하던 것을 가리키는 이두 문자. 됩세 됩데. 도리어. 중 화. 버리줄 과녁을 켕기는 줄. 넉가래 곡식이나 눈 따위를 한곳에 밀어 모으는 데 쓰이던 연모. 나무로 한쪽은 넓은 잎이 되고 다른 쪽은 자루가 되게 만들었음. 더뎅이 부스럼 딱지나 때 같은 것이 덧붙어서 된 조각. 혁심(革心) 과녁 한가운데. 솔 나무·무명·베 따위로 사방 열 자가 되게 만든 과녁. 소포小布. 각궁(角弓) 쇠뿔이나 양뿔로 꾸민 활. 평작(平作) 길지도 짧지도 않은 화살. 아기살 길이 여덟 치 남짓 되는 짧고 작은 화살. 공현(空弦) 빈 활을 잡아당기는 것. 설자리 활을 쏠 적에 서는 자리. 거기한량(擧旗閑良) 살이 맞는 대로 무겁에서 기를 들어 알려주는 한량.

"애야, 무겁°도 메워지고 깃발도 없지 않느냐."

"무겁은 옳지면 쇤네가 엎드려 있다가 살펴보옵지요."

"그러지 말고 너도 살이나 메기거라. 벌터질하는 셈치면 되지 않겠느냐."

힘껏 잡아당기었던 시위에서 깍짓손°을 떼던 김병윤이 탄식처럼 부르짖었으니,

"아뿔사!"

반구비°가 아니라 왼구비°로 날아갔는데, 충빠지는° 것이었다. 여러가지로 몸이 허하여진 것을 스스로 알고 있었으므로 단단히 마음을 먹고 첫 활을 쏘던 열세 해 전을 떠올리며 힘껏 시위를 당기어보았지만, 무엇보다도 우선 등힘°이 부치는 것이었다.

좌궁 우궁左弓右弓을 물론허구 두 발을 팔자八字루 블려 딛되 과녁 좌우 아래끝을 증면이루 향혜야 되구, 얼굴과 이마를 또한 과녁과 증면이루 대혜야 허구, 줌°을 이마와 곧은줄이 되게 거들구, 깍짓손을 높이 걸어서 만족허게 댕기어 맹릴허게 낼 것이며, 냥냥고자°와 같은 줄이 되게 헐 것이며, 턱을 줌팔 저드랭이 아래루 접어들여 묻어야 허나니…… 활심이 실허게 생길 때까지 이 법

---

**무겁** 과녁 앞에 웅덩이를 파고 사람이 들어앉아서 살이 들어맞았는지 살펴보는 곳. **깍짓손** 시위를 잡아당길 때 엄지손가락에 끼는 뿔로 된 깍지를 긴 손. **반구비** 쏜 화살이 높지도 않고 낮지도 않고 알맞게 가는 꼴. **왼구비** 쏜 화살이 높이 떠가는 꼴. **충빠지다** 화살이 떨며 나가다. **등힘** 활 잡은 손목으로부터 어깨까지 손등과 팔등 힘이 하나로 뻗는 것. **줌** 줌통. 활 한가운데에 손으로 쥐는 어섯. **냥냥고자** 활 끝에 심고 걸리는 곳.

이루 익히구 배워야 헐 것이니라.

관례冠禮를 올리고 나서 처음 활터로 데리고 간 아버지가 하시던 말씀을 떠올려보며 네 대를 더 쏘아보았는데, 더 가는 것도 아니고 덜 가는 것도 아닌 한배*였다. 낙전을 주워가지고 온 만동이가 민주스러운* 낯빛으로 서있는데, 김병윤이 말하였다.

"쏘아보거라."

상전 재촉을 받고 나서야 만동이는 마지못한 듯 등에 메고 있던 통개*에서 제 활을 꺼내었다. 노둣돌을 한 손으로 뽑아 들었을 때 김병윤이 맞추어준 것으로서 강궁이었다. 어지간한 한량으로서는 그 시위를 당기어보기도 어려운 강궁 가운데서도 막막강궁*.

"쏘거라."

김병윤이 다시 한 번 재촉하였고, 상전 쪽으로 고개를 숙이어 보이고 난 만동이는 설자리로 나아갔다. 살 무게만 닷근이나 나가는 장군전*을 빼어 든 만동이는 잠깐 눈을 감고 숨을 들여마신 다음, 힘껏 시위를 당기었다. 고래심줄로 만든 시윗줄이 끊어질 듯 팽팽하게 턱 끝으로 당기어지면서 눈을 뜬 그 아이는 깍짓손을 떼었는데, 왼구비로 힘차게 날아간 살은 일백삼십 보 허공을 가르고 솔 혁심에 가 박히었다. 네 대를 더 쏘았는데 첫 살과 똑같

---

**한배** 살이 제 턱에 가는 것. **민주스럽다** 1.면구스럽다.(부끄럽다) 2.낯이 뜨뜻하다. **통개**(筒箇) 활과 살을 넣어 메고 다니던 가죽부대. **막막강궁**(莫莫强弓) 아주 센 활. **장군전**(將軍箭) 쇠붙이로 만든 큰 화살.

왔다. 오시오중五矢五中. 화살을 뽑으러 달려가는 만동이 우람한 뒷모습을 바라보며 김병윤이 중얼거리었다.

"병수샅감은 되겠고녀."

만동이한테 견마를 잡힌 버새에 올라 활터를 벗어나는 김병윤이 낯빛은 어둡기만 하다. 기침이 다시 오려는지 목구멍이 간질 간질하여지면서 검숭한* 이맛전*을 잔뜩 으등그려 붙이는데, 아직 비틀어 짠 오이장아찌 빛깔까지는 아니지만 생일꾼*처럼 시커멓게 타 들어간 낯빛이어서, 누가 보아도 뚜렷한 병색이다.

"십팔반무예도 익히고 있으렷다?"

김병윤이 묻는데, 만동이 솥뚜껑같이 큰 손이 목뒤로 올라갔다.

"창갈 쓰는 법식이나 겨우 익히구 있습지요."

"일궁一弓 이노二弩요 삼창三槍 사도四刀에 오검五劍 육모六矛라고 했던가."

"장슨전으르신 가르침을 받구 있습니다만……"

"몇이나 대적할 수 있겠는고?"

"글쎄유우. 아직 무리쌈은 헤본 적이 읎어서……"

만동이 열적게 웃는데, 김병윤 입에서 뿜어져 나오는 것은 한숨이다. 누구보다도 만동이 용력과 됨됨이를 잘 알고 있는 그였다. 노둣돌을 한 손으로 뽑아 든 것이 열두 살 때였는데, 열다섯

---

**검숭한** 거무스름한. **이맛전** 이마 넓은 어섯. 또는 이마 언저리. **생일꾼** 막일꾼.

이 되고는 여느 장정 수십 명을 능히 당할 만하고 또 몸이 날래어 일을 하는 틈틈이 주로 활과 철퇴 아니면 물푸레나무 몽둥이 하나만을 가지고 산중으로 다니며 짐승을 잡으며, 밤저녁으로는 열심히 병서를 익히고 아무도 안 보는 데서 온갖 무예를 닦고 있다. 앉은자리에서 한말술을 마시고 고기 열 근을 먹으며 활을 쏘면 빗나가는 법이 없고 초가지붕 쯤은 단박에 뛰어넘는다. 그러나……

"같이 총을 이길 수 있겠느냐?"

"……"

"아무리 천하명궁이라 한들 대포와 회선포는 그만두고 육혈포˚나마 이길 수 있겠는가 이 말인즉."

"저어……"

하면서 버새 위 상전을 올려다보는 그 아이 눈이 크게 떠진다.

"육혈포라넌 돈이 그렇긔 무선 것인지유?"

"음."

"연방이루 여섯 방까지 방사를 헐 수 있다지유?"

재우쳐 묻는데 김병윤 눈길은 허공중으로 던지어져 있다.

타는 듯 붉은 새털구름 무더기를 바라보는 그 젊은 선비 눈살이 잔뜩 찌푸려진다.

---

육혈포(六穴砲) 총알을 재는 구멍이 여섯 개였던 구식 권총.

북양대신北洋大臣 리홍장李鴻章 복심*으로 우습게도 참판 행세를 하고 있는 목인덕*이 여덟팔자로 비틀려 갈라진 콧수염이 떠오르면서, 자랑스럽게 뽐내 보이던 육혈포 생각이 난다. 임오군변 때 척살당한 선혜당상 민겸호 안동 택저 넓은 뜨락에서 베풀어진 서양식 잔치마당에서였는데, 저마다 한 자루씩 온갖 명색 육혈포를 꺼내어 들고 제나라 강대함을 뽐내어 보이던 것이었다. 미리견米利堅 공사인 복덕*이라는 자는 단번에 스물네 방까지 쏘아댈 수 있는 무슨 회선포가 있다며 샛노란 털북숭이 팔뚝을 휘둘러 보이기까지 하였다.

　청국이야 이미 그 힘이 다 빠져버린 늙은이와 같다 하겠으나 왜국과 미노랑米露朗에 법국法國이며 덕국德國까지 조선이라는 날고기를 서로 먼저 씹어 삼키어보고자 저마다 발톱을 감춘 채 호시탐탐 그 때만 노리고 있는데, 고균古筠은 왜 힘을 빌리어 조선을 새로운 나라로 만들어보겠다고 한다. 이이제이以夷制夷. 우량하이를 빌리어 우량하이를 물리친다는 것이야 손오孫吳병서에도 나오는 말이지만, 글쎄.

　이리떼를 쫓아내고자 살모사를 끌어들이는 꼴인데. 아무래도 내가 다시 한 번 고균을 만나봐야겠구나.

　생각을 하여보던 김병윤 이맛전이 또 잔뜩 으등그려 붙여졌으

---

복심(腹心) '심복' 그때 말. **목인덕**(穆麟德) 묄렌도르프. 독일 외교관으로 임오군변 뒤 조선에 와 외아문 고문을 지냈으며, 갑신정변 때는 개화당에 거슬러서 수구당을 도왔음. **복덕**(福德) 초대 주조미국공사 푸트.

니, 금릉위錦陵尉 탓이다. 그자 그 살지고 기름진 낯짝만 떠올리면 작년 추석에 먹은 오려송편조각이 다 넘어오려고 한다.

이래서는 안 되는데. 어쨌든 같은 뜻을 가지고 큰일을 해보자고 모인 사이니 도량을 조금 넉넉하게 쓰자고 다짐해보지만, 잘 안 된다. 마음을 가라앉히자. 마음을 가라앉히는 데는 시詩밖에 없으려니.

시라.

시 생각을 하여보던 김병윤 이맛전에 다시 내 천자가 그려진다.

대저 천지 정기를 얻은 것이 사람이요, 한 사람 몸을 맡아 다스리는 것이 마음이며, 사람 마음이 밖으로 펴 나온 것이 말이요, 사람 말 가운데 가장 알차고 맑은 것을 가리켜 왈 시라고 하는 것이겠거늘, 요즈음에 들어서는 도대체 개나 걸이나 모두가 한가지로 시를 읊는다고 거들먹거리고 있다. 마음이 바르면 시가 바르고 마음이 간특하면 시 또한 간특해지게 마련이겠거늘, 온갖 욕심으로 오장육부가 꽉 채워진 갈가위 같은 자들이 어시호 시를 쓴답시고 붓방아질을 하고 앉아 있는 꼬락서니라니.

"포정정 동쪽에서는 흰 달을 맞이하고 관어지觀魚池 북쪽에서는 찬 샘물을 끌어왔다."

혼잣소리로 가만히 뇌어보니, 리맹상*시다. 예문관 제학提學으

---

리맹상(李孟常) 1413년 강릉대도호부판관이었음.

로 있던 안 침*이 견사정見思亭으로 그 이름을 고친 포정정布政亭
은 객관 동쪽 연못 속에 있었다. 병윤이 금의환향하였을 때 군수
가 사흘 동안 잔치를 베풀어준 곳이기도 하다.

"기다리거라."

객관 마당 한편 마줏대*아래서 버새를 내린 김병윤은 갓끈을
고쳐 매었다. 그리고 대여섯 발짝쯤 걸어가다가 걸음을 멈추었
다. 달음박질쳐 달려간 만동이 두 손을 앞으로 모아 잡으며 상전
분부를 기다리는데, 김병윤이 염낭 속에서 엽전 몇 닢을 꺼내어
주었다.

"얼굴이나 보이고 금방 나올 것이다만…… 혹시 또 모르니 지
질증이 나거든 탁배기로 목이나 축이고 있거라."

김병윤이 막 아문衙門으로 들어서는데, 두 명 죄수를 압령하여
가지고 나오던 형방刑房이 아는 체를 하였다.

"아이구, 나으리께서 웬일이십니까요. 생전 발걸음을 안 하시
던 어른이 아사를 다 찾으시구."

"음."

"기간 별고 없으시지요?"

"음, 평안들 하신가. 그런데……"

하며 김병윤이 죄수들을 바라보았고, 형방은 잔입맛을 다시었다.

---

안 침(安琛, 1444~1555) 중종반정 때 공조판서를 지내었고 글씨를 잘 썼
음. 마줏대 말말뚝.

"감영까지 압령해가는 중이올시다."

"무슨 중죄인이라도 되는 모양일세."

죄수들 모가지에 채워진 행차칼*을 보며 눈살을 찌푸리는데, 형방이 야릇하게 웃었다.

"중죄인 중에도 대벽*감 중죄인입지요."

"대벽감이라니?"

놀란 김병윤이 되묻는데, 형방이 다시 한 번 야릇하게 웃었다.

"전패작변 죄인들입지요."

죄수 가운데 하나가 무어라고 말을 하려는데, 창옷 위에 전복 껴입고 실띠를 띤 허리 뒤쪽으로 환도 자루가 보이는 장교가 그 사내 목에 씌운 칼을 위로 바짝 치켜 올리었다. 죽는소리로 외마디 비명을 질러대며 그 사내는 캑캑거리었고, 형방이 소리쳤다.

"가자!"

김병윤은 한참 동안 그들 뒷모습을 바라보았는데, 제 땅마지기나 지니고 농사를 지어 군색하지 않게 살고 있는 양민들임에 틀림없었다.

전패작변 죄인들 찾아낸다는 명목으로 민인들을 잡아들여 주장매* 안겨가며 어르고 뺨 때려 돈냥이나 우려내자는 것이다. 고을 안에서 방귀깨나 뀐다는 호세한 자들이야 평소부터 어떠한

---

**행차칼**(行次-) 형구刑具 하나. 여느 칼보다 짧으나 폭은 넓으며, 죄인을 다른 곳으로 옮길 때 씌움. **대벽**(大辟) 사형. **주장매**(朱杖-) 주릿대 같은 병장기로 쓰이던 붉은 칠을 한 몽둥이로 때리는 것.

식으로든 군수를 비롯한 관아 이속들과 줄을 대고 있는 터이고,
남의 땅을 부쳐 입에 풀칠이나 하는 자들이야 아무리 털어본들
먼지밖에 나올 게 없은즉, 무슨 언턱거리*가 벌어졌을 때마다 가
장 만만하게 잡도리를 당하는 것은 밥술이나 먹는 양민들이게
마련이다.

내 이자를 당장!

동헌 누마루 높이 좌기坐起를 차리고 출도出道하려는 암행어
사인 듯 빠른 걸음으로 동헌 쪽을 향하여 가는데, 수리가 쫓아 나
왔다.

"아이구, 나으리."

"명부께선 동헌에 계시겠지?"

"웬걸입쇼. 퇴령* 노신 지 한참 되십니다요."

"퇴령이라니? 해가 중천에 걸려 있거늘, 그게 무슨 말인가?"

"김아산나으리 뵈시구 시모나 듣잡으시겠다구 진작부터 내아
에서 기다리구 계십니다요."

도배를 새로 한 지 얼마 안 되는 듯 풀 내음 들기름 내음에 코가
싸아한 내아內衙 윗방 보료 위 안석에 비스듬히 기대앉아 장죽을
빨고 있던 조군수趙郡守가 다급히 몸을 일으키는 시늉을 하였다.

"어서 오십시오, 김아산."

---

언턱거리 사달머리, 사단事端. 퇴령(退令) 퇴청退廳. '퇴근'은 왜말임.

군수 양옆에 붙어 앉아 팔다리를 주무르고 있던 관기 두 명이 군수를 따라 몸을 일으키었다.

"별래무양하시오이까."

"염려지덕이올시다."

맞절을 하고 나서 김병윤이 방석 위에 앉으려는데, 군수가 손을 잡았다.

"여기는 초협하여 답답하실 터인즉, 우리 대청으로 나가십시다."

대청에는 벌써부터 떡 벌어진 주안상이 차리어져 있었다. 육간대청에 수놓은 병풍 둘러치고 세 겹으로 깔린 화문석 위에 범가죽으로 된 보료가 깔리었는데, 뒤에는 안석이요 좌우로는 공작새를 수놓은 장침과 사방침이 놓여져 있다.

"뭣들 하는 게냐. 본읍은 차치물론하고 호서에 자랑인 김장원 어르신께 어서 약주 한잔 쳐올리지 않고."

잔뜩 드레*를 부리며 군수가 말하였고, 백모래밭에 금자라 걸음°으로 김병윤 앞까지 온 두 명 기생이 납신* 절을 하였다.

"산홍이라고 하옵니다."

"월금이라고 하옵니다."

이번에는 또 어느 고을 기생들과 바꾸어 들였는가. 유난히도 성색을 밝히는 군수라고 하더니, 견사정 잔치 때는 못 보던 얼굴

---

드레 인격적으로 점잖은 무게. 위엄. **납신** 윗몸을 가볍고 재빠르게 수그리다.

들이다. 인사를 닦고 난 기생 가운데 산홍山紅이는 군수 곁으로 가고 월금月金이는 김병윤 곁에 앉았다. 기생들이 옥비녀를 묶어 놓은 듯한 손으로 젖빛 같은 동분원東分院 사기잔에 따라주는 것은 불그스름한 법주였다.

"김참판영감께서는 환국을 하셨다지요?"

거문고소리에 맞추어 부르는 기생들 권주가가 끝나고 첫잔을 비워냈을 때, 군수가 물었다.

"벌써 오래 전 일이지요."

"가셨던 일은 잘 완정이 되셨답디까?"

"잘 아시면서 왜 이러시오이까?"

충청감사 조아무개와는 연사간˚이요 민문 세도대감들과도 든든한 연비를 맺고 있어 한양 소식을 손금 들여다보듯 하는 당신이 시방 누구한테 희영수˚를 하는 것이냐. 김병윤이 영채나는 눈빛으로 쏘아보며 되물었고, 동탕한˚ 얼굴에 채수염˚이 난 마흔 줄 군수는 홰홰 손사래를 치었다.

"이거 왜 이러시오. 촌간에 엎드려 이나 죽이고 있는 속유가 무엇을 알겠소이까. 헛헛."

"과공비례어늘 겸사가 지나치십니다."

"헛헛. 이 사람 무식이야 일국에 소공지가 아니겠소이까. 그러

---

**연사간**(連査間) 사돈끼리 사이. **희영수** 실없는 말이나 짓. **동탕하다** 얼굴이 토실토실하게 잘생기다. **채수염** 성기고 긴 수염.

니 영발하시기 끝날 같은 김아산께서 편달해주셔야지."

"가이속이속이요 가이구이구지요."

"헛헛."

글이 짧아 김병윤이 던져오는 문자속을 알아듣기는 어려우나 그렇다고 못 알아듣는 티를 낼 수도 없는 군수가 에멜무지로 너털웃음만 치고 있는데, 김병윤이 손에 쥐고 있던 잔을 월금이 앞으로 쑥 내어밀었다.

"따르거라."

언제나 첫 잔이 고비였다. 먹어서는 안 된다 안 된다 하고 스스로를 달래면서도 어쩔 수 없이 또 잔을 받게 되는데, 사약을 넘기듯이 첫 잔을 비우고 나서 석 잔만 넘기고 나면 숫제 자포자기하는 심정이 된다. 가이속이속可以速而速 가이구이구可以久而久. 모름지기 빨라야 할 것은 빨라야 하고 늦어야 할 것은 늦어야 한다는 공자님 말씀이다. 술이라는 것이 적당히만 마시면 백약지장百藥之長이 되지만 지나치게 마시다보면 백독지장百毒之長이 된다. 그것을 모르지 않는 김병윤이다.

"전패작변 죄인은 잡으셨소이까?"

아득한 눈빛으로 젖빛 같은 동분원 사기잔 속에 담기어 있는 불그스름한 법주를 들여다보던 김병윤이 군수를 바라보았고, 기름기 쪽 빼고 푹 삶은 낙타발굽 한 쪽을 초장에 찍어 입에 넣으려던 군수는 헛기침을 한번 하였다.

"속속 잡아들이고 있으니 일간 밝혀질 것이오."

"전패작변을 한 자들이 한둘이 아닌 모양입니다그려."

"미친놈들. 때가 어느 때라고 감히……"

쩝쩝 소리가 나게 군입맛만 다시고 있던 군수가

"그러게 말이외다. 시재°판세가 어떤 판세라고……"

나직한 목소리로 중얼거리는 김병윤 말을 맞장구로 알고

"죽일 놈들 같으니라구. 조선팔도 삼백스무세 고을백성들이 다 성상 덕화 아래 살고 삼천리 방역 팔만사천 방리에 나는 일초 일목과 일구일학이 다 성상 것 아닌 것이 없거늘, 지극정성으로 망궐례 참례는 못할망정 그 백성된 자로서 언감생심 감히……" 하는데 김병윤 잔 든 손이 입으로 올라갔다.

"따르거라."

단숨에 잔을 뒤집고 난 김병윤이 빈 잔을 월금이 앞으로 쑥 내어밀었고, 다시 법주가 채워졌다. 오씨부인이 지극정성으로 끓여준 잣죽 한 모금으로 겨우 입매°시늉이나 하였을 뿐 점심도 거른 채 벌물 켜듯°거푸 석 잔 술을 마시고 난 김병윤이 검숭한 낯빛에 비로소 화색이 돌기 시작하는데, 그러나 말이 없다. 바짝 올방자를 틀어 올린 몸맨두리로 올올히°앉아 눈을 술잔에 던진 채 그린 듯 앉아 있다. 곁에 앉아 술을 치는 관기 월금이가 은근히 권

---

시재(時在) 현실. 있는 것. **입매** 음식을 조금 먹어 시장기나 겨우 면하는 것. **올올(兀兀)히** 꼼짝도 하지 않고 똑바로 앉아 있는 꼴.

하여보는 갖은 안주에는 한 눈길도 던지지 않는다.

누구보다도 술을 좋아하였으나 취한 뒤에는 더욱 말이 없는 사람이고, 지금은 더구나 석 잔밖에 마시지 않았으니, 그 무거운 입이 열리어질 까닭이 없다. 그렇다고 해서 은진미륵처럼 늘 입을 다물고만 있는 사람인 것은 아닌 것이, 눈이 가고 눈썹이 오는 사이까지는 아니로되 말귀나마 알아듣는 사람을 만났다 하면 밤새도록 마시고 사흘을 보낸 다음이라 하더라도 가지 못하게 그 소매 끝을 붙잡으며 공맹지도孔孟之道는 물론이고 석씨釋氏 공空과 노자老子 적寂에서 양명학陽明學 지행합일知行合一이며 정다산丁茶山 실사구시實事求是를 거쳐 여염 상소리와 익살에 이르기까지 원형이정으로 두루 꿰뚫어 자유자재하기를 즐겨하는 사람이다. 술과 거문고와 바둑과 글씨와 그림으로 십 년 세월을 보내었던 사람이다. 골계도 알고 해학도 알고 회해도 알며, 무엇보다도 그리고 풍류를 안다. 거문고를 타거나 통소를 불면 그 소리가 빈 공을 뚫어 산새가 내려와서 춤을 추었다는 림백호*에는 미치지 못하겠으되 한 손으로 거문고를 당기어 진양조 한 곡조를 타면 애처로운 가운데서도 화평하고 연연한 가운데서도 웅장하여 풍류를 아는 계집사람 다리속곳*을 버리게 할 만한 소리쯤은 뽑아낼 수 있고, 그 도道를 깨우쳐 국수國手가 되고자 하는 것이 아니

---

림백호(林白湖) 선조 때 시인 림 제(林悌, 1549~1587). **다리속곳** 여자 옷차림에서 가장 안에 입는 아래 속옷. 양말로 '팬티'.

었으므로 이내 작파하여버리기는 하였으나 돌을 잡은 지 석 달
만에 군기郡棋한테서 백白을 넘기어받았으며, 왕우군王右軍과 김
생* 거쳐 추사秋史 원교* 창암*을 익힌 글씨를 쓰면 또 그 힘차면
서도 전아하고 전아하면서도 힘찬 필치에 비백飛白이 아름다웠
는데, 어여삐 여기는 계집사람 백설 같은 무지기*에 쳐주는 매화
에서는 한겨울에도 매운 향내음이 풍겨 나오는 것이었다.

그러한 그가 입을 꾹 다물고 있다는 것은 무언가 비위가 상하
거나 마뜩하지 않아 심기가 편하지 아니하다는 뜻이다. 좀체로
곁을 주지 않는 이 대추씨인 듯 뻣뻣하기*만 한 선비가 어려워 그
귀한 낙타발굽 안주 맛도 제대로 즐기지 못하는 군수가 이것저
것 지나가는 말인 양 제 자랑 섞어 서울 소식을 묻고 있는데, 김병
윤 한쪽 입꼬리에 잔주름이 잡히었다. 도무지 비위가 상하여 차
라리 희영수나 하여보고자 할 때면 나오고는 하는 버릇이다. 여
름 장마에 떠내려간 아귀할미다리를 새로 놓았노라며 군수가 선
정 자랑을 하였을 때였다.

"큰일을 하셨소이다."

"큰일은 무슨…… 백성을 애호하기를 자식같이 해야 하는 목
민관 된 자 도리가 아니겠소이까. 헛헛."

---

김 생(金生, 711~791) 왕희지를 뛰어넘었던 신라 때 명필. **원교**(員嶠) 리광사
(李匡師, 1705~1777). **창암**(蒼巖) 리삼만李三晩. **무지기** 부녀자들이 명절이
나 잔치 때에 치마 속에 입던 짧은 통치마 하나. **뻣뻣하다** 반듯하게 곧추서
있다.

채수염을 쓰다듬어 내리는데, 김병윤이 빙긋 웃었다.

"과만°이 얼마 안 남으셨지요?"

"세월이 역여전이라더니…… 어느덧 그렇게 되었나 보오이다."

"선정비° 건립은 떼어놓은 당상입니다그려."

"헛헛. 선정비는 무슨…… 그저 대과 없이 과만을 맞게 된것만 사행으로 여길 따름이지요."

"선정비를 받으실 만큼 목민을 잘하셨으니, 곧 웅주거목으로 자리를 옮기시겠습니다그려. 내직으로 승체되시든가."

"한양 기색이 어떻습디까? 섣달 도목°이 얼마 안 남았는데……" 하며 군수가 혀끝으로 입술을 핥는데, 김병윤이 한숨을 내쉬었다.

"나라일이 험난하여 백공천창이고, 큰집이 장차 무너지려는데 사면에 바람이 나는 것과 같이 정승 자리가 다 비었고, 사국史局이 오래 궐원되었으며, 당파가 분열하여서 이해를 같이하는 무리끼리 서로 당을 짓고 다른 당파는 배척하여 일개 산인山人 또한 그 벼슬자리에 편히 있지 못하니, 나라 형세가 심히 위태롭다고 하겠지요."

---

과만(瓜滿) 벼슬맡은 동안이 참. **선정비**(善政碑) 선정을 베푼 관원 덕을 기리고자 세운 빗돌. **섣달 도목**(都目) 해마다 유월과 섣달에 벼슬아치 성적成績이 좋고 나쁨에 따라서 벼슬자리를 떼어버리거나 더 좋은 데로 올리거나 하던 일.

"허허. 충군애국하시는 김아산 그 단심에 이 속유는 몸둘바를 모르겠소이다."

수규*는 누가 되고 상국*은 누가 되며 정원*과 대간* 옥당*에는 누가 올랐으며 그리고 복상*이나 팔좌*야 그만두고 노른자위로 꼽히는 웅주거목에는 누구누구가 망*에 들게 되는가. 내삼천 외 팔백 관원에 뽑히우는 자들은 도대체 어떠한 작자들인가. 망에 오르는 것은 누구이고 정망*되는 것은 누구인가. 앞으로 한 달 남짓이면 새로 짜여질 도목에 대한 소식을 귀동냥이라도 하여보고자 안달이 난 군수가 윈새끼를 꼬*는데, 김병윤은 여전히 공자님 말씀만 하고 있다.

"나라일과 집안 일이 일체이며 흉하고 길한 것이 법이 같지 않겠소이까."

"허허."

"올바르게 일을 처리하여 나라와 집안을 바로잡고자 할진대 그 폐단 근원을 뽑아서 아주 없애버려야지요. 그러기 위해서는 먼저 그 폐단 근원이 어디에 있는가를 똑바르게 볼 수 있어야 될 것이며."

"발본색원을 말씀하시는 듯한데, 그러니 어쩌면 좋겠소이까. 출일두지*하신 김아산 같은 영걸께서 가르쳐주셔야지."

---

수규(首揆) 영의정. 상국(相國) 영의정·좌의정·우의정. 정원(政院) 승정원. 대간(臺諫) 사헌부·사간원. 옥당(玉堂) 홍문관. 복상(卜相) 정승 후보. 팔좌(八座) 판서. 망(望) 후보감. 정망(停望) 후보감에 오르지 못하는 것.

말은 깍듯하였으나 여전히 왼새끼를 꼬는데, 김병윤이 껄껄 웃음을 터뜨리었다.

"아귀할미다리를 새로 놓았다 하셨던가요?"

"그렇소."

웃음을 거둔 김병윤이 군수를 바라보았다.

"자산이라는 사람이 있었소이다."

"자산이라……"

"정나라 때 정승으로 있던 사람인데 겨울이면 찬물에 발을 담그고 시내를 건너다니는 인민들 정경이 보기에 차마 딱하여 제 수레로 건너게 하니, 정나라 사람들이 다 그를 어진 재상이라 칭송하였지요. 한데, 맹자께서 이 일을 두고 무어라고 하셨습니까. 그것은 다만 은혜를 베푸는 것에 지나지 않을 따름이요 어진 덕은 아니라고 하였습니다. 왜 그랬겠습니까. 당시 정나라에는 여름에 장마가 지나거든 곧 다리를 놓으라는 주공 법령이 있었습니다. 주공 법령에 따라 다리를 놓았으면 인민들이 정승 수레를 얻어 타는 은혜를 입지 않고도 찬물에 발을 담글 이치가 없었던 까닭이지요. 이것이 왈 어진덕이라는 게 맹자 말씀이올시다. 나라를 다스리는 요체지요."

칭송을 하는 것인지 훈계를 하는 것인지 알아듣기 어려워 병

---

출일두지(出一頭地) 머리 크기만큼 앞섰다는 뜻으로 '잘난 사람'을 가리키는 말.

병한˙ 웃음기만 띠고 있던 군수가 큰기침을 한 번 하고 나서, 호기 있게 소리쳤다.

"무엇들 하는 게냐? 풍악을 아뢰지 않고."

진양˙조로 타는 거문고소리에 맞추어 뽑아대는 기생들 잡가소리 흐드러지는데, 조군수 마음은 영 비편하기만 하다. 김병윤이를 모셔다가 술 한잔 먹이려 하였던 것은 그 뜻이 다른 데 있는 것이 아니었으니, 선비를 가볍게 여기지 않는다는 관장 도량을 보이고자 함에서였다. 서울 소식이 궁금하지 않은 것은 아니었으나 육조 안에서 돌아가고 있는 사정이야 그 세세한 것까지는 모른다고 하더라도 큰 줄기로는 대충 꿰고 있는 터이고, 나라빚을 얻어오고자 일본으로 갔던 김옥균이가 헛걸음을 하고 옴으로써 개화당 무리들이 그 세를 꺾이고 있다는 것쯤은 이미 알고 있다. 더구나 김병윤으로 말하면 그 잦던 서울 출입을 서너 달째 끊고 있다는 것까지 안다. 그런데 무슨 까닭으로 김병윤이라는 십여 년 아래 선비만 만나고 보면 기가 꺾이는 것이니, 역시 근본은 무서운 것이었다. 비렴급제飛簾及第와 백골남행˙.

"명미당하고는 인사가 있으시던가요?"

김병윤 입가에 다시 잔주름이 잡히었고,

---

**벙벙하다** 1.어쩔줄 몰라 얼빠진 사람처럼 아무 말이 없다 2.물이 넓게 밀려오거나 흘러 내려가지 못하여 가득 차 있다. **진양** 판소리에서 늦은 장단. **백골남행**(白骨南行) 과거를 거치지 아니하고 조상 음덕으로 벼슬길에 나가는 것. 음직蔭職. 음사蔭仕.

"성화는 들어모셨으나 아직 승안은……"

하던 군수가 잔기침을 하였다.

"촌간에서 이나 죽이고 있는 속유가 어찌 그런 거벽과 면분이 있겠소이까. 헛헛."

"명미당이 다시 암행어사 제수를 받게 될 모양입디다."

"엉?"

하고 깜짝 놀라 김병윤 쪽으로 윗몸을 기울이던 군수가 어색하게 웃으며 안석에 등을 기대었다.

"명미당이 어사출또했던 게 언제인데 다시 또 어사제수를 받는단 말씀이오."

"글쎄올시다. 허나 그러한 전례가 아주 없는 것도 아니니, 모를 일이지요. 며칠 전 서울서 온 친구가 그럽디다. 그런 소문이 육조에 파다하다고."

"암행어사라면…… 어느 도에 출또한답디까?"

열다섯에 문과급제하여 스물다섯에 양호 암행어사로 제수 받아 눈부시게 움직인 바 있던 명미당明美堂 리건창˚이 충청도 태안에 내려옴으로써 탐관오리들 간담을 서늘하게 하였던 것이 칠년 전이니, 그 사람으로 다시 암행어사 제수를 할 리는 없다고 생각하면서도 여러가지로 뒤가 구린 군수는 다시 안석에서 등을

---

리건창(李建昌, 1852~1898) 고종 때 문신으로 대문장가.

떼었고, 김병윤 입꼬리가 위쪽으로 조금 비틀려 올라갔다.

"이번에도 역시 양호라지요, 아마."

"그 소문이 정녕 적실하오?"

"글쎄올시다. 소문이라는 게 원래 종잡을 수 없는 것이라 준신을 하기는 어려우나, 그런 소문이 돌고 있는 것만은 적실한 듯하더이다."

"크음."

동탕한 군수 낯빛이 땡감 씹은 꼴로 바뀌는 것을 본 김병윤은 급하게 잔을 뒤집었다.

"그 소문이 정녕 적실하오?"

재우쳐 되물어오는 군수 얼굴은 쳐다보지도 않고 빠른 손놀림으로 잔만 뒤집는 김병윤 심정은 착잡하기만 하다. 오년 과만을 눈앞에 두고 이 고을보다 더 먹을 것이 많은 웅주거목이나 내직으로 승체되기를 바라며 바리바리 뇌물짐을 꾸려놓고 있는 군수를 곯려주기 위한 익살로 한번 던지어본 희영수였는데, 희영수나 던져서 무엇을 어쩌겠다는 것인가? 한 등내* 동안 착실히 덧거리질을 하고 보면 기십만냥을 갈퀴질하는 것은 손바닥 뒤집기보다 더 쉬운 일. 조선팔도 삼백스무세 고을 관장이라는 자들이 거지반 다 이 지경인 마당에 제아무리 영발하기 끝날 같은 명미

---

등내(等內) 벼슬아치가 그 벼슬을 살고 있는 동안. 임기.

당이 다시 암행어사가 되어 내려온다고 한들 무엇을 과연 어떻게 할 수 있다는 말인가. 사모 쓴 놈치고 도적놈 아닌 놈 없는 세상은 이미 하원갑*으로 접어든 지 오래 아닌가.

몇 점이나 되었는가.

타는 갈증에 눈을 뜬 김병윤은 힘껏 눈을 감았다 떴다. 미세기*쪽이 희부윰한 것으로 봐서는 아직 새벽인 것도 같고 새들이 지저귀는 소리로 보아서는 벌써 아침이 된 것도 같은데, 날카로운 정으로 내려찍는 것처럼 골치가 쑤시어오면서 금방이라도 무엇이 넘어오려는 듯 자꾸만 속이 울렁거린다.

"우욱. 우욱."

몇 번 마른구역질을 하다가 끙 소리와 함께 몸을 일으킨 그는 손가락을 입 속에 집어넣으며 머리맡에 놓여 있는 타호를 끌어당기었다. 금방이라도 넘어올 듯 넘어올 듯, 그러나 아무것도 넘어오지 않으면서 이윽고 넘너오는 것은 부레풀*처럼 끈적끈적한 거위침 한 줄기와, 그리고 어제 아침에 입매 시늉으로 한 모금 넘기었던 잣죽. 잣죽 가운데서도 아직 삭지 않은 잣 한 낱.

어허, 또다시 술을 마셨구나. 술만 마셨구나.

---

**하원갑**(下元甲) '하원갑자' 준말. 음양설에서 180년마다 시대가 크게 변하는 것으로 보고 한 시대가 차차 이우는 단계로 잡는 그 세번째 갑자년으로부터 60년. 말세. **미세기** 두 짝을 한편으로 겹쳐서 여닫는 문. **부레풀** 민어 부레를 끓여서 만든 풀.

철편처럼 가슴을 때리고 지나가는 뉘우침에 지그시 눈을 감는데, 그러고 보니 옹근 하루 동안 곡기를 끊은 채로 술만 마셔버린 것이었다. 자리끼 두어 모금으로 입을 헹구고 나서 다시 자리에 누운 김병윤은 옹송망송한˚ 가운데서도 영 입맛이 썼다.

조대흥趙大興한테 무슨 취담으로 실수나 안 하였는지?

서너 달 끊었다가 먹어서 그런지 이상하게 취기가 빨리 오기는 하였으나, 그러나 아무리 취했다고 하더라도 해도 그만 안 해도 그만인 육조시모˚ 몇 마디 희영수로 던진 것 빼놓고는 관기 손목 한번 안 잡았던 것은 물론이고 구린입도 떼지 않았으니 삐끗˚ 하였을 리는 만무하고, 다만 너무 심한 면박을 주었던 듯하여 마음에 걸린다. 김아산이야 본래 임하독서지사林下讀書之士시니 산림숙덕山林宿德이시니 어쩌고 지나친 보비위 말로 알랑방귀를 뀌며 너나들이를 하자고 하는 것도 비위가 상하였지만 더욱 못 견디게 그 비위를 긁어놓은 것은 말끝마다 촌간에 엎드려 이나 죽이고 있는 속유俗儒가 무엇을 알겠소이까 어쩌고 하면서 짐짓 선비 행세를 하고자 하는 점이었다.

속유라는 것은 모름지기 참 선비 된 자가 스스로를 낮추어 말하는 겸양 그것이겠거늘, 제깐에 선비라는 말인가. 서른이 넘어서야 겨우 소성˚을 하고 십여 년간 권간 노랑수건˚ 노릇을 한 끝

---

에 백리를 얻게 된 자를 가리켜 무엇으로 일러 왈 선비라고 할 수 있다는 말인가. 아무리 흑백이 없는 세상이라고 하더라고 아조 오백년 선비 발자취에 그런 법은 없는 터. 덮어 열넉냥금°으로 개나 걸이나 『통감』 초권만 읽는 자라면 모두가 선비 행세를 하려드니, 말이 쉬워 선비지 십상팔구는 소 뒤에 꼴 둔 격.

반드시 허담선생 같은 이만을 가리켜 왈 선비라고 하는 것은 아니지만, 도대체가 이것은 말도 되지 않는 게 아닌가. 그리고 고을살이를 하는 자들이 다 청백리가 되기를 바랄 수는 없는 것이겠으되, 그 가운데서도 더구나 이자는 그 그릇마저 옹색한 좀사내가 아닌가. 명미당이 다시 암행어사 제수를 받게 되었다더라고 한번 던져본 희영수에 땡감 씹은 낯짝이 되던 꼬락서니하고는. 그러면서 뭐라더라. 근자에는 선비도 돈이 있어야 선비 대접을 받는다고. 어허, 축생인저.

근래 선비들이 집에서 책을 읽는지 않는지는 알 수 없으나 다만 부富한 연후에 선善을 행할 수 있다는 말이 성행하여 경향간에 많이들 바다나 못을 막아 전토를 경영하는 것으로 능사를 삼는데, 부를 위함은 불인不仁이어늘 어찌 써 부한 뒤에 선을 행할 수 있다는 말인가? 선비가 이 세상에 나서 나아가면 왕정에서 드날려 녹을 먹으며 도를 행할 것이요, 물러나면 전야에서 농사하여 호구하며 의리를 지킬 일, 하는 일 없이 녹을 먹어 관청 일을 병들게 하여서도 안 되며 손을 묶고 굶을 수도 없는 것이어늘, 선비가 그 벼슬자리를 내어놓고 물러가는 것만을 탓하여 이와 같이 해괴한 언사로 욕을 보인다면 이것은 일세 선비들을 모두 꾸물꾸물 녹이나 받아먹고 있으라는 말과 무엇이 다르겠는가.

부한 뒤에야 선을 행할 수 있다는 말은 누가 시작한 것인가. 진실로 그렇다면 먼저 도척盜跖이 된 뒤에라야 공자孔子 안자顔子를 배울 수 있을 것 아닌가. 천하에 이러한 이치가 어디에 있다는 말인가.

허허. 거기다가 나더러 걸군°을 하였다고 했것다. 걸군을 하려 했으면 대흥군수를 달라고 하지 왜 아산현감을 맡겠는가.

은일°로 지내는 것이 빽빽이 글 읽는 자 본분이라시던 허담선생 말씀이 옳았던가. 아무리 상께서 내리시는 특명제수라지만 귀양갈 작정을 한다면 되는 것이고, 그것보다도 홍지에 이름을 올린 것부터가 잘못된 일. 아아, 누구를 탓하고 누구를 또 원망하리요. 나야말로 선비가 못 되는 자인 것을.

기혈구허氣血俱虛라고 하였것다.

동무°라는 이를 만났던 것은 어영대장으로 있던 민태호閔台鎬 대감댁 허술청°에서였다. 아산현감 제수를 받고 상감께 사은숙배하기 전 서경°을 돌 때였다. 남촌 무반들로 장을 이루고 있는

---

**걸군**(乞郡) 문과급제자로서 부모봉양 명분으로 고향땅 수령 되기를 임금께 주청하던 것. **은일**(隱逸) 숨어 사는 선비. **동무**(東武) 사상의학四象醫學 창시자인 리제마(李濟馬, 1838~1900) 호. **허술청** 높은 벼슬아치 집 문간에 두어 찾아온 사람들이 쉬어가도록 만든 방. **서경**(署經) 외방 수령으로 도임하기 전 조정 전배 관원들에게 인사를 하던 것.

그곳에서 초사 한자리에 목을 매어 이나 죽이고 있는 그야말로 초췌한 오십궁무였는데 영채나는 눈빛부터가 어딘지 남다른 데가 있는 사람이었다.

화편˚을 들추고 청원˚ 같은 아조 국수들을 입에 올리어 황기지술˚을 주워섬길 적에는 주워들은 풍월로 심심파적이나 하여보겠다는 관북에서 온 오십궁무 신세자탄으로 흘리었는데, 가만히 들어보니 그게 아니었다. 태극太極은 양의兩儀를 낳고 양의는 사상四象을 낳아 천지만물이 이루어진다는 것이야 굳이 『역경易經』까지 갈 것도 없이 『명물도수』만 외운 몽학 아이라도 알 수 있는 것이지만 그 사상으로 사람 체질을 나누어볼 수 있고 또 거기에 맞추어 약을 써야 한다는 데는, 이것 봐라 싶었다.

나는 어디에 속하느냐고 하였더니 태음太陰이라고 하였것다. 간이 크고 폐가 작다고. 오장 가운데서 심장만 빼놓고는 다 약한데 그 가운데서도 특히 약하고 냉한 것이 장이어서 먹는 것을 잘 삭이지 못하므로 늘 기운이 부칠 수밖에 없다는 것이었지. 첫째로 금할 것은 술이니 십여 년간 마셔온 온갖 악독한 술 기운이 오장육부에 찌들어 적이 앉은 것이라고.

주담酒痰.

이빨을 아래위로 아홉 번씩 마주치고, 옥천˚을 아홉 번 삼키며,

---

화편(華扁) 화타·편작. 청원(淸源) 『동의보감』을 지은 허 준(許浚, 1546~1615) 자. 황기지술(黃岐之術) 의술. 옥천(玉泉) 침.

가운뎃손가락으로 콧대 양옆을 이삼십 번씩 문질러주고, 오른손을 머리 위로 돌려 왼쪽 귀를 잡아당기기를 열네 번, 왼손을 머리 위로 돌려 오른쪽 귀를 잡아당기기를 열네 번씩 하고, 손바닥을 부벼서 뜨겁게 된 것으로 두 눈을 스무 번 문지르고, 수천정°을 하고……

만동이놈 부축을 받으며 집까지 오면서는 또 무슨 말을 하였던가.

병수삿감은 되리라. 임병양란 때만 태어났더라도. 아니, 백년 전에만 태어났더라도. 하다못해 철종대왕 시절에만 태어났더라도.

허나 병수사가 된다 한들 무엇을 과연 어떻게 할 수 있다는 말인가? 일부당관에 만부막개요 역발산기개세하는 항우장사라고 한들 저 승냥이떼 같고 독 오른 잔나비떼 같은 미노랑에 왜국을 어찌 당할 수 있다는 말인가?

혼자 생각으로 하여본 안타까운 마음이었던가. 소리 내어 외쳐본 외마디 비명이었던가.

만동이가 들고 있던 사방등°이 떠오르면서 끊기었던 거문고 줄이 다시 이어지니, 찬물로 소세를 하고 큰사랑과 안채 큰방에 정성°을 올린 다음 바라다본 하늘에는 둥근 달이 떠 있었다.

---

수천정(修天庭) 이마. 사방등(四方燈) 위에 들쇠가 있어서 들고 다닐 수 있게 되었던 네모반듯한 등. 정성(定省) 조석으로 부모 안부를 물어서 살피는 것. 혼정신성昏定晨省.

저녁 진지를 여쭙는 춘동어멈과 함께 만동이를 기슭집으로 보내고 나서 돌아본 안채 건넌방 퇴에 그때까지 서 있는 것은 리씨 부인이었다. 아랫사랑으로 내려와 경상 앞에 올방자를 틀어보지만『상서尙書』글자가 눈에 잘 들어오지 않는다. 자리에 누웠으나 잠은 오지 않았고, 적어도 여섯 달은 술을 금하여보자고 스스로 다짐하였던 약조를 지키지 못하였으니, 어허. 시루는 이미 깨어져버린 것이었다. 언제나 눈을 내려깔고 있는 함초롬히 젖은 듯한 부인 두 눈썹 사이가 떠오르면서, 벌떡 몸을 일으키었다.

괴괴하다. 교교한 달빛 아래 윗사랑채 석련지 앞 장명등만 눈물처럼 반짝이는데, 손으로 왔던 구월 기러기가 이제야 돌아가는가. 구만리 장천을 짝 잃고 울어 예는 외기러기 소리에 문득 발걸음을 멈춘 김병윤은 새삼스러운 한기에 어깨를 움츠린다.

서리를 밟으면 단단한 얼음에 이르는 법. 이슬이 맺혀서 서리가 되고 서리가 얼어서 얼음이 되는 것이니, 겨울이 멀지 않았음이로구나. 풀이 쇠하면 누렇게 되고 초목이 쇠하면 잎이 누렇게 되어 떨어지는 것은 마치 사람이 늙으면 머리카락이 세는 것과 같은 이치겠거니. 하늘 기운은 위로 올라가고 땅 기운은 아래로 내려와서 폐색하여 겨울을 이루는 것이니, 한 번 닫히고 한 번 열리는 이치가 여기에 있음이로구나.

크흐음.

『시경』과『역경』을 읽으며 천지 음양조화를 궁구하여보던 십여 년 전을 떠올리며 안채 건넌방 앞에 서는데, 느닷없는 밤기침 소리에 놀래었는가. 출렁 하고 흔들리던 방안 그림자가 반듯하게 펴지더니, 소리 없이 장지문이 열린다.

야긔가 차웁니다.

사근내 장승처럼° 서 있기만 하는 남편을 조릿조릿°한 마음으로 바라보고 있던 리씨부인이 말하였는데, 그러고도 장죽에 남초 한 대를 다져넣을 동안만큼이나 묵묵히 서 있던 김병윤은, 밤 기운이 몸에 해롭다는 거듭된 리씨 걱정을 받고 나서야 방으로 들어갔다.

하충불가 이어우빙°이어늘……

김병윤이 혼잣말인 듯 중얼거리었고, 깜박이고 있는 종짓불° 탓인가. 다소곳이 숙이고 있는 리씨 이맛전에 그늘이 드리운다.

천양지피 불여일호지액°이라.

관아에서…… 심긔를 상허셨던가요?

아니오. 혼잣소리외다.

스산한 낯빛으로 가볍게 도머리를 치는 남편을 보며 리씨는

---

**조릿조릿** 조바심이 나서 마음을 놓지 못하고 애타는 꼴. **하충불가(夏蟲不可) 이어우빙**(以語于氷) '여름 벌레는 얼음을 말할 수 없다'는 뜻으로, 사람 식견 좁음을 이를 때 쓰던 말임. 『장자莊子』 「춘추편」에 나옴. **종짓불** 간장·고추 장을 담아 상에 놓는 작은 그릇(깍정이)에 담긴 불. **천양지피**(千羊之皮) **불여 일호지액**(不如一狐之腋) '천 양 가죽이 한 여우 겨드랑이 털만 못하다'는 뜻으로, 어리석은 수많은 사람보다도 하나 현인이 더 값 있다는 말임. 『사기史記』에 나옴.

포옥 하고 가만히 한숨을 깨어물었다. 도무지 몇 달 만에 얼굴을 마주 대하게 되는 남편인가. 부모님이 정하여주시는 법도에 따라 귀밑머리 마주 풀고 맞절을 나눈 지 십 년이 되건만 아직도 초례청에 선 새각시인 듯 여간 어렵기만 한 남편인 것이었다. 글궁구를 한다고, 서울 출입을 한다고, 고을살이를 한다고 언제나 밖으로만 돌았고, 어쩌다 집에 머문다고 하더라도 도무지 안채 출입이 없는 남편이다.

'부인은 낮에 뜨락을 거닐지 말라' '부인은 까닭 없이 중문을 나서지 말라'는 『예기禮記』 가르침에 따라 혹 뜨락에서 노닐더라도 안뜰을 넘어 바깥 뜨락까지는 단 한 발짝도 나설 수 없고, '여자가 문을 나서면 반드시 낯을 가릴지라'는 「내칙內則」에 따라 가마나 말이며 나귀를 타더라도 반드시 너울*로 낯을 가려야만 하니, 왈 부녀내외법. 엄하기가 서릿발 같은 반가 법도에 따라 견우직녀처럼 따로 떨어져서 살아가는 내외간이었는데, 이 댁 법도가 더구나 엄하기 때문이라기보다는 도무지 방색房色을 즐겨하지 않는 김병윤 성정 탓이었다.

부인도 이런 것을 보시오?

시집올 때 붓으로 베끼어 가지고 온 언문소설 『숙향전』이 놓여진 조그만 서안 위를 바라보며 하는 남편 말에 리씨 얼굴에 홍

---

너울 여자가 나들이 때 쓰던 것으로 엷은 검정 깁으로 되었음.

조가 어리는데,

　개똥이가 고누를 잘 둔다고요?

　전에 없이 안 하던 말을 묻는다.

　할아버님한테서 바둑도 배우는 모양이어요.

　허허. 벌써 바둑까지.

　장난살만 잔뜩 올라가고 제 뉘를 어찌나 삐치게* 하는지 모른답니다.

하다가 남편이 하품하는 것을 보고

　저어, 백청*물이라도……

　안타까운 눈빛으로 바라보는데,

　고단하구려. 자리를 까시오.

　김병윤이 다시 마른하품을 하였고, 금침을 펴기 위하여 동방*으로 들어가는 그 여자 가슴은 새각시인 듯 자꾸만 두방망이질을 치는 것이었다.


　"서방님, 점심 진지 여쭈오닛다."

　깜빡 잠이 들었던가. 문풍지가 펄럭이게 우렁우렁*한 만동이 목소리에 김병윤이 다시 눈을 뜬 것은 해가 중천에 떠 있을 때였다. 염이 없노라는 상전 말 한마디에 하릴없이 아랫사랑채 퇴를

---

삐치게 시달리게. 백청(白淸) 빛깔이 희고 바탕이 썩 좋은 꿀. 동방(洞房) 침실. 안방. 우렁우렁 소리가 아주 크게 울리는 꼴.

물러갔던 그 아이가 조금 뒤 다시 왔는데, 웬 패랭이짜리*를 달고
서였다.

"나으리, 기간 평안하셨습니까요?"

퇴 아래서 깊숙하게 허리를 꺾어 하정배를 올리는 사내를 무
심히 내려다보던 김병윤은 두 눈썹 사이에 주름을 모으며 장침
에 기대고 있던 윗몸을 일으키었다. 서른 안팎으로 보이는 그 사
내는 여간 걸까리지고* 억세어보이는 장한이 아니어서 두 손을
배꼽 앞으로 모아 잡은 채 곁에 서 있는 만동이와 난형난제로 보
이는 체수였는데, 어디서 많이 본 듯한 얼굴이었다.

"뉘더라?"

하면서 옹송망송한 생각을 추슬러보고 있는데, 엄장 큰 체수에
솔밭인 듯 무성한 구렛나룻이 귀밑 살쩍에까지 덮여 있는 사내가

"쇤네 큰개라고 하옵니다. 반상이 유별하여 아직 인사를 여쭙
지는 못했습니다만, 먼빛으로나마 윗다방골 일매홍아씨댁에서
몇 차례 뵈었습지요. 지불이라는 놈 동무올시다."

하면서 히뭇이* 웃었고, 그제서야 진골 금릉위댁으로 찾아가던
운종가 네거리에서 갈 든 왜건달을 메다꽂던 모습이며 일매홍이
한테서 들었던 사내 소종래*며가 떠오른 김병윤은, 윗몸을 기울
여 문지방에 손을 짚었다.

---

**패랭이짜리** 천인賤人이나 상인常人. **걸까리지다** 걸 때(사람 몸피)가 크다. **히
뭇이** 가뭇없이 히죽하게. **소종래**(所從來) 지내온 내력.

"자네가 큰개로세그려. 군변 때 그 유명짜하던° 바로 그 사람이야."

김병윤 입가에 웃음기가 어리는데, 큰개가 솥뚜껑 같은 손으로 뒷목을 훔치며 씩 웃었다.

"이 유명 저 유명이 합쳐져서 더욱 유명한지는 모르겠습니다만, 목불식정 치룽구니° 올습니다."

공근한 듯한 말 속에 뼈를 넣는 것을 본 김병윤이 웃음기를 거두었다.

"그래, 원로에 무슨 일인가?"

"예에, 아씨 심부름입지요. 이걸 전해올리라는……"

땟꼬작물이 조르르 흐르는 창옷° 소매 속에서 어안° 한 통을 꺼내어 들었고, 만동이 손을 거쳐 그것을 받아 든 김병윤은 지그시 눈을 감았다. 낙은지°로 된 연분홍색 겉봉만으로 보아서는 부인네들이 쓰는 내간이었는데, 목판으로 찍히어진 간드러진 매화 가지 밑에 조그맣게 두어진 함°은, '신천新天' 두 글자였다. 김병윤이 말하였다.

"원로에 고생이 많았으이. 그래, 다른 말은 없었고?"

"나으리 신색이 어떠신지 걱정이라는 말씀만 있었습니다. 아

---

유명(有名)짜하다 '유명하다'를 힘 있게 쓰는 말. 치룽구니 어리석어서 쓸모가 적은 사람. 창옷 소창小氅옷. 중치막 밑에 입는 웃옷 하나. 두루마기와 같으나 소매가 좁고 무가 없는데, 벼슬 없는 선비나 평민들이 입었음. 어안(魚雁) 편지. 낙은지(落銀紙) 은박 가루를 뿌려 만든 편지지. 함(緘) 서명. 수결手決.

씨께서야 주주야야로 우수상심, 대흥나으리 걱정만 하고 계십지요."

"너스레가 길구나. 일매홍이가 어찌하여 참판영감 걱정을 하지 않고 이 김아무개 걱정을 하는고?"

"참판영감과 쌍노라니 걱정하신다는 말씀입지요."

"그곳 나으리들은 요즘도 자주 모이시던가?"

"예. 요즘 들어 부쩍 술자리 가지시는 횟수가 잦아지십디다. 엊그제는 왜국 공사 죽첨이와 영길리 총영사 아수돈*이까지 데리고 오셔서……"

하고 무슨 말인가 뒷동을 달려다 말고 부리부리한 눈으로 만동이를 곁눈질하는데, 김병윤이 잔기침을 한 번 하였다.

"만동아,"

"녜에?"

무엇인가 화급한 전갈을 하러 온 것 같은 그 전갈 속내가 궁금하기도 하였지만 그것보다는 우선 저하고 어상반하여보이는 체수에 더구나 여러가지로 유명짜한 사람이란 말에 부쩍 호승심이 생기어 마음속으로 큰개라는 사내 용력을 뼘어보고* 있던 만동이 얼른 고개를 돌리었고, 김병윤 목소리가 조금 높아졌다.

"무엇을 하는 게냐. 원로에 시장할 터이어늘 어서 안으로 데리

---

**아수돈**(阿須頓) 아스톤. **뼘어보다** 몇 뼘이나 될까 헤아려보다.

고가 요기부터 시켜주지 않고."

"녜에, 나으리."

하고 나서 곱지 않은 눈으로 큰개를 흡떠 보며 만동이

"따러오시우."

수리목진 소리를 내었고, 굽신 하고 김병윤한테 허리를 숙이어 보이고 난 큰개가 만동이를 따라가는데, 김병윤이 불렀다.

"심부름은…… 내 집에만 왔던가?"

"웬걸입쇼. 새재 너머 영남까지 몇 행보는 더 해야 됩니다."

"가서 요기나 하고 떠나시게. 그리고……"

잠시 말을 끊고 다락문을 열더니

"이걸로 가다가 목이나 축이고."

하면서 두어냥 꿰미 엽전을 내어주는데 큰개가 황황히 손사래를 치었다.

"아이구, 이거 왜 이러십니까요. 아씨한테서 받아온 행자*가 아직 불소한테……"

"넣어두게."

짧게 끊고 난 김병윤은 미세기를 닫았다. 그리고 경상 곁 서안 밑에 달려 있는 서랍에서 조그만 손가위를 꺼내어 겉봉 끝을 반푼쯤 되게 오려낸 다음 시전*을 펼쳐 들었는데, 푸른 대나무 두

---

행자(行資) 노수, 노자. 길삯. **시전**(詩箋) 시나 편지를 쓰던 종이. 시전지.

그루가 그려진 색간지 위에 씌여 있는 것은, 가을바람에 흔들리고 있는 저문 강가 버드나무 가지인 듯 스산하게 좌행하고 있는 궁체 해서 총 여덟 줄이였다.

| 庭前一葉落 | 뜰 앞에 잎 하나 떨어지고 |
| 床下百蟲悲 | 마루 밑에 온갖 벌레 슬프구나. |
| 忽忽不可止 | 홀홀히 떠나감을 말릴 수는 없지만 |
| 悠悠何所之 | 유유히 떠나서 어디로 가는가. |
| 片心山盡處 | 한 조각 마음은 산이 끝나는 곳으로 |
| 孤夢月明時 | 외로운 꿈은 달 밝을 때에나. |
| 南浦春波綠 | 남포에 봄 물결 푸를 때면 |
| 君休負後期 | 그대여 뒷기약 잊으면 안 되리. |

그 누구인가를 떠나보내는 안타까운 심사를 노래하면서 자기 스스로가 어디로인가 떠나가고 싶다는 심사를 또한 안타까운 마음으로 애절하게 읊고 있는 남호*의「송인送人」이라는 유명한 시인데, 옛 시인 노래를 빌어 기약 없이 헤어진 정인을 그리워하는 일매홍이 마음을 얹어보낸 것이었다. 기생 일매홍이 손과 마음을 빌었으되 참으로는 그러나 김옥균이 것이다. 마침내 그 때가

---

남호(南湖) 고려 때 시인 정지상(鄭知常, ?~1135) 호.

되었으니 기왕 약조를 잊지 말고 단단히 준비를 차리고 있으라는 뜻.

언제고 그 때가 완정이 되면 일매홍이한테서 일봉서찰이 갈 것이라던 김옥균 말이 떠오르면서, 김병윤은 두 손으로 머리통을 감싸안았다. 어시호 기의起義를 하는구나.

그런데…… 마침내 꿈을 펼 수 있다는 두근거리는 기쁨으로 온몸이 부르르 떨려와야 하는 것이겠거늘, 무슨 까닭으로 김병윤은 빠개어질 듯 골치가 쑤시어오는 것이었다. 새벽에 눈을 떠서 온갖 상념으로 몸을 뒤척이다가 다시 어떻게 간신히나마 죽은 듯 자고 난 뒤끝이므로 가슴이 울렁거리면서 쪽골이 패이던 것도 진정되었는가 싶었는데, 다시 가슴이 메슥거리면서 날카로운 정으로 찍어내는 듯 골치는 또 쑤시어오는 것이었다.

새로운 세상을 그리워한다는 뜻에서 '신천'이라는 이름 아래 계契를 묻은 것은 김병윤이 경사자집經史子集을 거쳐 벌써부터 열장노불列莊老佛 숲속을 헤매이고 있던 약관 시절이었다. 두 차례 양요洋擾를 거쳐 운양호雲揚號사변을 맞아 이른바 문명개화를 하게 된 무렵이었는데, 호서 태안 혈기방장한 유학幼學들이 모여 계를 묻은 것이었다. 처음에는 눈썹이 가고 눈이 오는 동접 서너 명이 모여 저 개나 도야지와도 같은 왜적과 서양 우량하이를 배척하는 울분을 터뜨리는 데 지나지 않던 것이 점차로 그 뜻을 같이하는 무리들이 양호에 걸쳐 늘어나 기십 명에 이르렀고, 그때부터는 사람들 발자취가 드문 곳에 이르러 술잔이나 기울이며 다만 탄식을 하고 다만 울분을 터뜨리어 입으로만 권간들 고깃점을 짓씹는 것에서 나아가, 새로운 세상을 우리들 힘으로 만들어 내자는 데까지 그 뜻이 모아지게 되었다. 신래*를 불러준 홍현紅峴고개 위 김옥균 사랑에서 서로 뜻이 같다는 것을 알게 된 김병윤은 경화달관으로 비 온 뒤 대순처럼 쑥쑥 커 올라가는 개화파들과 무릎을 맞대는 사이가 된 것이었다. 수선*에서 거의舉義가 이루어지고 나면 양호를 사북*으로 한 통국* 선비들이 광화문 앞에 모여 복합상소를 올림으로써 그 거의가 산림山林들 뒷받침을 받고 있다는 것을 만천하에 알리기로 짬짜미*가 되어 있었다.

어시호 거의 날짜가 잡히었다. 그런데 무슨 까닭으로 도무지 부쩌지를 못하게끔 마음이 조릿조릿하여지기만 하는 것인지, 금정찰방金井察訪으로 있는 신천계원 리존수李存守한테 만동이를 보내는 김병윤 목소리는 한시바삐 김옥균을 만나 마음속 말을 하여야겠다는 생각으로, 답지 않게 허청허청* 들떠 나왔다.

"왜 이다지도 꾸물거리는 게냐. 득달같이 뛰어가지 않고."

일식*에도 못미처 겨우 두 마장 남짓한 광시 역참光時驛站까지 가는데도 부둥가리 안 옆 조이듯° 하였는데, 뜻밖에도 이찰방이

---

**신래**(新來) 과거에 새로 급제한 사람을 전배들이 청하여 기리는 뜻에서 그 얼굴에 먹으로 암팽이를 그리고 "이리워 저리워" 하며 앞뒤로 오랬다 가랬다 하고 장난하던 것. **수선**(首善) 모범이 되는 것이라는 뜻으로 '서울'을 일컫던 말. **사북** 중심. **통국**(通國) 온 나라. 전국. **짬짜미** 뒷흥정. 묵계. **허청허청** 비틀비틀. **일식**(一息) 한 차례 음식을 먹을 만한 동안으로, 30리.

그곳에 있었다. 무슨 일로인지 역졸들을 꾸짖고 있던 이찰방이 반색을 하였다. 동접으로 너나들이*를 하는 사이인 이찰방이 말하였다.

"사람이 죽을 때가 되면 안 하던 짓을 한다더니, 당최 모를 일이로세. 그것도 상등마로 역마를 내라니…… 무슨 거조인가?"

"삼각산 단풍이 좋다기에 구경이나 하자는 게지 거조는 무슨."

"춘마곡春麻谷 추갑사秋甲寺어늘, 단풍을 보려거든 갑사로 갈 일이지 힘들게 한양까지 간다는가."

"잔말 말고 말이나 내게."

"아무리 그렇더라도 술 한잔은 있어야지."

"말이나 내라니까."

"속담에 의주파발도 똥눌 새는 있다*는데, 왜 이다지 조 비비듯 하는*가. 일유답지 않게시리."

부진부진* 잡고 늘어지는 이찰방 권에 못 이겨 역졸들이 낮잠 자는 닷곱방*에서 탁배기 석 잔을 마시고 난 김병윤이 상등마에 오르며

"사슴과 노루가 한 무리로 뒤섞이니 곰과 너구리 재주인들 어찌 없으리요만."

잠깐 말을 끊고 나서, 서울 소식을 궁금해하는 이찰방한테 이

---

**너나들이** 서로 너니나니 하면서 허물없이 터놓고 지내는 사이. **조 비비듯 하다** 마음을 몹시 졸이거나 조바심을 내다. **부진부진**(不盡不盡) 끈덕지게 조르는 꼴. **닷곱방** 작은 방.

렇게 말하였다.

"장꾼은 하나인데 풍각쟁이는 열둘이라°."


　김병윤이 서울까지 온 것은 말께 오른 지 꼭 사흘 만이었다.

　평소 같았으면 말을 탔다고 하더라도 이레는 좋이 걸렸을 길을 아라마초초° 당마°처럼 달려온 것이었으니, 무슨 까닭으로 마음이 조급하여진 탓이었다. 한시바삐 김옥균을 만나야 할 것만 같았다. 만나서 무엇을 어찌하여보겠다는 작정도 딱히 없으면서도 어쩐지 그래야 할 것만 같았다.

　시위 떠난 살이요 이미 엎질러진 물°인데. 시루는 이미 깨어진 것을 내가 간다고 해서 무슨 모양도리°가 있겠는가. 더구나 동방누룩 뜨듯° 한 몸을 해가지고. 집에 가서 몸조리나 하라고 면박이나 주지 않으려는지.

　김옥균은 물론이고 홍영식洪英植 서광범徐光範이 활기차고 씩씩한 얼굴이며, 그리고 무엇보다도 박영효朴泳孝 그 너부데데하게° 살지고 기름진 면판을 떠올리던 김병윤은 몇 번이고 말머리를 돌리고자 하였으나, 그 뒷다리가 쭉 빠지고 힘찬 상등역마는 고삐를 당기어 볼 틈도 없이 앞으로 앞으로만 달리는 것이었다.

　시루는 반드시 깨어지게 되어 있는 것을. 곤강에 불이 나면 옥

---

**아라마초초** 말 모는 소리. **당마**(塘馬) 몰래 살피는 구실을 띤 군사를 태운 말. **모양도리**(模樣道理) 어떠한 투와 솜씨. **너부데데하다** 얼굴이 둥그번번하고 너부룩하다. 넙데데하다.

과 돌이 함께 타는 것과 같이, 이번 일에는 원통하게 죽는 자가 반드시 많을 것이다. 불똥이 튀지 말라고 거의 소식을 입밖에도 내지 않은 채 재담이나 한 것도 모르고.

서운한 낯빛으로 이찰방이 쥐어준 발마패發馬牌로 세 군데 역참에서 말을 바꾸어 탄 김병윤이 청파靑坡 역참에서 말을 내린 것은 해가 삼개나루°에 한 뼘쯤 남아 있을 때였다.


"아이구, 나으리."

일각문을 열다 말고 반색을 하던 지불이池不伊 지서방이

"이거 얼마 만에 오셔계시오니까?"

꾸벅 고개를 숙여 보이고 나서 진둥한둥 곰배팔을 내저어 안채로 뛰어가며

"아씨, 대홍나으리 오셔계십니다요."

소리를 질렀고, 지게문°이 열리며 일매홍이 청마루로 나왔다.

"어서 납시어요, 나으리."

두 손을 앞으로 모아 잡으며 쪽찐 머리를 숙이어 보였고, 김병윤이 헛기침을 한 번 하고 나서 돈냥이나 있는 양반집 오입쟁이 명색으로 기생과 희영수를 하는데—

"좌상우사 이 김아무개 생각에 주주야야로 우수상심하느라 그

---

**삼개나루** 이제 서울 마포. **지게문** 마루에서 방으로 드나드는 곳에 안팎을 두꺼운 종이로 바른 외짝문. 지게.

좋던 얼굴이 반쪽이 된 줄 알았더니, 여전히 달덩이 같기만한 자네 얼굴 보니 그것도 헛말일세그려."

"부기겠지요. 이제나 오시려나 저제나 오시려나 가랑잎 구르는 소리만 들려도 벌떡벌떡 곤두박질, 추야장 긴긴밤을 울어예느라."

"서로 한번 작별하니 천애같이 떨어지도다. 옥같이 아리따운 님 모습 삼삼히 떠오르고 구슬 같은 님 음성 귓전에 앵앵 하도다. 한 번 다시 만나 가슴에 사무친 정회를 토하고자 하나 삼순구식하는 하향궁유인지라 스사로 박정한 사람이 되고 말았으니, 사람살이가 이다지 애달픈가 하노라."

"어떤 풍류 낭군이신지 모르오나 남의 애를 요다지도 태우시는지요. 때는 바야흐로 만산홍엽이 우수수우수수 떨어져 내리는 시월이라 일기도 찬데, 만지장서는 그만 초잡으*시고 어서 대청으로 오르십시오."

"그대 팔 위에 새겨진 건 뉘 이름일꼬. 눈같이 흰 살 속에 검은 먹이 들어가니 글자마다 분명하도다. 차라리 한강수 물은 마를지언정 이 마음 끝까지 처음 맹세 지키리니."

"그러다가 마패도 팽개치고 줄행랑을 치시려고. 어서 오르기나 하시어요.

---

**초잡다** 시문詩文이나 어떤 글을 초벌로 쓰다.

"승당입실이니, 마루에 오르고 보면 방까지 들어가게 되는 것은 정한 이치. 방으로만 들면 수청이라도 들겠다는 것인가?"

"수청에도 곁수청° 있고 살수청°이 있는데, 덮어 넉냥금으로 수청입니까?"

"살수청까지야 바라겠는가. 곁수청만 받아도 극족이지."

"소녀 비록 적선래 만년환에 연연이며 송도 황진이 성주 성산월이 평양 옥매향이 같은 특등 기생은 못 되오나, 또한 그다지 몰풍치°한 계집은 아니오니 어서 오르기나 하시어요. 유정°을 지나고 있나이다."

하는데, 방안에서 뻐꾸기 울음소리가 들리어왔다. 뻐꾸기는 여섯 번 울었다.

"어즈버° 그렇게 되었는가."

몸이 허해지다 보니 마음 또한 허해졌는가. 마음이 허해지다 보니 몸 또한 허해졌는가. 아아, 여러가지로 허하여졌음이로구나. 아무리 고균 뜻이 담겨 있는 것이라고는 하지만, 내가 너무 지망지망하였°던 것은 아닌가. 아무리 그렇다고 하더라도 나는 종당 테 밖° 사람에 지나지 않는 것을. 그리고 또 만에 하나라도 누가 아는가. 아무리 친동기간 이상으로 허물없이 지내는 사이

---

**곁수청** 곁에 모시고 잔심부름이나 하는 것. **살수청** 잠자리까지 모시는 것. **몰풍치**(沒風致) 멋이 없음. **유정**(酉正) 하오 6시. **어즈버** 아! **지망지망하다** 1.조심성이 없고 가볍다. 2.투미하여 무슨 일에나 가벼운 꼴. **테 밖** 울타리 바깥.

라고 하더라도 마침내는 남남이고 속 좁은 계집사람인데다가 더구나 또한 기생이 아닌가.

제아무리 똑딴˚ 일패기생이라고 한달지라도 마침내는 물성질 계집˚에 지나지 않는 한갓 기생이 보낸 내간 한 통에 기급 단 벙거지˚ 꼴로 쫓아 올라온 스스로가 겸연쩍어진 김병윤이 노계명 盧啓命과 노화蘆花 옛이야기를 말밥˚ 삼아 몇 마디 재담을 희롱하다가 방으로 들어섰는데, 몸조리를 한답시고 철이 넘게 서울 출입을 끊었던 탓인가. 이 방에 들어왔던 것이 한두 번이 아니건만 무슨 까닭으로 모든 것들이 다 처음인 듯 낯설게만 느껴진다.

네 벽에는 고금 유명한 서화 족자에 미리견 공사 복덕이한테서 받았다는 시진종표가 걸려있고 화류문갑 위에는 용연龍硯과 시축詩軸이 놓여졌으며 그리고 한편 구석에는 바둑판과 비단으로 싼 거문고가 비스듬히 놓여 있다.

"의관을 벗고 좌정부터 하시어요."

분합문 밑틈으로 낮게 깔리는 햇귀˚가 아직 남아 있는데도 서둘러 유경鍮檠 쌍촛대에 불을 밝히고 난 일매홍이 데면데면한˚ 낯빛으로 버성기게˚ 서 있는 김병윤을 보고 얕은 웃음기를 띠었다.

"어서요오."

---

**똑딴** 찍어낸 듯 똑같은. **말밥** 이야깃거리가 되는 것. **햇귀** 해가 처음 솟은 때 빛. 햇발. **데면데면하다** 스스럼 없지 못하다. **버성기다** 풍김새가 꾸밈없지 못하고 어설프다.

일매홍이가 김병윤이 의관을 받더니, 반물 들여 은은하게 푸른빛이 나는 도포와 태 넓은 진사립은 의걸이에 걸고 중치막은 착착 개어서 의걸이장˚ 속에 넣고 나서 몸을 일으키는데, 김병윤이 불렀다.

"여보게 일매홍이."

"입맷상˚이라도……"

"인덕원 술막에서 요기한 늦중화가 아직 자위도 돌지 않았으니, 거기 앉기나 하게."

부진부진 재담을 던져오던 때와는 다르게 김병윤 입가에는 웃음기가 쪽 빠져 있었고, 목소리 또한 착 가라앉아 있었다. 잠깐 눈을 감았다 뜨고 나서 김병윤이 말하였다.

"거의 날짜는 완정이 되었다던가?"

"글쎄요."

"허허."

"쉰네같이 술이나 따르는 일개 천기가 그같은 막중지사를 어찌 알겠습니까."

"허, 자고로 추세하고 사는 것이 해어화˚인 줄 모르는 바 아니네만, 큰개라는 위인 시켜 정찰을 면전시킨 것은 무슨 뜻인가?"

"영감 뜻입지요."

---

**의걸이장** 위는 옷옷을 걸어두고 아래는 미닫이 꼴로 옷을 개어 넣게 된 장. **입맷상** 큰상을 내오기 전에 먼저 간동히 차리어 내오는 음식상. **해어화**(解語花) '말을 알아듣는 꽃'이라는 뜻으로, 기생을 일컫던 말.

"영감께선 시방 어디 계신가?"

"흥인지문˚ 밖에 계십니다."

"별업˚에?"

"예."

"허허, 모를 일이로세. 완정도 안 되었으면서 무슨 연유로 기별을 보낸단 말인가."

잔입맛을 다시며 입안엣소리로 중얼거리는데,

"통기를 하오리까?"

일매홍이 물었고, 김병윤은 도머리를 치었다. 소피가 급한 시늉으로 살그니 몸을 일으킨 그 여자가 조촐한 입맷상을 가지고 들어왔지만 김병윤은 외눈 한번 던지는 법 없이 그린 듯 앉아 있다.

이 사내가 비렴급제로 어사화 꽂고 삼일유가하던 때 장안 숱한 여인네들 다리속곳을 젖게 하였다던 그 잘났다는 선비 김아무개인가. 봄에 보았을 적보다 더욱 안 좋아보이는 완연한 병색이어서 차마 아직까지 그 차도를 물어보지는 못하고 있지만, 물거미 뒷다리 같은˚ 경한 모습에 검숭한 이맛전을 보는 순간 공중 코끝이 찡하여지는 일매홍이었다. 참판영감도 그렇지만 이 어른도 오래오래 무병하게 사시어야 할 터인데.

"입맛이라도 다셔보셔요."

---

흥인지문(興仁之門) 동대문 본디 이름. 별업(別業) 별장. 물거미 뒷다리 같다 꼴이 길고 마른 것을 그린 말.

하면서 일매홍이 홍시가 담겨 있는 접시를 만지는데, 김병윤이
눈을 떴다.

"별업에는 어느어느 어른들이 계시는가?"

"잘은 모르오나 진골대감°을 비롯해서 여러 어른들이 계시겠
지요. 참, 새절 스님°도 계실지 모르고."

"리화상 말인가?"

"예."

"흥인지문 밖에서들만 모이시는가? 여기는 안 들르시고."

"웬걸요. 진골대감댁에서도 모이시고 홍현 사랑이며 새절서
껀 번차례로 여기저기 옮겨가며 모이시는 모양인데, 접때°는 굉
장했답니다."

"응?"

"충의계 어르신들 몇 분하고 왜인 양인들까지 한 방 가득 모였
는데……"

"왜인 양인이라면?"

"죽첨 공사와 도촌구島村久 서기관, 천상川上 통사通詞에 영길리
총영사 아수돈 덕국인 목참판 미리견 공사 복덕……"
하고 주워섬기는데, 김병윤이 헛기침을 하여 말을 중동무이°시
키고 나서

---

진골대감 박영효. 새절 스님 봉원사奉元寺 리동인李東仁. 접때 며칠된 지난 때
를 그저 이르는 말. 중동무이다 하던 말이나 일을 가운데서 끊어 무지르다.

"무슨 이야기를 나누던가?"

하고 물었다.

"쉰네가 들었다 한들 왜인 양인들 말을 알아들을 수 있답니까. 팔랑개비 재주를 가진 것도 아니고."

"아무리 금수보다도 못한 왜인 양인이라고 하더라도 각자 통변°이 있을 터이고 충의계 어른들 말씀도 귀짐작°은 할 수 있지 않겠나. 더구나 목아무개라는 자로 말하면 조선말 또한 청산유수인즉."

"청산유수는 몰라도 반벙어리 흉애는 냅디다만."

"뭐라고 지껄이더냐니까?"

"잘은 모르지만, 왜국과 법국이 손을 잡으면 이빨 빠진 늙은 호랑이에 지나지 않는 청국쯤 물리치기는 여반장이다 그런 말을 한 듯하고……"

"그래서?"

"사세가 그러하고 보면 조선은 자수자강하는 새 나라가 될 수 있다……"

"그리고?"

"복덕이라는 자가 이상한 말을 합디다."

"뭐라고?"

---

**통변**(通辯) 통역. **귀짐작** 귀로 들은 것을 헤아리는 것.

144

"참판영감더러 자꾸 때를 기다리라면서…… 뭐라더라. 산천 유람을 하든지 청국이나 왜국 어디로 갔다가 몇 달 뒤에 돌아오는 것이 좋다고 하던가."

"저런 금수만도 못한 우량하이놈이…… 참판영감께서는 뭐라시던가?"

"별다른 말씀이 없이 그저 주로 듣기만 하셨습니다. 아마도 왜양 사람들을 구스르기 위한 자리……"

하는데, 청마루 밖에서 우렁우렁한 사내 목소리가 들려왔다.

"아씨, 지서방이올시다."

일매홍이 밖으로 나갔다 오더니 겉봉도 없는 단찰短札 쪽지를 내어민다. 우물정자 꼴로 접히어 있는 시전지를 펼치어보니 낯익은 김옥균이 행서行書 한 줄이 적혀 있었다.

切有面商事暫枉如何

'간절히 상의할 일이 있으니 잠깐 다녀가심이 어떠하오'라는 뜻인데,

"……?"

김병윤이 고어전에서 눈을 떼자 일매홍이 반웃음을 지으며 짐짓 하정배*를 올리는 시늉을 하였다.

"허락도 받자옵지 않고 전갈을 시킨 점을 안서*하시어요. 참판

영감께서 장 대흥나으리 말씀을 하며 그리워하시기에 오셔 계십니다는 전갈을 띄웠더니……"

하다가 말을 중동무이한 채 귓볼을 붉히었고, 김병윤은 문득 온몸에 쥐가 오르는 느낌이었다.

"허허, 능소능대하고 백령백리한 계집이로고. 칠칠하기*가 노화 못지않은 계집이야."

불 같은 성정인지라 도랑방자*하게 굴었다고 무슨 불호령이나 떨어지지 않을까 가슴이 조릿조릿하여 있던 일매홍이는 포옥 하고 짧은 한숨을 깨어물었다. 도무지 웃을 일이라고는 없는 시절이기는 하지만, 더구나 말수도 적고 빈 웃음기마저 없는 이 뻣뻣하기만 한 선비 입가에 옅으나마 웃음기가 어리고 있지 않은가. 아무리 괴로운 세상이라고는 하지만 어떻게 장* 찌푸리고만 산다는 말인가.

김병윤으로서는 그러나 어색하게 웃는 것이었으니, 말막음* 같은 웃음이다. 요조하고 현숙하며 또 사리 밝기가 참배 같은 조강지처가 있고 따르는 여인들도 많은 것이야 무엇보다 지벌도 좋고 학문과 문장이 장한데다가 웅숭 깊은 회해가 있으며 외양 또한 잘생긴 사내이기 때문이겠거니와, 기생이라는 신분에서 오

---

하정배(下庭拜) 지체가 낮은 사람이 웃사람을 뵐 때 뜰 아래서 절 함. 안서(安徐) 용서. 칠칠하다 일솜씨가 막힘이 없이 손싸고 빠르다. 도랑방자(跳踉放恣) 너무 똑똑하게 굴어서 아무 거리낌이 없는 꼴. 장 늘. 말막음 남 욕을 벗고자 어름어름하여 그 걱정을 막고 벗어남.

는 것일까. 아무리 반상이 없는 새 세상을 만들어야 된다는 생각을 품고 있는 사람이라고 하더라도 또한 천년을 두고 내려온 그 반상차별 누습이 고황에 든 탓인가. 출일두지出一頭地한 대장부 김옥균이 머리를 얹어준 계집이라지만 피장부 아장부로 김옥균이 대장부라면 나 또한 대장부. 일매홍이와 단둘이 마주앉아 있은 적이 한두 번이 아니련만 무슨 까닭으로 야릇한 마음이 되는 김병윤인 것이었다.

"어느어느 어른들이 계시다든가?"

"혼자 계신 모양인데…… 가시게요?"

아아, 몸이 허하여졌음이로구나. 인사치레로 던져오는 말끝 뒷동에 지나지 않는다는 것을 번연히 알면서도, 그리고 평소에는 조금도 마음에 두지 않았던 말임에도 무릅쓰고, 그 말을 언덕삼아 비벼보려는 듯,

"가봐야 하지 않겠는가?"

되묻는 김병윤이 올방자는 그러나 풀어지지를 않는다.

일색이든 박색이든 대저 그 그림자는 한가지로 똑같은 법이거늘, 오늘 내 마음에 커다란 마장魔障이 생기고 있음이로구나. 세 살 적부터 못하는 말이 없었고 수를 천까지 세었으며 네 살에 이미 『백수문』을 달통하고 예닐곱에 벌써 시를 지으니 사람들이 모두 신동이라 불렀는데, 신동인들 무엇하리. 열두 살에는 또한 이미 공령지문*에 능란하여 따를 사람이 없을 만큼 그 글바디*

가 문장이 될 바탕을 갖추었다고 한들, 그리고 경사자집은 차치
물론하고 열장노불이며『음부경陰符經』『참동계參同契』와『태현
경太玄經』에『해국도지海國圖誌』『영환지략瀛環誌略』『박물신편博
物新編』에 이르기까지 다섯 수레를 가득 채우고도 넘칠 만한 온갖
서책을 읽었다고 한들 또한 무엇하리. 아아, 헛궁구를 하였음이
로구나.

　마음속으로 힘껏 도머리를 쳐보지만 그러나 무슨 까닭으로 한
번 솟구쳐 올라오기 비롯된 색심色心은 숙지지*아니하고, 좀처
럼 숙지지 아니하는 그 색심을 어거하지*못하고 괴로워하는 스
스로가 또한 싫어져서 더욱 괴롭기만 한데, 이러한 마음을 아
는지 모르는지 눈앞에 단아히 앉아 있는 이 계집사람은 제 발등
을 덮고 있는 남갑사 치맛자락을 자꾸만 쓸어 내리는 시늉을 하
면서, 한 떨기 매화꽃인 듯 얕은 웃음기만 띠고 있다. 흐트러지려
는 마음을 추슬러 바로잡는 데에는『대학大學』이 기중 윗길이라
고 하였던 것은 허담선생이시었던가.

　대학지도大學之道는 재명명덕在明明德하며 재신민在新民하며 재
지어지선在止於至善이니라. 대학 길은 밝은 덕을 밝힘에 있으며
백성을 새롭게 함에 있으며 나아가서는 마침내 지극히 착한 데
이름에 있느니라.

---

공령지문(功令之文) 과거 볼 때 쓰던 여러 가지 문체. 글바디 글꼴. 숙지다 가
라앉다. 어거하다 다스리다.

마음속으로 『대학』 첫구절을 외워보던 김병윤은 다시 한 번 도머리를 쳤으니, 선생께 글월을 올리었던 것은 현이방 사단으로 마음이 부쩌지 못하게끔 민민하고 또 울울하던 때였던가. 얼크러진 심산유곡 칡덩굴인 듯 언제나 가슴을 짓눌러 풀어지지 않게 하는 의단疑端은, '마음'이었다.

　그윽이 의심되는 점은 사람이 아무런 마음도 쌌트기 전에는 인심人心도 생겨날 수 있고 도심道心도 생겨날 수 있다는 말씀은 그럴 수 있는 말씀입니다마는, 인심과 도심이 한목에 생겨난다는 말씀은 저로서는 헤아려보기 어려운 곳입니다. 이른바 물체가 있으면 거기에 따르는 법칙이 있으며 물체는 곧 형체를 말하는 것이니 인심이 생겨날 수 있는 곳이겠지요. 사람이 태어남에 인의仁義로 성품이 되었고 수많은 뼈대로 하여서는 몸뚱이가 이루어졌는데 '마음'이라는 것은 대저 한 점 티끌도 없이 신령스러워 복판 되는 자리를 차지하고 성품과 몸을 한가지로 주관하는 것이올시다. 지극히 신령스러우므로 쌌트지 아니할 제도 이미 지각知覺의 체體를 갖추었고 이미 쌌이 트면 지각의 쓰임새로 쓰여질 수 있는 것입니다. 오직 한 몸뚱이를 주관하므로 인의로 이루어진 성품과 뼈대로 엮어진 몸이 이 마음의 어거함을 받지 않을 수가 없는 것입니다.

이와 같이 마음은 성품이나 형체를 주관하지 아니할 바가 없지만 그 지각은 한가지일 따름이므로 그 쌌트지 아니할 제는 이 지각이 담담하게 가라앉아서 어디에도 부딪히는 일이 없으니, 어느 것을 인심이라 하고 어느 것을 도심이라 이름하겠습니까? 설령 이름을 붙인다고 하더라도 능히 옳게 붙이지 못하여서 지각이 오직 식색食色 같은 것만을 따라가고 이것을 올바른 이치로써 어거지하지 못하면 인심이 곧 주장이 되어 이른바 그 소체小體를 좇는 소인小人이 될 것입니다. 선생님 가르치심에는 마음이 쌌트기 전에는 지각이 있지 아니하므로 허虛한 것이요, 이미 쌌튼 뒤에는 만변萬變이 무궁하므로 영靈한 것이라 하시니, 이 또한 깨닫지 못하겠나이다. 주자 말씀에 "생각이 쌌트지 아니하여도 지각이 어둡지 아니하다" 하였으니, 이것을 보면 지각은 쌌트기 전에도 발동하는 것 같거늘, 아지못게라*. 선생님께서는 생각이 발동한 뒤에 지각이 움직인다고 여기십니까? 또 주자는 허령虛靈 두 자를 명덕明德으로 풀어 밝히었으니, 마음은 쌌트기 전에도 이미 신령한 것이옵니다.

선생님이 또한 말씀하시기를 "세상에 막중한 일을 하고자 할진대 비록 형률에 거슬리더라도 죽어서는 안 된다" 하

---

아지못게라 알지 못하겠다.

시니, 이것은 공부자와 관중 뜻이 아니옵니까? 그러나 또한 죄 경중을 저울질해서 처리할 일이지 한데 묶어서 말하지는 못할 것입니다. 명령을 내리는 이와 명령을 좇는 자 득실은 제 소견에는 설령 옳지 못한 명령이라도 영을 좇는 자가 다 실행하여야 하는가? 애당초 불가불을 따지지 않고 무조건 영을 좇아야 할 것인가? 진나라가 만리성을 쌓은 일과 수나라 요동정벌이 다 의리가 아닌 명령이지만 그러나 백성 된 자가 어찌 좇지 않고 견딜 수 있으리까. 선생님께서도 "경중을 저울질해서 억지로라도 한두 가지를 좇는다"는 말씀이 또한 이 뜻이 아니겠습니까.

나라에서 과거를 뵈어 선비를 뽑는 것은 마침내 선비를 대접하는 도리가 아니라 여간 재능이 있는 이도 과거로 얻기가 어렵거늘, 하물며 후세 팔다리와 이목 구실을 할 인재를 과거로 얻을 수 있겠습니까? 과거에 올라 벼슬하는 자가 또한 어찌 과거 출신을 잘 대접하며 종신토록 자기만 그 자리를 지키려고 하지 않겠습니까? 저로서는 이 법령이 옳지 않다고 생각하는데, 아지못게라. 어쩌하옵니까? 선생님 말씀에 "중죄인을 돈을 받고 속죄하여주는 것은 옛날 여씨呂 氏 형법에 거슬리는 일이고 경죄인에게 벌전을 물린 것은 이 것이 요순堯舜 형벌이라" 하심이 지당한 말씀이올시다. 그러나 지금 귀양을 보내는 일은 정형* 다음가는 율법이고 옛날

오형五刑에 속한 것이옵니다. 만일 귀양갈 만한 죄 아래로는 벌전을 물리는 일이 가하거니와, 그 위로 큰 죄인에게 돈으로 속죄시키는 것은 어찌 형법에 어긋나는 일이 아니겠습니까? 스스로 제 마음을 되돌아 살펴어본다는 말은 참으로 행하기 어려운 것이니, 이제 이 벌전을 매기는 일과 같이 움직이고 움직이지 않는 것은 다만 이 한 개의 지각이니, 지각이 의리 위에 피어나면 이는 곧 도심이요 형기形氣 위에 나면 이는 곧 인심이니, 한 몸 움직임에 연관하지 않음이 없습니다. 일이 마음의 지각 여하에 달려 있을 뿐이지 귀 지각 눈 지각 지어*백체百體 곳곳마다 한 개 지각에 따라 움직이면 되겠습니까?

주자가 말씀하시기를 "인심은 그 모습이 다를 때도 있지만 도심은 두 가지로 볼 수 없고 두 곳에서 구할 수 없다" 하였으니, 이 말은 또 무엇을 말한 것입니까? 무릇 마음이 지각 이치를 갖추었고 이목이 문견聞見 이치를 갖춘 것은 이 이른바 성품이니, 맹자孟子 말씀에 "눈으로 빛깔을 보고 귀로는 소리를 듣는 것이 성품이라"는 것과 같은 말씀입니다. 그러나 여기에 성性자를 붙인 것은 옳지만 심心자를 붙일 수는 없을 까 합니다. 거의 성품은 지각이 이목 위에 쌌터서 소리

---

정형(正刑) 사형. 지어 '심지어' 그때 말.

와 색을 좋아하는 마음이 생기면 이것은 곧 인심이라 하고 지각이 인의 위에 쌌터서 측은과 수오羞惡 마음이 생기면 이것을 곧 도심이라 하옵니다. 이제 마음이 지각 이치를 갖춘 것을 도심이라 하고 이목이 문견 이치를 갖춘 것을 인심이라 한 것은 그윽이 알기 어려운 곳입니다. 대체大體 소체小體에 이르러서는 밝힘이 있습니다.

무릇 물체가 있는 곳에는 반드시 법수가 있으니, 어찌 홀로 마음에만 이 이치를 갖추었으리오. 이목구비와 같은데도 또한 각각 당연의 법수가 있습니다. 다만 마음은 허령통철虛靈洞徹하여서 통하지 못함이 없으므로 능히 한몸 주인이 되나니 이르되 대체라 하고, 이목 무리는 각기 제구실밖에는 못하여서 능히 서로 통하지 못하므로 몬으로 더불어 접하게 되면 각기 다른 쪽에 움직여 비록 당연한 이치가 있어도 능히 서로 오롯할 수가 없으므로 이것을 이르되 소체라 하옵니다. 반드시 마음의 지각이 의리에 바탕을 두고 백체에 피어나서 보고 듣고 말하고 움직임이 각기 자연의 법칙을 좇지 않음이 없으면 이른바 인심이라는 것도 또한 도심 가운데를 행할 수가 있으니, 『중용中庸』서문에 이른바 보고 들음이 나한테 있으므로 일의 경중을 스스로 다스릴 수 있지만, 만일 유배와 귀양살이를 하는 무리라면 어찌 스스로 경중을 요리할 수가 있겠습니까? 또는 자기의 사심으로 경중을 요리하면 만물이 모두 그 합당한 길을 잃어 이어갈 수가 없을 것입니다. 이밖에 다른 것은 별달리 의혹되는 곳이 없습니다.

등불 아래 갈겨써서 글자가 되지 못하고 뭉개인 곳이 많아서 매우 송구스럽습니다. 부디 안서하시고 다시 가르침을 주십시오. 이른바 백리를 얻어 민인들 살림살이를 택윤하게 하여보고자 주주야야로 좌불안석 노심초사하다 보니, 의리 말씀들이 귓가에 이르지 아니하고 또 능히 스스로 힘으로 글을 읽어 저 본디 천지이치를 깨칠 수도 없으며, 덧없는 세월에 소인 지경에 떨어지고 있으므로 비록 선생님 문하에 나아가 가르침을 받고 싶은 마음만은 간절하오나 근심하고 한탄하는 생령들 오오한 소리 발목을 잡으니, 탄식을 어찌 금할 수 있겠습니까. 다만 존체 보중하심을 비오며 이만 불비不備하옵니다.


"의관을 내시게."

끙 소리와 함께 고불이°처럼 몸을 일으킨 김병윤이 차분하게 가라앉은 목소리로 말하였고, 일매홍이 따라 몸을 일으키며

"가시게요?"

하고 되묻는데 간잔조롬하게 치켜뜨는 눈꼬리에 내리는 것은 산

---

°고불이 매우 나이 많은 늙은이.

그늘 같은 어두움이다.

"정경부인 받는 흥합이 될 터이지."

"나으리도 차암. 접때도 그런 말씀으로 이 천기년을 욕보이시더니 또 그러시네."

"그렇게 되지 않겠는가. 참판영감이 권병*을 잡고 보면 자네 또한 낙적*하여 작은댁 마님이 되지 않겠어."

"희영수 그만하시고 의관이나 정제하시어요."

곱게 눈을 흘기며 내어미는 중치막 위에 도포를 걸치고 갓을 머리에 얹던 김병윤이 다시 모란꽃 무늬가 수놓여진 모본단 방석 위에 앉았다.

"먹이나 갈으시게."

"먹이나 갈라고 하십니까?"

"그래야 되지 않겠는가?"

"……"

일매홍이 눈이 동그랗게 떠지는데, 후유 하고 김병윤이 장탄식 한숨을 내어뿜었다.

"모를 일이로세. 나야말로 왜 이다지 마음이 조릿조릿하여지는 것인지."

"복약은 하고 계시지요?"

권병(權柄) 권세자루. 낙적(落籍) 기생 명부에서 이름을 빼어 양민이 되는 것.

"백독지장이로세."

"나으리도 차암."

"내가 아무래도 다시는 자네 권주가를 듣기 어려울 듯하이."

"사위스럽게 무슨 그런 말씀을……"

"아니야. 어쩐지 그런 마음이 들고 있음이야. 그래서 먹을 갈라고 함인즉."

넓적한 용연 가득 연적을 기울여 먹을 갈고 난 일매홍이 살그니 몸을 일으키더니 곁방으로 들어갔다. 조금 뒤 다시 온 그 젊은 여자가 들고 온 것을 김병윤 앞에 조심스럽게 펼치어놓았는데, 눈처럼 흰 백삼팔주로 된 무지기였다.

"다리속곳을 벗어오지 겨우 무지기로세."

답지않게 은근한 육담을 던지는 김병윤 입가에는 그러나 웃음기 하나 없다. 스스로 한잔 술을 따라놓고 무지기 앞에 올방자를 틀고 앉은 김병윤 눈은 지그시 감기어져 있는데, 바지직 하고 촛농 떨어지는 소리에 놀래었는가.

문득 잔을 들어 단숨에 입 속으로 털어넣고 난 그 젊은 선비가 붓을 잡더니, 왼손으로 방바닥을 짚으며 오른쪽 어깨를 휘청 앞으로 기울이었다. 느린 강물인 듯 천천히 무지기 오른쪽 밑쪽에 한 일자를 긋는가 싶더니, 반공을 소소리쳐 오르는 소리개인 듯 바람같이 빠른 손놀림으로 가지를 뻗치고 잎을 돋우어내다가, 동그라미 몇 개와 서너 개 녹두알만 한 점을 찍어 놓자, 북풍한설

몰아치는 바위틈에서 한 송이 매화꽂이 웃는 듯 찡기는 듯 피어 나는 것이었다. 오언절구 넉 줄로 화제畫題를 잡는데―

| | |
|---|---|
| 魂隨紅裝去 | 혼은 그대를 따라가고 |
| 身獨倚山立 | 빈 몸뚱이만 산에 기대어 서 있네. |
| 驢跛疑我重 | 나귀가 절룩거리기에 내가 무거운 줄 여겼더니 |
| 騎一人魂然 | 사람 혼 하나이 더 얹혀서 그랬던가. |

"어서 오르십시오, 아저씨."

나이는 다섯 위였으나 질항*이 되므로 깍듯하게 아저씨를 받 치어올리며 김옥균은 토방까지 내려와 진더운* 눈빛으로 김병 윤이 두 손을 잡았고,

"격조하였습니다, 영감."

당상堂上 대접으로 또한 깍듯하게 영감을 받치어올리며 김병 윤도 김옥균이 두 손을 마주잡았다. 방으로 들어간 두 사람은 누 가 먼저라고 할 것도 없이 서로 맞절을 나누고 나서 김옥균이 김 병윤 앞으로 곱돌 화로를 밀어주며

"사과장어르신께서는 별래무양하시지요?"

"염려지덕이올시다."

---

질항(姪行) 조카뻘. 진더운 진실하고 따뜻한.

"대부인마님과 내당께서도 강령들 하시고요?"

"염려지덕이올시다. 홍현댁내도 균안들 하시지요?"

"염려지덕이올시다. 참, 석균이라 하셨던가요?"

"돌석자올시다."

"족제가 벌써 행마를 안다고요?"

"행마라니요. 이제 겨우 보리와 콩이나 분간한다고 할까……"

강근지친*이라도 된다는 듯 속 깊은 안부들을 나누고 있지만 기껏해야 족숙질 사이에 지나지 않는다. 본디는 한 할아버지 자손으로 같은 집안을 이루고 있었으나 구대조 할아버지 적부터 줄기를 뻗고 가지가 나누어지기 비롯하여 팔촌을 넘어 십촌을 훌쩍 건너뛴 지 이미 오래니, 이제는 다만 돌림자나 같이 나누어 쓰는 사이일 뿐. 똑같은 안동김씨라고는 하지만 두 집안에서 저마다 그 뿌리로 삼고 있는 중시조가 서로 다르니, 김병윤은 선원* 자손이고 김옥균은 청음淸陰 자손이다.

청음 자손들이 시파時派 대가들인 남양홍씨 풍양조씨 여흥민씨 동래정씨 나주박씨와 손 잡고 나라를 좌지우지 하였던 것을 가리켜 세상 사람들은 안동김씨 육십년 세도라고 불렀는데, 적실하기로는 장동壯洞김씨 육십년 세도가 맞다. 그로부터 육십년 세도가 비롯되었던 김조순*이 살던 데가 자하동*이었는데, 자하

---

강근지친(强近之親) 아주 가까운 일가. 선원(仙源) 인조 때 상신으로 병자호란 때 강화 남문에서 화약궤를 터뜨려 순절殉節한 김상용(金尙容, 1561~1637) 호. 김조순(金祖淳, 1765~1831) 순조 때 척신.

동을 빠르게 부르면 자동이 되고 자동을 힘주어 부르면 장동이
되는 탓이며, 힘이 센 집안이라는 뜻도 담기어 있다. 청음 자손인
김옥균 또한 장김壯金이나 충청도 공주 땅에서 한미하게 살던 김
옥균이 그 유명한 병자炳字 항렬 하나인 김병기金炳基한테 입후*
되어 서울로 왔을 때는 장김 육십년 세도도 그 끝물에 접어든 지
벌써 오래 전이었다.

　"복덕이라는 자가 해괴한 언사를 농하였다지요?"

　"어제 오늘 일이겠소이까."

　일렁이는 촛불 탓인가. 하관이 빤 김옥균 얼굴에 그늘이 지는
가 싶은데,

　"산천유람을 하든지 청국이나 왜국 어디쯤에 가 있다가 여러
달 뒤에나 돌아와서 일을 도모하는 것이 좋겠다고 했다지요?"

　김병윤이 뒷동을 달았고,

　"일매홍이가 그럽디까?"

　총민하게 반짝이던 김옥균 눈이 크게 떠지면서

　"어허, 고이헌 계집사람 같으니라고. 자고로 군중에서는 무허
언이어늘, 그 갓나희 목이 몇 개나 되는고."

　"허언이었다는 말씀이오이까?"

　"쓸 만한 아이입넨다. 진이나 성산월이보다야 인물치레야 빠

---

자하동(紫霞洞) 이제 서울 청운동. **입후**(立後) 양자.

지겠으되, 능소능대하고 백령백리하고……"

"영감."

"들은 풍월일망정 또랑광대 노랑목* 흉내로나마 무슨 소리든지 다 해넘갈 만하고, 몸맵시가 좋아 무수장삼 떨쳐입고 춤추는 뒷모양이 제비처럼 아리따운 데다가, 당률 맞춰 농현깨나 할 수 있고……"

"영가암."

"아저씨가 계시니 한시름이야 덜겠습니다만…… 사고무친으로 의지가지없는 그 아희가 걱정입넨다. 참, 복약은 하고 계시지요?"

"약석으로 다스려질 병이겠습니까."

"동무라는 위인을 한번 만나보지 그러시오. 진맥과 처방이 아주 새롭다던데."

"그 사람이 여태도 민대감댁 허술청 출입을 한답디까?"

"일유 성정에야 비각이시겠지만 양의를 한번 만나보시든지."

"미리견서 왔다는 그 안련*이라는 자 말씀이오이까?"

"중궁 총애를 받아 무상으로 궁궐 출입을 하는데 당파* 사람들로서 그자한테서 진맥을 안 해본 이가 없다지요, 아마."

---

**또랑광대 노랑목** 도랑물 흐르는 조그만 고을에서나 행세할 수 있는 어설픈 소리꾼이 억지로 꾸미어내는 소리. **안련**(安連) 개신교 선교사로 왔다가 갑신정변으로 다친 민영익을 낫게하여주었던 미국인 의사 알렌. 민중전 마음을 끌어 서울 재동에 있는 홍영식 집터에 우리나라 처음 서양병원인 광혜원廣惠院을 세웠고, 주조대리공사까지 지내었음. **당파**(黨派) 수구당.

엉뚱한 소리만 늘어놓던 김옥균이

"바라건대 당신들은 나라를 위하고 몸을 위하고 또 내 충정을 위하여 잠깐 그때를 기다리기 바라노라."

반웃음°을 지었다.

"복덕이 말이외다."

"저런 금수만도 못한 것들이…… 저희들도 한몫 끼어보겠다." 하던 김병윤이 문득 말을 멈추었고, 김옥균이 망건 쓴 머리가 미세기 쪽으로 기울어졌는데, 워낭소리였다.

"나으리, 진골대감 오셔계시오니다요."

퇴 아래서 상노아이 말소리가 들려왔고, 두 사람은 몸을 일으키었다.

"백온°."

하고 부르며 끼끗한° 의관인 젊은 선비짜리 하나가 토방으로 올라서는데, 박영효였다.

"어서 오르시지요, 대감."

퇴로 나서며 김옥균이 말하였고,

"얘야, 너는 안에서 가서 기다리고 있거라."

부담마 곁에 사방등을 들고 서 있는 노복한테 이르고 퇴에 오르던 박영효가 김옥균 뒤에 엉거주춤 서 있는 김병윤을 보고

---

반웃음 웃는 듯 마는 듯. **백온**(伯溫) 김옥균 자. **끼끗하다** 1. 생기가 있고 깨끗하다. 2. 싱싱하고 길차다.

"김장원 아니신가."

알은체를 하였다. 박영효가 아랫목 보료 위에 좌정하기를 기다려 김병윤이 절을 하는데, 때없이 만나는 사이인지라 김옥균은 박영효 맞은편에 그냥 앉아 있었다. 반절°로 절을 받고 난 박영효가 김병윤을 보고 히뭇이 웃으며

"호서 산수가 좋긴 좋은 모양입니다그려. 신수가 훤해보이는 게."

하는데, 지그시 눈을 감는 김병윤이었으니―

물거미 뒷다리 같고 봉산 수숫대 같은°이 몰골을 보고 신수가 훤해보인다니, 이자가 사람을 무엇으로 보고 하는 말인가. 아아, 정녕코 이자는 진실된 자가 아니로구나. 장님 손 보듯 하는°이자 거탈수작°이야 진작부터 알고 있는 바인지라 내 이자를 불치인류°로 여긴 지 오래기는 하지만, 도가 넘지 않은가. 나이도 다섯이나 아래지만 선왕 부마로 상보국 지위에 있는 것을 대접해서 스스로를 시생 또는 소인으로 낮추며 대감 예수°를 받쳐올리는 것도 모르고.

울컥하고 그 무엇이 치밀어 올랐으나

"문채 좋은 차복성°이라도 백년을 다 살아봐야 삼만육천 일이올시다."

---

반절 앉은자리에서 웃몸만 숙이는 것. 거탈수작 겉으로만 주고받는 말이나 짓. 불치인류(不齒人類) 사람으로 아니 여기는 것. 예수(禮數) 1.주객主客이 서로 만나보는 예절. 2.지체에 알맞은 바른 몸가짐.

건넛산 보고 꾸짖기°를 하는데, 박영효 도리옥관자가 김옥균 쪽으로 돌리어진 지 벌써 오래 전이다. 박영효 살지고 기름한 얼굴에는 홍조가 어리어 있었다.

"다케조에 신이치로竹添進一郎와 다시 한 번 철석 같은 약조를 하였으니, 일이 이미 다된 것이나 진배없소이다그려."

"공사를 다시 만나셨습니까?"

"만났지요. 만사는 불여튼튼이라 재삼재사 다짐을 받아놓는 게 좋을 듯하여."

"너무 속을 보여서는 안 되는데……"

"이노우에井上 경한테서도 일간 답신이 올 것이라 하니, 공사 약조가 더욱 틀림없는 것 아니겠소."

박영효 목소리가 허청허청 들떠 나오는데, 먼산바라기를 하고 있던 김병윤이

"영감."

하면서 김옥균 얼굴을 똑바로 바라보았다.

"이이제이하시겠다는 영감 뜻을 모르는 바는 아니로되, 너무 지망지망하시는 듯하오이다. 연전 도촌구라는 자 작간에서도 보았듯이 독오른 잔나비 같은 왜국 무리들을 너무 준신하지 마시라 이런 말씀이올시다."

"일유 염려를 모르는 바는 아니나……, 이발지시올시다.

"휼방지쟁을 기다려 어부지리하자는 얕은 속셈이 아니겠소

이까."

"설령 일본정부 원조가 없다 하더라도 우리들 의사로 볼 적에
는 우리나라 사세 급박하기가 마치 다리 없는 강을 등 지고 군량
도 떨어진 형편에 강적에 둘러싸인 것 같으니, 사면초가올시다
그려. 일본정부 움직임을 기다릴 수는 없는 것이 아니겠소. 거사
님한테도 똑같은 말씀을 드린 바 있지만."

"거사님은 뭐라시던가요?"

"좋다고 하십디다."

"죽첨竹添이가 정상井上이한테 전갈을 보낸 모양인데…… 바
로 그 점이 마음에 걸려 해보는 말씀입니다."

"그 점이라면?"

"가이동가이서*아니겠습니까? 제아무리 간담상조*하는 시늉
을 하지만 종내에는 감탄고토*하자는 잔나비 속셈이 아니겠느
냐 이런 말씀이올시다. 정상이 답신 여부를 가지고 말막음이나
하자는 게지요. 서로 짜고 하는 수작."

하는데, 박영효가 헛기침을 한 번 하고 나서

"이리 오너라."

소리를 질렀고 득달같이 달려온 노복한테 호령을 하였다.

___

가이동가이서(可以東可以西) 동쪽도 좋고 서쪽도 좋다는 뜻으로, 어떻게 되
어도 좋다는 말. 간담상조(肝膽相照) 서로 속마음이 통하여 알려지거나 속
마음을 터놓고 사귄다는 뜻. 감탄고토(甘呑苦吐) 달면 삼키고 쓰면 뱉는다
는 뜻.

"부담농 열어 주안상 올리지 않고 무얼 하는 게냐!"

육포며 산적서껀 마른 조갯살이 놓인 쪽소반°이 들어왔고, 박영효가 말하였다.

"김아산은 목하 만국 정세를 잘 모르는 모양인데⋯⋯ 사세가 그렇지 않습넨다."

"육조시모도 제대로 모르는 시생 같은 하향궁유가 어찌 만국 사정까지 알겠소이까."

"안남°을 놓고 벌어진 청법전역°에서 청국이 연전연패하고 있다는 것도 모르는 모양인데, 북묘에 둔치고 있던 청군 천오백이 빠져 나간 것도 그 탓 아니겠소. 순망치한°으로 이중당° 세가 꺾이고 보면 당파 세 또한 꺾일 것은 명약관화한 일."

"썩어도 준치°지요."

김병윤은 계속해서 왼 새끼만 꼬았고, 스스로 백자 호리병을 기울여 잔을 채운 박영효가 잔 든 손을 쭈욱 내어밀었다.

"이곳 일은 걱정 말고 김아산은 어서 내려가 산림들 모아 복합상소 올릴 방책이나 차리시오. 이 술 한잔 받으시고."

"염이 없소이다."

"허어, 김장원 같은 영걸도 술을 못하시는구려."

박영효 입꼬리에 잔주름이 잡히는 것을 본 김병윤은 지그시

---

쪽소반 한손으로 들 수 있을 만큼 작은 소반. 안남(安南) 베트남. 청법전역 (淸法戰役) 청불전쟁. 순망치한(脣亡齒寒) 입술이 없어지면 이가 시리다는 말. 이중당(李中堂) 원세개.

눈을 감았다. 참자. 성질대로 한다면 저까짓 병술이 아니라 말술을 마시고 마음속에 맺혀 있는 온갖 것들을 다 토해내도 시원치 않지만, 이발지시已發之時라니 살은 이미 시위를 떠난 것. 공중 백온伯溫 심기를 상하게 할 까닭이 있겠는가. 김병윤이 눈을 떴다.

"영걸이라니…… 듣기가 거북하외다. 대저 영걸이라는 것은 한세상 억조창생들을 저마다 그 본디 타고난바 성정과 자질을 좇아 봄동산 곳인 듯 활짝 피어 살게 해줄 수 있는 경륜과 모양도리를 가지고 있는 자를 가리켜 일컫는 말일진대, 소인 같은 천질이 어찌 써 영걸이 된다는 말씀이외까. 영걸이라면 바로 대감 같은 분을 일컫는 말이겠지요. 진세 탁물이 영걸을 외람히 찾아서 황송하외다."

나직한 목소리로 책을 읽듯이 또박또박 말하고 나서 몸을 일으키는데, 김옥균이 민주스러운 낯빛으로 치어다보았다.

"인정˚도 머지 않았는데, 어디로 가시려고?"

"살곳이나 청파로 가봐야 하지 않겠소이까?"

"……"

"화기를 가라앉히는 데는 살꽂이 무와 청파 미나리가 기중 윗길이라고 한 게 백사˚였던가요."

---

인정(人定) 밤 10시에 종루에서 쇠북을 28번 처 통행을 금지시키 던 것. 백사(白沙) 선조 때 공신 리항복(李恒福, 1556~1618) 호.

오이씨처럼 갸름한 윤곽에 서늘하게 넉넉하였으되 어디 하나 빈 구석 없이 톡 찬 이마였고, 눌인*이 마음먹고 내려그은 하나 별*과 하나 파*인 듯 힘차면서도 부드럽고 부드러우면서도 또한 힘차게 삐치어진 두 눈썹 아래 자리잡은 두 눈에는 가을 물결 같은 푸른 기운이 도는데, 굳게 다물린 입 언저리에는, 그리고 범접하기 어려운 그 무슨 기품이 어리어 있었다. 사은숙배 자리에서 다시 알현하였을 적에도 그러하였고, 당찬 모습이었다. 소세할 적마다 파사*에서 들여온 진주 가루를 물분에 개어 바른다는 저 자 풍문이 적실한 것인가. 바위틈에서 피어나는 한 송이 석란石蘭 같이 요요夭夭하고 겨울 이내*같이 요요遙遙한 기운이 얼굴 온판을 감돌고 있다. 기묘년 뒤로는 다시 양전*을 알현한 적이 없었으나 군변을 겪고 나서는 중전 그 요요하고 또 요요한 기색이 더욱 심하여졌다고 한다. 성긴 턱수염만 쓰다듬고 계신 대전* 안정*은 그러나 빛이 없다.

산호산호山乎山乎 부산호復山乎. 천세천세千歲千歲 부천세復千歲. 주상전하 천천세. 중전마마 수만년.

소리 높여 부르는 인의* '평시인平身'에 맞추어 허리를 편 다음 영상 앞소리*를 따라 양전께 천세를 바치고 나서 옥좌 앞으로 나

---

눌인(訥人) 정조 때 명필 조광진(曹匡振, 1772~1840) 호. 별(撇) 글씨 쓰는 법 하나인 왼쪽 삐침. 파(波) 오른쪽에 비스듬히 끌어내리다가 펼쳐 맺는, 파 임 'ㄴ'. 파사(波斯) 페르시아. 이내 해질 무렵에 멀리 보이는 푸르스름하고 흐릿한 낌새. 양전(兩殿) 임금과 왕비. 대전(大殿) 임금. 안정 '임금 눈'을 가 리키는 궁중 말. 인의(引儀) 통례원에 딸린 종육품 벼슬로 의전 맡은 이었음.

아갔을 때였다.

김장원 같은 논사지신論思之臣을 얻게 되어 나라에 홍복이로다.

졸린 듯한 안정을 몇 번 껌벅이더니,

안김이라고?

예이.

흠. 청음 자손인가?

유학 김아무개 자는 일유이고 을묘년에 났으며 본은 안동으로 부모를 모시고 대흥에 사는데 그 아비는 아무런 벼슬을 지내었고 안항°이 없는 독신이라는 것을 방목°에서 보았을 터임에도 엉뚱하게 물으며 눈썹 사이를 찡기다가

아니올시다. 선원 자손이올시다.

소리를 듣고 나서야

호오, 장김은 아니로군.

반기는 기색을 보이니, 장김이라면 이를 갈았던 대원위 탓인가.


나나나 나나니요

나니누난실 띠띠어라

너고 나고만 놀자꾸나


---

**앞소리** 요령잡이가 부르는 소리. **안항**(雁行) 동기同氣. **방목**(榜目) 과거 급제자 이름발기.


168

흐느끼는 것 같은 새납소리 날나리소리 사이사이로 상쇠소리 부쇠소리 중쇠소리 징소리 장구소리 부장구소리 북소리 상벅구소리 벅구소리 흐드러지는 가운데, 주먹 같은 오색 곳술 단 고깔 쓰고 붉은치마 노랑저고리 입은 안성 청룡사 남사당패˚ 과천 관악산 삼막사 짠지패˚ 양주 포천 날탕패˚들이 가로 뛰고 세로 뛰며 짠지패는 양산도 홍타령으로 춤을 추고 날탕패는 산염불로 춤을 추고 있다. 통안대궐˚서 아침 수라 진쪼시기 바쁘게 나와 경회루에서 온갖 놀이 즐기다가 해가 거우듬해져서야 돌아가고 때로는 날밤을 넘기는 적도 많다더니, 그래서 그러한 것인가. 성음에는 찰기가 없고 성안 또한 부석부석하기만 하다. 성궁께서 본디 성색을 즐겨하지 아니하시나 악지˚ 센 중전 내주장에 치˚를 잡히신 탓이려니. 출일두지한 여걸이시라 유약하기만 한 도선徒跣이신 상감을 치마폭에 넣고 쥐락펴락하신다고는 하나 창덕궁마마 또한 성색을 즐겨하시는 어른은 아니시다. 다만 이곳을 좇아 이와 서캐처럼 달라붙는 권간들 충동질에 휘둘리는 탓이며 또한 권간들 발호함을 어거하기 위한 마마 나름 권도려니. 암주暗主는 안일安逸로 꾀고 명주明主는 위태한 것으로 충동하여야 된다던 옛말이 정녕 헛말이 아니고녀. 허나 또한 어찌하리.

---

**남사당패**(男社黨牌) 사당 복색을 하고 이곳저곳 돌아다니면서 소리와 춤을 팔고 사당처럼 놀던 무리. **짠지패·날탕패** 대여섯 또는 예닐곱 사람이 때를 지어서 작은 북을 두드리며 상스러운 노래를 부르며 뛰놀던 패. **통안대궐** 창덕궁. **악지** 잘 안될 일을 해내려고 하는 억지스런 고집. **치** '임금 상투'를 가리키던 궁중 말.

맑은 향기 나는 술은

일천 사람 짜낸 피요

가늘게 썬 좋은 안주는

만백성들 기름일세

촛불 눈물 떨어질 제

사람 눈물 떨어지고

노랫소리 높은 곳에

원망 소리 높은 것을

성품이 매우 공손하고 검소하여 사치를 경계하고 음악과 여색과 진기한 오락은 아예 가까이하지 않으면서 사치와 화려함은 말류 폐습이니 이 어찌 다스려진 세상에서 숭상할 일일까 보냐며, 신하들을 대하여 매양 사치스런 습속 폐해를 말하고, 궁중 의복은 오로지 검박질소한 것을 숭상하여, 예복이 아니면 무늬 있는 비단옷을 입지 않았으며, 여름철에는 삼베옷을 입고 가는 베를 취하지 않았던 것이 인조대왕이시었던가. 나라 안에서 일어나는 모든 일이 잘못되고 어그러짐을 오로지 상 스스로 허물이며 덕이 모자라는 탓으로 돌려 이처럼 삼가고 조심하였거늘, 백성들 살림살이는 물론이고 천재지변까지도 이때처럼 우심한 적은 아조 오백년 내력에 그 유례가 없다. 가뭄과 올서리에 해마다 폭우가 퍼부어 내리고 흰 무지개가 해를 뚫으며 여름에도 밤

톨 같은 우박이 쏟아져 내리는데, 쥐통 장감*은 차라리 어린아이들 고뿔에 지나지 않을 만큼 온갖 이름 모를 악질들은 또 창궐하고 있으니, 유개무리가 거리를 메우고 대낮에도 출몰하는 명화적떼가 나날이 늘어나고 있음 또한 당연한 일. 예로부터 나라에 재변이 있으면 임금이 정전正殿을 피하고, 수라상 찬을 감하고, 음악을 듣지 않으며, 사방으로 유일遺逸을 찾아 직언을 구하였건만…… 우리 임금은 무얼 하시는가.

날로 더욱 권세를 써서 당을 부식하여 스스로 지위를 굳게 만드니, 그들이 숨을 쉬고 들이쉬는데 초목군생을 살리는 우로도 되고 초목군생을 죽이는 서리도 되어 점차 권병을 도적질 하고 분수 밖 것을 범하며, 어렵게 여기고 꺼리는 바가 한 가지도 없소이다. 위태로운저. 망하는 화가 조석에 이르렀는데, 길가에 집짓기°만 해서야 되겠습니까.

먼촌 되는 김옥균이 신래를 불렀을 때였다. 박영효며 홍영식과 서광범이 둘러앉아 있는 홍현 사랑에서였는데, 터지게 난 인물°이라더니 과시 명불허전이었다. 어찌 보면 계집사람인 듯 해사한 용모에 샛별처럼 반짝이는 두 눈을 가진 이십당상 김옥균이 나라 안 정세에서 나라 밖 만국 정세에 이르기까지 그 맥을 짚고 혈을 찾아 침을 찌르고 뜸을 떠서 반듯하게 바로잡는 현하지

---

**장감**(長感) 고뿔이 오래되어서 생기는 병으로 기침이 나고 오한이 심하여 폐렴이 되기 쉬움, 장질부사.

변을 토해낸 다음이었다.

이에 삼강이 비로 쓴 듯 없어졌으니 어찌 차마 말할 수 있겠습니까. 위아래가 하나같이 사치와 욕심이 도를 넘고 정사와 형벌이 문란하여 백성들 원망과 하늘이 노함이 극도에 이르고, 밖으로 무너지고 안으로 다투어 족히 나라를 망치고 제사를 끊었으나, 이것은 오히려 작은 일이올시다. 왜와 양이와 만주우량하이 무리가 이 강산을 짓밟아 개나 도야지 세상이 된 지 벌써 오래니, 마음이 쓰리고 머리가 아픈 것을 어찌다 말할 수 있으리오.

삼일유가 나선 장원짜리로서 자긍심에다가 그 유명한 이십당상 김참판이 신래를 불러준 자리인지라 조금은 기가 승하여져서, 악장을 치는 등 야료를 부리는 등 온갖 야비다리*질을 하고 있는 왜인 양인 청인들 행악을 입에 올려 그 불가함에 부르쥐는 김병윤 두 주먹을 꼭 잡아준 김옥균이었다.

나는 일유를 위輝로 삼고 일유는 나를 현弦으로 삼아 일유가 나와 하나로 합친다면 어찌 써 무슨 일인들 하지 못하겠소.

널니리 쿵. 널니리 쿵.

노랑복장을 한 취라치* 뒤로 삼현육각 켜고 두드리는 악공들 앞세우고 어사화 꽂은 김장원이 은안백마 높이 앉아 사처* 잡은 하남촌 인성붓재*를 나와 광통교 거쳐 운종가 지나 창덕궁 돈화

---

**야비다리** 대단하지 않은 사람이 제딴에 가장 흐뭇한 듯이 부리는 도도함. **취라치** 군대에서 소라나발을 불던 사람. **사처**(私處) 사사로이 머물 곳. **인성붓재** 이제 서울 중구 인현동1가와 2가에 걸쳐 있던 고개.

문 앞까지 가는데, 사람들이 밀짚같이 늘어섰고 길 좌우로는 각 재상집 부인들이 구경하는 의막이 즐비하였다. 금자 박은 복건에 호사를 늘어지게 한 있는 집 아이들과 헌옷을 간신히 빨아 입고 온 없는 집 아이들이 가로 뛰고 세로 뛰는 가운데 주사니것˚으로 휘감은 젊은이 늙은이에 쇠코잠방이˚에 솜 한 조각 없는 맞붙이를 꿰어 입고 쑥대머리˚ 어지러운 가난한 상것들에 종놈 종년에 너울짜리 장옷짜리 홍양산 받쳐 쓴 일패기생 청양산 받쳐 쓴 이패기생 삼패기생 돗자리 한 닢 옆에 끼고 술두루미˚ 한 손에 든 들병이˚까지 백마 위 옥골선풍에 넋을 잃는데, 한껏 차려입고 분단장 곱게 한 채 의막 안에서 합죽선 바람을 내고 있던 각 재상댁 부인이며 경화달관들 안방마님이며 큰애기들은 물론이고 내외하는 양반댁 안식구들이 공중에 사무치는 삼현육각 청아한 소리에 그만 참지 못하여 드리워진 발을 쳐들고 신원新元 그 잘생긴 얼굴을 보고자 하였으니, 이른바 비렴급제였다.

그렇게 문득 백년지기가 된 두 사람이었다.

김옥균은 그런데 어찌 되는가. 박영효 그 흰 말불알 같은 낯짝이야 그렇다고 하더라도, 아무래도 마음에 걸리는 것은 저 잔나비 같은 왜인들이다. 죽첨竹添이라는 자 환롱질에 말려든 것 같

---

**주사니것** 명주붙이로 된 옷. **쇠코잠방이** 농군이 여름에 입던 무릎까지 오는 짧은 잠방이로 가랑이가 잠방이보다 길고 사발고의보다 짧았음. **쑥대머리** 머리털이 마구 흐트러져 어지럽게 된 머리. 쑥대강이. **술두루미** 술병. **들병이** 돗자리 한 닢에 술병을 끼고 돌아다니며 술과 몸을 팔던 여자로, 경복궁 중건 때부터 생겨났음.

다. 그러나 또한 어찌하랴. 한번 엎질러진 물은 다시 담기 어려우며 깨어진 시루는 다시 붙일 수가 없는 것을. 아아, 고주*인저. 고균이야 고균 팔자며 운수가 있는 것이라고 한다지만, 나는 무엇인가. 같은 시절에 같은 하늘 아래 태어나 뜻이 같고 도가 같아서 태산교악泰山喬岳 같은 기질과 정금미옥精金美玉 같은 자질로써 학문에 독실한 궁구를 더 하여야 하거늘, 나이 이제 스물아홉에 죽을병에 걸리다니. 흑달. 여색보다는 차라리 술을 너무 좋아하여 원기가 매우 상하고 가슴속 뜨거운 기운이 위로 치밀었는데 찬 것을 많이 마시므로 상양하음上陽下陰이 되어 병이 된 것이라는 것을 내가 안다. 그러나 또한 어이하리. 마침내는 그렇게 흙속으로 돌아가고야 말게 되어 있는 것이 하늘 밑에 벌레*들 명운인 것을. 사람만이 아니라 무릇 목숨 있는 모든 것들 명운인 것을. 내 비록 책권이나 읽었다고는 하나 진실로 어떠한 책을 얼마나 읽었다는 말인가. 또 그 속에서 정녕 무엇을 배웠다는 말인가. 학문은 반드시 조금이나마 아는 것이 있은 뒤에라야 의심이 생기는 법이거늘, 나는 아는 것이 없어 의심나는 것도 없으니 누구한테 물어볼 것도 없구나. 아아, 헛이름을 도적질하여 세상을 속이고 또 나를 속였음인저.

---

고주(孤注) 노름꾼이 남은 돈을 다 태워놓고 한번에 결판을 내는 것. **하늘 밑에 벌레** 사람.

좌장°에 기대어 간신히 몸을 일으킨 그 젊은 병자가 미세기를 열어젖힌 것은 밝고 따스하게 비치어 들어오는 그 무슨 기운 때문이었는데, 햇살이었다. 내일이면 동짓달로 넘어가는 날씨답지 않게 따스한 낮전° 햇살이 퇴 가득 내려쬐고 있었다.

물렀거가 질렀거라!

벽제 소리 요란하게 앞을 치워주고,

쉬이— 쉬이—

호기롭게 뒤를 막아주는 사령관노들에게 둘러싸여 은안장 놓인 백설총이° 높이 걸터앉아 갓 뒤가 스스로 착 올라가는 금의환향하여보니, 작은사랑 큰사랑 세교° 친구들이 찾아와서 영문°도 하고 신래도 부르느라 대문 안이 떠들썩하고 집안이 온통 왁자지껄하였는데, 사흘 걸려 갔던 길을 내려올 때는 이레가 걸리었다. 살꽂이 무나 청파 미나리를 먹는다고 해서 가라앉을 가슴속 화기가 아니었고, 무엇보다도 그리고 갑자기 수족에 힘이 빠져버린 것이었다.

어머니는 적적암寂寂庵에 가시었고 안사람은 탕약을 달이는가. 이따금 들려오는 큰사랑 기침소리에 용마루가 내려앉을 것만 같은데, 석균이와 준정이인가. 중문 너머에서 지껄이는 자냥스러운° 아이들 소리가 꼭 새들이 지저귀는 소리 같다. 어떻게 간

---

**좌장**(坐杖) 'T'꼴로 된 짧은 지팡이로, 늙은이나 아픈이가 겨드랑이를 괴어 기대는 데 쓰였음. **낮전** 상오上午. **백설총이** 온몸이 희고 입술이 검은 흰말. **세교**(世交) 대대로 사귀어온 정. **영문**(榮問) 기림. 치하致賀.

신히 퇴로 나와 벽에 등을 기대인 채 해바라기를 하고 있던 병자가 자식들 이름을 부르고자 하는데, 도무지 말이 되어 나오지를 아니한다. 송진처럼 끈적끈적한 식은땀만 이마에 듣고* 있지만, 도무지 갱신을 할 수가 없다.

방으로 들어가 누우려고 좌장에 힘을 주는데, 저만큼 만동이가 오고 있다. 만동이와 체수가 어상반하여보이는 사내 하나가 뒤를 따라오고 있었고, 저자가 누구더라? 눈썹만 찡기고 있던 그 젊은 병자 비틀어 짠 오이장아찌 같은 얼굴이 술취한 사람처럼 문득 붉어지면서, 무슨 말인가를 하려는 듯 입술만 달싹거리다가, 앞으로 푹 고꾸라졌다.

"나으리이!"

내 몸 하나 병들어지면
어― 홍어― 하
백사 만사가 허사로다
어― 홍어― 하
북망산천이 멀다더니
어― 홍어― 하
앞산이 바로 북망일세

---

**자냥스럽다** 재잘거리는 소리가 듣기에 똑똑하다. **듣다** 맺히다.

어— 홍어— 하
인제 가면 언제 오나
어— 홍어— 하
오실 날이나 일러주게
어— 홍어— 하*

_____

* 충남 예산고장 전래 상엿소리

# 제7장
## 웃는 듯한 분홍빛

"할머니."

"오오냐."

"개뗑이 점 혼내 주세유."

"왜애 또?"

"빌소릴 다 허면서 뉘럴* 찡애골리잖어유*."

준정俊貞이가 제 동생을 바라보며 하얗게 눈을 흘기는데, 석규
石圭는 비식비식 웃기만 한다. 눈은 가느스름하고 이마는 반듯한
데다가 오똑 솟은 코에 연지를 바른 듯 입술은 또 고와서 장차 만
만하지 않은 일색이 될 바탕이 되어 있는데, 열두 살이라지만 골
격이 오종종하지*가 않고 달기* 또한 여간 숙성한 것이 아니어서,

---

**뉘럴** 누이를. **찡애골리다** 남을 속이 상하게 하여 약이 오르게 하다. **오종종
하다** 얼굴이 작고 옹졸스럽다. **달기(達氣)** 보기에 환하여, 높고 귀하게 잘
될 서슬.

언뜻 열댓 살 난 꽃두레처럼 보이었다.

그런 제 누이에 비하면 아홉 살 난 석규는 이목구비 하나는 반듯반듯하나 장난살이 잔뜩 오른데다가 아버지가 없이 할아버지 할머니 무릎 위에서만 자라는 삼대독자 외장손답게 어린 티가 좔좔 흐른다. 안동김씨 일족 돌림자인 균자均字를 족보에서 지워버리고 규자圭字로 새로이 항렬자를 삼은 것은 갑신거의甲申擧義가 삼일천하로 막을 내린 다음이었다. 왜국으로 몸을 피한 김옥균이 아직 그 목숨만은 부지하고 있다고 하나 만고역적이 된 그로서는 이미 죽은목숨이나 다름없었고, 더불어 대역죄인인 듯 어깨를 펴지 못하게 된 안동김씨들이었다.

"할머니이."

손녀딸이 귀를 꿰어준 바늘로 치마단 틀어진 데를 꿰메고 있던 오씨吳氏부인이

"뉘를 긇리면 쓰나. 간서어엄보살. 시상이 단 두 뎅기간인디 다다*우애 있게 지내야지. 암, 그레야 허구말구."

장 하는 대로 타이르는데, 준정이

"할머니이, 개뙹이 점 혼내주시라니께유."

할머니 무릎을 흔들었고,

"어허."

---

다다 아무쪼록 힘 닿는 데까지. 될 수 있는 대로.

오씨부인이 혀를 찼다.

"당혼이 믈잖게 다 큰 규수짜리가 이 무슨 수선인고. 지집사람은 더구나 지망지망헤선 안 되구 모름즤기 그 행동거지가 음전허구* 찰찰헤야* 된다구 일렀거널, 할믜 바늘이 찔리면 워쩌려구 이 뭔 호들갭이여."

역성들어주기를 바랐다가 뒵데* 꾸중만 듣게 된 준정이 쭈루투룸하여*진 낯빛으로 입술만 쫑긋거리고 있는데,

"뭔 말인듸 그러너냐?"

바늘 끝을 거꾸로 잡고 정수리께 가리마 자국을 몇 번 긁으며 오씨부인은 웃음기를 띠었다.

"들어봐서 이치에 합당허면 이 할미가 혼구녁을 내줄 터인즉, 어여 말헤보려무나."

준정이 제 동생을 보고 다시 한 번 눈을 흘기며

"피. 저만 진서 배남. 나두 할아부지헌티 백수문 띠구 나서 어머니헌티 시방은 소학까장 배구 있넌듸…… 누굴 숫제 판무식쟁이루 알구."

입안엣말로 종알거리고 나서 할머니를 치어다보았다.

"시상이 즘잖지 뭇허게 방구뺑*자가 있다구 그러잖유."

"엉?"

---

**음전하다** 말이나 몸짓이 곱고 점잖다. **찰찰하다** 몸가짐이 꼼꼼하다. **뒵데** 도리어. **쭈루투룸하다** 타박을 맞고 기분을 다쳐 밝지가 않다.

"진서이 그런 글자가 있슈?"

"허. 빌 해괴헌 소리두 다 들어보것구나. 방구삥자라니. 이 할믜두 소싯적인 할아버지 무릎 위서 소학권이나 읽었다만, 시상이 강희자즌 즌운왹편 다 뒤져봐두 그런 요상헌 글자가 있다넌 말은 츰 듣넌구나."

"그것뿐인 중 아셔유. 퐹당퐹자 바시락밧자 븨빔밥찬자……빌 옴뚝가지* 같은 글자가 다 있넌듸 그것두 물른다며 저더러 무식쟁이라구 놀리지 뭐여유. 무식쟁이 생일꾼헌티 시집갈 거라며."

"개똥아."

"예."

"워디 한번 들어보자. 거시기 무슨무슨 자라넌 게 워찌 쓰넌구?"

목소리는 엄하여 꾸짖는 것 같았으나 세상에 없이 귀한 삼대독자 외장손을 바라보는 그 늙은 부인 눈빛은 늦가을 도린곁* 산모롱이*를 돌아가는 저문 강물인 듯 이윽하였고, 석규는 짐짓 할아버지 흉내를 내어 헛기침을 한 번 하고 나서 웃음기 없는 낯빛으로 말하였다.

"문문자 밑이 됭그래미를 그리구 그 가운디 점을 하나 찍어 논 것이 방구삥자올시다."

"호오, 워찌혜서 그러헌구?"

---

옴뚝가지 흉하게 생긴 '옴두꺼비'를 가리키는 충청도 내폿말. 도린곁 발자취가 드문 외진 곳. 산모롱이 산모퉁이 빙 둘린 곳. 산기슭이 나와서 휘어져 돌아가는 곳.

"예. 사람이 밥을 먹구 나서 일정헌 시각이 지나구 보면 오장육부를 거치며 뜸이 들구 푹 곰삭어 마침내는 바람이루 화혜서 몸 밖이루 나오게 되넌 것이 방구니, 문 밑이 됭그래미 가운디 점을 찍구 보면 방구뽕자가 되넌 이치쥬."

"그 밖이 또 뭣이 있다구?"

"우물정자 가운디 점을 하나 찍으면 뽕당뽕자가 되구, 풀초 아래 배암삿자를 헌 것은 바시락밧자며, 나물챗자 아래 밥식을 보태면 븨빔밥찬자가 되지유. 그리구 월마던지 새루 맨들어낼 수 두 있구유."

뽐내는 어조로 어른스럽게 말하는 아홉 살짜리 도령 석규가 하는 이 군두목˚놀이는, 만동이한테서 들은 것이다. 음사蔭仕라고는 하나 낫 놓고 기역자도 모르는 판무식쟁이˚로서 뛰어난 재치와 기지 그리고 의기만으로 판서까지 지냈다는 걸인 리문원˚ 일화였는데, 질청˚에서 아전들한테 들은 이야기라고 하였다.

이번에 새로 온 원님은 글을 못한다니, 우리 어려운 소지˚를 올려서 어떻게 하나 시험해보자.

---

군두목 한자 뜻은 어찌 되었든지 음과 새김을 따서 믄 이름을 적는 법. 콩팥을 '豆太', 괭이를 '廣耳', 등심을 '背心'으로 쓰는 것 따위. 조선 끝무렵 아전들한테서 이루어졌음. 판무식쟁이 아주 무식한 사람. 리문원(李文源, 1740~1794) 영조 47년인 1771년 문과에 올라 정조 말년까지 공·이·병·예 조판서를 지냈음. 질청 아전 일하는 방. 소지(所志) 서민·하리·천민이 관부에 올리던 청원서와 진정서. 발괄.

리문원이 전라도 어느 작은 고을 군수로 도임하였을 때 활리들이 한 말이었다. 판무식꾼 원이 온 이런 좋은 기회에 잘만 하면 한 등내 동안은 아전들이 제 뜻대로 원을 공깃돌 놀리듯 하면서 한밑천을 단단히 장만할 수 있는 것이다. 군수가 삐끗할 일을 장만하고자 아전들은 공사에 올리는 온갖 발괄이며 등장*이며 원정* 또는 상서* 같은 것들을 일부러 알아보기 어려운 진서를 그것도 초서로만 써서 원 거동만 살피고 있었다. 문원은 문원대로 이놈들이 내가 글을 모른다는 말을 듣고 일부러 이런 장난을 하는구나 하고 마음속으로는 괘씸하게 생각하면서도 모르는 체하고 소지를 다 본 다음 형리를 불러 뎨사*를 받아 적으라고 하였다. 형리가 붓을 들고 있는데 원이 말하였다.

퐁당이라고 적거라.

형리가 하도 어이가 없어 한참을 주저하다가 말하였다.

황송하오나 문자에 퐁당이라는 글자는 처음이올시다.

그러면 바시락이라는 글자를 쓰거라.

그런 글자도 처음이올시다.

이런 자 저런 자를 다 못 쓴다면 대관절 네놈이 그동안 배웠다는 글자는 어떤 글자란 말이냐? 그러고도 아전 노릇을 한단 말

---

등장(等狀) 두 사람 위로 이름을 잇대어 써서 관부에 올려 하소연하던 소지 하나. **원정**(原情) 산송山訟이 주를 이루었던 소지 하나. **상서**(上書) 산송과 효행·탁행 정려旌閭를 위한 것이 주를 이루었던 소지 하나. **뎨사**(題辭) 관장이 내리는 판결문. 뎨김題音 이두.

이냐?

호령 소리에 형리가 벌벌 떠는데, 문원이 부드럽게 말하였다.

내가 한 글자만 부를 터이니, 이번에는 꼭 쓰렷다. 만일 이번에 도 쓰지 못한다면 나는 녜사를 못 부르겠고, 그것은 전수이 네 탓이니라. 알겠느냐?

네이.

비빔밥찬자를 쓰거라.

지금까지 사또께서 부르신 글자는 모두 처음 듣는 글자올시 다. 소인을 죽이시려거든 차라리 얼른 죽여줍쇼.

식은땀만 흘리고 있던 형리가 죽으면 대수냐고 말을 하는데, 문원이 껄껄 웃음을 터뜨리었다.

우물정자 가운데 점을 하나 찍으면 퐁당퐁자가 아니냐. 우물 에다 돌을 던지면 퐁당하고 들어가지 않느냐. 그것이 즉 퐁당퐁 자라는 것이다. 풀초 아래 배암삿자를 한 것이 바시락밧자라는 것이다. 풀 속에 배암이 지나가면 바시락바시락 하지 않느냐. 또 밥 위에 나물을 얹은 것이 비빔밥이 아니냐. 나물챗자 아래 밥식 을 하면 비빔밥찬인 것이다. 글자라는 것이 본시 사람과 사람 사 이 마음과 뜻을 서로 전달하는 것이다. 그런 까닭에 사람들 뜻에 따라서 만들어 쓰는 것이 즉 문자인 것이다. 너희들이 내가 글 못 한다는 말을 듣고 여간 글자를 함부로 흘려 써가지고 나를 농락 하려고 든다만, 너희들 간계에 속을 내가 아니다. 너희들 소행은 대매에 타살할 만하지마는 특별히 용서하는 것이니, 그따위로 얄은 꾀는 부리지 말고 나있는 동안은 진서 소지는 받지 말고 언문 소지만을 받도록 하라.

　다만 힘만 장사인 것이 아니라 숫기 있고 입담이 좋아 주워들은 풍월을 구성지게 살을 붙여 풀어놓고는 하는 만동이였는데, 방귀뽕자는 만동이한테서 들은 리문원 이야기를 바탕삼아 석규스스로 만들어 본 것이었다. 산뽕나무 가지를 쪄다가 활도 매어주고 쑥대살˚ 만들어준 것으로 어른들 몰래 만동이 따라다니며 벌터질을 하여보는 맛도 근사하였지만, 무엇보다도 미주알이 졸밋거리게 진진한 것은 만동이가 들려주는 세상 온갖 이야기들이었고, 석규는 그런 만동이가 좋았다.

　만됭이는 시방 뭣을 허나? 곰이나 멧도야지 또는 봄을 찾어 짚은 산속이루 갈 때야 그렇지먼 임존성˚이루 멧꿩사냥을 갈 적이는 나를 꼭 데려간다구 헀넌디. 멧꿩을 잡어다가 할아버지 찬상이 올려드려야지. 참 꿩괴기 반찬은 어머니가 잘 만드시넌디. 오이갓집이루 비접 나가신˚ 어머니는 원제 오시나.

　어머니 생각에 반짝이던 도령 눈빛이 방바닥으로 내려지는데, 장난살이 잔뜩 오른 손자 얼굴을 대견한 눈빛으로 어루만지고

---

**쑥대살** 쑥줄기로 만든 어린아이용 장난감 화살. **임존성**(任存城) 후백제군이 차지했던 멧갓으로 충남 예산군 대흥면 봉수산에 있음. '임존'이란 '님이 계신 곳'이란 말임. **비접 나가다** 병중에 몸조리하기 위하여 자리를 옮기다.

있던 오씨부인이 마른기침을 하였다.

"개똥아."

"예."

"승이 뭐지?"

"짐가유."

"관향이 워딘고?"

"안동유."

"오올치. 우리 집은 자고로 국반*이루 행세허넌 집안인 안김이
니라. 그러면 뉘 으른 자손인고?"

"슨원 자손이지유."

그 늙은 부인 입이 벙긋 벌어지며

"오올치. 우리 슨원할아버님 구대 장손 개똥이지."

하다가 문득 낯빛을 엄하게 하더니,

"그런디, 그런 집안사람이 아랫것덜이나 쓰넌 귄두뢰질 숭내
나 내서야 쓰것너냐. 이제 멫 해만 있으면 문과의 장원혀서 물렸
거라 질렀거라 은안백마 높이 올러 욋당 그쳐 팔좌 지나 국상 자
리 측허니 올러 일인지하의 만인지상이루 큰 뜻을 픠야 헐 대장
부가 아니더냐 이 말이니라. 간셔어엄보살. 터지게 난 인물이었
던 늬 애븨넌 이 할믜 증성이 부족혀서 아홉수를 못 넹기구 극락

─────────────
국반(國班) 나라에서 으뜸가는 양반.

186

의루 갔다만…… 그러니 더욱 니가 잘 혀야지."

손등으로 눈께를 한 번 훔치고 나서

"그런 바닥상것덜이나 쓰넌 권두픽질을 배서 워디에 쓰것넝
가 이 말이니, 개똥아."

"예."

"만됭이가 그러든공? 만됭이늠이 너를 꾀송꾀송*혀서 그런 못
된 말이나 가르쳐줘?"

하는데, 도령은 얼른 고개를 흔들었다.

"아녀유. 만됭이헌티 배우지 않았어유."

"그럼 누구헌티 배웠네?"

"만됭이넌 증녕 아니구…… 과객사람헌티 들었어유. 윗사랑
오넌 과객사람덜헌티."

"간셔어엄보살."

"할머니이."

"오냐."

"만됭이 혼내지 마세유, 만됭이넌 참 좋은 사람이잖남유."

"그렇다넌 말이니라. 다만 그렇다넌."

"안 혼내시넌 거지유?"

"오오냐. 혼내긴. 필계며 해학이요 또 호이해를 허려거던 즉어

---

꾀송꾀송 달콤한 말로 남을 꾀는 '꾀음꾀음' 충청도 내폿말.

두 이런 텀*쯤 문자는 가지구 놀어야 헌다넌 말이지."

저를 끔찍이 위하여주는 만동이한테 행여 불호령이라도 내릴
까 봐 사대부 집안 말투와 민촌* 말투를 뒤섞어 써가며 만동이 방
패막이에 열중인 손자를 바라보던 오씨부인은 지그시 눈을 감으
며 재담 한 자락을 펼치어 보이는데, 행세하는 반가에서 즐겨 쓰
는 저 유명한 정조 리 성*과 윤행님* 것이었다.

"아침 가치 조작朝鵲 조작."

"송아지 다섯이 오독五犢 오독."

"보리피리 맥근麥根 맥근."

"오동 열매 동실桐實 동실."

"창[槍]으로 창[窓]을 찌르니 창구멍이냐? 창구멍이냐?

"눈[雪]으로 눈[眼]을 찌르니 눈물이오니까? 눈물이오니까?

분합문 창호를 뚫고 들어오는 봄날 하오 햇살이 눈부시어 도
령이 마른하품을 하는데, 퇴 아래서 만동이 우렁우렁한 목소리
가 들리어왔다.

"되렌님. 손님께 인사 올리라구 윗사랑나으리께서 찾어계시
오니다."


자왈子曰 부명소父命召어시든 유이불락唯而不諾하고 식재구즉

---

**템** 얼추 명수名數 다음에 쓰여 생각보다 많은 만큼을 나타내는 말. **민촌**(民
村) 상민이 사는 마을. **리 성**(李祛) '祛'자는 '살필 성'으로 읽고 써야 하며,
'산가지 산'으로 읽고 써서는 안됨. **윤행님**(尹行恁, 1762~1801) 정조 때 문신.

188

토지食在口則吐之니라. 아버지가 부르시면 **빨리** 대답하되 마침 밥이 입에 들었을지라도 토하고 즉시 달려가야 하며, 그것이 **뻑뻑** 이 자식된 자 도리라는 공자님 말씀을 『소학小學』에서 배워 알고 있는지라, 득달같이 달려가 윗사랑채 퇴 아래 선 석규가

"할아버지, 찾어계시온지요?"

두 손을 앞으로 모아 잡았고, 떨리는 듯 가라앉은 노인 목소리가 영창을 넘어 누마루를 건너왔다.

"오오냐. 들오너라."

할아버지가 집안에서 신으시는 조락신°과 낯선 청올치 곁으로 홍목댕이를 벗어놓고 누마루에 올라 조심스럽게 영창을 열고 들어서는데, 버성기게 차린 의관으로 모꺾어 앉아 있던 서른 댓나보이는 사내가

"영포°이온지요?"

물었고, 김사과가 헛기침을 하였다.

"절허구 뵙거라."

"예."

하고 대답하고 나서 손한테 진배°를 한 석규가 한 발짝 뒷걸음으로 물러서며 무릎을 꿇고 앉았고, 김사과가 말하였다.

"이 으른이루 말헐 것 같으면 늬 애븨와는 동접이 되넌 분이시

---

**조락신** 삼겹질 부스러진 오라기로 만든 것. **영포**(令抱) 남의집 손자를 높여 부르는 말. **진배**(進拜) 자주 만나지 않는 17세 앞 윗사람한테 처음 볼 때 하던 절.

니라. 일찍이 칭죽지교를 맺은 바 있는 친구 사이시다 이 말이야.
연인즉, 앞으로는 밖에서 뵙드래두 공근허게 예수를 채려야 헐
것이야.”

"예.”

하고 대답하며 무릎 위에 놓인 두 주먹을 꼭 오무리는데, 손이 김
사과를 바라보며

"영포 년광*이 어찌 되는지요?”

물었고, 새삼스럽게 참척본 절통함이 떠오르는지 그 늙은 선
비는 장탄식 한숨을 내려쉬었다.

"저 아희가 다섯 살 나던 해 그 일을 당하였으니…… 어즈버 삼
삼*일세그려.”

"일유 그 사람이 금의환향하든 해 시생이 집을 떠났으니, 그다
음 해에 태어났구면요.”

"긔묘회시에 븨렴급제헸으니 그런 셈이지.”

애통하게 앞세운 자식 생각에 다시 추연한 낯빛이 되는 것을
본 사내가 아이한테로 눈길을 돌리었다.

"이름자를 어찌 쓰는고?”

"돌석자 홀곳자옵니다. 쌍토곳자라구두 허지요.”

"시방은 무슨 책을 읽는고?”

---

**년광**(年光) 나이. **삼삼**(三三) 아홉 살.

"천자 유합 밍심보감 둥묑슨습 사략 툉감 소학 넌어 띠구 맹자를 읽구 있습니다."

석규가 책을 읽듯이 또박또박 천천히 말하였고,

"호오—"

사내 얼굴에 짐짓 감탄하는 것 같은 빛이 어리었다. 사내가 놀랍다는 눈빛으로 김사과를 바라보았다.

"이오*두 안 된 나이에 벌써 맹자를 읽다니…… 놀랍습니다."

김사과는 한 손으로 수염을 한 번 쓰다듬어 내리며

"아희가 이제 겨우 콩과 보리는 분간허넌 듯하여 시름은 들 허이만……"

잠시 말을 끊고 천장을 올려다보았다.

"아무리 백령백리허구 천하무쌍헌 재조를 가졌다 헌덜 뭣허리. 시 살 적버텀 뭇헐 말이 읊구 수를 천까지 셌으며 니 살이 백수문을 달퉁허구 예닐곱이 이미 시를 지었으며 이륙*이 블써 공령지문이 능헤서 시상 사람덜이 모두 신뚱이라 칭송허였은덜 뭣허리. 약관을 저우 지나 븨렴급제루 어사화 꽂구 물렀거라 질렀거라 특멍제수 받어본들 또한 뭣허리. 그저 믠무식이나 헤서 무병장수허기나 바랄밖의."

"어르신두 참. 자고루 인믱은 재천인 것을 애통해허신들 뭔 소

─────────────
이오(二五) 열 살. 이륙(二六) 열두 살.

용이 있것습니까. 봉생봉이요 용생용이라고 영포가 이만큼 영특
헌즉…… 영포를 옥성*시키는 것으루 낙을 삼으셔야지요."

"청출어람이요 호부에 귄자 날 리 읎다구 허지면…… 그게 워
디 인력이루 되넌 일인가."

입으로는 짐짓 겸사를 하였으나 그 늙은 선비 입은 어쩔 수 없
이 벙긋 벌어지었다.

"이 봄이 맹자 띠구 나면 육경을 가르쳐볼까 허네만…… 수리
두 제법 아닌 것 같어 숙맥은 아닌 듯허니."

"어르신께서두 차암. 봉생봉이요 용생용이라고 천지간에 썩
일 수 없는 게 핏줄 아니것습니까. 저 샛별처럼 영특헌 눈빛허며
관옥 같은 얼굴허며… 여간 신언서판이 구족한 옥골선풍이 아니
올시다. 꼭 일유 그 사람 어릴 적을 보는 듯두 허구."

"허허, 쉑귀야."

"예."

"무엇을 일러 수라 허넌고?"

천근 무게로 짓눌러오는 엄하면서도 자애로운 할아버지 눈빛
과 뚫어지게 바라보는 부집존장父執尊丈 눈빛을 맞받기 어려워
제 코끝만 바라보고 있던 아이는 두 무릎 위에 올려놓고 있던 두
주먹을 꼭 오므리었다.

---

옥성(玉成) 오롯한 인물이 되게 하는 것.

"본래 긔氣에는 반다시 이理가 있구 이에는 상象, 그리구 상에는 반다시 수數가 따르넌 법이기 때문에 수로 말미암아 상에 통허구 상에 따러서 이에, 그리고 이에 따러서 긔에 통허넌 것이지유."

"허허—"

사내 눈이 크게 떠지며 벌어지는 입을 다물지 못하는데,

"연인즉?"

김사과가 다음을 재촉하였고, 아이는 마른기침으로 목을 한 번 고르고 나서,

"무릇 수는 모두 낙서洛書에서버텀 비롯되었습니다. 하나루버텀 3이 되구 3으루버텀 9가 되구 27루버텀 다시 81이 되며, 그 사우四隅는 양지兩地 수이므루 그루버텀 4가 되구 4루버텀 8이 되구 8루버텀 16이 되구 16으루버텀 다시 32가 되면, 그 중궁中宮은 3과 2를 합헌 것이므루 5루버텀 25를 읃구 그 5루버텀 1백25를 읃어 무궁헌 데에 이르두룩 빈허지 않으니, 이 시 가지넌 천지인天地人 수를 다헌 것이올시다."

어른스러운 말투로 뒷동을 달았다.

"허."

사내 입에서 탄식이 나오는데, 아이는 천천히 윗몸을 좌우로 흔들며

"삼팔동행칠십희三八同行七十稀요 오봉루전이십일五鳳樓前二十一이라. 칠월추풍삼오야七月秋風三五夜요 동지한식백오제冬至

寒食百五除라."

경선징*『묵사집嘿思集』에 나오는 가결 한 구절을 외워 보이었고, 김사과가 헛기침을 하였다.

"횡이상자 도요 횡이하자 긔라구 혰거널, 수리나 깨쳐 뭣이 되것넌구. 자고로 산학은 중인덜이나 허넌 잡학이니…… 각양각색인 논밭 뙤냥을 방전 직전 제전 규전 구고전 다섯 가지루 측량혜서 발긔허기 위헤서, 그리구 각사 각도 즌곡과 대소 신료덜 삭료 서껀 즌곡 출납을 호이계허기 위헌 계사를 뽑기 위헤서, 중인덜헌티 가르쳐 온 것이 산학인즉…… 계사가 되것난다?"

탈상을 하고도 한 해 만에 뒤늦은 문상을 온 자식 친구를 데리고 사당에 올랐다 오는 길인지라 아직 벗지 못한 김사과 민자건 民字巾이 보일 듯 말 듯 흔들리는데, 손이 말하였다.

"수리를 깨친다는 것은 뇌가 그만큼 명민허다넌 증좌인 것이니, 반다시 중인된 자만 허는 잡학이겠습니까."

"잡학은 잡학이러니…… 수리에 달퉁혜서 여간 마방진*을 풀어본덜 뭣허리."

"수리에 그렇게 밝은즉, 행마 이치 또한 여반장이겠습니다."

"행마 이치는 뭔…… 이제 겨우 밭 가넌 법이나 알까."

하다가 새록새록 사무치는 죽은 자식 생각에 데면데면 대꾸하던

경선징(慶善徵, 1616~?) 효종 때 수학자. 마방진(魔方陣) 자연수를 바른 네모꼴로 늘어놓아 가로나 세로나 맞모금으로나 그 합친 수가 똑같게 되도록 한 것. 우리나라 제바닥 고등수학 '퍼즐'.

김사과는 새삼스레 허여멀쑥한 사내 얼굴을 바라보았다.

"참, 자네는 그간 도릉지학*을 헸다구 그랬지?"

"당치않으신 말씀이올시다."

"산천유람을 허며 바둑 두기와 젓대 불기루 농시상을 헸다며?"

"농세상이야 도성덕립한 군자들이나 하는 것이고……"

지나가는 듯한 말 속에 뼈를 넣으며,

"츤학비재헌 몸이 평산대찰이나 찾아다니며 미륵을 벗삼아 세월을 보내옵더니, 시방은 츤한 나이 어언 불혹에 가깝기로 널리 찾아 놀지 못허구 한갓 금강산에 머물러 죽기만 바라구 사는 치룽구니올시다."


『임경업전』이나 『박씨부인전』 들려주고 하루 저녁 이슬이나 피해보려는 과객인 듯 짐짓 추연한 낯빛으로 땅이 꺼질 것 같은 한숨을 내쉬고 있지만, 속내로는 그러나 쇠배* 근심걱정이 없는 사람이다. 천하태평춘天下太平春. 고 김병윤과 허담선생 문하에서 함께 회초리를 맞은 사이로 일찍부터 독선생 들여앉혀 온갖 공을 들여보기도 하였으나, 종종머리 시절 파피리 불고 목마를 타면서 더불어 놀던 벗인 병윤이 비렴급제하는 것을 보고는, 숫제 폐과를 하여버리고 집을 나갔던 리평진李平眞이다.

---

도릉지학(道陵之學) 신선 궁구. 쇠배 전혀. 조금도.

사주쟁이한테 천금을 들여 받은 이름자 대신 스스로 처사를 끌어다 리처사李處士라 부르며 풍타죽낭타죽風打竹浪打竹 팔도를 떠다니던 그가 바둑깨나 두고 퉁소깨나 불게 된 것 또한 전수이˙ 풍타죽낭타죽하며 천하태평춘으로 살아온 기질 탓이었으니, 업 인가.

다섯 살 나던 해부터 비롯하여 스물다섯이 되도록 스무 해를 하루같이 글을 읽었으되 타고난 뇌가 부실하여 백당지˙한 쪽 못 받았으나 그래도 면무식은 하였고, 태생으로 초성 하나는 좋아 여간 노래를 잘 부르며 유족한 집안에 태어난 덕으로 아비 모르 게 기생방 출입깨나 한 가락은 있어 거문고줄도 만질 줄 아는데 다가, 전생에 어찌 선방禪房 문고리라도 잡아 본 공덕이 있는 것 인지, 무엇보다도 더구나 진세에 뜻이 없는 사람이었다. 거기다 가 배포하나는 허턱˙커서 같지않게 림백호 흉내를 낸답시고 한 번은 술을 많이 마시고 방장산方丈山 상상봉에 올라가서 "천하 대 장부인 리처사가 소국에 태어난 것이 한 되어 여기서 죽노라!" 한 소리 지르고 발 밑을 보니 천길 만길 가시덤불 우거진 낭떠러지 라, 제가 세상에서 제일로 존숭하는 림백호처럼 내려 구르지는 못하고 다만 헛소리만 지르고 있는데, 어디서 애를 끊는 피리소 리가 들려오는 것이었다.

---

**전수이** 순전히. **백당지**(白唐紙) 생진과 입격증. **허턱** 터무니없이.

봉황이 춤추고 온갖 곳들은 또 저마다 가득가득 피어나게 사무치는 구름 속 그 소리를 따라 비틀비틀 가보니, 비승비속으로 이상한 늙은이 두 사람이 반석 위에 마주앉아 바둑을 두고 있었고, 털푸덕 섰던 자리에 주저앉으며 그 젊은 풋풍류\*는 무릎을 꿇었다. 도삿니임─

"신선이로세."

"듣자옵기 송구하여이다."

"일금강一金剛 이개골二皆骨이요 삼열반三涅槃 사풍악四楓嶽에 더하여 오기달五怾怛인 천하제일 뫵산이 주점住點허구 있은즉, 그게 바루 신선이지 신선이 따루 있것넝가."

"아주 은은 바가 읎는 것은 아니올시다만."

"십 년 세월을 바둑과 젓대루 소일하였은즉, 바둑은 국수요 젓대는 또 슨수善手 반렬이 올랐것구먼. 평생이 적수 읎음을 한탄헐 만허것네그려."

"바둑을 둔다지만 재조 워낙 용둔하여 이제 겨우 풋바둑이나 뮌허였구, 퉁소를 분다지만 이제 겨우 곳송이 두어 닢이나 떨어뜨릴 정도올시다."

"허허, 한 이치를 은었다넌 말이로세. 득력을 하였다넌 말이야."

───────────────

풋풍류 설익은 풍류.

대접삼아 에멜무지로 묻고 대꾸하던 김사과가 하품이 나오려
는 입을 가리려고 바른손을 들어올리는데,

"저어…… 할아부지."

하며 아이가 궁둥이를 조금 들어올리었다.

"바두욱—"

제 바둑수를 뽐어보고자 아까부터 미주알이 졸밋거리려는 손
자 마음을 잘 알고 있었으나 밀려오는 춘곤증에 깜박 잊고 있던
할아버지가 리처사를 바라보았다.

"이 아희한테 한 수 가르쳐주려넌가?"

"그처럼 벌써 수리에 달통한즉 시생이 오히려 한 수 배워야 되
지 않을까 모르겠습니다."

"워디 귀경이나 하여봄세."

참지 못하고 급하게 몸을 일으킨 아이가 서둘러 사방탁자 곁
에 놓여 있던 비자목 바둑판을 가져왔고, 구궁九宮마다 찍히어 있
는 매화점梅花點을 따라 흑백 여덟 개씩 돌을 올려놓는 그 어린아
이 가슴은 새 새끼인 듯 자꾸만 두 방망이질을 치는 것이었다.


"다앙—"

석규 첫점이 배꼽점에 떨어졌고, 흰 조개껍데기로 갈아 만든
백돌 한 개를 집어 든 리처사가 왼손으로 오른손목 위를 덮고 있
는 도포 소매끝을 잡아당기며 우상변 매화점과 매화점 사이에

놓자, 반공을 소소리쳐* 오르는 퉁소소리인 듯 뭇 풍류객들 심금을 뒤흔들어놓기 위하여 마음먹고 첫줄을 골라보는 기생 거문고 소리인 듯 청아한 소리가 나면서, 매화점마다 놓여져 있던 열여섯 개 희고 검은 돌들이 부르르부르르 엷은 무늬를 잡으며 진저리를 치었고, 석규는 꿇고 있던 궁둥이를 조금 들어올리며 검정 조약돌 한 개를 조심스럽게 판 위에 올려놓았다.

"로오옹─"

자 두 치짜리 벽오동나무 속을 통째로 파내고 거문고줄 여섯 개를 그 안에 매어놓았으므로 흑백 돌들이 놓여질 때마다 놓는 이 마음을 바탕으로 한 손놀림 빠르고 느리고 세고 약하며 또 돌을 쥐고 있는 손가락에 힘을 주고 안 줌에 따라, 박달나무로 만든 괘棵로 괴고 안족雁足이 떠받치고 있는 문현文絃 유현遊絃 대현大絃 괘상청棵上淸 괘외청棵外淸 무현武絃 여섯 줄 위로 술대*질을 하는 듯 "살당 살당 살당당 둥당 롱징 둥 둥 덩 동 둥……" 온갖 가락 도드리* 방안에 가득한데, 도포 소매끝을 잡으려던 손을 뗀 리 처사는 허리를 폈다.

이것 봐라 싶었다.

깊은 산 석굴이며 토굴 또는 움막 속에 생불처럼 앉아만 있는 숱한 도인 명색들 곁을 스쳐 지나가며 보고 들은 알음알이*가 있

---

소소리치다 솟구치다. 술대 거문고를 타는 단단한 대로 만든 채. 도드리 '되돌아드는 것'이라는 뜻으로, 어떤 가락을 되풀이하는 일. 알음알이 지식.

어 지그시 눈을 감고 그린 듯 올방자를 틀어 무심하게 돌을 놓아
가면서도, 아이가 여간 수리數理를 깨쳤다고는 하나 그래봐야 제
가 아직 호적단자에 먹물도 마르기 전인 어린 아이인지라, 잔뜩
점잔을 빼고는 있지만 고슴도치도 제 새끼는 귀여워한다°고 어
쩔 수 없이 이윽한 눈길을 던져오고 있는 김사과 체면을 봐서 설
렁설렁°두어 나가던 것이었는데, 어? 대마大馬 한 덩어리가 꼼짝
없이 갇히어버린 것이었다. 둘러싸고 있는 흑돌들 이음새에 얼
마쯤 허술한 데가 있어 아주 수가 없어보이지는 않았으나, 스스
로는 두 집을 내고 살 수 있는 길이 없었다. 무심한 듯 뚜벅뚜벅
두어 나가는 것은 오히려 아이 쪽이었고, 법수法手를 제대로 궁구
한 적은 없어보이나, 무엇보다도 운석運石에 힘이 있고 행마行馬
가 첫째로 시원시원하였다.

"드르릉—"

살길을 찾느라고 지나치게 골똘히 뇌를 쓴 탓인가. 장작을 패
는 머슴 손길인 듯 리처사 돌잡은 손이 판 위에 떨어지면서, 시름
에 겨운 마음을 어떻게 추슬러보고자 산조散調를 타내려 가던 노
기老妓가 왈칵 복받쳐 오르는 설움에 목이 메어 그만 내리닫이로
거문고줄을 긁어 내리는 듯한 소리가 났고, 꼴깍 소리가 나게 아
이는 생침을 삼키었다.

---

**설렁설렁** 천천히 티나지 않게.

빌꼴.

바람 앞에 등불인 듯 대마 목숨이 위태위태한 데도 무릅쓰고 헤쳐나가 본답시고 두어오는 수들이라는 것이 조금도 날카롭지가 않은 것이었다. 날카롭기는커녕 단 한 마리 돌도 버리지 않고 모두 살려내고자 하는 욕심으로 무겁고 또 둔탁한 수들만 두어오는 것이어서 마침내는 죽고야 말 대마 덩어리만 자꾸 커져간다.

처음에는 반드시 대마를 잡아야만 맛이고 또 이길 수 있을 만큼 판세가 나쁜 것이 아니었으므로 적당히 쫓는 체하면서 상대가 살길을 찾아가는 사품°에 어쩔 수 없이 떨어뜨리게 되는 잔돌들만 주워담아도 충분할 만큼 좋은 판세였으나, 쫓겨가는 대마 크기가 불어나면서부터 그 어린아이는 마음이 달라져갔으니, 대마를 꼭 잡고 싶었다. 반드시 이 대마를 잡아 통쾌한 대승을 거둠으로써 리처사라는 선비 같지 않은 선비 코를 납작하게 하여주고 싶었고, 무엇보다도 할아버지한테 인정을 받고 싶었다. 아아, 아버지보다도 못난 자식이 되고 싶지 않았다. 글을 읽기 비롯한 다섯 살 적부터 어쩌다 조그만 잘못을 저지르거나 못난 짓을 할 때마다 금방이라도 방구들이 내려앉을 것만 같게 가슴 조릿조릿한 장탄식을 내쉬며 언제나 할아버지가 들먹이시는 것은, 처음 글을 배우기 비롯하던 그해 겨울에 돌아가시었다는 아버지인 것

---

사품 어떻게 되어가는 바람이나 때 또는 겨를.

이었다.

호부에 긘자 날 리 읎다던 옛사람 말씀두 증녕 허언이었더란 말인가?

소리 나지 않게 가만히 돌 하나를 올려놓고 난 석규는 안석에서 등을 뗀 채로 아까부터 장죽을 빨아들이는 것도 잊은 채 고개만 주억이고 계신 할아버지 쪽을 슬쩍 바라보았는데, 문밖에서 앳된 사내아이 목소리가 들리어왔다.

"나으리이—"

"크흐음. 무슨 일인고?"

"저어, 대방마님께서 이걸 갖다 올리라시는데유."

"오냐. 들오너라."

나이는 석규와 어상반하여보이나 푸새 좋은* 생주 바지저고리 위에 공단 조끼를 받쳐입은 석규와 달리 무명 솜붙이 바지저고리 차림 아이가 들어왔는데, 춘동春同이였다. 두 손으로 조심조심 받쳐들고 온 목예반에는 수정과 대접과 곶감 접시가 놓여 있었다.

"자시게."

김사과가 말하였고, 리처사는 딱딱 소리가 나게 손마디만 꺾고 있었다. 석규 등뒤로 무릎을 꿇고 앉은 춘동이가 조심스러운

---

푸새 좋은 옷에 풀을 잘 먹이어 보기 좋은.

눈빛으로 바둑판을 넘기어다 보는데,

"자고루 신선놀음이 도치 자루 썩넌 중 물른다더니, 똑 자네를 두구 헌 말 같으이. 목이나 축여가며 츤츤히 두시게."

이제 겨우 아홉 살 난 어린 손자아이한테 바둑과 통소만큼은 천하에 적수 없음을 한탄한다며 흰목을 잦히던* 삼십장년 비가비*가 식은땀만 흘리고 있는 것이 보기에 차마 민망한 듯 다시 한 번 말하던 김사과가, 이번에는 손자 쪽을 바라보았다.

"쉑귀야, 너두 곶감 하나 집어본."

할아버지 따뜻한 말씀에 힘을 얻은 아이는 곶감을 집어들었고, 그제서야 벌물 켜듯 잣 띄운 수정과 한 대접을 천천히 들이켜고 난 리처사 손이 도포 속으로 들어간다. 고잇말기 틈에 엇질러 둔 단죽을 잡으려다 말고 빈손으로 코끝을 만지는데, 송글송글 땀방울이 맺히어 있었다.


도삿니임―

부르짖듯 한소리 던지며 머리를 조아린 리처사가 저려오는 발가락 끝을 견디기 어려워 줄방귀*가 나오려는 판인데도 머리위에서는 따악 따악 돌 놓는 소리만이 들리어 왔다. 참을 수가 없어 고개를 들었는데, 사방 대여섯 자 남짓으로 펀펀한 반석 위에서

---

**흰목을 잦히다** 터무니없이 자기 힘을 뽐내다. **비가비** 학식 있는 양반이나 상민常民으로서 광대廣大로 나선 사람. **줄방귀** 잇달아서 뀌는 방귀.

바둑을 두고 있는 비승비속 그 이상한 늙은이들은 한 눈길도 던지어오지 않는 것이었다. 자라목 늘이듯 목을 늘이어 늙은이들이 하는 양을 넘기어다 보니, 천년을 두고 비바람에 깎이고 지워져버린 탓인지 그 본디로 파이었던 줄 바탕은 희미하였으나 가로 세로 거미줄같이 얽히어진 곳에다 흰 조개껍데기 부서진 것과 검정 조약돌들을 늘어놓고 있는 것으로 봐서 바둑을 두고 있음에 틀림없었고, 이야기책 속에 나오고 또 동네 사랑방에서 들어왔던 신선들이 사람세상으로 내려와 잠시 파적을 하고 있는 것이라고 생각한 리처사는, 다시 한 번 머리를 조아리었다.

용둔한 중생이 가르침을 받고자 불원천리 찾아왔나이다.

그제서야 늙은이 하나가 고개를 돌리며 멀뚱한 눈으로 바라보았다.

무어라고 하시었소?

굽어살펴주옵소서.

허허.

행마 이치를 배우고자 하나이다.

점점 모를 소리만 하네. 혼잣말로 중얼거리며 고개를 돌리었고, 마주앉아 있던 늙은이가 말하였다.

봐허니 반가 서방님 같으신데, 당최 그 말뜻을 모르겠구먼.

가르침을 주십시오.

산중에서 나무나 하고 숯이나 굽는 미천한 일개 촌부들이 고

누나 두고 있는 것을 가지고 무슨 말씀이외까?

고누라면 우물고누 네줄고누 곤질고누를 막론하고 종짓굽이 떨어지°면서부터 익히 알고 있는 리처사가 보기에 고누가 아니었고, 기슭집 객실에 열흘 보름씩 묵어가며 화롯불에 부레풀 끓이면서 노루 족제비 산양털 무릎 위에 펴놓고 하나하나 털을 고르며 손바닥으로 뱌비작뱌비작° 입으로 쪽쪽 빨아도 보면서 붓을 매던 붓장사 늙은이한테 배운 풋바둑°일망정 죽고 사는 법을 아는 눈으로 보기에도 바둑인가 싶으면서 또한 바둑도 아닌 듯하니, 『역경易經』에 나오는 저 하락河洛 그림임이 틀림없는데, 늙은이들은 한사코 도사도 아니요 신선은 더구나 아니라고 하는 것이었다.

그러시다면…… 산중 일은 환하겠군요?

한숨을 내쉬는 것을 본 늙은이들이 묘하게 웃었다.

산중 일이래야 별다른 게 있겠소이까. 육십 평생을 두고 봄이면 나물 뜯고 가을이면 약초를 캐느라 더듬지 않은 골짜기가 없으니, 안다면 조금 안달까.

자고로 이 방장산은 삼신산 하나여서 도를 닦는 분들이 많다던데……

도를 닦는지 길을 닦는지는 모르지만 청승맞게 바위굴 속에

---

**뱌비작뱌비작** 자꾸 대고 뱌비는(문지르는) 짓. **풋바둑** 어린 바둑.

묻혀 생불처럼 앉아만 있는 사람들은 있습디다.

리처사가 벌떡 몸을 일으키는데, 늙은이 하나가 허공중을 가리키었다.

조오기, 조오기루다 쭉 가보슈.


스스로 일러 바둑은 국수國手요 퉁소는 또 일수一手이노라 흰목을 잦히며 풍타낭타 주유천하로 세월을 보내는 비가비 리처사는 여간 난감한 것이 아니었다.

봉생봉이요 용생용이라던 옛사람 말은 정녕 허언이 아니었던가. 형만한 아우 없고 아비만한 자식 없다는 저잣거리 문자 또한 그렇다면 허언이더란 말인가. 아비 되는 일유 그 친구 뇌가 출일두지한 것이야 일찍이 겪어 아는 바이며 더하여 그로 인하여 아예 폐과를 하고 비가비로 나서게 된 것이지만, 그 남겨진 자식 되는 이 아이 뇌는 또 어찌 된 것이라는 말인가. 아니, 아비를 닮아 뇌가 좋으므로 바둑을 잘 두는 것이야 그렇다고 하더라도 만일 이 바둑을 내가 지고 보면?

무슨 내기를 건 것도 아니고 그 재주를 한번 다뤄보기 위하여 두어보는 것에 지나지 않으니 이기든 지든 한번 웃고 보면 그만이겠으나, 걸리는 것은 체면이다.

알맞춰 몇 수 더 두어보다가 껄껄 헛웃음이나 치며 "봉생봉이요 용생용이라더니 과시 청출어람이올시다" 어쩌고 몇 마디 보비위하는 빈말이나 던지며 판을 거두어도 되겠지만, 바둑깨나 둔답시고 십여 년 큰소리만 쳐온 이 천하에 리처사 리평진이 몰 골은 어찌 되는가. 그러지 않아도 나라는 위인을 불치인류로 여 기는 김사과가 더구나 나를 어찌 볼 것인가. 그럴수는 없다. 판 을 거두더라도 명분은 있어야 할 터. 김사과가 보더라도 뚜렷이 우세해진 판을 스스로 쓸어버림으로써 나잇살이나 훔친 윗사람 된 자 도량을 보여야지. 무슨 수를 쓰든지 첫 판만큼은 이기고 보 리라. 그래야 둘째 판을 지더라도 체면 또한 설 것인즉. 법수로는 안되니 그렇다면 내 권도를 한번 써보리라. 암수暗手.

"저어…… 나으리마님."

춘동이 소리에 김사과가 고개를 들었고,

"손님 저녁 진지 워쩌실지 이으쭤보라시던듀."

부리나케 다녀와 고하라는 대방마님 당부를 받고 왔으나 도련 님 바둑 두는 것을 구경하고 싶은 마음에 춘동이 이제야 이야기 하는데, 리처사가 잘래잘래 고래를 흔들었다.

"되었느니라."

"예?"

"판두 다 끝났은즉 그만 집이루 가것다더라구 이으쭈어라."

춘동이가 들어오고 더구나 할아버지 흐뭇해하시는 웃음기에 잔뜩 기가 승하여져서 별다른 생각 없이 덥석덥석 두어가던 석 규는, 어? 잔뜩 거드름 피우는 리처사 목소리에 깜짝 놀라 새삼스럽게 바둑판을 들여다보다 말고 문득 숨을 삼키었다. 판이 야릇해져 있었다. 백대마를 둘러싸고 있던 제 세력이 거꾸로 백말에 둘러싸이면서 서로가 한 치도 물러설 수 없는 수줄임다툼 형국이 되었는데, 아무리 보아도 흑 쪽이 한 수 부족인 것이었다. 그 어린아이는 자꾸 마른침만 삼키었고, 사내 웃음소리가 아득하였다.

"봉생봉이요 용생용이라더니…… 과시 출중헌 긔재올시다."


"워디까지 배웠던고?"

톡 찬 이마와 총민하게 반짝이는 눈빛과 아비를 닮아 고집스럽게 날이 선 콧날에다가 묵중하게 다물렸으되 계집아이 그것처럼 갸름하니 곱게 흘러내리고 있는 옆얼굴 줄이며, 그리고 또 장난살이 잔뜩 올라 발그레 홍조 띤 손자 두 볼따구니까지를 이윽한 눈빛으로 어루만져보던 김사과는 말하였고, 석규가

"제사 이인편인데유, 할아부지."

하고 어린양으로 대꾸하며 어깨를 으쓱 하는데, 오수경˚을 코 끝에 걸친 그 늙은 선비는 서안 위 책장을 펼치더니, 마른기침을 한 번 하였다.

"연인즉."

---

**오수경**(烏水鏡) 검정 수정알을 박은 옛 안경.

김사과는 손가락 끝으로 대모테*를 밀어 올리었고,

"예."

어린양을 거두어들인 아이는 조심스럽게 몸을 일으키더니 할아버지를 등지고 돌아서며 두 무릎을 꿇고 앉았다. 그리고 잔기침 한 번으로 목을 고른 다음,

"자왈子曰 사부모事父母허되 긔간幾諫이니 긘지부종見志不從허구 우긩불원又敬不遠허며 뇌이불원勞而不怨이니라."

"무슨 뜻인고?"

"예. 공자님께서 말씀허시기를 부모를 쉥기넌 디 있어서 그 꿈새를 봐서 간헐 것이니, 자긔 생각이 받어들이지 않넌 것을 보거던 그레두 부모님 꿩긩허기를 어긔지 아니헐 것이며, 또한 아무리 심이 든다구 헐지래두 부모를 원망헤서넌 안 되너니라."

"옳치."

"자왈 부모재父母在어시던 불원유不遠遊허며 유필유방遊必有方이니라."

"무슨 뜻인고?"

"예. 공자님께서 말씀허시기를 부모님이 살어 지시거던 믄 곳이루 떠나가지 말 것이며 또 집을 떠난다구 허더래두 반다시 일정헌 방위가 있어야 허너니라."

---

대모(玳瑁)테 거북껍데기로 만든 안경테.

"오올치. 원제나 부모님 안위를 뤼려허구 더하여 뭔 일을 당헐지 몰르니 반다시 그 가넌 곳을 알리구 떠나야지. 담은?"

"자왈 삼년을 무개어부지도無改於父之道래야 가위효의可謂孝矣니라. 공자님께서 말씀허시기를 아버지가 돌어가신 후에래두······"

배강*을 하는데,

"크흐음."

기침소리가 들리어왔고, 아이는 숨을 멈추었다.

"크흐음."

반공을 소소리쳐 오르는 소리개 나래짓인 듯 날카롭게 터져 나왔다가 떨리는 듯 시나브로 잦아들고는 하는 할아버지 기침소리가 다시 한 번 들리어왔고, 아이는 눈을 감았다. 언제나 그러하였다.

크흐음.

자왈 부재父在에 관기지觀其志요 부몰父歿에 관기행觀其行이나 무개어부지도라야 가위효의니라. 공자님께서 말씀하시기를 아버지가 살아 계시는 동안에는 아들 된 그 사람 생각을 볼 것이요, 아버지가 돌아가신 뒤에는 그 사람 몸가짐을 볼 것이다. 적어도 삼년 동안은 아버지가 하시던 생전 도리를 고치지 않아야만 모

---

배강(背講) 돌아앉아 전날 배운 것을 외워 보이는 것.

름지기 효도를 한다고 말할 수 있느니라.

학이편學而篇 배울 때도 그러하였고 『논어』 학이편이나 이인편里仁篇만이 아니라 『소학』 『통감』 『사략』 『동몽선습』은 그만두고 『백수문』 떼고 나서 『명심보감』을 배우던 다섯 살 적부터 아비부父자만 나오는 대목에 이르면, 딸꾹질과도 같은 할아버지 기침소리는 또다시 터져 나오고는 하는 것이었다.

굴원°이 이미 쫓기어나 강담江潭에 노닐며, 물가를 걸어가면서 시를 읊는데, 안색이 초췌하고 형용은 또 여위었더라. 젓꾼°이 보고 물어 가로되, 그대는 삼려대부三閭大夫가 아닌가. 무슨 까닭으로 여기에 이르렀는가. 굴원이 가로되, 온세상이 다 흐렸는데 나 홀로 맑으며, 못사람이 다 취했는데 나홀로 깨었으니, 이로써 쫓기어났음일레라. ……이에 노래를 불러 가로되, 창랑滄浪 물이 맑으면 내 갓끈을 씻고, 창랑 물이 흐리면 내 발을 씻으리라.

그날 뒤로 김사과가 읽는 책은 장소°였다. 경사자집經史子集을 필두로 한 열장노불列莊老佛에서 순한묵허荀韓墨許에 당송팔가문唐宋八家文이며 청구靑丘 시문에 이르기까지 도령 시절부터 비롯된 독서를 망팔에 가까워지도록 게을리하고 있지 않지만, 이순을 넘어서면서부터 주로 읽게 되는 것은 아무래도 장소인데, 장소 가운데서도 단연 『초사楚辭』이며, 초사 가운데서도 굴원이 멱

---

굴원(屈原) 중국 전국시대 초나라 비극 시인. **젓꾼** '어부'는 거의 왜말임. **장소**(莊騷) 『장자莊子』와 『이소離騷』.

라汨羅에 몸을 던질 것을 예언한 시참˙으로 보이는 「어부사漁夫
辭」이니, 참척을 당한 애통함이 날이 갈수록 오히려 더욱 뼈에 사
무쳐오는 탓인가. 뿌옇게 흐려오는 눈을 껌벅이며 읽고 또 읽는
것이었다.

일유에게 묻노라.
도리桃李는 시방 한창 곳을 피워
도처에 봄빛이 가득하거늘
무삼 일로 그대 혼자 곳이 없나뇨?
일유 대답하여 가로되,
봄곳이 얼마나 오래 가리요.
풍상에 잎이 질 때
홀로 빼어남을 그대는
아난다 모르난다?

저 유명한 왕유˙「춘계문답春桂問答」에 짐짓 절통하게 앞세운
자식 자字를 얹어 읊조려보기도 하고, 떨리는 듯 축축하게 젖은
목소리로 또한 읊어보는 것은 자식과 똑같은 나이인 스물아홉에
이뉘˙를 떠난 왕발˙「등왕각서滕王閣序」이다.

---

**시참**(詩讖) 지은 시 말이 우연히 뒷날 일어난 일 낌새가 되는 것. **왕유**(王
維) 중국 당나라 때 시인·화가. **이뉘** 이승. **왕발**(王勃) 중국 당나라 첫때 시인.

……무지개는 사라지고 비는 걷히어 허공에는 또렷한 광채가 비치었다. 꺼져가는 안개는 한 마리 따오기로 더불어 날아오르고, 다같이 하나로 푸른빛을 띠었구나. ……가만히 생각을 안으로 돌려보니, 하늘은 높고 땅은 멀어 우주가 무궁함을 알겠고, 흥이 다하면 슬픔이 오는 것은, 찼다가 기울었다가 하는 하늘 정수定數인 것을 알겠다. ……믿는 바는, 군자는 빈천을 걱정하지 아니하고, 도리에 달통한 사람은 능히 제 명운을 알아서 괴로워하지 않는다.


『장자莊子』며 『이소離騷』며 왕유며 또 왕발을 덮고 깊은 시름에 잠기어 있다가 끙 소리와 함께 무거운 몸뚱이를 일으킨 그 늙은 선비가 책롱에서 꺼내어 드는 것은, 그리고 『역경』이니, 사람 목숨이 태어나고 죽음에 대한 떨칠 수 없는 궁금증이 있는 탓이다.

아아, 사람이 죽은 다음에는 무엇이 되는가?

귀신이 되는가?

귀신이 된다면, 귀신은 그리고 또 과연 무엇이라는 말인가?

정기위물精氣爲物이요 혼유위변魂遊爲變이라고 하였으니, 정기가 어리어 물체가 되고 혼백이 흩어져 귀신이 된다는 것은 알겠거늘, 음정陰精과 양기陽氣가 쌓여 물체를 이루는데, 골육이 땅속에서 썩으면 흙으로 변하고 그 기운이 위로 올라가 흩어져 광채가 있다고. 기운이 모락모락 피어오르며, 늠름하게 피어올라 귀신으로 되는 것이라고 하신 것은 공부자였던가. 골육이 다시 흙으로 돌아감은 명命이로되 그 혼기魂氣는 마침내 가지 않는 곳이 없다고 한 것은 계찰*이었으니, 내 자식 일유 또한 귀신이 되었다는 말인가.

귀신이 되었다면 마침내 어디를 어떻게 떠돌아다니고 있다는 말인가.

천지 사이에 가득 찬 것이 기氣이며 그 기가 성한 것이 신神이 되나니, 신은 곧 천지 원기元氣요 아울러 사람 마음일레라. 보고자 하여도 보이지 않으며 듣고자 하여도 들리지 않으니 다만 목욕재계하고 의관을 깨끗이 하여 제사를 받들 따름인저.

태허太虛에는 기가 없을 수 없으니, 기가 모여서 만물이 되고 만물이 흩어져 태허로 돌아가는구나. 이 이치를 따라서 만물 또한 나고 들어가는 것이니, 대저 스사로 그렇게 거기에 있음으로써 마침내는 또 그렇게 될 수밖에 없는 것이겠거니. 백산白山 같은 방포원정方袍圓頂 무리들은 이른바 윤회輪廻를 말하고 있으나, 믿을 수 없는 일이고녀. 무릇 등불이 꺼지고 다시 켜지는 것은 앞서 켜졌던 그 등불이 아니며, 구름이 끼어 비가 내리는 것은 앞서 내렸던 그 비가 아니니, 사람이 나고 죽는 것을 어찌 써 전생前生 사람이라고 하겠는가.

---

계찰(季札, BC 576~?) 중국 춘추시대 오나라 사람.

엷은 무늬를 잡으며 울려퍼지는 할아버지 기침소리에 부르르 부르르 진저리를 치고 있는 문풍지 소리에 귀를 기울이던 아이는 살그니 고개를 돌리며

"할아부지."

조심스럽게 불러보는데, 눈에 먼지라도 들어갔는가. 오수경을 벗어 오동 안경갑 속에 넣으며 벽 쪽으로 고개를 돌린 채 자꾸만 눈을 껌벅이던 그 늙은 선비는, 왼손을 들어올려 허공을 밀어내었다.

"물러가거라."

뒷걸음질로 조심조심 할아버지 앞을 물러나, 소리 나지 않게 두 손으로 장지를 열고 누마루로 나온 아이는, 후유 하고 긴 숨을 내어쉬었다. 삽사리 목털처럼 보드라운 낮전 햇살이 누마루에 가득하고, 콩새는 또 풀벌레 울음소리인 듯 야릇하게 여린소리로 석련지 속 어젯밤 빗물을 쪼아먹고 있으며, 사잇문 곁 담장 밑 곳밭에는 모란곳 작약곳 홍부용 눈부신데, 젖은 듯 물기 어린 할아버지 기침소리 때문인가. 간잔조롬하여진 눈으로 허공을 한 번 치어다보고 나서 홍목댕이에 버선발을 집어넣는 그 어린아이 가슴은 도무지 무거웁기만 하다.

다섯 살 때 돌아가셨다는 아버지 때문에 할아버지가 저러신다는 것은 알겠는데, 아버지 생각을 떠올려보려고 하지만 도무지 아무런 생각도 나지를 않는다. 할아버지 장탄식과 어머니와 할

머니 소리 죽인 울음소리와 그리고 또 수많은 사람들이 마당에 쳐놓은 백차일 밑에서 밥 먹고 술 마시고 투전을 하며 고래고함을 질러대던 것밖에는 아무런 생각도 떠오르지 않는다. 다만 한 가지 생각나는 것이 있다면 불빛이다. 아랫채 윗사랑채 아랫사랑채 기슭집 앞마당 옆마당 뒷마당은 물론이고 대문 밖 여기저기에까지 휘황찬란하게 매어달아 놓았던 등롱이며 피워놓았던 화톳불*. 깜깜한 겨울 밤하늘을 벌겋게 물들이던 그 불빛. 숨막히게 아름답던 그 빛.

"얼라?"

사잇문을 나서는 석규를 보고 눈을 동그랗게 뜨는 것은 춘동이다. 사잇담장 아래 곳밭에서 제 누이인 일곱 살바기 삼월이와 막집기를 하고 있던 그 어린 종새끼는 흙 묻은 손등으로 코밑을 쓱 훔치었다.

"워째 이렇게 싸게 나오신댜?"

"웅."

"빌꼴. 낮뒤*나 되야 끝날 중 알었넌디…… 맹자년 소학버덤 더 어려운 궁구잖유?"

"오늘 궁구는 다 헸어."

---

**화톳불** 장작을 한군데 많이 쌓아놓고 질러놓은 불. **낮뒤** 하오下午. '오후午後'는 왜말임.

"증말유?"

"응."

"그럼 시방 갈 츄?"

춘동이 입이 벙긋 벌어지었고, 심드렁하게 코대답만 하고 있던 석규 눈이 반짝 빛난다.

"그래. 싸게싸게 가자."

"즘심 진지년 워척허규?"

"안즉 배 안 고픈디 뭐."

"대방마님 꾸중허실 텐디."

"즘심이야 뭐 멧꿩이나 멧퇴끼 잡어서 귀 먹으면 되잖여."

"픽. 누구 맘대루 그렇긔 잘 잽혀준대유?"

"잔소리 그만 하구 싸게 가자니께."

"그냥 이대루 가잔 말유?"

"그럼?"

"신발두 안 갈어 신규?"

"응, 신발."

하며 그제서야 오방장* 위에 진다홍 술띠 맨 남갑사 전복 입고 복건 쓰고 홍목댕이 신은 제 차림새를 보던 석규는

"생일꾼 채림이루 얼릉 짚신짝 바꿔 신구 오께."

---

**오방장**(五方丈) 연두색 길, 색동 소매, 자주색 무, 색동노랑 섶, 분홍색 안섶에 남색 깃과 고름을 단 양반댁 어린이용 웃옷.

하며 씩 웃다가, 안채 건넌방 쪽을 바라본다.

"누나는?"

"애긔씨는 아까버텀 되렌님 나오시기만 지달리구 지시넌듸
유 뭐."

"만뎡이는?"

"언니두 이따가 짬내서 뒤쫓어온다구 헸으니께 뤼려 말구 싸
게 뒷문이루 나와유. 마님덜헌티 들키지 말구, 얼르웅."

밭둑에 봄풀이 푸릇푸릇 가투리 장끼 쌍쌍이 나는데, 아이들
은 산으로 간다. 연두색 숙고사 치마에 진노랑저고리 받쳐입고
청황적백흑 오색 비단조각 위로 십장생 수놓여진 줌치* 간당거
리는 옆구리 헐렁하게 대바구니 끼고 청목댕이 신은 준정이와,
깡동하게 행전 친 무명 바지저고리 어깨 너머로 장난감 같은 뽕
나무활에 쑥대살 몇 대 비쭉 솟은 전통 메고 밧총박이* 들메*한
석규와 춘동이다.

오동곶이 피고, 들쥐가 변하여 메추리가 되고, 분홍빛과 초록
빛이 고루 뒤섞이어 둥글면서도 이지러진 데 하나 없어 마치 특
등 공장바치*가 평생 그 솜씨를 다하여 빚어놓은 것 같은 갑션 무
지개가 처음 나타나고, 능수버들 곳솜과 갯버들곳이 못물 속으

---

줌치 주머니. 염낭. **밧총박이** 총을 신발 바깥쪽으로 대는 짚신. 들메 끈으로
신발을 동여매는 일. **공장바치** 공인. 기술자.

로 들어가서 개구리밥이 되고, 우는 뻐국새가 그 날개를 떨치고, 오디새가 베 짜는 소리를 내며 뽕나무 가지에 내려앉으니, 삼월. 연초록 진노랑으로 모판 가득 자라는 볏모는 비단폭을 깐 듯, 시루를 엎어놓은 양 고만고만하게 엎드려 있는 멧자락 저 아래 펼치어진 넓은 들판에는 흰옷 입은 사람들이 여기저기 엎드리어 한시반시도 해찰부리지 않고 꼬물꼬물 그 사대육신 팔만사천 마디를 놀리어대고 있으니—

깊드리°에는 쏟아보내고 높드리°에는 또 두렁을 돋우어 콸콸 촤르르 쏟아져 내리는 골짜기 물을 받아야지. 괭이 삽 가래 들고,

사해창생 넝군덜아
펑생신고 원망마라
사넝굉고 생긴뒤에
귀중헐손 넝사로다
얼널널 상사디여……

써레 쟁기 손싸게 움직이며, 어저귀° 먼저 베고 삼밭에 호미질. 마을마다 실 뽑느라 물레소리 요란한데, 우거진 덤불숲은 불을 질러 태우고 가래질 쟁기질로 불근닥세리°까지 일구어, 지아비

---

깊드리 바닥이 깊은 논. 깊은 바닥에 박인 논. **높드리** 1. 골짜기 높은 곳. 2. 메마르고 높아서 물기가 적은 논밭. **어저귀** 아욱과에 딸린 일년초. **불근닥세리** 화전火田.

는 씨 뿌리고 지어미는 물레 돌려 길쌈을 한다.

여보게 꿩돌아베, 지난핸 삼월버텀 올서리에 흙비가 네리다가 봄가뭄이 들더니 늦장마 또한 대단헸었지. 진흙이 냇가를 메워 한 자나 쌓이구 논이는 또 모래자갈 톡 찼었지.

밤쇠아베도 차암, 죽은 자식 불알 만지기지 작년 실넝 얘기넌 뭣 줏어먹으러 헌다나. 올 넝사나 잘되라구 축수헤야지.

넝사가 잘되면 뭐헌다나. 허기야 이번이 갈려 오신 원님은 학식이 도저허구 승품 또한 인자허시다구는 허데만.

개갈 안 나넌 소리 허구 있네. 아, 시방 조선팔도 삼백스무세 골마다 들앉은 게 죄 사모 쓴 도적늠덜뿐인디…… 돗진갯진 아 니것어.

허긴 그려. 이려어, 이느믜 소!

밤을 낮 삼아 지아비는 밭 갈고 지어미는 길쌈을 하느라 등이 휘고 뼛골이 다 빠지건만, 해마다 수재와 한발이 겹치는 데다 수십 가지 온갖 명색 가렴잡세는 또 끊어질 사이가 없으니, 지주한 테 절반을 공으로 바쳐야 하는 도조에 장리쌀에 군포 바치느라 여름에 얻어 쓴 장변°에, 추수라고 하여보아도 생쥐 볼가심할 것도 없어°, 작년 이맘때 꾸어다 쓴 좀먹은 쌀 닷 말이 온전한 쌀 섬 반으로 늘어난 환자쌀 갚을 기약 또한 막연한데, 쌀독에는 벌써

---

**장변(場邊)** 장에서 꾸는 돈 비싼 길미.

곡식 바닥나고 장광에는 또 간장 된장에 소금마저 떨어졌으니, 배고파 보채는 아이들이야 그렇다고 하더라도 늙으신 부모님은 어찌할 거나. 풋보리라도 잡아 죽을 쑤어 끼니를 잇고자 하여도 아직 보리가을˙도 되지 않아 이제 겨우 쌌이 돋는 보리는 언제나 패려는지. 있는 집에서는 개도 쌀밥에 뉘를 낸다는데 열흘에 겨우 세 끼 얻어먹기도 힘드는 저마다 애옥살이˙인지라, 못 먹어 흔 줄˙도 되기 전에 침침하여진 눈 부비며 삿물레 돌리고 삿바느질 하고 삿빨래 삶던 손 놓고 들로 산으로 가보지만, 토란이며 둥글레 뚱딴지에 무릇을 케어본들 또 몇 조금이나 가겠는가. 복사곳 살구곳에 오얏곳 눈부신 울바자˙ 너머 추라치˙ 헤엄치는 냇가에 는 땅버들 곳솜 휘날리는 삼월이라지만 아직 곳샘바람 손 시린데, 길쌈 거리마저도 죄 팔아올려 좁쌀 됫박이나마 팔아먹을 마련 없는 집 아낙들은, 홑적삼에 홑치마 삼베 허리끈 바짝 졸라매고 구리비녀 나무비녀 꽂힌 귀밑머리 흩날리며 산으로 들로 헤매이고 다니는 것이었으니, 뜻 있는 선비 있어 이렇게 읊고 있다.

다북쑥을 캐네 다북쑥을 캐네
다북쑥이 아니라 새발쑥이네
양떼처럼 떼를 지어

---

보리가을 음력 4월. 애옥살이 가난에 찌들려 고생스럽게 사는 살림살이. 흔 줄 마흔 살. 울바자 울타리. 추라치 굵고 큰 송사리.

저 산등성이 넘어가네
푸른 치마 붉은 머리
허리 굽혀 쑥을 캐네
다북쑥 캐어 무얼 하나
눈물만 쏟아지네
쌀독에는 쌀 한 톨 없고
들에는 벼씨 다 말랐네
다북쑥 캐어다가
둥글게 넙적하게
말리고 또 말려서
데치고 소금 절여
죽 쑤어 먹을밖에는
달리 또 무얼 하리


어른들 몰래 뒷문을 빠져 나와 산자락으로 접어들면서부터, 무명수건 베수건으로 동여맨 빗질 안 한 쑥대머리 직수굿이 숙인 채 다북쑥 캐고 나물 뜯는 아낙네들 여기저기 보이는데,
"누나는 나물 월마나 뜯었댜?"
"아직 멧잣*이두 안 올랐넌디 뭔 나물을 뜯었다구 그런다네."

---
멧잣 산성山城.

"오면서 이것저것 뜯었잖남."

"멧잦이 가서 뜯을 거야."

"멧잦인 뭐가 있넌디?"

"으응, 춘뎅아."

"예, 애기씨."

"멧잦인 뭐가 있지?"

"별거별거 다 있지유."

"으음. 두릅두 있지?"

"그럼유. 두릅두 있구 꿩두 있구 멧퇴끼두 있구……"

"난 두릅 따다 할아부지 진짓상이 올려드려야지. 쉑귀 넌?"

"나? 난 꿩 잡을 텨. 꿩두 잡구 퇴끼두 잡어다 할아부지 할머니 진짓상이 올려드릴 쳐."

"산뫽심 쥑이넌 게 아니라구 할머니가 그러셨넌디…… 할머니헌티 혼날라구."

"치. 누가 내가 잡었다구 그러나. 만뎅이가 잡었다구 그러지."

"피. 저는 잡을 줄두 물르면서."

"왜 못 잡어. 내가 월마나 활을 잘 쏜다구."

"피. 그까짓 블터질."

"춘뎅아."

"예, 되렌님."

"늬 언니가 싸게 와얄 텐디."

참새 새끼들처럼 지저귀며 아이들은 산으로 간다. 태백太白에서 갈라져 서쪽으로 달리던 금북정맥°이 황해바다에 막혀 불끈 그 마지막 힘을 쓰다가 주저앉아 오서산烏棲山을 이루어내기 전에 잠시 힘을 빼고 장죽에 부시를 댕기며 땀을 들이는 곳이 있으니, 이 고을 진산鎭山인 봉수산鳳首山이다.

봉수산 앞과 좌우로 그다지 높지 않게 엎드려 있는 사자산獅子山 백월산白月山 금롱산金籠山 당산堂山 박산朴山 가차산加次山 송림산松林山과 또한 그다지 급하지 않게 흐르는 내천奈川 경결천京結川 죽천천竹遷川 달천達川 네 내 사이사이로 넓은 들판이 펼치어져 있어, 땅이 기름지고 평평하여 내포內浦 다섯 고을 가운데서도 단연 꼽아주는 고을이다. 지세가 한 모퉁이에 멀리 떨어져 있고 또 큰 길목이 아니므로 임병양란에도 적군이 들어오지 않았으므로 예로부터 사람이 살 만한 곳으로 여기어져온 곳이다. 깊은 산과 큰 골짜기는 없으나 바다가 가까워 어렴시수 걱정이 없고 뱃길이 편리하여 서울과 멀지 않은 까닭에 여러 대를 이어 오는 사대부집이 많다. 산천이 평평하고 어여쁘며 서울 남쪽에 가까운 곳이어서 예로부터 낙향한 사대부들이 많이 사는 곳이 되었는데, 서울과 가까워서 풍속에 큰 차이가 없으므로 서울에 사는 사대부들이 여기에 전답과 집을 장만하여 살림 근본이 되는 곳으로

---

**금북정맥**(錦北正脈) '차령산맥'은 왜제시대 바뀐 것으로 우리나라 본덧말로는 '금북정맥'임.

만드는 집이 많았다. 땅이 기름져 소출이 넉넉하므로 인심이 순후하여 붙임성이 있고 가난한 이를 불쌍히 여길 줄 알아 서로 도와주는 풍속이며 성품이 간사하거나 또 거칠지를 않아 겉으로는 언뜻 데면데면하게 무덤덤하여보이나 속 깊은 잔정들을 간직하고 있다. 동쪽으로는 공주公州 경계까지 30리요, 남쪽으로는 청양현青陽縣 경계까지 22리이며, 서쪽으로는 홍주洪州 경계까지 9리이고, 북쪽으로는 예산현禮山縣 경계까지 19리이며, 서울과 거리는 3백23리이다. 감영監營이 있는 동방 공주까지는 90리이니 하룻길이요, 수영水營이 있는 남방 오천鰲川까지도 90리이니 또한 하룻길이며, 병영兵營이 있는 동북방 청주淸州까지는 1백80리로 이틀길인데, 오른편으로 금북정맥 큰 멧줄기를 바라보며 왼편으로 넓게 펼치어진 들판과 함께 북쪽으로 북쪽으로 달려가보면 서울까지 넉넉잡고 나흘길.

　본래는 백제 임존성으로 금주今州라고도 하였는데, 신라 때에 임성군任城郡으로 고치었고, 고리 초기에 지금 이름으로 고치었으며, 현종 9년에 운주運州로 붙이었다가 명종 2년에 감무監務를 두었던 것을, 본조 태종 13년에 다른 예에 의하여 현감縣監으로 하였다. 그러다가 숙종 7년에 현종 어태御胎를 동쪽 13리 되는 박산 서쪽 산기슭에 묻어 군으로 격을 높이었다. 모두 여덟 개 면이 있어 읍내는 끝이 7리이고, 일남一南은 처음은 7리 끝은 20리, 이남二南은 처음은 6리 끝은 20리, 거변居邊은 동쪽으로 처음은 17리 끝은 30리, 근동近東은 처음 7리 끝은 20리, 원동遠東은 처음 10리 끝은 25리, 내북內北은 처음 10리 끝은 19리, 외북外北은 서북 쪽으로 처음 10리 끝은 20리이니, 1읍 7면 1백 3마을에 사는 인민들이 모두 1만5천여 명으로 여자가 2천5백여 명 더 많다.

북쪽으로 3리 되는 곳에 둘레는 1천1백90자요 깊이가 바느질자로 5자 5치인 홍자제언洪字堤堰과 역시 북쪽으로 10리 되는 곳에 둘레는 1천2백61자요 깊이가 5자인 야자夜字제언이 있고, 58간짜리 읍창과 예산지경 북쪽 갯가에 대동미를 쌓아두는 20간짜리 포창이 있으며, 물산으로는 붕어 게 지황地黃 황금黃芩 창출蒼朮 택사澤瀉가 많이 나오는데, 상문상무尚文尚武에 무편무당無偏無黨한 풍속이다. 돌로 쌓은 1천1백15척 읍성 안 정청政廳 3간 동대청東大廳 12간 서헌방西軒房 12간 동헌방東軒房 16간 하마대下馬臺 4간 달린 공해公廨 객관 거느리고 있는 동헌 16간 남상방南上房 4간 북상방北上房 5간 대청 6간 초당 5간 기슭집 7간짜리 아사衙舍에는 문음무文蔭武 5품 군수 밑에 좌수座首 1인, 별감別監 2인, 군관軍官 20인, 아전 53인, 지인知印 15인, 관노官奴 11명, 관비官婢 16명 각사령使令 29명이 있다. 남쪽으로 19리 되는 곳에 있는 금정도金井道 딸린 광시 역참光時驛站에는 대마大馬 2필 역마驛馬 3필 소마小馬 5필이 있고, 해마다 봄 여름 두 차례씩 사복시司僕寺에 말과 소를 납상하는 목장이 있다. 동쪽 2리 지점에 아귀할미다리로 불리는 내천교奈川橋가 있고, 거변교居邊橋는 달천에 있으며, 광시교光時橋는 남쪽 2리에 있다. 대련사大蓮寺 성황사城隍寺는 봉수산에 있고, 용흥사龍興寺 안곡사安谷寺는 사자산에 있고, 보광사普光寺는 백월산에 있고, 은사銀寺는 금롱산에 있고, 송림사松林寺 감탕사甘湯寺는 송림산에 있고, 적적암寂寂庵은 그 너머에 있다. 단묘사직壇廟社稷과 성황사城隍祠와 여단厲壇과 두 군데 기우단祈雨壇과 향교鄕校가 있으며, 북쪽 팔봉산八峰山 아래에는 고리태봉高麗胎峰이 있다.

순후한 산천 정기를 받고 태어난 사람들은 공명을 드날리어 티끌세상에 그 성명삼자를 남기는 것을 귀하게 여기지 아니함인가. 전조 때에 남경부유수南京副留守를 지낸 한문준韓文俊과 벼슬이 문하성사門下成事에 이르렀던 한 취韓就와 퇴계退溪 문인으로 판서를 지냈었던 광해주 때 문신 조 진趙振을 빼어놓고는 이렇다 할 고관대작을 지낸 인물이 없는 반면 정문旌門이 선 효자와 열녀는 열 손가락을 넘으니, 전조 때 리성만李成萬이며 곽씨郭氏에 아조 최승립崔承立 윤사성尹思誠 림원충林元忠 강씨姜氏 차명징車明徵 교징敎徵 형제 모만중牟萬重 최망사崔望四 전근금全斤金 권씨權氏 김방언金邦彦 치창致昶 부자 유수기兪受基 황씨黃氏 송씨宋氏 원씨元氏 사비私婢 춘덕春德 통인通引 안해 리李조이˚가 그 아름다운 이

---

조이(召史, 이두) 양민 안해. 아래치 사람 과부.

름들이다.

가자가자 감나무야
오자오자 옻나무야
짐치가치 곳나무야
맨드래미 붱숭아야
가막가치 날어간다
금쉥아지 들어온다
저긔저긔 원대문이
킹상도라 옥대문이
그대문점 열어주소
쇳대읈어 못열것네
숟갈총이루 열어주소


괴고리가 우짖는 소리로 노래를 부르며 아이들은 산길을 오른다.

괴고리가 우짖는 듯한 아이들 노랫소리에 맞추어 대꾸를 하는 것은 버국새이고, 버국새가 울고 나면 멧비둘기 울음소리는 또 구욱 구구우욱 구성지기만 한데, 멧비둘기가 우는 숲속에 웃는 듯한 분홍빛으로 피어 있는 것은, 그리고 진달래곳. 휘늘어진 낙락장송이며 펑퍼진 덕갈나무에 오두자 산벚나무 황경피 물푸레전나무 오리나무 가문비나무 우거진 사이사이로 발목을 휘감는 것은 얼크러지고 설크러진 으름 다래 댕댕이 햇칡덩굴.

아침 이슬 몇 방울 아직 남아 있는 산뽕나무 잎사귀에서는 산거미 실을 뽑고, 올깎이 신중*인 듯 하얀 모가지가 문득 서러운 백도라지곳 곁으로는 또 제비꼬리 마타리 쇠조지 가지취 고비 고사리 물오른 두릅순 회순 돌나물 지천으로 돋아 있는데, 흐느끼는 듯 구슬프고 애잔한 호드기를 불며……

진달래곳 질끈 꺾어 머리에도 꽂아보고, 곳방망이도 만들어보고, 네가 센가 내가 센가 곳술을 서로 얽어 당기며 힘겨룸도 하여보고, 산철쭉 뚝 분질러 입에도 물어보고, 속삭이듯 낮은 목소리로 도란도란 흘러내리는 골짜기 푸른 물에 손도 씻고 발도 씻고, 가득가득 두 손바닥 넘치게 받아 입 속도 헹구어보고, 피용 피피용 물수제비 뜨던 조약돌 뻗쳐 풀풀 산가마귀 좇아 팔매질도 하여보며—

"긔는 워치게 됐을라나."

"긔라니?"

"상투 짠 중 말유."

"으응, 리처사."

"워치게 됐남유?"

---

올깎이 신중 일찍 머리를 깎은 '여승' 통속적인 말.

"뭐가아?"

"되렌님 대마가 되감기넌 것 같었넌디……"

"너두 바둑을 아남."

"되렌님 어깨너머루 배서 죽구 사넌 건 알잖유."

"고뉘나 오목허군 달러."

"워치게 됐너냐니께유?"

"…… 빙가지상사지 뭐."

초장부터 마음껏 휘저어 다 이겼던 바둑을 느실난실한 꾐수에 걸려 그만 져버렸던 그때 일이 새록새록 떠올라 석규 볼따구니가 진달래꽃빛으로 물드는데,

"피, 졌구나."

준정이가 입술을 삐죽하였고,

"한 번 실수넌 빙가지상사라구 손오빙서이두 써 있넌디, 누나는 대이구 왜 그런댜."

"니가 손오빙서두 읽었어?"

"누가 내가 읽었댜."

"읽지두 않었으면서 워치게 안댜."

"만됭이헌티 들었단 말여. 만됭이는 무궁칠서두 다 읽었잖여. 그러구 나야 할아부지가 그런 책은 못 읽게 허셔서 그렇지, 읽기루만 허면 월마던지 읽을 수 있단 말여."

"큰 소리만 탕탕 치더니 그것 봐. 아이그 잘코사니°."

"증말루우!"

걸음을 멈춘 채 도드리고˚노려보는 동생 눈빛에 질린 누이가

"래애롱."

손가락 한 개를 세워 제 볼따구니를 찌르는 시늉을 하더니, 밀화투심˚ 번쩍이는 말뚝댕기 나풀대며 저만큼 깡충깡충 노랑나비 범나비 쫓아갔고,

"되렌님."

하고 춘동이가 부르더니

"너무 속끓이지 마세유. 다시 두면 되렌님이 월마던지 이길 수 있을 텐디유 뭐. 저 같은 보리바둑˚이 봐두 그 상투 짠 중 같은 양반은 되렌님버덤 엄청 하수덴듀 뭐."

누나한테 놀림을 받고 잔뜩 심기가 상하여 있는 어린 상전을 위하여 제 아비어미와 언니가 하던 투로 보비위 간롱을 피우는데, 석규 한쪽 손가락이 입으로 올라갔다,

"쉬잇!"

크게 떠졌다가 간잔조롬하여진 눈으로 앞쪽을 쏘아보던 석규 손이 어깨너머로 올라갔고, 춘동이는 숨을 멈추었다. 꿩이었다. 쪽빛으로 짙푸른 모가지에 눈부시게 흰 목댕기를 두른 장끼 한 마리가 저만치 떨어진 잔솔밭 사이로 천천히 걸어가고 있었는

---

**잘코사니** 미운 사람이 잘못되는 것을 고소하게 여길 때 쓰는 말. **도드리고** 눈에 힘을 주고. **밀화투심**(蜜花套心) 밀과 같은 푸른빛이 나고 젖송이 같은 무늬가 있는 호박으로 된 말뚝댕기 치레. **보리바둑** 엉터리 바둑.

데, 밭고랑 사이를 더듬다 온 것인가. 철사처럼 **빳빳하게** 세운 꽁지깃이 이슬에 젖어 반짝 빛났다.

"가만 있어!"

누구에게라고 할 것도 없이 낮았지만 힘을 주어 말하며 뽕나무활을 손에 쥔 석규는 장난감 같은 전통 속에서 쑥대살 한 대를 꺼내어 시위를 메기었다. 그리고 힘껏 숨을 들이마시며 깍짓손을 떼던 그 어린아이 입에서는 저도 모르게 탄식 같은 소리가 흘러 나왔으니,

"아차!"

할머니가 쓰시던 헝겊골무*로 만든 시늉만 깍지*에서 손을 떼는 순간, 내둥 가만히 있던 꿩이 푸드득 힘차게 깃을 치며 날아오르더니 저만치 떨어진 바위 꼭대기로 옮기어 앉는 것이었다. 뾰똑하니 앉아 꽁지만 까딱까딱.

우리 조선이 궁시弓矢가 있은 지 여러 천년이올시다. 따라서 궁시가 높아져 다른 여러 나라를 압도헸으니 이는 궁시가 있음으루써가 아니요, 오래됨으루써가 아니요, 오직 궁술弓術에 묘긔가 있었음이지유. 츨전鐵箭이 있구 푠전片箭이 있구 유엽전柳葉箭이 있구 대우전大羽箭이 있구 세전細箭이 있구 대장군전大將軍箭이 있은즉, 츨전은 츨전 뫼볍이, 푠전은 푠전 긔술奇術이, 유엽전은 유

---

엽전 신긔神技가 다 따루따루 있습네. 활에는 또 좌궁左弓과 우
궁右弓이 있넌듸……

어른들 모르게 산뽕나무 가지를 쪄다가 활을 만들어주며 만동
이가 하던 말이었는데, 꿩을 잡아서 할아버지 할머니 진짓상에
올려드리는 것은 물론이고, 그리고 무엇보다도 우선 자꾸 놀리
려만 드는 누나한테 흰목을 한번 잦히어보고자 하는 마음이 앞
섰으므로, 꿩이 날아오르기도 전에 벌써 궁둥이가 뒤로 빠져버
리었던 것이었다. 좌궁 우궁을 물론하고 여덟팔자八字로 벌려 디
뎌야 할 두 발이 우선 고무래정자丁字. 시위에 다시 살을 메기기
도 전에 장끼는 숲속으로 날아가버리었고, 석규가 쏜 살걸음°보
다 빠르게 연전동이명색으로 달음박질쳐 간 춘동이가 낙전을 주
워가지고 왔는데, 석규는 말이 없다. 이리 기웃 저리 기웃 두리번
거리기만 하던 석규 입에서 하품이 나오는 것을 본 춘동이가

"졸린감유?"

하고 묻는데, 석규는 도리질을 한다.

"늬 언니는 왜 여적 안 온다네?"

"글쎄 말유. 바지게 부서진 것만 손보구 나서 싸게 뒤쫓어온다
구 혰으니께 올 때가 됬넌듸."

"만됭이 같으면 단목°이 맞혔겠지."

---

살걸음 화살이 가는 빠르기. 단목 어떠한 일이나 고비에 바짝 가까워져서
매우 대모하게 된 짬이나 자리. 단대목.

"그럼유. 그까짓 꿩이야 활을 쏘구 자시구 헐 거나 있남유. 팔매질 한 방이루 잡지유."

"요새두 사냥질 헌다네?"

"되렌님두 차암. 사냥이야 길이 허넌 거지 이 바쁜 농사철이 뭔 사냥질이래유. 나리마님헌티 꾸중 들으려구."

"춘됭아."

"예."

"이번이는 니가 쏴볼래?"

"예에?"

"꿩이나 퇴깽이가 나오걸랑 요번이는 니가 먼저 쏴보란 말여."

"증말유?"

"증말이잖구."

"소인이 먼저 시건방지게 활질혔다구 야단치넌 거 아니쥬?"

"어허, 장부일언이 중천금이어늘 웬 사설이 이리 긴고."

할아버지 흉내를 내어 그 어린 양반댁 도령은 마른기침을 하였고, 야아! 하고 걸어가던 자리에서 팽그르르 한 바퀴 맴을 돌던 그 어린 종새끼는

"우리 하냥* 쏴유. 한 대버덤은 두 대가 나니께 되렌님허구 지가 쌍노라니 하냥 쏘먼 더 잘 맞힐 수 있을 규"

---

**하냥** '함께' 충청도 내폿말.

하며 눈을 반짝이었는데, 석규 대꾸에는 풀기가 빠져 있다.

"한 대구 두 대구 간이 뭐가 뵈야 쏘던지 말던지 허지."

둥두렷 떠올라 고양이 앙가슴같이 살부드러운 기운을 흩뿌려주던 해가 우거진 나뭇가지 사이에 묻히면서 서늘한 산기운이 목덜미를 훔치었고, 아이들은 입을 다물었다. 어느 틈에 준정이도 다가와 있었는데, 자욱하던 아지랑이와 함께 안개마저 말끔히 걷히어버린 지 벌써 오래 전인 낮뒤건만, 갈수록 햇살이 점점 적어지면서 적막한 냉기만 옷 속으로 파고드는 것이어서, 부르르부르르 아이들은 진저리를 친다.

너덜을 오르자 눈앞에 멧잣이 보였다.

임존성任存城은 대흥군 관아에서 서쪽으로 13리 지점에 있는 옛 돌성으로 그 주회周回가 5천1백94척이며, 안에 세 개 우물이 있어 나물을 뜨으러 다니는 아낙네들이며 사냥꾼이나 약초꾼들 목을 축이어주는데, 흑치상지黑齒常之 장군이 팠다는 장군샘 물맛은 더구나 그중 좋아 해소병을 앓는 늙은이들이나 출신出身을 바라는 장정들이 약물로 받아가기도 한다. 이 고을 진산인 봉수산과 그 동쪽으로 2리 가량 떨어져 있는 산봉우리를 테를 매듯 에워싸고 있는 멧잣으로, 아직도 온전하게 남아 있는 성벽은 높이가 열석 자도 넘고 그 꼭대기 석루* 넓이는 다섯 자나 되는 큰

---

석루(石壘) 돌로 지은 작은 성.

성이다. 멧잣 서쪽 꼭대기와 동쪽 작은 봉우리로 이어지는 잘록한 허리 어섯에는 남북으로 이어지는 통로가 있으며, 이 통로가 만나는 북쪽 벽에 스무 자 가량 넓이 북문터가 있고, 남문터는 조금 서쪽으로 치우쳐서 성밖으로 갈라지는 구릉과 성벽이 이어지는 곳에 있다.

이 성은 원래 주류성周留城으로 일컬어지는 한산韓山 건지산성乾芝山城과 함께 백제 광복군 발판이었다. 백제가 망한 뒤 주류성을 근터구로 사비성泗沘城 탈환 작전에 낭패한 광복군은 마지막 근터구로 이 성에 진을 치고 복신福信 지수신遲受信 흑치상지들이 신라군 양도를 끊으며 나당 연합군에 앙버티던 곳이다. 웅진熊津과 사비성이 각각 90여리쯤 떨어져 있어 수도 조롱목* 구실을 하던 곳으로 후삼국 시절에는 진훤甄萱이 왕건王建과 맞서 싸우다가 형적形積 같은 삼천여 장졸을 잃었던 곳이기도 하며. 그 뒤 몽골군이 세 번째로 쳐들어왔던 고릿적에는—

장안에 호걸스레 잘사는 집에
보배가 산더미로 쌓여 있도다
구슬같이 흰 쌀밥을
개나 도야지가 먹기도 하고……

---

**조롱목** 조롱박 모양으로 된 길목.

볏모가 파릇파릇 자랄 때부터
몇 번을 매가꾸며 이삭이 맺었건만
아무리 많아야 헛배만 불렀지
가을이면 관청에서 앗아가는 것
남김없이 몽땅 빼앗기고 나니
내 것이라고는 한 알도 없어……
결전 독촉이 성화 같은데
이르는 곳마다 난리는 일어나고
부엌은 메말라 목숨 이을 길 없고
산실과는 떨어져도 줍지도 못하고
전전 헤매고 떠도는……


농군들이 엄지굴대*가 되어 커다란 승리를 거둠으로써 몽골 군을 더 그만 밑으로 내려가지 못하게 하였으니, 그때에 시인 있어 이렇게 읊고 있다.


그때에 성난 도적이 국경을 침범해오자
사십여 개 성이 불타는 들판 같더라
산을 의지한 외로운 성이 우량하이 길목에 놓여

---

엄지굴대 목대잡이.

만 군사 북이며 나발이 한꺼번에 삼키려 하였는데

장사들 고함소리 천지를 진동하여

서로 버틴 반달 동안 해골을 쪼개어 밥을 지으면서

낮에 싸우고 밤에 지키기에 호랑이조차 피로하였다

형세와 힘이 다하였으나 오히려 한가함을 보여

누대 위 관현 소리 더욱 구슬프기도 하였다

처자와 함께 즐거이 불 속에 사라지고 말았다

충성스러운 혼 장한 넋이여 어디로 향하였는가

천고에 고을 이름은 헛되이도 임존성이라 적혀 있네.


　저만치 하늘빛같이 훤하여 보이는 것은, 헐리다 만 성문. 여기저기 무너지고 주저앉아 잡초만 다옥한* 성벽을 따라 아이들이 스무남은 발짝쯤 안으로 들어서자 두 팔 길이로 다섯 번은 되게 넓은 성문 자리에는 왕거미가 집을 짓고 있는데, 멧잣 안에는 아무것도 없다. 부드럽게 펼치어진 더기* 위로 평지를 이루고 있는 층층대식 옛 집터에 피어 있는 패랭이꽃 사이로 벌 나비 날아다니고, 실잠자리 조을고 있는 그 곁에서 각색 나비들은 또 나래짓하는데, 부전나비 날개에 박히어 있는 파란점이 꼭 혼불만 같다.

　육칠십 자 넓이에 열 자 위로 깊게 판 다음 삼화토* 집어넣고

---

**다옥한** 무성한. **더기** 분지盆地. **삼화토**(三和土) 석회·모래·황토.

달구질하여 돌처럼 굳게 다져 물을 가득 담아두었다던 성 안쪽 해자*는 죄 메워졌고, 마늘쪽봉우리*에 달아놓았던 보*는 자취도 없으며, 궁혈* 몇 개 빼어놓고는 망대도 없어, 등딱지에 울퉁불퉁한 쇠비늘 붙인 갑옷 입고 투구 쓰고 쇠갈고리 던져 올려 돌부리 잡고 기어오르던 저 나당 연합군이며 왕건군이며 몽골군 쪽으로 갈로 치고 창으로 찌르고 활로 쏘고 돌멩이를 내려 굴리고 고춧가루 잿동이에 사금파리 기왓장이며 끓는 물을 퍼붓던 성가퀴* 또한 이제는 그 자취조차 가뭇없어지고 말았으니, 겨울에 얼었던 것이 봄이면 녹고 여름이면 다시 비에 젖어 무너지고 떨어져 나간 탓인가. 인걸이 사라지면 산천 또한 무너지는 것인가. 무너져 깨어진 기왓장만 나뒹구는 옛 집터에 우거진 으악새 슬피 울게 하는 바람소리만 스산하다.

몇 해 전까지만 하더라도 멧잣 안에는 따비밭을 일구어 먹고 살던 사람들이 대여섯 집 있었으나, 지난 섣달에 떠나간 전임 안전이 도임하여오면서 따비밭을 모두 신기전* 양안*에 올리어놓는 바람에, 그만 죄 떠나버리고 말았다. 원래 고을 지경 안에서 묵은땅 갈아먹기를 원하는 자가 있으면 관에서 그것을 허락하고 제대로 된 밭이 이루어지더라도 3년 동안은 세를 물리지 않는 것

---

해자(垓子) 성 안팎으로 둘러 판 못. **마늘쪽봉우리**[蒜峯] 우뚝하게 높이 솟아 다른 곳에서 내려다볼 수 없는 곳으로, 류성룡柳成龍 말임. **보**(堡) 흙으로 축대를 쌓아서 만든 작은 성. **궁혈**(弓穴) 엎드려 활을 쏘게 되어 있는 성벽 사이 구멍. **성가퀴** 성 위에 몸을 숨기고 적을 치려고 낮게 쌓은 담. **신기전**(新起田) 새로이 일군 땅. **양안**(量案) 토지 대장.

이 저 신미년 이래로 내려오던 나라 법이었다. 승냥이를 피하고 보니 호랑이를 만나더라는 옛말 그른 것 하나 없어, 과만을 꽉 채운 조아무개 군수가 5년 동안 온갖 갈퀴질 홀태질에 덧거리질까지 한 누만금 엽전을 바리바리 채워 싣고 한양으로 올라간 다음 몇 사람 음직 군수들이 번차례로 드나들었는데, 전임 안전이라는 자가 처음 도임하여 와서 하였던 전정田政이라는 것이 바로 그러하였다. 상관˚한 지 사흘 만에『가좌책』˚펼치어 들고 수리한테 호령하기를, 진전˚ 가운데서 아주 묵어버린 것은 그 결전이 과중한 것을 밝혀내서 토지 등급을 낮추어 줄 것인즉, 새로이 범승˚을 하리라.

진전과 은결˚을 새롭게 밝혀내어 잘못된 양안을 바로 잡음으로써 백성들 억울함을 풀어주겠다는 것이었는데, 그것은 그러나 입에 발린 말이었고, 속내는 다른 데에 있었으니—

신영新迎 나온 수리한테서 받아본『읍총기』˚ 속에서 봉록俸祿 미전米錢 숫자와 백성을 번롱하여 나머지를 걸터듬을 수 있는 갖은 방책을 다 알아낸 다음이었던 것이다. 양전을 한답시고 시기전˚으로 황무하지도 않은 토지 주인을 불러 옛날 결수에서 감하여주겠다고 하여 돈을 받고, 속전˚과 환기전˚ 및 신기전으로 양안

상관(上官) 도임.『가좌책(家坐冊)』고을백성들 살림 셈판을 적어놓은 책. 진전(陳田) 묵은 땅. 범승(汎繩) 줄로 땅을 재는 것. 은결(隱結) 양안에 올리지 않고 사사로이 가꾸는 땅.『읍총기(邑摠記)』그 고을 이제 꼴을 적어놓은 책. 시기전(時起田) 가꿔지고 있는 땅으로서 구실이 매겨지는 곳. 속전(續田) 해를 걸러 가꿔지는 땅. 환기전(還起田) 묵은 땅으로서 다시 가꿔지는 땅.

에 올라 있지 않은 백성들을 또한 은밀히 불러 양안에 올리지 않는 조건으로 돈을 받으며, 돈을 내지 않는 자 것은 토지가 비록 배암이나 쇠뿔 모양으로 되고 둥근 가락지 같고 이지러진 달모양이며 당기어진 활과 찢어진 북 꼴 것이며를 가리지 않고 모두 신기전 양안에 집어넣는 것이었으니, 해마다 되풀이되는 흉년과 장마에 집도 절도 다 잃게 된 가난한 민인들이 멧잣 안으로 올라가 묵은땅이라고 할 수도 없는 저 후백제 시절 군량전 묵은 그루터기를 다시 일구어 서속과 메밀이며 기장이나 피를 겨우 꽂아 먹게 되자마자였다. 강활하기가 승냥이 같고 여우 같은 관장과 아전들이 한통속으로 배를 맞추어 하여먹는 환롱질*이었다.

참새 새끼들인 듯 종알대며 이리 기웃 저리 기웃, 까르르까르르 나비 나래짓만 보아도 곳잎 같은 웃음을 터뜨리는데, 아이들 웃음소리에 놀래었는가. 참나무 등걸에 붙어 있던 집게벌레가 고개를 비틀더니, 구구구 날아오르는 멧비둘기 쪽을 치어다본다. 슬그머니 활을 내린 춘동이가 날아오르는 멧비둘기를 겨누어보며 가만히 쑥대살을 메기는데,

"얘점 봐!"

준정이가 하얗게 눈을 흘기며

---

**환롱질**(幻弄-) 못된 꾀로 속여 돈을 바꿔치는 짓. 돈: 물건.

"시방 비닭이*를 쏠 작정인감?"

타박을 주었고, 머쓱하여진 춘동이는 줌손*을 내리었다.

"시상이 조이*루 갈라구 워치게 비닭이를 다 잡넌다네."

발을 다는데, 석규가 말하였다.

"비닭이가 거시기허면 꿩은 위치게 잡넌댜. 퇴끼는 또 워치게 잡구우."

"그러니께 사냥질은 상사람들이나 허넌 거잖여. 할머니 말씀 두 못 들었남. 할머니가 장 그러시잖여. 산뫽심 쥑이넌 게 아니라구. 내 뫽심 귀헌 만치 남이 뫽심두 귀헌 거라구."

"누가 그걸 물르남."

"저저금 한뫽심 살것다구 이 시상이 나온 것인 만치, 뫽심이란 건 사람이나 짐승이나 귀허긴 다 마찬가지라구 그러시잖여."

"누나는 그럼 괴기 반찬두 안 먹남. 공자님헌티두 자로가 꿩괴 기를 잡어다 드렸다넌 게 넌어이 나오넌디…… 누넌 그럼 쇠괴 기나 생선두 안 먹어얄 거 아녀."

"누가 반찬두 안 먹넌다구 혰남. 그렇다넌 말이지."

"마찬가지 아녀, 그럼."

"뭐가아?"

"비닭이나 꿩이 뫽심이 있어 귀한 것이라면 나물이나 채소두

---

**비닭이** 비둘기. 비두리. **줌손** 활 줌통을 잡은 손. **조이** '죄' 충청도 내폿말.

다 마찬가지. 그것들두 뭐심이 있어 귀헌 것일 테니께."

"비닭이나 꿩허구 나물이나 채소가 워치게 같어?"

"왜 안 같어?"

씩둑깍둑 다투고 있는 오뉘 곁에서 쭈루투룸하여진 낯빛으로 건공중만 바라보고 있던 춘동이가

"되렌님!"

하며 첫된 소리를 내어질렀다.

"뇌루우!"

"응?"

"조오기!"

춘동이가 손을 뻗치는 저만치 북문 쪽으로 우거진 잔솔밭에서 풍기어오는 것은 송이버섯 내음인데, 대련사나 성황사 쪽에 재가 들어왔는가. 노루가 꼬리를 감추는 너덜겅* 위로 넘어가는 송낙* 쓴 비구니 등에 매어달린 바랑*이 불룩하다. 노루한테는 시위도 메기어보지 못한 채 바랑 뒤만 올리어다보던 석규가

"목말러."

마른침을 삼키었고, 걱정스러운 눈빛으로 준정이는 제 동생 낯빛을 들여다본다.

"집이 가자."

---

너덜겅 돌이 많은 비탈. 송낙[松蘿] 소나무 겨우살이로 만든 여승 쓰개. 바랑 승려가 등에 메고 다니는 자루 같은 큰 주머니.

"만뎅이두 안 왔넌디······"

"목마르다며. 여긴 물두 옰잖어."

"왜유, 언니가 그러넌디 거시기 장군샘두 있구 샘이 시 개나 백여있다던듸."

"증말?"

"그럼유. 새뵉같이 약물 받으러 댕기넌 사람덜두 있넌듀."

심부름은 당연히 제 몫이라는 것을 잘 알고 있는 그 아이가

"그란듸 뭔 그릇이 있어야 떠오쥬."

좌우를 돌아보며 눈을 두리번거리는데, 석규 눈이 반짝 빛났다.

"우리 칡뿌리 캐먹으까?"

"그류. 물버덤 칡뿌리 캐먹으면 우선 해갈이 될 규. 월마나 달구 또 시원허다규. 요긔두 되구."

"그런디 뭘루 캔다네. 괵괭이나 삽두 옰구 호믜두 옰넌디······"

준정이가 말하는데, 춘동이는 벌써 저만치 너덜경 위 잔솔밭 쪽으로 달음박질쳐 올라가고 있었다. 잔솔밭에는 고만고만한 바위들이 여기저기 박히어 있었고 바위틈마다 연초록빛 잎사귀와 줄기를 뻗치고 있는 것은 햇칡덩굴이었다. 저마다 주워온 날카로운 나뭇가지 끝으로 아이들은 땅을 파기 시작하였는데, 부드러운 황토흙이어서 이내 통통하게 알이 밴 칡뿌리가 드러났고, 세 아이가 칡뿌리 머리통 쪽을 나누어 잡고 끄응끄응 몇 번 힘을 쓰자, 쑤욱 하고 한 발이나 되게 길고 팔뚝만큼 굵은 칡이 뽑히어

져 나왔다.

"그란듸 뭘루 짤른댜. 낫두 읎구 톱두 읎구."

춘동이가 말하는데 준정이 생끗 웃으며 줌치끈에 매어달려 있던 은장도를 끌렀고, 그것을 받아 든 춘동이는 칡뿌리에 대고 토막을 내었다. 저마다 한 토막씩 입에 문 아이들이 단물을 빨아먹고 있는데 가악가악 산가마귀 우짖는 소리가 나더니, 후두둑후두둑 하고 갑자기 머리 위에서 치마허릿단 틑어지는 소리가 나면서, 산뽕닢 위에 빗방울 몇 낱이 떨어져 내리는 것이었다.

빗낱이 듣기 시작하는 너덜겅을 서둘러 내려온 아이들은 공중 후꾸룸한* 마음이 되어 연꽃무늬 희미한 암막새*수막새*에 질그릇 오지항아리 깨어진 것이며 귀떨어진 이징가미*며를 발길로 톡톡 건드려보며 주뼛주뼛 성문을 나섰다. 포근한 날씨에 걸맞지 않게 지짐거리던* 하늘은 다시 파랗게 높았고, 먹다가 만 칡뿌리를 손에 쥔 아이들이 웃비* 걷힌 산길을 내려가는데, 체수 엄장 큰 장정 하나가 저만치 바윗전에 기대고 있던 윗몸을 일으키며 환하게 웃었다.

"귀경덜 잘 허셨남유."

담배를 태우며 잠시 땀을 들이고 있었던 듯 곰방대를 허리춤에 지르는데, 만동이다. 만동이가 말하였다.

---

**후꾸룸하다** 어쩐지 무서운 생각이 든다. **암막새** 한 끝에 반달 모양 혀가 붙은 암키와. **수막새** 수키와. **이징가미** 질그릇 깨어진 것. **지짐거리다** 조금씩 오는 비가 자꾸 그쳤다 내렸다 하다. **웃비** 한창 내리다가 잠깐 그친 비.

"되렌님, 활 점 쏴보셨남유?"

"활이 다 뭐여, 도대체 뭐가 있어야 쏴보던지 말던지 허지."

석규 볼따구니에 분홍빛이 어리는데,

"왜 읎어. 쏠 중을 물르닝께 그렇지."

준정이가 오금을 박았고,

"또 그럴 쳐!"

"아까두 활을 쐈지먼 놓쳤잖여."

"누난 그럼 나물 월마나 뜯었어? 워디 봐."

도드리고 제 누나를 노려보는 석규를 보며 히뭇이 웃던 만동이는

"이제 막 털 벗은 햇꿩두 많을 텐디……"

하다가 말고

"아, 저기두 있네!"

소리를 질렀다.

"워디?"

하면서 석규가 만동이 손길을 쫓아가는데, 푸드득 소리와 함께 날아오른 가투리는 숲속으로 그 꽁지를 감추어버린다.

"에이!"

"쏠 중두 물르먼서 맨날."

"증마알!"

"아이구, 되렌님. 되렌님이 참으슈. 대장부사내인 되렌님이 참

으셔야지."

"피. 만됭이는 맨날 개똥이 쥔역만 들구. 얄며 죽것어."

준정이가 하얗게 눈을 흘기는데, 만동이는 껄껄 웃음을 터뜨리었다.

"애기씨는 이 바위 이름이 뭔지 아시우?"

"물러."

만동이 입가에 웃음기가 걷히었다.

"뫼순이바위*올시다."

"응, 뫼순이바위. 이게 바로 뫼순이바위구나."

준정이 눈이 동그랗게 떠지며 새삼스럽게 만동이가 손을 짚고 있는 사방 예닐곱 자쯤 되어보이는 바위를 둘러보았고, 석규와 춘동이 눈빛도 그 뒤를 따르는데, 만동이는 헛기침을 한 번 하였다.

"옛날두 아주 옛날 이 동네에 심이 아주 장사인 뫼순이와 질뚱이란 남매가 살구 있었습니다. 남매가 장 심자랑만 허면서 서루 다투기만 허자 엄니는 하루 내긔럴 시켰습니다. 질뚱이는 쇠 나막신을 신구 한양까지 다녀오구 뫼순이넌 저 산꼭대기다가 잣*을 쌓넌 일이었지유. 그러자 뫼순이가 말허기를 내긔에 지넌 편이 죽긔루 허자넌 것이었습니다. 이렇긔 뫽심이 걸린 내긔가 시작되었넌디, 엄니가 가만히 보니 아들은 돌어올 긔척이 읎넌디

─────────────

**묘순이바위** 임존성 밖에 있는 전설적 바위. **잣** 성城.

잣은 하마 다 쌓아져 가넌 게 아니것습니까. 아들보다넌 딸이 죽년 게 낫것다구 생각헌 엄니는 한 가지 꾀를 냈습니다. 딸이 좋아허넌 청콩*밥을 져놓구 말허기를— 얘야, 니가 좋아허넌 청콩밥 점 먹구 허려무나. 그레두 니가 이기것다. 뫼순이가 한양질을 보니 질뙹이가 돌아오넌 긔척두 윲넌지라 산을 네려와 청콩밥을 먹기 시작헸습니다. 밥을 다 먹어가넌디 질뙹이가 산이루 올러 가넌 게 뵀습니다. 깜짝 놀란 뫼순이가 마지막 한 개 남은 바위를 치마폭이 싸 안구 산을 올러 질뙹이를 다 따라잡넌 순간, 그만 발을 헛디뎌 그 바위에 깔려 죽구 말었습니다그려."

# 제8장
# 아기장수

백두산석마되진白頭山石磨刀盡이요
뒤만강수음마무豆滿江水飮馬無라.
남아이십믜평국男兒二十未平國이먼
후세수칭대장부後世誰稱大丈夫리요.


할미곳 한 송이 고개 숙이고 있는 묵뫼* 자리 위에 뙤똑하니 올라앉아 무엇인가를 쪼아먹고 있던 멧꿩이 푸드득 깃을 치며 날아오르고, 조붓한 산뽕나무 잎사귀에 괴어 있던 빗방울 몇 낱이 때구르르 굴러 내리게끔 우렁우렁한 목청으로 남이 장군* 저 유명한 칠언절구를 읊조리며 만동萬同이 멧잣 너덜겅을 오르는데,

---

**묵뫼** 오래된 무덤. **남이**(南怡, 1441~1468) **장군** 세조 때 장군. 민중적 영웅으로 민간과 무속에서 떠받들렸음.

백두산 돌은 갈을 갈어 다 읎이허구
뒤만강 물은 말을 멕여 읎게 허리.
사나이 스무 살이 나라 펭증 뭇헌다먼
뒷세상이 그 누구가 대장부라 이르리요.


　풀어내는 뒷소리 초성은 그런데 무슨 까닭으로 탁한 듯하면서
도 또 궁글어서° 이상하게 구슬프고 애달픈 것이었으니, 스물두
살. 열일곱 나이에 무과武科 장원壯元하여 헌걸찬 사나이 기상을
천하에 드날리었다는 저 남 이 남장군 옛이야기를 들으며 두 주
먹을 불끈 쥐어보았던 열일곱 꽃두루° 시절이 어제인 듯 눈에 삼
삼하련만, 어언 다섯 해가 지나가버린 것이었다. 쏜살.
　내년이 무슨 해더냐?
　장 하여오던 대로 대문 앞서껀 처마끝이며 또 대청마다 매달
리어 있는 장명등에 불을 댕기고 난 밤저녁을 틈타 멧잦에 올라
장선전張宣傳나으리한테 궁시며 창검술에 권법과 진법이며 총
포술 같은 온갖 무예를 익히고 돌아오던 길이었는데, 상혈이 심
하여지신 탓이었던가. 아니면 밤뒤°를 보러 나오신 길이었던가.
장 보아와서 아는 것이라 그럴 리는 만무하지만 그것도 아니라
면 혹여 건넌방아씨한테라도 가보시려는 길이었던가. 을야°도

---

**궁글다** 소리가 웅숭깊다. **꽃두루** '총각' 본딧말. **밤뒤** 밤똥. **을야**(乙夜) 하오
9시부터 11시까지.


250

지나 어스름한 동짓달 초승달빛 아래 빈 들판에 허수아비와도 같이 껑한 그림자를 중문 앞으로 쓰러뜨린 채 허허롭게 서 있는 것은, 작은사랑서방님이었다. 탈망에 풀대님인 서방님이 말하였다.

통감권이나 읽었다는 위인이 여태 십이지도 모르더란 말인고.

아, 예. 을유년이오니다.

하면?

무슨 말씀이시온지……

식년이로구나.

세 해마다 한 번씩 돌아오는 자묘오유子卯午酉 식년式年이면 나라에서 과거를 보인다는 것을 잘 알고 있는 만동이는 상전 다음 말을 기다리며 그 어떤 두근거림으로 숨을 삼키었는데,

서른이면 되겠느냐? 하기야 육십생원에 칠십진사도 쉽지 않은 세상이니 서른이면 극족이지.

뜻 모를 소리로 스스로 묻고 스스로 또 대답하더니, 비틀어 짠 오이장아찌 같은 얼굴로 허공중을 우러러보며, 탁한 듯하면서도 궁글어서 이상하게 구슬프고 애달폰 느낌을 주는 목소리로 남이 장군 시를 읊던 것이었다. 제 목소리보다도 더욱 구슬프고 애달프게 들려오는 사람 초성에 놀래었는가. 남녘으로 날아가던 겨울 기러기 울음소리가 문득 멎으면서 달이 밀렸고, 출렁 하고 한 발짝 뒤로 물러서는 눈썹 같은 초승달빛 아래 비껴 보이는 그

사내 낯빛은 웬일로 백랍 같았다. 얼음장같이 싸늘하여진 낯빛으로 상전이 물어왔다.

몇이더냐?

예에?

년광을 묻고 있음이야

아, 예. 열일곱이오니다.

벽창우를 끌고 왔다며.

녜에.

벽창우가 아니라 췸범이라도 잡아올 만하겠구나.

봄 사냥은 아직⋯⋯

뒷목으로 손이 올라가는데, 상전 입꼬리가 위로 비틀려 올라갔다.

나이를 말하고 있음이야.

츤헌 것이 나이만 먹었습지오니다.

그 나이에 남이 남장군은 무과에 장원을 했더니라.

나으리.

불러놓고 나서 만동이는 마른침을 삼키었다.

소인은⋯⋯

그 아이는 다시 한 번 마른침을 삼키었다.

소인은 상것이오니다. 아니, 온전한 상것두 못 되는 비부쟁이 종놈 자식입지요. 그것두 전실 자식.

노둣돌을 한 손으로 뽑아 들었던 열두 살 적부터 남다르게 은밀한 향념向念을 보여주고 있는 상전이라고는 하나, 세상에서도 드물게 빳빳하고 서릿발 같은 그 기상과 위엄이 두려워 말대꾸는 고사하고 평소 같으면 감히 고개도 제대로 들지 못하였는데, 어디서 그런 배짱이 나왔던 것일까.

나으리께서 가르쳐주시던 그 장군님이야 대대루 행세허던 반가에 자손이것지먼, 과장이 발을 들여놓을 감목°마저 읊던 소인 같은 종놈에 자식이루서야 제아무리 하늘을 이구 도리질을 헐° 수 있던 재주와 역발산긔개세허던 용력이 있다 헌들, 뭔 쇠용이 있다넌 말씀이시오니까.

앞말은 분명한데 뒷말 또한 입을 열어 털어놓았던가. 마음속으로만 품고 있던 폭백°이었던가.

송구하오니다.

공근하게 머리를 조아려 보이며 그 아이는 진땀 돋는 두 주먹을 꼭 오므리었는데, 저승사자한테 멱살을 잡혀 있는 그 젊은 선비는

치룽구니 같은 놈하고는.

문풍지가 떨리는 것 같은 소리로 묘하게 웃었다.

아전 피를 받아 천치 밭에서 난 정만운°정대장 같은 이는 일찍

---

감목 자격. 폭백(暴白) 성난 까닭을 들어 함부로 성을 내어 말로 발뺌함. 정만운(鄭晩雲, 1576~1636) 인조 때 장군 정충신鄭忠信.

이 열 세 살 적부터 지인知印 노릇으로 잔뼈가 굵었다만, 마침내는 일국에 부원수까지 지냈더니라. 송귀봉* 같은 어른도 그렇고 문장 쪽도 그렇지만 그 경우가 활 쏘고 창칼 쓰는 무골 쪽에 이른달 것 같으면 한둘이 아니니, 일가달영야*하겠느냐. 다 제 할 탓이로구나.

아하, 그랬었구나. 그러한 사람덜두 있었구나. 이제는 방백放白 시켜줄 터이니 내년 식년무과에 나가보라는 말씀이 나오것지.

아랫배에 잔뜩 힘을 주어 두방망이질 치는 가슴을 진정시키며 만동이가

송구하오니다.

진땀 돋는 두 손바닥을 바짓가랑이에 문지르고 나서 앞으로 모아 잡았는데,

장부가 이 세상에 나와서 한번 그 큰 뜻을 펴기로 한달 것 같으면 구차이 흔 줄까지 갈 것 있겠느냐.

다시 한 번 허공중을 올리어다보고 난 그 젊은 선비가 아랫사랑채 쪽으로 몸을 돌리며 한 말이었으니, 언참*이었던가. 아기장수로 임금 총애를 극진히 입어 일국 병권을 좌지우지하던 이십병판二十兵判 남 이 장군이 간흉 류자광* 무함을 받아 새남터 무주고혼이 된 것이 스물여덟 살 때라더니, 스물넷 나이에 비렴급제

---

올라 헤아리기 어렵게 큰 뜻을 품었으되 엄한 듯 묵묵한 가운데서도 남모르게 베풀어주던 권주卷住 또한 곡진하던 작은사랑서방님 김병윤金炳允 향수享壽 스물아홉이었다.

  븍망산천이 믈다더니
  내 집 앞이 븍망일세
  이제 가면 원제 오나
  오실 날이나 일러주어


 청승맞게 딸랑거리는 요령소리에 맞추어 종구잡이* 몽돌아베가 애끊는 앞소리를 메기자, 흰색 맞붙이* 무명 바지저고리에 깡동하게 행전 치고 상투잡이 머리마다 질끈질끈 흰 띠 두른 스물다섯 명 상두꾼*들이 받는소리* 구슬프게 삼동네로 울려퍼지는데—


 금강산 높은 산이

---

**류자광**(柳子光, ?~1512) 예종·성종·연산군·중종 4대에 걸쳐 저보다 뛰어난 인물을 올가미 씌워 죽임으로써 부귀영화를 누렸던 조선왕조 최대 이른바 '간신'으로 꼽히는 사람인데, 그 비틀린 바탕에 또아리 튼 것은 '사점백이'라는 맺힌 마음이었음. 리씨조선에 대한 이들 맺힌 마음이 얼마나 깊었던가는 왜제시대 여진족 뒷자손들과 함께 가장 많은 친일파를 내는 것으로 드러났음. **종구잡이** 요령잡이. **맞붙이** 솜옷을 입어야 할 때 입는 겹옷. **상두꾼** 상여꾼. **받는소리** 상여를 멘 사람들이 부르는 소리.

어— 홍어— 하

펭지 되면 오시련가

어— 홍어— 하

좌선팔도 넓은 바다

어— 홍어— 하

펭야 되면 오시련가

어— 홍어— 하

우리 인생 한번 가면

어— 홍어— 하

다시 오지 못허노라

어— 홍어— 하

오호— 하 오호이— 호헤


그 뒤로도 과거는 많았다. 같은 을유년만 하여도 식년시 뒤로 증광增廣이 있고 정시庭試가 있었으며, 다음 정해년에는 또다시 전후 정시가 있었다.

식년시에서는 한 번에 스무 명 안쪽으로 뽑는데 응시를 한 과유科儒가 만약 낙방거자落榜擧子가 되고 보면 삼 년 동안이라는 긴 세월을 기다려야만 한다. 식년시말고도 이러저러한 명분으로 뽑는 과거 명목은 많으나 다 온 나라에 걸친 것은 아니었으니—

도기到記라는 것은 춘추로 진사進士한 사람만 응시하여 네댓 명만 뽑는 것이고, 충량忠良이라는 것은 나라를 위하여 충절을 세운 사람 자손과 공신 자손만 응시할 수 있어 또한 네댓 명만 뽑았는데, 알성謁聖이라는 것은 임금이 몸소 성균관 대성전에서 공자 위패 앞에 배알하고 그 자리에서 한두 사람만 뽑는 것이었다. 명경明經이라는 것은 삼경三經을 배강시켜 수천 수백 응시자 가운데서 단 한 사람만 뽑는 것이고, 생획生劃이라는 것은 삼경에 사서를 더 넣어서 명경과 같은 식으로 뽑았다.

일차과日次科니, 응제과應製科니, 별시과別試科니, 윤차과輪次科니, 토역과討逆科니, 도과道科니, 노인과老人科니, 지어 통과通科니 하는 온갖 명목 과거가 있다고 하지만 이것들은 모두 한 사람쯤 뽑기도 하고 그다음에 또 응시할 수 있는 감목만 주는 것들이니, 한양이나 한양과 가까운 근기 테안 사람이거나 적어도 육조 관원들과 연줄이라도 닿지 않는 시골 사람들로서는 과거가 열린다는 소문조차 들을 길이 없는 것이었다. 식년시 말고도 온 나라에 걸쳐 뽑는 과거가 두 가지 있으니, 정시와 증광이다. 정시는 나라에 큰 경사가 있을 때 땅불쑥하게 열어 열다섯 명을 뽑는 것이고, 증광은 경사가 있거나 경사가 셋 이상 있을 때면 여는 것인데, 수많은 사람들 가운데서 인재를 널리 구하는 것이므로 '증광'이라 하여 서른세 명을 뽑았으니, 삼십삼천三十三天 법수法數에 맞춘다는 뜻이었다.

이것은 문과 경우지만 문과와 똑같은 식년마다 열리는 무과 경우에도 크게 다르지 않았다. 이것은 그러나 처음 때 일이고 인조대왕 이래로는 무과 독판*으로 치르게되는 경우가 많아져 심지어는 만과萬科라고 하여 한꺼번에 일만여 명 입격자를 내는 경우까지 생기어났으니, 무엇이든 흔하여지면 천하여지는 법이라 사대부 자제들은 무과를 숫제 외면하기에 이르렀다.

온갖 명색 과거가 있다고 하나 종 자식으로 태어나 대를 물려 종노릇을 할 수밖에 없는 만동이와 같은 근지로서는 아무리 천하무쌍한 재주를 가지고 있다 한들 과장에 시권試券조차 들이밀어볼 수 없는 게 천년을 두고 이어져 내려온 나라 법도인지라 다만 황소가 영각하는 소리로 한숨만 뽑아낼 수밖에 별다른 방도가 없는 것이었는데, '노비세습제'가 폐지된 것이 그러께였다. 그리고 올해가 바로 식년.

이른바 나라 법도로서는 만동이도 이미 종이 아니었으므로 과거에 응시할 수 있게 되어 정작으로 춤을 추어야 마땅할 것이었으나, 마음속으로부터 과거에 대한 미련을 버리어버린지 하마 오래였으니, 장선전 소경력을 듣게 된 다음이었다.

식년무과를 보려면 늦어도 버금달*에는 한양으로 올라가야 하련만, 지금은 삼월.

---

독판 혼자 치는 판. 독장치는 판. **버금달** 음력 2·5·8·11월.

승상이 글린 쥔주

어― 홍어― 하

쌌이 나먼 오시려나

어― 홍어― 하

빙핑이 그린 황계

어― 홍어― 하

알을 나먼 오시려나

어― 홍어― 하

오실 날이나 일러주오.


　감히 헤아리기 어렵게 깊고 큰 뜻을 품고 있는 듯하였으되 서른도 차마 못 채우고 이승을 떠나게 된 그 잘났던 상전 기박한 명운에 대한 원통함에 사무친 그리움도 그리움이었지만, 백방을 받아 식년무과에 나가볼 길이 영영 막히어버린 제 폭폭한 설움에 겨워 무엇보다도 더욱 그러하였던 것이겠으나, 송진 먹인 싸릿단 부서지는 소리도 요란하게 횃불을 움켜잡은 오른팔을 높이 치켜 올리며 손모듬\* 길라잡이\*를 하던 만동이 황소처럼 커다란 두 눈에서는 닭의똥 같은 눈물이 뚝뚝 떨어져 내리고 있었는데, 엉? 왼손등으로 쓱 눈께를 훔치며 받는소리를 맞추려던 그 아이

---

손모듬 출상 전날 밤 빈 상여를 메고 마을을 돌아다니는 것. 길라잡이 길을 이끌어주는 사람. 길앞잡이. 길잡이.

눈에 쌍심지가 세워졌다.

이런 가이색긔덜!

왜청 더그레짜리들이었다. 먹는 것이라면 걸신이 들렸는지 술에 밥에 면에 아귀아귀 걸터듬질을 한 뒤에 신발차까지 받아 챙긴 관차들이 설익은 땡감 같은 술 내음을 팍팍 풍겨대며 손모 듬 앞전을 알찐거리는 것이었으니, 상가 쪽과 구경 나온 민인들 상대로 무슨 트집을 잡아 사슬돈푼*이라도 우려내자는 수작이 었다. 하마 불똥이라도 튈세라 드러내어놓고 내색은 하지 않았 으나 고인이 이번 서울에서 일어났던 삼일대역三日大逆에 어떤 식으로든 연좌되어 있었다는 것을 눈치로 때려잡아 짐작하고 있 는 군수는 멀쩡하게 피둥피둥한 몸으로 내아에서 기생들과 농탕 질*이나 치면서도 와병을 내세워 문상조차 오지 않았고, 군수 대 신으로 온 좌수짜리가 부의랍시고 엽전 몇 꿰미 던져놓고 간 다 음, 산수털 벙거지짜리들만 풀방구리 쥐 나들 듯 번차례로 드나 들며 도무지 경황이 없는 상가 살림 축만 내는 것이었다.

동달이 위에 쾌자* 껴입고 등채 든 장교명색도 보였으나 판막 음장사가 되던 날 밤 당치않게도 환도까지 빼어 들고 으르딱딱 거리던 자는 홍주목으로 옮기어갔다 하였고, 처음 보는 낯짝이 었다. 오천 수영에서 왔다는 자였는데, 서른 남짓 팔팔한 무골이

---

**사슬돈푼** 푼돈. **농탕질** 계집 사내가 야한 소리와 상스러운 짓거리로 막 놀 아대는 짓. **쾌자** 등솔을 길게 째고 소매는 없는 옛 전복戰服 하나.

었고 치켜 뜨는 눈매가 매서운 것이 보통내기가 아니라는 소문
이었다. 무엇보다도 뇌가 좋다던가. 근자에 더욱 기승을 부리는
화적떼를 막기 위하여 군수가 수사한테 특청을 넣어 데려왔다고
하던가. 충청우도 바닷가에 출몰하는 수적패들도 한 수 접히고
들어간다는 변 협邊協 변부장邊部長.

　저자부터 한번 들었다 놔.

　이 설움 저 설움 합쳐져서 더욱 서러워진 만동이가 쌍심지 박
힌 눈자위로 장교를 지릅떠보며 어금니에 힘을 주는데, 누가 옆
구리를 찔벅하였다. 큰개였다. 거의가 삼일천하로 막을 내린 다
음 일매홍이 내밀한 급전인으로 왔다가 내밀한 급전을 받아야
할 당자인 김병윤이 뜻밖에도 숨을 거두는 바람에 하릴없이 상
사 잔일이나 거들어주며 앞날 두량˚에 심란해하는 사내였다.

　왜 그러시우?

　심란한 것으로 말하자면 만동이 또한 큰개 못지않은지라 목소
리는 낙낙하지 않았으나 바라보는 눈길에 쌍심지는 없다. 도무
지 경황이 없는 판이라 무릎을 맞대고 앉아 소경력은 나누어보
지 못하였지만 오며가며 한두 마디씩 하여본 거탈수작으로나마
서로 배포며 사람됨을 어느 만큼은 짐작하고 있는 사이였다.

　나 좀 봄세.

───────────────

앞날 두량 앞으로 살아갈 밑그림 그리다.

관차들 쪽을 슬쩍 바라보며 한쪽 눈을 찡긋하고 난 큰개는 휘적휘적 걸어갔는데, 손모듬과는 뒤쪽이었다. 그러지 않아도 누구한테 길라잡이를 넘기고 담배나 한 대 태우며 울울하기만 한 심사를 달래보려던 만동이로서는 울고 싶자 때려주는° 격이라 이리저리 살펴보았으나, 길라잡이를 넘겨줄 만한 사람이 보이지 않는다. 동무들은 모두 기슭집 닷곱방에서 코그루를 박고 있거나 투전목을 쥐고 있을 것이지만, 막불경이 한 대만 굽고 나서 곧 뒤따라와 손바꿈°을 하여주마던 밤쇠놈마저 도무지 코빼기도 비치지 않는다.

이런 인정머리 읎넌 동무덜 같으니.

담배도 담배지만 무엇보다도 낯선 손에 지나지 않는 큰개라는 사내한테 암낙°을 한 만큼은 어떻게 하든 뒤를 쫓아가보아야 할 것이어서 똥마려운 강아지 꼴로 이맛전만 잔뜩 으등그려 붙인 채 두리번거리고 있던 만동이는 갑자기 왼손으로 고의춤°을 틀어쥐며 허리를 꺾었다.

아이구 배야!

종구잡이 몽돌아베가 요령 쥔 손을 내리었고, 상두꾼들은 제자리걸음을 하였다.

왜 이려? 만동이이.

---

**손바꿈** 겨끔내기. **암낙** 머리를 끄덕여 들어주겠다는 뜻을 나타내는 것. **고의춤** 고의허리를 배에 접어 여민 사이.

몽돌아베가 걱정스러운 낯빛으로 고개를 숙이는데, 만동이는 더욱 오만상°을 하였다.

물르것슈. 저녁 먹은 게 잘못됐넌지…… 아이구우!

어허, 낭패로세.

아이구우 나 죽네!

죽는시늉을 하면서 만동이가 관차들 쪽을 보니 장교가 다가오고 있다. 대여섯 간통이나 떨어진 데서 진작부터 만동이 행색을 훑어보고 있던 장교였다.

왜 이러느냐?

간잔조롬하여진 눈으로 째려보며 장교가 물었고, 만동이는 횃불 든 손을 쭉 내어뻗으며 죽는시늉을 하였다.

아이구, 나으리.

왜 이러느냐니까? 급곽란°이라도 났다드냐?

우선 이것 좀 받어주슈.

횃불 잡은 만동이 손이 활줌통 내미듯° 턱밑으로 쑥 들어왔고, 휘청 어깨를 비틀어 불방망이를 피하며 장교는 허턱° 그것을 받았는데, 만동이가 벌떡 몸을 일으키었다. 그 아이는 탁탁 소리가 나게 손바닥을 털었다.

이게 무슨 짓이냐?

---

**오만상** 몹시 얼굴을 찌푸린 꼴. **급곽란** 갑자기 먹은 것이 체하여 별안간 토하고 설사가 심한 급성 위장병. **허턱** 아무 생각없이 문득 나서거나 움직이는 꼴.

오천 수영에서도 꼽아주게 담력 있고 날렵하던 무골이라 그렇지, 하마터면 턱수염을 그슬릴 뻔한 장교가 호령기 있게 소리치는데, 만동이는 씩 웃었다.

아무래두 집이 가서 따구 와야것으니 잠시만 질라잽이를 헤 주슈.

어허, 이런 무엄한 놈을 봤나!

속이 들 좋아 그런다넌디 웬 증을 내구 그러슈.

어허, 이런!

긔왕이 오신 상가니 부조허넌 셈 치면 될 거 아뉴.

한마디 던지고 난 만동이 실실 웃으며 몸을 돌리더니, 땅이 무너지는 소리를 내며 앞으로 뛰어갔고,

이런 버르장머리 없는 놈이 뉘 앞에서 감히……

붉으락푸르락하여지는 얼굴로 호령을 하여보지만, 횃불을 안겨준 놈은 벌써 보이지도 않는데 건공중°에 대고 혼자 소리만 지를 수도 없는 노릇이라,

어허, 이런 봉변이 있나.

하릴없이 장교는 연반군°이 되었는데, 저마다 먹을 것에만 걸신이 들린 사령 군노놈들은 누구 하나 뛰어올 생각도 하지 않는다.

---

건공중(乾空中) 반공중半空中. **연반군**(延燔君) 장사지내러 갈 때 등을 들고 가는 사람.

이팔청춘 되령덜아

요령소리와 함께 앞소리가 들려왔고,

어— 홍어— 하

오호— 하 오호이— 호혜

스물다섯 명 상두꾼들이 제자리걸음을 하며 받는소리 구슬픈데, 구슬프게 받는소리에 떠밀린 장교는 횃불 잡은 손을 치켜 올리며 앞으로 나아갈 수밖에 없었다. 각처에서 문상 오는 사람들 근각根脚을 하여오라는 원 명을 받고 나왔으나 근각이야 이미 상가에서 다한 것이고 손모듬 하는 마을사람들이야 빤히 아는 얼굴들인지라 그만 퇴청을 하려던 판에, 어마지두° 착실한 봉변을 하게 된 것이었다.

젊은 사람이 왜 이리 걸음발이 늦나.

나무판자로 뚜껑을 덮어둔 두레우물°가 돌전에 걸터앉아 짜른대°를 빨고 있던 큰개가 말하였고, 만동이는 대꾸도 없이 조대°를 꺼내더니 막불경이를 다져넣었다. 큰개 짜른대로 불을 댕겨 한 모금 길게 빨아들이고 난 그 아이는 킥 하고 웃음을 깨물었다.

질라잽이 허너라구 아마 욕 점 볼 규.

뜬금 읊이 뭔 소리당가?

오뉴월 쉬파리 같은 관차 한 늠 잡어다가 횃불 앵겨주구 오너

---

**어마지두** 무섭고 놀라워서 정신이 얼떨떨한 판. **두레우물** 두레박으로 물을 긷는 깊은 우물로, 동네 우물. **짜른대** 곰방대. 단죽短竹. **조대** 대나 진흙 같은 것으로 담배통을 만든 담뱃대.

라 늦었다 이 말이우.

엉?

그것두 여늬 붕거지짜리가 아니라 등채 쥔 포교늠이우.

진담인가?

진담이 아니면, 익은 밥 먹구 슨소리허넌 중 아슈.

허.

그란디 왜 그러슈?

가세.

고의춤에 단죽을 찌르며 큰개가 몸을 일으키었고, 만동이는 얼음판에 자빠진 쇠눈깔이 된다.

이 밤중이 워딜 가자넌 규? 더구나 나리 손모듬허넌 날 질라잽이 나선 늠 붙잡구.

자네 심사를 모르는 바 아니네만…… 송편으로 멱을 따고 죽어도 시원찮게 원통하고 절통하게 돌아가신 어른들이 어디 한둘인가. 후유우.

인밍은 재츤이니 기왕지사 황츤객 되신 우리 서방님이야 그렇다구 허구…… 또 워떤 으른덜이 돌어가셨단 말유? 도대처 워찌된 사단이우? 한양이선 워떤 일이 일어난 규?

앞장을 서시게.

예에?

질라잽이 좀 해주어.

허 참.

아랫녘으로 내려가는 길이나 일러달라 이 말일세.

가시게요? 출상두 보잖구 이 밤중이.

돌아가신 김사또나으리와는 생전 인연도 별반 깊지 않은 나 같은 위인이 출상까지 뙤신단들 무엇하겠는가. 내 갈 길로 가 야지.

아랫녘이라면?

김제金堤 땅일세. 태생이야 익산益山이지만 거기야 시방 아무 것도 읎고…… 김제에 아우가 있지.

도대처 뭔 일이 블어진 것이냐니께유?

멧잣 너덜경을 오르며 만동이 다시 물었고, 큰개는 긴 한숨을 내려쉬었다.

김참판나으리라고 함자는 들어봤는가?

이 으른이 사방 누굴 아주 뫽불식정 촌무지렝이루 아넌 모냥 인디, 아무려면 내가 짐참판나리두 무를 줄 아슈. 뵙지는 뭇헸지 면 우리 서방님과 월마나 가차우신 으른이셨다구. 그란듸…… 그 으른두 돌어가셨수? 무슨 븬고를 당허셨단 말유?

아니.

그란듸……

우선은 성하신 몸으로 천세환千歲丸을 타셨다니 불행중다행이 네만.

왜국이루 가셨단 말씀이우?

우선은 살고 봐야 하지 않겠는가. 쥐새끼 같은 왜놈들 탓에 이
지경이 되긴 했지만.

배 주고 뱃속 빌어먹는°미끼를 던진 끝에야 어떻게 간신히 죽
첨竹添이 발목을 잡아둘 수 있게 된 김옥균金玉均이 청병을 막아
낼 방책을 세우랴 다만 도선徒善이기만 할 뿐인 임금°마음을 잡
아 어떻게 하든 판세를 장악하랴 정신이 하나도 없던 시월 열아
흐렛날, 큰개는 통안대궐 동쪽 선인문宣仁門을 지키고 있었다. 전
영前營 후영後營 조선 병정 팔백여 명은 선인문과 북문을 나누어
지키고 있었는데, 선인문 쪽에는 광주廣州에서 습련 받은 병정들
이 적지 않게 끼어 있었다. 여러 군데 군기고에서 꺼내온 총기라
는 것들이 모두가 녹슬고 부서져 못쓰게 된 것이어서 기름 먹인
헝겊으로 녹을 벗겨낸다 총구멍을 닦아낸다 부산을 떨고 있는
판에 원세개袁世凱가 거느리는 청병 팔백여 명이 불질°을 하며 쳐
들어왔다. 고대수°라는 엄장 큰 체수 궁녀가 날라다 주는 주먹밥
으로 막 요기를 하고 나서 총기를 손질하던 판이었다. 선인문 쪽
을 지키고 있던 조선군이 숫자로는 사백여명이라고 하지만 맞불

---

**임금** 한갓되이 선한 것은 악보다도 못하다 함이니, 너무 착하기만 하고 두
름성이 조금도 없는 것을 비웃는 말. '도선徒善이 불여악不如惡'이라는 문자
가 생겼다는 고종을 이름. **불질** 총질. **고대수**(顧大嫂) 갑신정변 때 개화당 궁
중 이음줄로 힘차게 뛰다가 죽임당한 어처구니 궁녀.

268

질이라도 하여볼 도리가 없는 거의 맨주먹들이라 단죽 한 대를 다 태우기도 전에 거지반 조밥 헤어지듯 하였고, 청병과 육박전이라도 벌이게 된 것은 쉰 명도 채 못 되는 광주 출신 병정들뿐이었다. 청병 대여섯 놈을 총창질°로 받아넘기며 김참판이 죽첨이가 거느리는 일백오십 명 쯤 왜병과 함께 임금을 모시고 있는 관물헌觀物軒으로 쫓겨 들어갔는데, 일은 이미 글러버린 것이었다. 교동校洞에 있는 왜국 공사관 앞에서 김옥균이 말하였다.

일매홍이한테 가보게.


그레서 워찌 되었수?

이갈리는 한숨 섞어 들려주는 큰개 말로 시월 열이렛날부터 사흘 동안 서울에서 일어났던 거의 대강 졸가리를 헤아리게 된 만동이는 속이 타서 자꾸만 뒷말을 재촉하는데, 큰개는 대꾸가 없다. 그믐이 가까워 어스름한 동짓달 달빛 아래를 휘적휘적 걸어만 간다. 소나무 참나무 빽빽하게 우거져 있는 좌우 숲에서는 부엉이가 울고, 산가마귀 가악가악 깃을 치는데, 어느 골짜기에서 여우가 잔짐승을 쫓아가는가. 가시랑비 오는 밤 애장터°에서 들려오는 것 같은 이상한 울음소리가 뒤꼭지에 달라붙는다.

그레서…… 워찌 됐너냐니께유?

---

**총창질**(銃槍-) 총끝에 칼을 꽂아 싸우는 것. **애장터** 어린아이들 시신을 항아리나 단지에 담아 묻어놓던 으슥한 산자락.

다시 한 번 물었으나 대꾸가 없자 우뚝 걸음을 멈춘 만동이가

이거 보슈!

하고 부르는데, 쇠솥 부서지는 소리로 걱지게 우렁우렁한 목청
에 놀랐는지 부엉이 울음소리가 뚝 그쳤다.

사람이 진실허게 묻넌디 왜 대꾸가 읎수?

그제서야 걸음을 멈춘 큰개가 길섶 바위에 궁둥이를 걸치며
곰방대를 꺼내었다. 고의춤에서 쌈지를 끌러 막불경이를 다져넣
더니 막불경이 몇 낱을 내어밀었다.

자고로 산골 물이 쏜다더니 왜 이리 조 비비듯 하는가.

한양 물 쬐끔 먹었다구 사람 하시허넌규?

고래고함 그만 지르구 남초나 태우시게.

궁금헤서 물어보넌디 대꾸가 있어야 거 아뉴.

어허, 팔 떨어져.

그제서야 막불경이를 받아 조대에 다져넣고 부시를 쳐 큰개
곰방대에 불을 붙여준 다음 제 것에도 불을 댕기는데, 깊숙이 한
모금 빨아들이고 난 큰개는 긴 한숨과 함께 연기를 뱉아내며 허
공중을 올려다보았다. 총총히 박혀 있는 별무리가 꼭 씨다리*를
흩뿌려놓은 것 같다.

죽첨이란 놈 꼬락서니하고는……

---

씨다리 사금沙金.

킥 하고 큰개는 웃음을 깨물었다.

최 편에서 하는 불질에 기급 단 벙거지 꼴을 해가지고는 시궁창에 대굴박을 처박는 꼴이라니……

단목에 몇십 방씩 나가는 무슨 회선포까지 지니고 있다는 백오십여 명 왜병에 광주 출신 조선 병정 사오십 명이면 항전*을 하면서 제물포濟物浦까지 길을 뚫어볼 수도 있으련만, 굳이 죽첨이라는 잔나비 같은 자를 따라 왜국 공사관 안으로 들어가고자 하는 참판영감 속내를 헤아리기 어려웠으나, 일매홍이한테로 가보라는 영을 어길 수 없어 무거운 발길을 돌리던 큰개는, 무춤 그 자리에 서버리었다. 콩 볶는 듯한 총소리가 들려왔던 것이다. 골목길 여기저기에 수백 명씩 모여 횃불을 치켜들고 우우우우 고래고함을 질러대며 돌멩이나 기왓장을 던져오는 당파 쪽 성안 백성들이야 교동까지 오면서 여러 차례 부딪쳤던 것이라 짜장* 두려울 것도 없었는데, 불질을 해오고 있는 것은 공사관 쪽이었다. 아마도 원세개와 오조유吳兆有가 거느리는 청병이나 당파 쪽 좌우영 아래 선병鮮兵이 쳐들어오는 것으로 지레 겁을 먹은 모양이었다. 곤두박질쳐 한달음에 김옥균 곁으로 뛰어가 몸으로 앞을 막아섰는데, 일본도를 빼어 들고 앞장서던 조장 한 명과 병졸

---

항전(巷戰) 시가전. 짜장 과연. 정말로.

두 명이 날아온 총탄에 맞아 그 자리에서 즉사하였고, 통변 한 명
이 치궁굴 내리궁굴* 마른땅에 새우 뛰듯 자반뒤집기*를 하고 있
었다.

　나으리, 소인이 뫼시옵지요.

　큰개가 김옥균이 도포자락을 잡는데, 김옥균이 우두머리로 보
이는 왜병을 가리키며 무어라고 왜말로 소리를 질렀다. 나팔수
가 고개를 발딱 잦히며 저희들 군호를 불었고, 그제서야 총소리
가 멎었다. 고양이한테 쫓기는 쥐새끼 꼴로 길가 시궁창에 머리
를 박고 있던 죽첨 공사가 김옥균 쪽으로 다가오더니

　긴상……

　어쩌고 하며 열없게* 웃는데, 김옥균이 큰개를 바라보았다.

　일매홍이한테로 가보라고 이르지 않았더냐.

　괜찮으실랑가요?

　그 아희한테 이르게.

　……

　멀찍이 종적을 감추라고.

　나으리.

　가거라.

　차라리 항전을 벌이며 뚫고 나가는 게 낫지, 저리로 들어가서

───────────────

**치궁굴 내리궁굴** 몹시 뒹구는 꼴. **자반뒤집기** 괴로움을 이기지 못하여 엎치
락뒤치락하는 짓. **열없게** 조금 부끄럽게.

272

어쩌시려고……

하는데, 김옥균이 목소리가 조금 높아졌다.

어허!

윗다방골 쪽으로 가려고 절골° 안침에 들어서는데, 평교자° 두 어 틀쯤 한목에 지나가게끔 널찍하게 뚫려 있는 길 좌우로 즐비 한 고대광실 솟을대문 앞으로 수많은 사람들이 옹기종기 모여 수군거리고 있었다. 티나는 팥복색 무릎치기° 차림으로 지나가 기가 무엇하였으나 솔고개 쪽으로 돌아 나가기도 이제 늦어버린 큰개가 빠른 걸음으로 탑골 쪽으로 가는데, 고양이 걸음으로 따 라붙는 발걸음 소리가 들려왔다. 동달이 속 남전대°에 찔러둔 비 수를 만져보며 아랫배에 힘을 주었고,

이눔, 게 섰거라!

수리목진 목청으로 으름장을 놓는 것은 통부 찬 기찰포교인 가. 큰개가 걸음발을 죽이며 앞과 양옆을 살펴보는데, 거친 발걸 음 소리와 함께 웬 장한이 앞을 막아 섰다. 창옷 아래로 웃대님° 을 바짝 졸라맨 것으로 봐서 관인은 아니었고 더구나 양반도 아 니었다. 힘꼴깨나 쓰게 생겨보이는 사내 손에는 실팍한 몽둥이 가 들리어 있었다. 큰개가 안도하는 한숨을 내쉬는데, 쿵 소리가

---

절골 이제 서울 인사동. **평교자**(平轎子) 종일품 위 기로소耆老所 당상관이 타 던 남여藍輿. **팥복색 무릎치기** 아래치 병정들이 입던 자줏빛 군복. **남전대**(藍 戰帶) 군복에 매던 남색 띠. 장교는 명주띠를 병졸은 무명띠를 둘렀음. **웃대 님** 무릎 바로 밑에 매는 대님. 중대님.

났다. 사내가 몽둥이로 땅을 찍으며 소리쳤다.

왕선달!

엉?

왕선달이라면 지불이 부탁으로 일매홍이 집에서 칠공자패들
혼찌검 내줄 때 쓰던 이름이라 깜짝 놀라 고개를 드는데, 사내가
빙글거리었다.

왕십리 사는 왕선달이 언제 도감병정이 되셨나?

댁은…… 뉘슈?

네눔이 아무리 그래봤자 내 눈은 못 속일걸. 이래봬두 종짓굽*
떨어지기 전부터 내로라허는 대갓집 허술청으로만 돌며 눈칫밥
하나루 잔뼈가 굵어온 어른이다 이 말이여.

하는데, 큰개가 쿵 하고 콧방귀를 뀌었다.

그런데?

그런데라니. 이 자식이 아닌 밤중에 날아가는 새 보지를 봤나.
실실거려, 실실거리긴.

웃지 않으면 울어주랴? 평생을 두고 종질 해처먹는 네눔 팔자
가 가엾으니 울어줘?

뭐여, 이런 시러베자식 같으니. 이눔아, 네가 시방 역적눔덜편
에 붙어 난리를 일으켰다가 야반도주 중이라는 걸 내가 다안다

---

**종짓굽** 종지뼈가 있는 그 언저리.

이 말이여.

그래서어?

그러니 얼른 무릎을 꿇어라 이 말이여. 역적질한 눔 잡어다 바치구 나두 면천 한번 해볼란다. 왜?

말은 그렇게 하면서도 천하사민天下四閔으로 떵떵거리는 민아무개 대감댁 노복인 그 사내는 큰개 너무도 태연자약한 틀거지에 기가 죽어 헛고함만 질러대고 있었으니, 놋술잔을 손가락 두 개로 햇박쪼가리 부숴뜨리듯 오그려 붙였다는 큰개 용력을 들어 알고 있는 탓이었다. 사내가 다시 한 번 몽둥이로 땅을 찍으며 을러대었다.

어쩔 테냐? 순순히 잡혀갈 테냐, 아니면 이 철퇴 같은 몽둥이에 해골이 두 쪽이 나서야 업혀갈 테냐?

별 미친놈 다 보겠군.

너무 같잖아 어이가 없다는 듯 웃음기를 띠고 있던 큰개가 침을 탁 뱉았고, 사내가 얼른 몽둥이를 곧추세웠다. 몽둥이를 빙빙 돌리며 사내가 소리쳤다.

순순히 포청으로 갈 테냐? 아니면 고탯골*로 보내주랴?

대거리를 하기도 숫제 귀찮다는 듯 큰개는 앞으로 나아갔고, 무심한 듯한 몸가짐이었다. 이때다 싶은 사내가

---

**고탯골** 이제 서울 은평구 신사동에 있던 공동 무덤.

에잇!

소리와 함께 큰개 어깻죽지를 겨냥하고 몽둥이를 내려쳤는
데, 어. 세도대감댁 호노한복*으로 힘꼴이나 쓴다고 하지만 용력
도 용력이되 국출신*으로 이십사반무예二十四般武藝를 익힌 큰개
를 어찌 당하랴. 솜뭉치에 부딪치는 것처럼 부드러운 소리가 나
면서 몽둥이는 큰개 손아귀 속으로 빨려 들어갔고, 사내가 용을
써보지만 몽둥이는 꿈쩍도 하지 않는다. 끙 하고 큰개가 힘을 주
어 당기자 미투리 끌리는 소리와 함께 사내는 큰개 면상 앞까지
끌려갔고, 큰개 무릎이 사내 명치 끝에 박히었다. 헉 하며 사내가
앞으로 고꾸라졌고 큰개는 탁탁 손바닥을 털었다.

불쌍한 놈.

몇 발짝 걸어가던 큰개가 되짚어오더니 그때까지 두 손으로
앙가슴*을 움켜잡은 채 헉헉거리고 있는 사내 뒷고대*를 잡아 일
으키었다.

어, 어쩔……?

잔뜩 겁먹은 눈으로 사내가 올려다보는데,

어쩌긴 이놈아, 원님 덕에 나발 분다°고 팔자에 없는 호사 좀
해보려고 그런다, 왜?

바른손으로는 사내 뒷고대를 잡고 왼손으로는 사내 허리띠

---

**호노한복**(豪奴悍僕) 고분고분한 데가 없고 몹시 사나운 종. **국출신**(局出
身) 도감 가장 아래치장교. **앙가슴** 두 젖 사이 가슴. **뒷고대** 옷깃을 붙이는
자리. 두 어깨 솔 사이로서 목 뒤에 닿는 곳. 깃고대.

를 움켜잡은 큰개가 번쩍 들어 어깨에 걸치더니, 고샅길로 들어
갔다.

이런 육시를 할 놈.

씹어 뱉으며 사내 옷을 벗기는데─ 저고리도 명주, 바지도 명
주, 온몸을 주사니것으로 휘감고 있었다. 명주저고리 위에 걸치
고 있는 것은 족제비 털로 안을 둔 배당褙襠. 종놈 처지로 이만큼
호사를 하고 있다면 그 주인 되는 대감명색들 호사는 또한 어떠
할 것인가. 정배定配 떠난 아비를 만나러 간 큰오라비가 오는가
보겠다고 날마다 동네 어귀까지 아장아장 걸어 나갔다가 둠벙에
빠져 죽은 다섯 살배기 어린 누이 생각이 문득 떠오르면서, 그 사
내는 눈을 감았다. 임술봉기에 아비어미를 잃은 그 어린 계집아
이는 무명 홑것 한 가지로 삼동을 났던 것이었다.

장사님, 깝데기를 홀딱 벗겨가면 이눔은 얼어 죽으란 말이우?

제정신이 돌아왔으나 어떻게 덤벼볼 생각은 숫제 하지도 못한
채 사내가 처량한 목소리로 말하는데, 큰개는 재빠른 손놀림으
로 팥복색을 벗어버렸다.

명색이 도감 팥복색인데 종놈 옷보다야 못하겠느냐.

선인문 앞에서 조밥 헤어지듯 뿔뿔이 흩어진 광주 출신 동무
병정들이 살길을 찾아가고 있는 것인가. 운종가 쪽에서는 사람
들 비명소리와 함께 불빛이 하늘을 찌르는데, 그 사내는 마치 밤
마실이라도 나선 고량자제인 듯 어슬렁어슬렁 윗다방골로 기어

드는 것이었다.

　일매홍이라는 그 아랫녘장수가 그렇게 독헌 지집이우?

　엉?

　푼전 식채의두 의관을 벳긴다면서유.

　노숫돈을 얹어주지.

　약방기생 출신인디 겨우 믠추나 헸다면서유.

　누가 그러든가?

　같지않게 용력을 뽐내는 것 같아 비위가 상한 만동이 송배근宋培根이라는 자 준신할 수 없는 귀띔을 말밥 삼아 자꾸 뒷이야기를 채근하는데, 끙 소리와 함께 큰개는 몸을 일으키었다.

　누군지는 모르나 참 실없는 사람이로세. 아니면 언감생심 그 아씨한테 흑심을 품고 있다가 망신을 당한 오입쟁이든가.

　그렇지 않다넌 말씸이우?

　암만. 양귀비 외딴치는°인물도 인물이지만 마음씨가 첫째로 비단결 같은 분이지. 너무 유정한 게 탈이야.


　옴 아모카 살바다라 사다야 시베 훔.

　큰개가 갔을 때 일매홍이는 전단향栴檀香으로 깎아 만든 백팔 염주를 헤아리며 진언眞言을 송주하고 있었다. 돌아가는 사정은 대충 짐작하고 있었으나 큰개 입을 통하여 거의가 낭패로 돌아갔다는 것을 확적히 알게 된 그 여자는 눈을 감았다. 다시 한 번 진언을 송주하고 난 그 여자는 벌떡 몸을 일으키었는데, 교동으로 간다는 것이었다. 교동에 있는 왜국 공사관으로 가서 참판영감을 만나봐야 한다는 것이었다. 참판영감을 만나 참판영감과 그 명운을 함께하여야 된다는 것이었다. 섭섭댁이며 동자아치* 오목이와 반빗아치* 알뜰이가 울음을 터뜨리는데, 지불이 지서 방이 제 댁 쪽으로 눈을 부릅떠 보이었다.

사위스럽게 뭔 짓들이여!

간신히 마음을 가라앉힌 일매홍이 큰개를 바라보았다.

어디 상하신 데는 없으십디까?

의관은 어떠하시고?

왜인들 찬은 입에 안 맞으실 터인데……

코끝이 찡하여진 큰개가 헛기침을 하였다.

나으리 뜻을 아시겠지요?

영감 목숨이 풍전등화인데…… 내 한 몸 살겠다고 어디로 간단 말이우.


봉수산이라면 안성安城 칠장산七長山에서 비롯되어 태안泰安 안흥진安興鎭에서 마치는 금북정맥 가운데서도 오서산 가야산伽

동자아치 밥 짓는 일을 하던 여자 하인. 반빗아치 반찬 만드는 일을 하던 여자 하인.

郎山 다음으로 이름 있는 장산壯山이다. 몇 백 년씩 묵어 아름드리로 우거져 휘늘어진 송림과 온갖 잡목숲이 울창하고 골짜기가 깊으며, 솥뚜껑을 얹어놓은 듯 부드러운 봉우리들이 묏산자 형국을 이루며 잇달아 늘어서 있어, 중턱만 들어서면 대낮에도 해를 보기 어렵고 사나운 짐승과 독 있는 벌레들이 사람들을 놀라게 하는 험산이다. 멀리서는 부드럽고 아늑하여보이나 가까이 올라갈수록 높고 험하여지는 봉우리와 봉우리 사이 골짜기로는 또 깊은 물이 흐르고 있어 병마가 접근하기 어려운 천험의 요새로서 가히 일부당관 만부막개 곳.

만동이한테 상투 잡힌 변부장이 치켜 들고 있을 길라잡이 횃불이 반딧불만큼 작아지면서 자벌레가 모로 기는 듯 느릿느릿 움직이는 상두꾼들 흰 옷자락이 아슴아슴° 멀어지더니, 우우우우 무리지어 질러대는 아우성 소리만 들려오고 있었다. 크고 작은 바윗돌 사이로 엇갈리며 부딪쳐 흘러내리는 골짜기 물소리가 어둠 가운데 가득 찼는데, 거꾸로 세운 송곳 끝처럼 치솟은 잣나무와 소나무 울울창창한 숲 사이로 몰아치는 바람소리였다. 오호— 하— 오호이— 호혜. 삼키면서 길게 끄는 받는소리 아득하여지면서 잎을 떨군 나무들이 서로 부딪치며 질러대는 외마디 소리만 가득하였다.

---

**아슴아슴하다** 또렷하지 않고 흐릿하다.

예가 바로 거기로세.

너덜경을 오르며 만동이한테 들어 임존성 유래를 대충 알게
된 큰개가 느낌 깊은 눈빛으로 어둠 속 멧갓 안을 바라보는데, 흐
드러지게 피어난 으악새 흰 곳잎들이 바람에 흩날리고 있었고
여기저기 무너져 주저앉은 집터에 희끗희끗 돋아있는 것은 서리
맞아 기울어지는 잔국殘菊. 포르르 멧새 한 마리가 날아오른다.

다 메워졌는가?

들은 풍월로나마 병서 초권쯤은 알고 있는 국출신답게 큰개가
말하였다.

발써 월마유. 천년이 지났넌디……

한숨 섞인 만동이 대꾸가 끝나기도 전에

몽고 난릿적에도 한판 장하게 붙었다며?

눈을 빛내는데, 만동이가 오른편으로 몸을 틀더니 휘적휘적
앞으로 나아갔다. 여기저기 무너져 내리기는 하였으나 두 길이
넘게 죽 이어지고 있는 성벽을 따라 얼마쯤 내려가던 만동이는
우뚝 걸음을 멈추었다. 깊고 넓게 파진 도랑이 시커먼 아가리를
벌리고 있었으니, 해자 자리였다. 나당연합군이며 몽고군이 어
떻게 성벽을 넘어온다 하더라도 곧바로 성 안까지는 짓쳐 들어
오지 못하게끔 스물여섯 자 네 치 너비에 아홉 자 위로 깊게 파서
골짜기로부터 끌어온 물을 채워두었던 내호였는데, 이제는 거지
반 메워지고 말았다. 그러나 만동이가 서 있는 곳 앞으로는 아직

메워지다 만 해자가 시커먼 아가리를 벌리고 있었으니, 너비가 여남은 자에 깊이 또한 대여섯 자가 넘는 큰 도랑이었다.

되놈 몽고놈들 숱하게 고탯골 갔겠구나.

건성으로 중얼거려보며 날카롭게 도랑 틈서리를 눈대중으로 뺌어보고 난 큰개는 몸을 돌리었다. 휘적휘적 여남은 발짝쯤 왔던 길로 되돌아가더니 다시 몸을 돌리었다.

어이, 천총각.

왜 그러슈?

쪼깨 비켜 서보소.

밤뒤가 급허슈?

비켜 서보라니까.

갱긔찮으니께˚ 맘 푹 놓구 일보슈.

그게 아녀 이 사람아. 뒤쪽으로 쪼깨 비켜 서보드라고.

비켜봐야 뒤지 쓸 조이는 읎으니께 가랑잎이나 찾어보슈.

이녁 속내를 다 알고 있다는 듯 짐짓 웃음엣말로 눙치며 만동이 성벽 쪽으로 물러나는데, 잠깐 눈을 감고 숨길을 고르고 난 큰개가 두 주먹을 바짝 치켜 들었다. 서너 걸음 경중경중˚ 뛰어오다가 쏜살같이 대여섯 발짝을 달음박질쳐 만동이 앞까지 온 그는 왼쪽으로 모꺾어 몸을 비틀며 날카로운 합기소리와 함께 모

---

**갱긔찮으니께** '괜찮으니까' 충청도 내폿말. **경중경중** 긴 다리를 모으고 자꾸 위로 솟구어 뛰면서 가는 꼴.

둠발˚로 솟구쳐 오르더니, 도랑을 뛰어넘었다.

왜놈 되놈과 싸우느라 솔찮이 근력 빠졌네.

큰개는 팽 소리가 나게 코를 풀었다.

뭐허는가. 싸게 건너오잖고.

만동이가 씩 웃으며 해자 앞으로 걸어 나왔다. 잠깐 아랫배에
힘을 주고 천천히 숨을 들여마셨다가 길게 토해낸 다음 무릎을
조금 구부리더니, 도두뛰는˚ 것 같지도 않은 몸뚱이가 붕 떠올랐
는가 싶었는데, 활시위 퉁겨지듯 허공중으로 솟구쳐 오른 그 아
이 깍짓동 같은 몸뚱이는 큰개 앞에 사뿐 내려앉는 것이었다.

싸게 가유. 믄 질 가신다며 왜 이렇긔 해찰˚헤쌓넌대유.

숨소리 하나 가빠지지 않은 목소리로 말하며 만동이가 마늘쪽
봉우리 쪽으로 올라가는데, 큰개는 어쩐지 가슴이 두근거리면
서 침이 말랐다. 두어 길은 좋이 되어보이는 도랑을 섰던 자리에
서 단목에 뛰어넘다니. 국출신으로 있으며 별의별 재주와 용력
을 가진 장사들도 많이 보았으나 아직까지 섰던 자리에서 두 길
도랑을 그것도 숨소리 하나 거칠게 내지 않고 사뿐히 뛰어넘는
자는 처음 보는 것이었다. 어상반하여보이는 체수로 봐 힘꼴이
나 쓸 것이라는 것은 알고 있었지만, 다만 힘만 셀 뿐인 역사力士
가 아니라 비호처럼 날랜 아이로구나. 사노私奴라고는 하나 말씨

---

모둠발 가지런히 같은 자리에 모아붙인 두 발. **도두뛰다** 힘껏 높이 뛰다. **해
찰** 일에는 정신을 두지 아니하고 쓸데없는 다른 짓을 함.

와 행동거조가 예절바르게 순직하고 인정 또한 넉넉하여보이는
만동이한테 어쩐지 호감을 가지고 있던 큰개는, 갑자기 다급하
여지는 마음이었다. 몸이야 날래다고 하지만 힘 또한 그만큼 셀
까. 추석날 판막음장사가 되어 벽창우를 끌고 왔다는 것이야 상
가 투전판에서 들어 알고 있지만, 까짓 촌보리* 몇 집어 던진 것
가지고서야 알 수 없는 것이고……

　두 사람이 북문 터를 넘어 마늘쪽봉우리로 올라서자 저 아래
로 멧등들이 활등처럼 구부러지며 흘러가는 게 보였다. 쏟아져
내리는 달빛을 찌르며 우뚝우뚝 서 있는 소나무 잣나무 물결 너
머로 잡힐 듯 불빛이 보였는데, 홍주였다.

　삼십릿질이 짱짱허우.

　만동이가 오른쪽으로 굽이쳐 올라가고 있는 연봉을 가리키며

　비티루 질러가면 이십 리밖이 안 되지먼 그쪽은 산신님덜이
많어 겁나우.

하는데, 큰개가 픽 웃었다.

　왜병 청병과 싸우느라 솔찮이 근력 빠졌다니께 숫제 졸장부로
보는 모냥이시.

　초행길이다 밤중이라 질 찾기가 수월찮다 이 말이우.

　큰개가 네둘레를 두리번거리며 무엇인가를 찾는 듯하더니 몇

---

촌보리 촌놈.

발짝 걸어가서 허리를 굽혔다. 발길로 툭툭 차본 다음 땅속에 박혀 있는 것을 한 손으로 쑥 뽑아내었는데, 바윗덩어리였다. 다듬잇돌 서너 배는 됨직한 그것을 짚단 다루듯 가볍게 머리 위로 치켜 들더니, 잠깐 숨길을 고른 다음, 서너 걸음 뛰어가면서 힘껏 내팽개쳤고, 굵기가 서너 뼘쯤 되는 나무 둥치가 투박한 소리를 내며 휘청 휘어졌다. 큰개가 뛰어가더니 휘어져 건들거리고 있는 나무에 어깨를 대고 몇 번 힘을 쓰자 우지끈 소리와 함께 중동이 부러져버리었다.

믄 질 가실 분이 공중 헛심을 빼구 그러신대유.

가쁜 숨을 몰아쉬고 있는 큰개를 보고 씩 웃고 난 만동이가 말하였다.

이번이는 또 뭘 보여주실 작정이슈?

허허.

글력을 저뤄보자 이 말씸이신디…… 뭘루 허까유? 뙹씨름*?
떼밀기*? 주먹다짐*?

천총각.

이 질루다 쭉 내려가시면 홍주 관아가 나온다니께유.

병장기도 다룰 줄 아는가?

---

**뙹씨름** 살바 없이 허리와 바지를 잡고 하는 씨름. **떼밀기** 두 사람이 매긴 금 안에서 두 손바닥을 맞대고 밀어 금 밖으로 밀려난 사람이 지는, 무과시험 하나였음. **주먹다짐** 주먹으로 서로 때리는 짓으로, 이제 권투 같은 것인데, 무과시험 하나였음.

싸게 가시라니께유.

만동이 목소리가 낮게 깔리는데, 왼편 멧등 아래로 눈길을 던진 채로였다. 대련사大蓮寺였다. 산령각山靈閣 앞에 밝혀놓은 장명등 불빛이 눈물처럼 반짝이면서, 주승主僧이 밤 정근을 하는 것인지 목탁을 때리는 소리가 아련하였다. 숨 한번 들이쉬고 내쉴 만한 사이를 두고 일자로 두드려대는 그 소리는 끊어질 듯 끊어질 듯 그러나 끊어지지 않고 다시 또 이어져 들려오고 있었다. 삼십 수도 못 채우고 서방님이 돌아가심으로써 끈 떨어진 뒤웅박˚ 신세가 되어버린 제 앞날이 새삼 서러워진 그 아이는 문득 중이나 될까 마음속으로 중얼거려본다. 워디 먼 금강산이나 지리산 같은 디루 가서 중이나 되어…… 하다가 힘껏 도머리를 친다. 해마다 눈에 띄게 기력이 쇠하여져 나락 한 섬에도 허리를 펴기 힘들어하시는 아버지 검버섯 핀 얼굴이 떠오르면서, 그리고 또 아버지 얼굴을 밀어내며 들어오는 것은, 인선이 얼굴이다. 달덩이처럼 둥두렷˚ 떠오르는 인선아기씨 그 숨막히게 아리따운 얼굴.

너무 조빼지˚ 말고 힘자랑 한번 해보드라고, 이.

큰개가 말하는데 만동이는 볼따구니께가 선뜻한 느낌이었고, 만져보니 물기였다. 눈물인가 하였는데, 빗방울이었다. 달이 얼굴을 감추면서 가랑비가 오락가락하고 있었다. 바람이 불어왔고

---

**둥두렷** 온달처럼 둥그렇게. **조(操)빼다** 상스럽게 굴지 않고 짐짓 점잖은 티를 내다.

검은 구름이 잇달아 밀려오고 있었다. 후두둑후두둑 빗방울소리가 들리면서 바람이 거세어지고 있었다. 갑자기 시커먼 허공에 흰 빛이 번쩍하더니 하늘을 찢어발기는 듯한 뇌성벽력이 들려왔다. 그 아이는 부르르 진저리를 쳤다.

아이구, 날이 우리 서방님 출상날인디.

끙. 삼십 두 못 채우고 떠나시려니 하늘도 슬프신 게지.

그나저나 싸게 네려가봐야것네. 아저씨두 얼릉 네려가보슈.

천총각.

비 맞지 말구 싸게 떠나시라니께유.

나하고 하냥 안 내려가려는가?

예?

자네 그 출중한 용력이 아까워서 하는 말이네만.

개갈 안 나넌* 소리 그만두구 싸게 네려가유.

언제라도 내려오소. 금구 원평 와서 왕선달만 찾더라고, 이.

살펴 가슈.

꾸벅 하고 고개를 숙여 보이고 나서 몸을 돌린 만동이가 몇 발짝 걸어가는데, 무언가 시커먼 것이 숲 사이를 지나가고 있었다. 거칠게 내어뿜는 콧김 소리가 아주 가깝게 들려왔다. 옆구리 쪽이었다. 만동이가 가만히 몸을 돌려 보니, 멧돼지였다. 멧돼지는

---

개갈 안 나는 '가늠이 안 되는, 곧 선악을 모르겠는' 뜻 충청도 내폿말.

바로 한 간통쯤 떨어진 덤불 사이에서 거친 콧김을 내어뿜고 있었다. 제 덩치만이나 되게 허연 것이 우뚝 서 있는 것을 보고 짐승 또한 놀랐는지 대가리를 설레설레 흔들더니 아래쪽으로 훌쩍 내닫는 것이었다.

아저씨!

무언가 아쉽고 서운한 마음으로 빗길을 느릿느릿 걸어 내려가던 큰개는 만동이가 다급하게 외치는 소리에, 무춤 서버리었다. 다급하게 외치면서 만동이가 보니 집에 있는 버새만큼이나 되어 보이는 커다란 놈이었고 코앞으로 불쑥 휘어져 솟아나온 어금니가 장뼘은 되어보였다.

큰개는 재빨리 몸을 돌리며 위쪽을 올려다보았는데, 그 손에는 뼘 가웃쯤 되는 비수가 잡혀 있었다. 만동이가 외치는 소리를 듣고 걸음을 멈추는 순간 창옷 안에 껴입은 남전대 속 비수를 꺼내었던 것이다. 아직 어린 나이라 병장기를 들고 싸우지는 못하였으나 돌멩이나 기왓장이며 사금파리라도 날려가며 아버지를 따라다녔던 임술난리와 임오병변 그리고 달포 전 선인문 싸움 같은 살전을 숱하게 겪으면서 얻어진 타고난 몸짓이었다.

멧돼지가 빨랫줄처럼 달려들었고, 땅이 무너지는 소리를 내며 만동이가 뒤쫓아 내려오는 것을 보며 큰개는 비수를 거꾸로 쥐었다. 겨우 사람 하나가 지나갈 만한 오솔길이어서 달아나기에는 이미 늦었다는 것을 그는 알았다. 바로 코앞까지 달려온 멧돼지가 살게를 받아넘기려는 찰나에 큰개는 옆으로 휘청 몸을 비틀며 비수를 위로 올려 그었다. 뭉턱 하고 갈 끝에 무엇이 닿는 느낌이 들면서, 울부짖으며 큰개를 받아넘기려던 짐승이 끄르륵하고 야릇한 소리를 내며 뒷다리를 버둥거렸다. 솜씨가 아직 녹슬지 않았다는 생각을 하며 큰개가 몸을 일으키는데, 멧돼지는 연달아서 앞다리로 땅만 긁었다. 만동이 솥뚜껑 같은 손아귀에 꼬리를 잡혀버린 것이었다.

앞으로 내달으려고 버둥거리는 멧돼지 꼬리를 힘껏 감아쥔 만동이가 억! 하는 외마디 고함소리와 함께 꼬리를 잡고 있던 오른팔을 힘껏 치켜 들었다. 그리고 마치 팔랑개비를 돌리는 아이처럼 획획 소리가 나게 몇 번이고 돌리더니 뒤켠으로 획 집어 던지는 것이었다.

갱긔찮으시지유?

다가오며 그 아이는 손등으로 쓱 이마를 훔치었는데, 숨이 끊어지면서 내어갈긴 짐승 생똥이 모락모락 김을 내고 있었다.


봄곳이 만굉산滿空山헐 제

검은 담븨 갑옷 떨쳐입구

백우장전白羽長箭 화살 메구

천리화광마千里火光馬 븨껴타구

장산長山 골짜기루 달려드니

장풍長風이 우르르우르르

만뫽萬木이 진동허며

집채만헌 대호大虎 놀라 닫거널

막막강궁莫莫强弓 활을 댕겨……


　무너진 성벽 틈에 붙어 배밀이를 하고 있던 긴짐승 꼬리가 도
르르 말려 올라갈 만큼 찌렁찌렁한 목청으로 힘껏 소리를 지르
고 난 만동이는 내포벌판 같은 앙가슴을 쫙 펴며 낮뒤가 훨씬 지
나 거우듬해져가는 하늘을 올려다보았다.

　명종대왕 시절 걸사傑士였던 림형수*가 즐겨 불렀다는 것으로
장선전한테서 들은 것인데, 남이 장군 저 유명한 칠언절구와 함
께 만동이는 어쩐지 이 노래가 좋았다. "글은 읽어 무엇하고 벼슬
은 해서 또 무엇하느냐"고 썩은 세상을 비웃으며 그때에 이름 높
은 도학자인 리퇴계李退溪한테 "밤낮 경상 앞에 무릎 꿇고 앉아
읽는 글은 도대체 무엇에 쓰자는 것인가? 그러지 말고 내 소리
한번 들어보시오" 하며 호호탕탕 불렀다는 이 노래가 좋다.

　장선전이 울울한 심회를 달래기 위하여 달밤이면 부르고는 하
는 그것과는 그러나 조금씩 다르니— 대설大雪을 봄곳으로, 흑
초黑貂를 검은 담비로, 철총이*를 천리화광마로, 적발시摘拔時를

---

림형수(林亨秀, 1504~1547) 연산군 시대 문신. **철총이** 몸에 검푸른 무늬가 박
힌 말.

막막강궁으로 바꾼 것이 그것으로, 봄에는 봄곳이고 여름이면 녹음방초며 가을에는 만산홍엽이고 겨울에는 또 마땅히 대설이 된다.

그만한 진서 뜻쯤은 알고 있는 만동이다. 김병윤이 살아 있을 때 남다른 보살핌 받아 『통감』 초권이나마 읽은 위에 무과에 대한 미련이야 버렸을망정 장선전한테서 틈틈이 『육도』 『삼략』 같은 병서도 배우고 있다. 병서를 배우고 무예를 익힌다지만 그러한 것들을 배우고 익혀서 어쩌자는 것인지는 그러나 도무지 막막하기만 할 뿐이니, 세상은 이미 옛날 그 세상이 아닌 것이다. 여섯 방씩을 잇달아 쏠 수 있다는 육혈포에, 단목에 수십 방씩 뿜어져 나온다는 무슨 회선포에, 또 오천 수영에 있는 방선防船쯤은 한 방에 가라앉힐 수 있다는 대포도 있다고 하지 않는가.

반간지계反間之計에 떨어졌던 탓인가?

한일자로 입술을 꽉 다물며 움켜쥐는 두 주먹에서 우두둑 우두둑 손마디 꺾어지는 소리가 요란한데, 만동이는 고개를 내젓는다.

아니야. 그렇지 않아. 적군이 걸어오는 용간책用間策이 제 아무리 놀라운 것이라고 한달지라도, 마침내는 현군賢君 현장賢將이 못 되었던 탓이겠지. 앞문에는 호랑이가 으르렁거리고 뒷문에서는 또 늑대가 이를 가는데, 비렁뱅이끼리 자루 찢는 싸움을 벌이다니. 복신福信은 도침道琛을 죽이고 왕자 풍豊은 또 복신을 죽인

끝에 고구리로 도망쳤다지. 흑치상지黑齒常之며 사타상여沙吒相如
같은 장수들이 당군에 항복하고 나서는 거꾸로 저희들이 그토록
지켜내고자 애를 쓰던 성안으로 짓쳐 들어오자 지수신遲受信마
저 마침내는 더 어찌 견디지 못하고 또한 고구리로 도망쳤다고
하고. 몽병이 세번째로 쳐들어왔던 고릿적에는 그런데 농투산이
와 노비며 중 같은 아랫것들이 힘을 똘똘 뭉쳐 성을 지켜내었다.
성을 지켜냄으로써 몽병들이 더 어찌 아랫녘으로 내려가지 못하
게 하였다.

제대로 한번 변변히 싸워보지도 못한 채 원통하고 절통하게
죽어간 수천수만 사람들 봉두난발 수급들이 눈에 어리면서, 멧
잣 안 넓은 빈터에 무더기무더기로 피어 있는 온갖 꽃들이 잔물
결처럼 가느다랗게 흔들리고 있는데, 빈탕*을 베며 지나가는 바
람소리가 꼭 떠도는 넋들 울부짖음만 같다. 창검이 부딪치고 화
살이 날으고 방포소리에 귓청은 또 찢어지는데, 바람을 찢는 죽
창소리. 자욱한 피안개를 헤치며 어머니를 부르고 아버지를 부
르고 자식을 부르고 남편을 부르고 안해를 부르고 언니를 부르
고 동생을 부르고 누이를 부르고 할머니 할아버지를 부르며 죽
어간 사람들 외마디 소리며 목메인 울음소리.

언제나 눈에 밟히는 것은 그렇게 죽어간 사람들 부릅뜬 눈이

---

빈탕 허공虛空.

었다.

　개미떼처럼 성벽으로 기어오르던 당병 몽병들이 성가퀴마다
엎드려 내려 굴리는 바윗돌에 대가리가 깨어지고 끓는 물에 낯
가죽을 데이고 고춧가루 잿가루며 깨뜨린 기왓장 사금파리에 눈
이 감기어 마치 햇볕을 본 박쥐새끼인 듯 패쫭스런*외마디 소리
를 질러대며 와자히 성벽 아래로 떨어지고, 궁혈마다 엎드려 있
던 살잡이들은 화살을 퍼붓는다. 수천 명 사상자를 내고 적병이
물러간 밤. 겨우 한숨을 돌린 삼만여 장졸과 인민들은 막 저녁밥
을 지어먹고 있는데, 저 아래 적진으로부터 한소리 방포가 일어
나는가 싶더니 꽹과리소리 쇠북소리 날나리소리 천지에 가득 차
며 수천수만 개 횃불이 한꺼번에 켜져 불빛이 하늘 끝까지 뻗치
며, 별안간 화살과 돌멩이가 우박 쏟아지듯 성안으로 떨어진다.
야습에 놀란 성안 사람들은 입에 넣었던 밥숟갈을 내던지고 급히
활을 쏘고 이징가미 토막나무며 돌멩이서껀 이것저것 내려 굴리
는 사이로 장대 끝에 맨 날카로운 낫과 긴 창을 들어 성벽으로 기
어오르는 놈들을 찌르고 부녀자들은 연방 돌멩이서껀 고춧가루
잿더미에 끓는물을 퍼 나른다. 밤새도록 죽기로 싸우는데 방포
소리 문득 천지를 흔들면서 달려들던 적병들이 산 밑으로 물러난

---

**패쫭스럽다** 괴상하다.

다. 달려들었다가는 물러나고 물러났는가 싶으면 다시 또 달려드는 것이 마치 바닷가 절벽을 때려서 마침내는 무너뜨리고 마는 밀물 썰물과도 같은데, 하루는 구척 키에 깍짓동 같은 몸집 장수 하나가 성벽을 타고 오른다. 번쩍이는 금빛 투구에 철편으로 몸뚱이를 감싼 그 장수는 만부부당지용이 있다는 적 선봉장이다. 성을 지키던 장수는 냉큼 부하들을 휘몰아 끓는 물을 뿌리고 자루 달린 낫과 긴 창을 휘둘러 기어오르는 그 장수를 찌르게 하는데, 이것 봐라. 그 장수는 저를 찔러오는 낫에 붙들어 맨 장대를 한 손으로 거머잡더니 끄응! 용을 한 번 쓰자 홀쩍 성가퀴 위로 뛰어오르는 게 아닌가. 비호처럼 몸을 솟구쳐 뛰어오르며 큰 갈 휘둘러 성가퀴에 있던 군사들을 쫓아버렸고, 이 틈을 타서 수많은 적병들이 사닥다리를 타고 성벽을 넘어오는 것이었다. 성 안에는 어느덧 수천 명 적병이 들어와 긴 창과 큰 갈이며 넓은 도끼로 병정과 백성을 가리지 않고 닥치는 대로 치고 찔러 넘어뜨리는데, 아까 그 장수는 이미 남문과 북문 수문장을 베고 성문을 크게 열어 자기편 군사들을 맞아들이는 것이었다. 수만 명 대군이 마치 산이 무너지고 바다가 뒤집히는 듯 사나운 서슬로 한꺼번에 짓쳐 들어와 사람들 머리를 썩은 풀 버히듯 하는 것이었다.

아아.

힘껏 도머리를 치는 만동이 눈앞에 다시 떠오르는 모습이 있으니, 장선전 탄식 소리.

매복에 걸려 선봉이 무너졌다. 급히 총댕이에게 한꺼번에 불질을 하게 하여 짓쳐 들어오는 적 선봉대 가운데 수백 명을 말에서 떨어뜨렸으나, 뒤따라온 철갑군 수천 명은 그대로 말을 달리어 들어왔다. 화승총*에 다시 연환을 먹이고 부시를 댕길 틈도 없어 뒤에 있던 살잡이들을 다그쳐 활을 쏘게 하면서 스스로는 큰 버드나무에 몸을 기대고 서서 철궁에 살을 메겨 수없이 쏘아 오백여 명을 쓰러뜨렸으나, 중과부적. 원체 우리 편 조선군대는 싸울 뜻이 없고 훈련 또한 부족한데다가 겸하여 먼 길을 급하게 달려오느라 지칠 대로 지쳐 있는데, 산속에 편안히 엎드려 기다리던 적 생력군生力軍과 부딪치게 되었으니, 병법에서 말하는 이른바 이일대로以逸待勞가 아닌가. 게다가 우리 편 군사 거지반은 주장主將을 따라 이미 항복한 뒤였으므로 다만 그가 거느린 삼천 명만 가지고 싸울 수밖에 없었음에랴. 시각이 지나면서 부하 장졸들은 거지반 다 죽고 그 또한 활이 부러져 더 쏠 수가 없게 되었구나. 그때부터 꽁무니에 차고 있던 예순 근짜리 철퇴를 떼어 들고 끄떡없이 버드나무에 의지하고서 끝없이 달려드는 적병을 삼백여 명이나 무찌르고 나니, 더 그만 무릅쓰고 달려드는 자가 없다. 이때에 또한 철퇴를 들고 달려드는 적장이 있으니, 만부부당지용으로 유명짜한 맹장 마부대*. 두 장수가 어우러져 철퇴를 부딪

---

**화승총**(火繩銃) 화승(불이 붙게 하는 데 쓰는 노끈) 불로 터지게 만든 구식총. **마부대**(馬夫大) 병자호란 때 조선에 쳐들어온 청군 장수.

치기 쉬여 합. 이때에 우리 편 군사는 다 죽고 오직 그 한 사람만 남아 있는데, 마부대와 싸우는 가운데도 수천 명 군사가 둘러싸고 활을 쏘았으니, 온몸에 살을 맞아 고슴도치꼴이 되었구나. 붉은 피가 전포 밖으로 흘러 나와 더 그만 싸울 수가 없게 된 그 장수가 문득 한소리 크게 부르짖으며 단도를 빼어 스스로 목을 찔렀으니, 김응하˚ 장군이었구나.

어려서부터 힘이 장사였는데 나이 스무 살에 접어들자 기운이 장정 수십 명을 능히 당할 만하고 또 몸이 날래어 주로 활과 철퇴를 가지고 산중으로 다니며 사냥을 하다가 짐승 가죽을 팔아 그 돈으로 어린 동생을 서당에 보내는 한편으로 자기는 밤저녁을 틈타 열심히 병서를 궁구하고 낮이면 산으로 올라가서 여러가지 무예를 익히었다고 하였다. 스물네 살이 되매 벌써 앉은자리에서 한 말 술을 마시고 고기 열 근을 먹었으며 활을 쏘면 빗나가는 법이 없고 숭례문 같은 큰 성문이라도 단숨에 뛰어넘으며 또 말을 타고 달리면서 투구를 벗어 멀리 던지고 말에서 뛰어내려 그 투구가 땅에 떨어지기 전에 손으로 받아 머리에 쓰고 다시 달리는 말을 쫓아가 잡아타는 만부부당지용이 있었다고 하였다.

큰개한테 달려들던 멧돼지 꼬리를 잡고 휘둘러 뽕을 빼어버렸

---

김응하(金應河, 1580~1619) 인조 때 장군.

던 곳까지 온 만동이는, 문득 숨을 삼키었다. 멧잣에 오를 적마다 언제나 그러한 것처럼 제가 천군만마를 거느리는 장수가 되었다 치고, 또는 백제군과 고릿적 농민이며 중과 노비들을 거느린 장수가 되었다 치고, 어떻게 군사를 늘어놓아 밀려드는 적병을 막아낼 것인가를 헤아려보느라고 느릿느릿 북문 쪽 너덜경을 올라온 만동이였는데, 얼라? 나뭇가지에 대롱대롱 매달아놓았던 강아지는 틀림없이 그대로였으나, 그 밑으로 뻗쳐놓았던 덫이 보이지 않는 것이었다.

"걸렸구나!"

어마지두에 버새만큼이나 장대한 멧돼지 뽕을 빼기*는 하였으나 일삼아서 사냥을 하지도 않았고, 서방님이 돌아가신 뒤로 말할 수 없게 더욱 진득하여*진 상전댁 집안 기색에 눌린데다가 이것저것 일거리가 많아 그럴 짬도 없었으며, 그리고 무엇보다도 허방을 파고 덫이나 놓아 짐승을 잡는다는 게 사내대장부로서는 할 짓이 못 된다는 생각에서 기껏 멧꿩마리나 활로 잡아 큰사랑나으리 찬상에 올려드리게 하던 만동이가 덫을 놓게 된 것은, 상년 겨울부터였다. 호랑이를 잡아야겠다는 생각이었다.

봉수산에는 원래 이리떼는 많았으나 호랑이가 드물었지만 호랑이 많기로 유명한 가야산 호랑이가 하룻밤 이백 리에서 이백

---

뽕빼다 사로잡다. 진득하다 몸가짐이 의젓하고 참을성이 있다.

오십 리까지 간다니까 백 리도 채 못 되는 봉수산까지 얼마든지 오련만, 웬일로 그 자취를 보기가 어려웠다. 그렇다고해서 전혀 없다고 할 수도 없는 것이 심심하지 않게 가축이 없어지고 때로는 호환을 당하였다더라는 소문도 들려왔다. 만나기만 한다면야 구접스럽게*덫을 놓고 어쩌고 할 것 없이 김응하 장군이나 리징옥*장군이나 그 밖에 또 숱한 장수들이 그러했다는 것처럼 맨손으로 한번 붙어 때려잡아볼 마음이 굴뚝 같았는데, 웬일로 마주치지를 않는다.

그래서 놓게 된 덫이었고, 무엇보다도 돈이 급한 것이었다. 이백냥.

호피 한 령*에 얼마를 받을 수 있는지는 모르지만 임자만 제대로 만난다면 백냥돈이야 받아낼 수 있을 듯하였고, 관아에만 갖다 바쳐도 될 것이었다. 새로 도임하여온 군수가 순사또*한테 납상하기 위하여 호피를 구한다는 소문이었다. 호랑이를 잡아다 바치는 자에게는 후한 상급을 내린다고 하지 않는가.

사방 열 자쯤 둘레를 잡아 길 반이 넘게 흙을 파낸 다음 떡갈나무 잎사귀를 훑어 밑에 깔아두었으니, 장선전한테서 배운 것이었다. 가느다란 나뭇가지를 칡덩굴로 엮어 위를 덮고, 굵은 싸리

---

**구접스럽다** 1. 너절하고 더럽다. 2. 짓거리가 너절하다. 하는 짓이 더럽다. **리징옥**(李澄玉, ?~1453) 세종 때 장군. **령**(嶺) 호랑이를 세는 낱자리. 고갯마루마다 지키는 호랑이가 한마리씩 있다 해서 붙여진 이름임. "북경에 가는 사신한테 호피虎皮 몇 령을 보냈다." 『연산군 일기』. **순사또** 감사.

나무를 사방에 두 발이 넘게끔 엮어 풀잎으로 앞뒤를 감싸서 둥그러니 그 위에 뻗쳐놓은 다음, 묵직한 돌멩이 세 개를 다시 그 위에 얹어두었다.

만동이가 가까이 다가가보니 틀림없이 무엇인가 걸려들었는데, 그것이 무엇인지 알아낼 도리가 없었다. 싸릿가지 틈으로 들여다보는 굴왕신 같은° 허방다리° 속에는 아무것도 보이지 않는데, 거칠게 내어뿜은 짐승 숨소리가 들려오면서 짙은 노린내가 확 풍겨 나오는 것이었다.

"붐이로구나!"

낮게 중얼거리며 상여바위 쪽으로 몇 발짝을 떼어놓던 만동이는 슬그머니 발길을 돌리었다. 아무래도 그렇게 해서는 안 될 것 같았고 무엇보다도 먼저 장선전나으리를 만나뵈어야만 될 듯싶었다.

상여바위는 마늘쪽봉우리에서 대련사 쪽으로 한 오십여 간통쯤 가 보면 오른편으로 솟아난 봉우리 끝에 제비집인 듯 허청° 매달려 있는 커다란 바위인데, 도침스님이 도를 닦던 곳이라고 한다. 도침이 복신 손에 죽고 복신 또한 풍 손에 죽은데다가 흑치상지며 사타상여 같은 장수 또한 당군에 항복 한 위에 거꾸로 저희들이 그토록 지켜내고자 애를 쓰던 성으로 당군을 끌어들여

---

굴왕신 같다 몹시 시커멓고 어둡다. **허방다리** 구렁텅이. 덫. **허청** 헛간으로 된 집채. 덧집.

오는 따위 자중지란 끝에 광복군이 무너지고 나서 성 안에 있던 수만 명 백제 사람들이 그 바위 끝에서 몸을 던짐으로써 당군 손에 죽거나 욕을 보다가 잡혀가는 것을 끝내 자빡대었다고 해서 붙여진 이름이었고, 도침스님 넋을 기려 그 아래 숲속에 대련사라는 절이 세워진 것은 당나라 군사가 이 땅에서 물러간 그 다음 일이었다.

상여바위 밑에는 대련사 쪽으로 넘어갈 수 있게끔 맞뚫려진 굴이 있는데, 만동이가 찾아낸 곳이었다.

휘어져 늘어진 나뭇가지며 칡덩굴과 돌멩이로 막혀 있어 그 안에 굴이 있다는 것을 알 수 없을 뿐만 아니라 바위가 있는 곳이 원체 날카롭게 깎아지른 듯한 민탈이어서 나무꾼이며 약초꾼은 물론이고 길짐승 날짐승마저도 잘 오지 않는 곳이다. 절벽 쪽으로 비쭉 솟아나온 솔가지를 잡고 한 번 몸을 솟구쳐 두어 길이 좋이 넘는 바위 꼭대기로 올라서는 재미에 자주 찾던 만동이가 하루는 허청 발이 빠졌던 적이 있었고, 그렇게 해서 찾아내게 된 곳이었다.

잔뜩 허리를 낮추고 굴 속으로 들어가보면 낮았다가 높았다가 좁았다가 넓었다가 양 창자같이 꼬불꼬불한 굴이 기다랗게 이어지는데, 문득 가슴을 쭉 펼 수 있게끔 젖빛 석순石筍이 눈부신 보꾹이 높아지면서 수십 명이 둘러앉아 목침돌림*이라도 할 만한 공터도 있었으며, 목을 축일 수 있는 석간수石澗水에 한 길이 넘는 못까지 있었으니, 진기습련眞器習練을 할 적에 쓰게 되는 여러가지 병장기며 사냥한 짐승을 동무들과 나누어 먹을 때 소용되는 소금 간장 된장 고추장에다 얼마간 기명器皿 따위를 감추어두는 곳이기도 하다. 오늘이 바로 장선전을 모시고 진기습련을 하는 날이고, 달이 밝은 이경二更에 모이기로 되어 있으나 멧잣 구경을 시켜달라는 상전댁 도령 성화를 핑계삼아 먼저 나와 덫 놓은 자리를 둘러보던 참이었다.

"솔이솔이 허니 무슨 솔루 알았던가."

저도 모르게 터져 나오는 노랫가락을 흥얼거려보며 너덜겅을 내려오는 만동이 목소리는 허청허청 들떠 나왔으니, 호랑이였다. 호랑이란 놈이 덫에 걸려 두 길이 넘게 파놓은 구렁 속으로 빠져버린 것이었다.

상여바위 밑 굴속에 감추어둔 창 환도 봉 철퇴 활 같은 병장기 가운데서도 주로 활을 들고 나와 벌터질을 함으로써 치밀어 오르는 가슴속 열기를 삭이고는 하는 만동이였는데, 활은 그만두고 봉 하나만 손에 잡아도 될 듯하였다. 굳이 봉까지도 그만두고 아무것이나 눈에 보이는 나뭇가지를 뚝 꺾어 잡든지 나무뿌리째 뽑아 들고 휘두르거나 그것도 귀찮으니 숫제 맨손으로라도 한번 붙어 멱통을 끊거나 등뼈를 작신* 꺾어 버릴 수 있다는 자신이 있

---

**목침돌림** 여러 사람이 모인 자리에서 차례로 목침을 돌리어 그 차례를 맞은 사람이 옛이야기나 노래를 하며 즐기던 놀이. **작신** 꼼짝못하게 한번에.

었으나, 아무래도 처음 대하게 되는 짐승인만큼 조심성이 있어야겠다는 생각에서 봉이나마 우선 떠올려본 것이었다.

봉이라지만 흩된 몽둥이가 아니라 온갖 나무들 가운데서도 단단하고 야무지기가 그중 첫째여서 마치 쇠몽치와도 같은 물푸레나무를 뿌리 위로 바짝 끊어내서 오줌장군 속에 서너 달 푹 담구었다가 뒷간 뜨거운 재 속에 묻어 바짝 말린 위에 다시 아주까리 기름을 속속들이 먹인 것으로, 끝에 창날을 붙이면 창봉이 되고 떼어내면 그냥 여느 몽둥이가 되는 것이지만, 아무래도 장선전 나으리를 모시고 와야 될 듯하였다.

송곳 꽂을 땅 한 뼘 지니고 있지 못한 처지임에도 그나마 굴뚝에서 연기가 나오는 것은 전수이 사냥 솜씨 덕분인 장선전댁이다. 화승대를 메고 다니며 주로 멧돼지나 곰을 잡지만 왕년에는 관북에서 범 사냥도 했다는 장선전이니, 무슨 방도가 있겠지. 어떻게 하든 호랑이 가죽을 상하지 않게 하면서 사로잡아야 할 것이었다.

"높구 높은 천인절벽 위에 외로이 서 있는 낙락장송이 바루 내 아닌가. 길가 초롱 넉슨 낫이야 글어볼 수 있으리요."

이어지는 노래 뒷소리는 그런데 무슨 까닭으로 답지않게 떨려 나오는 것이었으니, 인선이다. 장선전나으리 무남독녀 외딸따니인 인선아기씨.

불러보는 노래는 평양 명기 '솔이' 아리따운 자태며 고고한 품

격을 사모하는 대처 한량들 사이에서 불리어진다는 것으로서 머슴방을 지나가는 과객들한테서 배웠다. 노래야 불러본다지만 떠도는 노래로만 주워들은 솔이가 대수 아니요, 인선이다. 인선이 생각을 할 때마다 부르르부르르 진저리가 처지게끔 눈앞이 아득하여지고는 한다. 호피를 팔아 빚을 갚아드림으로써 인선아기씨 그 달덩이 같은 얼굴에 드리워 있는 그늘을 거두어내드려야지.

　인선이는 어려서부터 일색이 될 바탕을 타고난 아이였다. 톡 찬 이마는 반듯한데다가 오똑 솟은 코에 붓으로 그린 듯 줄이 뚜렷한 입술은 또 연지를 바른 듯 고왔으며, 거기다가 더하여 죽순처럼 연하고 살보드랍게* 흘러 나오는 목소리는 참벌소리 같았는데, 늘씬하게 휘감으며 돌아가는 뒷모습은, 그리고 물찬 제비처럼 아리따웠다. 반공에 떠 있는 달덩이처럼 훤하게 고운 얼굴은 삼사월 모란꽃송이같이 잘생기고, 눈속은 참기름같이 맑고, 얇고도 곱게 도도록 살짝 퍼진 눈자위는 은행껍질 같으며, 코는 잠깐 오똑하고, 입술은 붉은 연지를 찍은 듯하고, 웃는 듯한 분홍빛으로 보글보글한* 두 뺨에, 눈썹은 팔자八字 청산青山이 마주놓인 듯하고, 손가락은 옥비녀를 톡 잘라놓은 듯하며, 버들가지처럼 가느다란 허리를 넉넉하게 받쳐주고 있는 팡파짐한 궁

---

살보드랍게 몸가짐이 매우 부드럽게. 보글보글하다 물이나 거품이 좁은 테안에서 야단스럽게 자꾸 끓거나 일어나다.

둥이에, 크도 작도 아니한 키에, 분홍저고리에 남치맛자락을 잘 잘 끌고 나왔다가 살포시 돌아서는 뒷맵시는 더욱 아리따워, 전 반*같이 척척 땋아 공단결같이 고운 머리에 진주 물린 자줏빛 화 문단 댕기를 발뒤꿈치까지 닿게 늘어뜨리고 간들간들 걸어가는 모습이 천상 선녀여서, 도무지 이 세상 사람 같지가 아니한 것이 었다.

똥구녁이 찢어지게 가난한 오십궁무 무남독녀 외딸로 태어 나 악의악식 고달프게 자라온 것 한 가지가 흠이었지, 어려서부 터 가엄 앞에 두 무릎 꿇고 앉아 배운 글은『소학』이며『맹자』쯤 은 혼자서도 막히지 않게 읽어낼 만하였고, 자친한테 배운 바느 질에 길쌈에 법도 있게 차려낼 수 있는 반찬 솜씨 또한 뛰어나, 내 로라하는 서울 양반댁 규수짜리에 견준다고 할지라도 조금도 손 색이 없을 만큼 엽렵하게* 예절이 발라, 마치 잡초 속에서 자라난 한 떨기 국화꽃과도 같이 고아高雅하면서도 그윽한 향기를 풍기 었다.

부모 정을 듬뿍 받으며 구김살없이 자라났을 뿐만 아니라 동 네 사람들까지 모두가 그 인물과 솜씨와 범절을 칭송하여 마지 않는 그 아이 방년이 이팔*에 이르매, 마치 꽃향기를 맡은 벌떼들 과도 같이 이곳저곳에서 빗발치듯 청혼이 들어오는 것이었다.

---

전반 미역줄기. **엽렵하다** 썩 슬기롭고 날렵하다. **이팔** 열여섯 살.

형세가 비슷한 궁무 자식도 있지만 지벌도 높고 돈도 많은 부가옹 자식도 있고 선대로부터 내려오는 가풍이 엄정하고 학식이 도저하며 인물 또한 수려한 양반 자식들도 있었으며, 금백*이 월하노인*을 보내오기도 하였으니, 상처한 몇째 자식 이실*로 달라는 것이었다. 이실로 맞아들이겠다는 것이야 예로부터 내려오는 예에 어긋남이 없으니 용혹무괴일 것이나, 심지어는 양첩으로 들여앉히겠다고 나서는 양반짜리들도 한둘이 아니었다.

몰락한 무반이라지만 윗대에서 정삼품 선전관宣傳官까지 지낸 어른이 있어 장선전댁이라는 택호로 불리우고 더하여 비록 서수라*며 자작구비* 같은 변두리땅에서일망정 이력履歷을 지낸 사람 딸을 양첩으로 달라는 것은 도대체가 말이 되지 않는 소리였으니, 장아무개 집안을 이미 양반으로 보지 않는다는 말이었다. 그나마 이처럼 제대로 월하노인을 내세워 청혼을 하여오는 것은 그래도 조그마한 예나마 아는 축들 것이었고, 입 달린 사내라면 누구든지 침이 마르도록 칭송을 하면서 어떻게 하든지 이 갓 피어오르는 아리따운 곳송이를 한번 꺾어보고자 하는 흑심이 간절한 것이었다. 양반명색만이 아니라 읍내 발피*며 돈냥이나 있다는 호세한 집안 자제들은 물론이고 관아 성주로부터 일백삼십여 명에 이르는 좌수에 별감에 각방 아전에 장교에 사령에 통인 급

---

금백(錦伯) 충청감사. 월하노인(月下老人) 중매쟁이. 이실(貳室) 후취. 서수라 (西水羅) 함경북도 경흥군 노서면 서수라동에 두었던 진. 자작구비(自作仇非) 평북 후창군에 두었던 진. 발피(潑皮) 뚜렷이 하는 일 없이 떠도는 무리.

창이며 관노에 이르기까지 모두가 한가지로 침을 흘리고 있었으니, 결도국을 뽑는 가윗날 씨름 구경을 갔다가 등채짜리*한테 잡혀 착실한 봉욕을 하였던 것도 실인즉 인선이 미색을 탐낸 군수 수작이었던 것이다.

장선전 내외는 어떻게 하든지 그중 첫째로 좋은 곳을 골라 당혼한 딸을 여의고자 하였는데, 무슨 까닭으로 혼담이 들어오면 들어오는 족족 깨끗이 자빡놓아* 버리는 아이였다. 양첩이며 이실 자리는 물론이고 온당한 법도에 좇아 월하노인을 보내어 오는 조촐한 반가 청혼까지도 한사코 마다하는 딸내미 속내를 알 길이 없어 애가 탄 부모가 그 까닭을 물었더니, 이렇게 말하는 것이었다.

소녀는 언제든지 소녀 눈으로 보아서 소녀 마음에 차는 사람이 아니면 비록 홍안청춘이 반백발이 된다고 할지라도 결단코 시집을 가지 않을 결심이옵니다.

인물이 좋을 뿐만 아니라 어려서부터 남다른 총명에 문필까지 있는데다가 더하여 『마의상서麻衣相書』까지 읽어 사람 됨됨이를 볼 줄 아는 눈 또한 뛰어나다는 것을 익히 알고 있는 부모는 딸 고집을 꺾을 수 없어 다만 눈치만 살피고 있을 뿐이었는데, 어허. 집안에 우환이 생겨버렸구나. 지아비 병수발을 하느라고 병든

---

**등채짜리** 장교. **자빡놓다** 못박아 딱지놓다.

솔개같이° 갓방 인두 달듯° 하던 지어미가 쓰러져버린 것이었다.

강단 있는 무골인지라 아버지는 슬그머니 털고 일어섰는데, 병수발에 종종걸음이던 어머니가 덜컥 병이 들었고, 그것도 병명도 모르게 아주 고약한 것이어서 온갖 약을 다 써보았으나 백약이 무효. 그러지 않아도 장선전이 겨울 한철 사냥이나 해서 어떻게 간신히 끼니나 끊이지 않던 애옥살이에 약값을 대랴 용하다는 의원을 널리 구하랴 종종걸음을 치다 보니 그야말로 생쥐 볼가심할 것도 없는 지경에 이르렀고, 이것저것 지게 된 빚이 무명 한 동이 넘었다.

목화 풍년이 들었을 적에도 무명 한 필 값이 넉냥이니 요즘같이 목화 흉년이 드는 때면 그 돈이 얼마인가. 눅게 잡아 이만 전이 넘는다. 열 닢이 한 돈이고, 열 돈이 한냥이며, 열냥이 한 관이고, 열 관이 한 짐이니, 물경 두 짐.

돈이며 쌀이며 무명으로 얻어온 빚을 갚아야 할 곳이 열 손가락도 넘는데, 그중 가장 많은 빚을 진 곳이 솔안말 윤동지尹同知댁이다. 홍주목 퇴리°인 윤동지가 어떻게 간특하고 패악한 환롱질로 만석꾼 소리를 듣게 되었는가를 잘 알고 있는 장선전으로서는 모래강변에 혀를 박고 죽는 한이 있더라도 그런 자한테는 궁색한 소리를 하고 싶지도 않았으나, 별조 있는가. 제아무리 가봇

---

**퇴리**(退吏) 물러난 아전.

쪽 같은 양반˚이라도 돈 앞에는 가승도 맡기는 판인데, 연락부절로 오가는 수령들한테서 존문 한번 받아보지 못하는 오십궁무임에랴.

반관으로 비롯된 빚이 안해 병이 더욱 심하여짐에 따라 조금씩 늘어나더니 와병 삼년 만에 마침내는 한짐돈이 넘었으니, 이 노릇을 어찌할 것인가. 어디 가서 전수자˚라도 따올 수 있는 둔갑장신遁甲藏身 재주가 없고서야 도저히 갚을 기약이 없는데⋯⋯ 어허, 하늘도 무심하고녀. 안해가 죽어버린 것이었다.

지체야 보잘것없는 향반鄕班 따님이었으나 타고나기로 부덕婦德이 높았으며 살림을 준절히 하는데다가 바깥어른이 하는 일에는 구린입˚ 한 번 떼는 법 없이 일체 간여를 않고, 혹 비위에 거슬리는 게 있더라도 못 본 체 못 들은 체 벙어리 시늉으로, 남편이 죽으라면 죽는시늉이 아니라 정말로 죽을 만큼 남편에게 순종만 하며 살아온 부인이었다. 이팔에도 못 이른 열다섯 나이에 시집을 와 열일곱에 첫 아들을 생산하였으나 돌림병에 잃은 바 있으니, 칠거지악七去之惡에도 걸리지 않았다.

조강지처糟糠之妻 불하당不下堂하고 굳이 입을 열어 내색은 하지 않았으되 마음속으로는 늘 이 말을 되뇌며 살아왔으니, 언제고 발신發身만 하고 보면 옛말 이르며 살리라고 다짐하여온 장선

---

전수자(錢樹子) 돈나무 열매. **구린입** 1. 구린내 나는 입. 2. 더럽고 주제넘은 말을 하는 입.

전이었다. 술지게미와 쌀겨를 먹으며 함께 고생을 하면서도 그 간고한 어려움을 이겨온 안해를 소중하게 여기겠다는 마음이었는데, 옛말 이르며 살아보기는 고사하고 부들자리˚ 삼베이불에 벼룩 빈대만 무성한 삼간초옥에서 나무비녀 몽당치마에 수척한 얼굴로 허구한 날을 갓방 인두 달 듯 종종걸음˚만 치다가 죽어버린 것이다. 그것도 천수를 다 누리다가 잠들 듯 고종명을 한 것이 아니라 이름도 모를 괴질에 걸려 시름시름 앓다가 짚불이 사그라지듯 그렇게 인내장으로 콩을 팔러 간˚ 것이었다.

장선전으로 불리우는 장 복張復은 본시 서천舒川 태생이다.

스물네 살에 무과 장원하여 정삼품 당상관인 행수行首 선전관으로 있으며 괄련适璉 난˚을 평정하는 데 큰 공을 세운 바 있는 장환張皖 방손으로 태어난 장 복은 무골 집안 핏줄답게 어려서부터 남다른 데가 있었다. 여남은 살 적부터 스스로 뽕나무활을 만들어 가지고 다니며 날아다니는 새도 쏘아서 잡기 일쑤고 들판에 매어놓은 말만 보면 어른들 몰래 풀어서 타고 다녔다. 마을에서 말만 없어지면 말 주인은 으레 장 복이 집으로 달려왔으니, 말 타고 달리며 활 쏘는 것을 밥 먹는 것보다 더 좋아한 탓이었다. 나이 열다섯이 되면서부터는 궁술과 마예馬藝가 어지간한 한량 뺨치게 높아진 장 복은 산중으로 다니며 맹수사냥까지 해오기에 이

부들자리 부들 잎·줄기로 엮어 만든 자리. 종종걸음 발을 자주 가까이 떼며 급히 걷는 걸음. 인내장에 콩 팔러 갔다 죽었다는 말. 괄련(适璉) 난 리 괄李适과 한명련韓明璉이 일으킨 반란.

르렀다. 근실하게 농사를 지어 겨우 밥이나 굶지 않는 장 복 부모
는 자식이 하루빨리 출신하여 지체가 기울어져 농투산이로 떨어
진 가문을 불같이 일으켜 세워주기를 일구월심 학수고대하였는
데, 이십 전에 이미 초시를 하여 한량 소리는 듣게 되었으나 식년
봄 서울에서 치르는 부시는 물론이고 증광 알성 정시 춘당대시
같은 온갖 별시에도 올라가기만 하면 올라가는 족족 낙방이 되
고는 하는 것이었으니, 본디는 뼈대 있는 무변武弁이라고 하나 호
란 뒤부터 무관이 점차 천대를 받으면서 증조부가 안흥진 별장別
將을 지낸 것을 끝으로 백두白頭 집안이 되어버린 탓이었다.

양반명색으로 쳐주지도 않을 만큼 지벌이 낮아진데다가 당내
간에 현관도 거의 없어 병사 수사는 물론이고 만호萬戶까지도 바
라보지 못한다 하더라도 그 아래 소모별장召募別將은 벌써 되어
일산日傘 정도는 넉넉히 받았으련만 도무지 홍패를 받을 길이 없
는 것은, 장 복 집안이 무엇보다도 남인南人인 탓이었다. 남인이
라면 문무를 막론하고 변변한 벼슬자리 하나 차지할 도리가 없
게 된 것이 저 경신년* 뒤부터 일이었으니, 제아무리 출중한 용력
과 무예를 지니고 있다 한들 하늘을 이고 도리질을 할 수는 없는
노릇이었다.

세상 형편이 이러하니 숫제 폐과를 하여버린 채로 부모님을

---

모시고 안해와 함께 농사일이나 하면서 사냥질로 결기를 삭이고 있던 장 복이 다시 부시에 나가볼 마음을 먹게 된 것은, 우량하이들 탓이었다. 정조 연간부터 죽 있어온 일이기는 하나 근래들어 부쩍 자심하여진 이양선異樣船이 그것으로, 미노랑에 영길리며 법국 덕국 함대에 당선 왜선까지 풀방구리 쥐 나들 듯하며 온갖 해괴한 패악질을 해대는데, 접때는 아라사 배가 관북쪽 덕원德源 영흥永興 바닷가로 들어와 기십 명 민인들을 살상하는 일까지 일어났던 것이다. 내년 신유식년°에는 무과에 치중하고 무과 가운데서도 강서講書 쪽보다는 궁마며 총술을 위주한다는 소문을 듣게 된 장 복은 소싯적에 벌써 따놓은 초시인지라 상식년 초시 대신 사냥질로 근력이나 돋우다가 식년 봄 서울로 갔다.

무과에는 본시 먼저 궁마예 재주를 보고 그다음 『육도六韜』 『손자孫子』『오자吳子』『사마법司馬法』『삼략三略』『위료자尉繚子』 『이위공문대李衛公問對』 같은 이른바 무경칠서 이치를 올바르게 헤아리고 있는지를 가늠하여보아 두 가지 가운데서 한 가지라도 미치지 못하면 낙방을 시키는 법이었다. 부시에만 있는 강서에는 사서오경 가운데서 하나와 무경칠서 가운데서 하나에다 『통감』『병요兵要』『장감박의將鑑博儀』 가운데서 하나씩을 각각 택하고 거기에 『경국대전經國大典』을 보탠 네 가지 책으로 시험을 치

---

신유식년(辛酉式年) 철종 12년(1861).

르는데, 이번에는 무예를 위주로 하는 까닭에 강서 대신 총술을 보여도 된다고 하였다.

꾀죄죄한 도포에 먼지 낀 갓 쓰고 미투리 신은 위에 괴나리봇짐을 어깨에 멘 시골 선비짜리들도 많지만, 떡 벌어진 등짝에 활과 살을 짊어지고 손에는 채찍 들고 머리에 전립 쓰고 몸에는 철릭 입은 우락부락하게 생긴 팔도 장사들이 번화한 서울 거리를 이리저리 돌아다니며 사처를 정하려고 갈팡질팡 야단법석이었으니─ 삼남 한량은 숭례문으로 들어오고, 양서 한량은 돈의문으로 들어오고, 관북 한량은 동소문으로 들어오고, 강원도와 경기좌도 한량들은 흥인지문으로 들어오는 것이었다.

과거날이 닥쳐와서 이품 위쪽 문신 한 명과 무신 두 명이 시관이 되고 당하관 문신 한 명과 무신 두 명이 감시관이 되어 시취를 하게 되어 있는 식년무과 부시 예에 따라 좌찬성과 병조판서와 총륭청 주장인 총륭사가 훈련원 넓은 대청에 위엄 있게 좌기하여 시취를 하는데─

이번 과거에 출중한 장재를 얻어 나라에 동량지재로 삼으시겠다는 것이 상 뜻이어늘……

좌찬성이 미간을 찌푸렸고, 총륭사가 발을 달았다.

글쎄 말씀이올시다. 모두가 비등비등해서 출중한 자가 안 보이니 나라에 백년대계를 위해서 적지 않은 걱정이올시다.

첫날은 서울과 경기도 한량들 취재를 보이는데 모두가 고만고

만하여서 땅불쑥하니* 뛰어난 사람이 없었고 둘째날 영남 한량들 또한 마찬가지였다. 셋째날 호서 한량들 차례인데, 지질증*이 나서 마른하품만 하고 있던 시관들 낯에 갑자기 생기가 돌았으니, 예사에 지나치는 큰 키에 반짝반짝 두 눈에는 영채가 돌고 허리는 날씬한 한량 하나가 활과 살을 들고 사장으로 뚜벅뚜벅 걸어오는데, 그 생김새며 걸어 들어오는 거동부터가 우선 지금까지 보아오던 장사들과는 다른 것이었다.

유엽전을 쏘아보라는 중군中軍 말에 우렁찬 목소리로 대답하고 나서 좌궁으로 활을 잡아 윗몸을 잠깐 뒤로 젖히며 하삼지로 줌통을 꽉 쥐고는 깍짓손을 딱 떼니, 흐르는 별처럼 일백삼십 보 밖에 서 있는 솔로 날아간 살이 과녁 한복판을 뚫어 맞히고는 반듯하게 꽂히었고, 좌우에서 구경하던 철릭짜리*들 박수 소리가 끝나기도 전에 두번째 살이 공중을 날더니 꽂혀 있는 살을 맞히어 땅에 떨어뜨리고는 그 자리에 꽂히었으며, 그리고 나머지 세 대 또한 똑같았다. 감혁집사監革執事가 붉은 깃발을 내두르며 소리쳤다.

오시五矢가 모두 관중貫中이오!

철궁鐵弓을 쏘아보라는 중군 말에 따라 정량* 앞으로 걸어간 장복은 두 팔을 훨씬 걷어붙이고 나서 잠깐 솔께를 바라보더니, 정

---

**땅불쑥하니** 특별히. **지질증** 싫증날 만큼 지루한 증세. **철릭짜리** 무관 공복인 '철릭'을 입은 사람. **정량**(正兩) 큰 활.

량을 왼편으로 조금 돌려놓고는 바른편 어깨를 거기다가 기대고
나서 정량대를 메긴 다음, 왼손으로 정량 줌을 쥐고 바른손으로
깍짓손을 걸고서 힘껏 시위를 잡아당기었는데, 유엽전보다 훨씬
크고 길며 무게 또한 다섯 배도 넘는 살이 이백 보 밖에 있는 솔
과녁을 뚫고 나가버리는 것이었다. 또한 오시오중五矢五中. 정량
이라는 것은 본시 맞히는 것을 위주로 하기보다 쏠 수 있는 힘을
주장삼는 것인데 과녁을 맞히었을 뿐만 아니라 그 밖으로 맞창
을 뚫고 나갈만큼 힘까지 장사였으니, 붉은 깃발을 내두르며 감
혁집사가 다시 소리쳤다.

궁재弓才는 장원이오!

다음은 안장 없는 말 수십 필 가운데서 아무거나 마음에 드는
것을 골라 타고 달려보는 마예인데, 장 복은 힘 좋고 날쌔게 생겨
보이는 숱한 준마들을 제쳐두고 하필이면 굳이 제주도에서 갓
올려 보낸 것 같은 그중 작고 못생겨보이는 조랑말에 나는 듯 올
라타더니, 채찍질 한 번에 수구문水口門을 바라보고 힘차게 내닫
는 것이었다. 놀란 시관들이 당무파총當務把摠한테 거자단자擧子
單子를 올리라 하여 들여다보고 있는데, 순식간에 수구문을 나서
살꼬지를 돌아 기마장 안으로 돌아오는 것이었으니, 준마를 탄
감시관들이 뒤쫓아온 것은 그 훨씬 다음이었다.

거자 장 복은 초차初次에 입격되었으니 병조에 가서 강서에 응
하라.

중군 말에 장 복이 물었다.

강서 대신으로 총술을 보여드리고 싶습니다만……

강서를 할 수 있는 자신이 없어서가 아니라 이왕이면 화승질로 맹수를 잡던 솜씨를 뽐내보고 싶다는 생각이었고, 중군이 고개를 끄덕이었다.

무방하다.

행수집사行首執事를 따라 방포소로 간 장 복은 먼저 조총으로 일백 보 밖에 서 있는 버들가지를 다섯 번 쏴서 다섯 번을 다 맞힌 다음, 천보대°를 잡고 천 보 밖에 있는 소나무 솔방울을 맞혀 떨어뜨리었고, 전시 또한 마찬가지였다. 감시관인 천총千摠 뒤를 따라오는 거자 위인됨을 시관들이 살펴보니, 거무스름한 얼굴에 고슴도치수염이요 찢어진 두 눈이 별같이 반짝이는데, 칠 척이 넘는 장신은 누구든지 우러러보게끔 잘생긴 왈 장재였다. 총륭사가 장 복을 대청으로 올라오라고 하여 두 팔을 만져보니 물렁물렁한 살이 아니요 쇳덩이같이 단단한 것이 갈도 잘 들어가지 않을 것 같았다. 진실로 근래에 처음 보는 장재인지라 한참 동안이나 장 복이 팔을 어루만지던 총륭사가 이렇게 말하였다.

이번에 출신이 되었은즉 장래 나라에 동량이 되라.

총륭사 말대로라면 장원은 따놓은 당상이었는데, 장원은 그만

---

**천보대** 영조 5년(1729) 윤필은尹弼殷이 발명한 총으로 몸이 작고 가벼우며 총알이 천 걸음까지 갔다고 함.

두고 방안˙도 아니요 탐화˙도 아니며 다만 이십팔 명 입격자 가운데 하나인 출신일 뿐이었다. 총릉청 주장이 극력 주장하여 장 복으로 장원을 삼아야 한다고 주상께 아뢰었고, 임금 또한 그렇게 하고자 하였는데, 영상 정원용˙이 임금 앞에 나아가 엎드리더니

무인이 무예가 있어야 한다는 것이야 자고로 당연한 일이오니 새삼 아뢰올 것도 없사옵지만, 기정변화奇正變化는 병서에 있는 만치 병서를 모르는 단순한 무예만 취하여 장원을 준다는 것은 부당한가 아뢰오.

하고 딴죽˙을 거는 것이었으니, 말이 영상이지 장김 영수로 국병을 좌지우지하는 하옥대감˙ 앞방석˙인 까닭이었다.

장원과 방안 탐화로 방방放榜된 것은 모두가 장김 자제들이었는데, 심심파적으로 아기살 아니면 몸빠진살˙이나 몇 번 날려보았을 뿐 무엇보다도 정량을 당겨볼 팔뚝심이 없는데다가 안장 없는 말은 타본 적도 없으며 천보대는 물론이고 화승대 한번 잡아본 적이 없는 백면서생들이었다. 삼일유가가 끝난 다음 곧바로 고신을 내리니, 장원은 육품관이요 탐화만 되어도 잘되면 선전관이며 잘못되어도 사복시司僕寺 내승內乘 차례는 오게 되어 있는 것이 국초 이래로 내려온 나라 법도였다. 그러나 한미한 가문 출신들은 홍지에 이름만 올렸달 뿐이지 선달先達이라는 이름으

---

**방안**(榜眼) 이등. **탐화**(探花) 삼등. **정원용**(鄭元容, 1783~1873) 조선조 끝무렵 문신. **딴죽** 불가불不可不. **하옥**(荷屋)**대감** 안동김씨 세도정치 터를 닦은 김조순(金祖淳, 1765~ 1831). **앞방석** 비서. **몸빠진살** 가는 살.

로 평생을 보내게 되는 것이었다.

멧잣 너덜겅을 내려오다가 동문東門 허리께를 지나 발록재에 서면 저 아래로 읍치가 한눈에 들어오는데, 왼쪽이 향곳말이요 바른쪽이 아사 위 윗말 가운뎃말이며, 동북리 서북리를 지나 곧장 내려가면 객관에 닿게 된다. 떡갈나무 피나무 상수리나무 우거져 앞이 잘 보이지 않는 등성이를 내려가면 넓게 펼치어진 뒷들이 나오고, 불당골 건너편으로 난 산자락 솔밭길을 따라 비티쪽으로 굽돌아 가노라면 호리병 모가지처럼 조붓한 골짜기가 나오는데, 골짜기 안으로 들어서면 안반같이 펀펀한 함지땅°이 되면서 배산임수背山臨水로 틀고 앉은 마을이 나오니, 선학동仙鶴洞이다.

멧잣 꼭대기에 있는 상여바위 밑 이에짬°에서 비롯하여 줄먹줄먹한 바위너덜에 나무 뿌리를 때리며 윗말 거쳐 가운뎃말을 지나고 견사정 옆댕이를 돌아 경결천으로 들어가는 시냇물 너머 앞들 논배미에는 백로가 떼로 앉고, 선녀 쏠° 밑으로 울울창창 치솟아 있는 뒷산 낙락장송 위로는 또 홍학 백학이 날아와 춤을 춘다고 해서 붙이어진 이름이었으니, 헌철憲哲 년간까지만 하여도 쉰 가구가 넘는 대촌이었다. 이제는 그러나 올망졸망한 초가

---

**함지땅** 분지盆地. 평지보다 움푹 꺼져 들어간 땅. **이에짬** 두 몬을 맞붙여 있는 짬. **쏠** 물떠러지. '폭포'는 왜말임.

집 열댓 채만 엎드려 있을 뿐이니, 거듭되는 큰물과 가뭄이며 창궐하는 역병에 사람들이 떼로 죽어나가는 통에 솔언덕은 끊어져 학 대신 가막가치만 우짖는 골짜기가 되었고, 허리 굽은 늙은이와 베수건 둘러쓴 아녀자들만 엎드려 있는 논두렁 밭두렁 위로는 우렁 찍는 백로 또한 없어, 한갓 빈촌이 되었음이라.

저만치 선학동이 보이자 만동이 가슴은 저절로 두근거리기 시작하였다.

인선아기씨는 시방 무얼 하고 계실까. 죽는소리들을 하지만 마을 굴뚝에서는 그래도 밥 때라고 연기가 피어 오르고 워리가 이들은 또 연기를 좇아 뛰어오르며 짖어대건만, 봄이 되면서부터는 농군들 보기 민망하다며 그나마 사냥도 잘 안 나가시는 나으리댁에는 저녁밥 안칠 때거리라도 있으신지. 윤동지라는 늙은 가이한테 어늬*를 잡혀 잘못하면 몇째 첩으로 끌려가게 된 팔자를 탄식하며 눈물짓고 계시지나 않은지.

철총이 팔아 빚을 갚아버리자고 그렇게 말씀 드려보았건만 들은 체도 아니하시는 장선전나으리 마음을 도무지 헤아리기가 어려운 만동이였다.

무예를 익히는 데 없어서는 안 될 철총이가 귀하지 않은 것은 아니지만, 까짓 천리화광마도 못 되는 말 한 필쯤이야 마음먹고

---

어늬 덜미.

샅바 몇 차례만 당기면 다시 구할 수 있는 것이고……

내가 어엿한 반가에 도령이거나 하다못해 농군 자식만 된다한들 그러실까.

어두운 얼굴로 직수긋이 발 밑을 바라보며 걷던 그 엄지머리는 힘껏 도머리를 친다.

아녀. 그럴 리가 읎어. 남이것이라면 쵭쌀 한 알이래두 까닭 읎이 받지 않으시려넌 걸곡헌 승품 탓이것지. 튐려 놓으시우, 애긔씨. 만됭이늠 예 있수. 이늠이 오늘 호랭이를 잡었으니 호픠만 벳겨 판다 헤두 까짓 이백냥이야 뭇 받것수.

마을과도 동떨어져 후미진 도린곁 산고랑탱이로 올라가던 만됭이는 짐짓 걸음을 멈추었다. 저만치 떨어진 우물가에 웃는 듯한 분홍빛으로 눈부시게 피어 있는 복사곳 가지 사이로 복사곳보다 더 눈부시게 붉은 갑사댕기자락이 언뜻 보였고, 인선애긔씨로구나. 그 엄지락총각은 문득 숨을 삼키었다. 인선애긔씨가 저녁밥 질 물을 질러 나온 모냥이로구나.

물을 길러 나온 인선이와 마주치게 되는 것이 한두 번이 아니고 가까이서 말을 나누게 되는 것 또한 한두 번이 아니련만 언제나 처음인 듯 가슴이 고동치면서 입안에 침이 말라오는 것이었다. 막상 낯을 대하게 되는 자리에서는 정작으로 그렇지도 않건만, 무슨 까닭으로 인선이라는 한 살 위 양반댁 아기씨 얼굴을 떠올릴 적이면 독한 술을 마셨을 때처럼 눈앞이 아슴아슴하여지고 입안에 침이 마르면서 녹작지근하게* 사지 가닥은 또 풀어지는 것이어서, 어쩔 수 없이 두방망이질 치는 가슴을 간신히 억누르며 저도 모르게 우물가로 걸어가던 그는, 못 볼 것을 보았다는 듯 낯을 찌푸리며 크으흠 하고 헛기침을 하였다.

"아이구머니나, 간떨어질 뻔했네."

배시시 웃으며 눈을 곱게 치떠올리던 댕기짜리가

"다 저녁이 뭔 일이랴?"

반색을 하는데, 덕금德金이다. 본디는 예산 쪽 어느 양반댁 사노로 할아비대에 속 바치고 면천을 하였다고는 하나, 근본에 어두울 타군 타동네로 옮겨 앉아 다랑이 몇 두락에 목을 매는 근실한 농사꾼이던 아비 방서방方書房이 술과 노름으로 죄 올려세운 위에 창병*까지 걸려 오늘내일 하는 집안 딸내미.

납죽에미로 불리는 의붓어미 박씨朴氏가 비티 밑에 주막을 내어 그럭저럭 지내는데, 만동이한테 기울이고 있는 마음이 여간 아니다. 만동이도 그것을 안다. 만동이는 그러나 덕금이 마음을 받아들일 수가 없는 것이니, 인선이가 있는 탓이다. 만동이 이런 마음을 덕금이 또한 모르지 않는다는 것까지도 안다.

그러나 그것은 안 될 일.

저나 나나 어상반한 근본으로 무엇을 굳이 따지자는 것은 아

---

녹작지근하다 온몸 맥이 풀려 괴롭고 몹시 나른하다. 창병(瘡病) 매독.

니지만, 덕금이는 우선 인선이와 근본이 다를 뿐만 아니라 인물 또한 하늘과 땅 차이만큼이나 되니, 인선이가 둥두렷 떠오르는 가윗날 달덩이 같다면 덕금이는 겨우 면추나 된다고 할까. 그렇다고 해서 가지붕탱이 같지*는 아니하고 오목조목* 귀인성* 있게 생긴 얼굴이요 안반짝같이 실한 방치에 썩썩한* 성품에다 근력이 좋아 농사꾼 아낙짜리로는 방짜*인데, 무엇보다도 그리고 심덕이 좋다. 은근히 마음을 두고 있는 총각들도 많고 읍치만 나가면 지분거리는 관차들 또한 한둘이 아니며 그 가운데서도 더욱 그러한 것이 몽득夢得이다. 한 동네에 사는 동갑내기이기도 하지만 인선이한테 애기씨애기씨 몸종 더 가게 일분부시행으로 살보드랍게 따르며 여간 마음을 쓰는 게 아니다.

이러한 사정을 잘 아는 만동이인지라 덕금이를 친동기간 대하듯 하지만 그 위로 어떤 마음까지를 보여오는 것에는 딱 질색이다. 타고난 근지가 달라 언감생심 나무에 올라가 고기를 구하는 격이겠으되 인선아기씨를 빼놓고는 그 어떤 계집사람인들 꿈에라도 눈길 한번 주어본 적이 없는 만동이다.

"나야 볼일이 있으니께 왔지먼…… 넌 예서 뭐 헌다네?"

혼자 허당을 짚고 낮을 찌푸렸던 것이 공중 점직하여*진 만동

___

가지붕탱이 같다 키가 작고 뚱뚱하여 옷맵시가 두리뭉실하고 미끈하지 못한 사람을 웃는 말. 오목조목 조금 큰 것과 조금 잔 것이 오목오목하게 섞이어 있는 꼴. 귀인성 타고난 귀인다운 든직한 바탕. 썩썩하다 마음씀이 부드럽고 시원시원하다. 방짜 으뜸. 점직하다 부끄럽고 미안하다.

이가 어색하게 웃는데, 덕금이는 어느새 눈길을 내리고 있었다. 눈길을 내린 채로 목자배기*를 기울여 무슨 나물인가를 씻던 물을 쏟아내며

"애긔씨는 안이 지신다……"

하고 뒷말을 흐리더니

"댁이루 가보시우."

입꼬리를 씰룩한다.

"으응……"

"손님덜이 오셨습다."

"손이? 워떤 손덜인디?"

빗지시*사내들이나 송금꾼*말고는 일년 열두 달 가야 손이라고는 찾는 이 없는 적막강산 장선전댁에 손들이 왔다는 말에 놀란 만동이가 되묻는데, 덕금이는 대꾸가 없다. 스물한 살짜리 그 처녀는 댕기꼬리를 뒤로한 채 바가지로 물을 퍼담아 암팡진 손속으로 자배기 속 것을 씻어내기만 할 뿐.

"워치게 생긴 이덜여?"

"……"

"온가여?"

---

**목자배기** 둥그넓적하고 아가리가 쩍 벌어진 나무 그릇. 소래기보다 조금 운두가 높음. 소래기: 독뚜껑이나 그릇으로 쓰이는, 운두가 조금 높고 접시꼴로 굽이 없는 질그릇. 소래. **빗지시** 빚거간꾼. **송금군**(松禁軍) 소나무를 베지 못하게 말리던 관아 사령.

하고 묻는데 그 처녀 이마에는 파란 심줄이 돋으며 또한 묵부답.

"덕금아."

"……"

"더그레짜리* 덜여?"

"……"

"아이구 답답혀. 그럼 뉘기여? 뉘가 왔다넌 겨?"

"가보면 될 거 아뉴."

"온가두 아니구 더그레짜리덜두 아니면 닐꼬?"

"……"

"뉘기여? 그럼."

"가보라니께. 싸게 가서 애긔씨더러 이으쭤보면 될 거 아녀."

"덕금아."

불러놓고 나서 만동이가

"이따가 핑듹이허구 만나기루 혰넌디……"

그냥 돌아서기가 공중 무엇하여 한번 하여본 말이었는데, 다
소곳이 턱을 숙인 채로 아까부터 똑같은 손놀림만 줄대고 있던
그 꽃두레는 발딱 고개를 치켜 들었다.

"그레서?"

되묻는 목소리에 날이 세워져 있었고, 만동이 낯이 붉어졌다.

---

더그레짜리 사령·군노 같은 아래치 병졸.

"묑딕이를 만난다니께 왜 이다지 증을 내구 그런다네."

"거긔가 묑딕이를 만나던지 말던지 여긔허구 뭔 상관이랴. 뭔 상관이냔 말여."

목소리가 가느다랗게 떨려 나오더니, 독사 대가리처럼 발딱 치켜 들고 있던 고개를 팍 꺾는다.

"덕금아."

불러놓고 나서 만동이는 발길을 돌리었다. 방서방 병세가 어떠한가 물어보는 것으로 그 꽃두레 토라진 마음을 눅여보려 하였으나 문득 부질없는 희영수에 지나지 않는다는 생각이 들었으니, 납죽에미 그 해반주그레한 낯짝이 떠올랐던 것이다. 겹쳐지는 것은 그리고 계집사람인 듯 해사한 상판때기에 가느다란 팔목 온호방溫戶房.

선학동 마을에서도 등 너머 하나는 착실하게 떨어진 산자락 밑에 있는 장선전댁은 촌집으로는 그만하면 제법 큰 집이다. 지붕에 기와를 얹고 벽에 회를 바른 것은 아니었으나 윗채 아랫채에 외양간까지 있으니 겉보매*로는 제법 밥술이나 먹는 촌부자 집 같다. 그러나 삽짝 안으로 한 발만 들어서보면 휑뎅그렁하게* 썰렁한 것이, 빈집이 이럴까. 몇 해씩 묵어 축축 처지는 이엉*

---

**겉보매** 겉으로 드러나는 모양새. **휑뎅그렁하다** 속이 비고 넓기만 하여 몹시 허전하다. **이엉** 지붕이나 담을 이는 데 쓰려고 엮은 짚.

이며 움푹 꺼져 잡풀 돋은 처마 밑으로는 담뱃진처럼 시커멓게 썩은 물이 흘러내리고 안채 봉당에는 볏섬 대신 쌌난 감자며 콩깍지만 수북하다. 기우뚱 한쪽으로 쏠린 집채를 통나무 두 개로 겨우 받치고 있는데, 생솔을 쪄다 두른 울타리명색은 또 몇 해나 손을 보지 않았는지 여기저기 개구멍천지.

손덜이 왔다더니 워치게 저녁상을 채리시넌가.

가느다랗게 연기가 오르고 있는 굴뚝을 바라보며 열려진 삽짝 안으로 들어서는데 마루 밑에서 삽사리가 쫓아 나오며 캥캥거렸다. 한집안식구처럼 장 드나드는 사람인지라 그 짐승은 어미를 보고 칭얼대는 아이 시늉으로 앓는 소리를 내며 만동이 바짓가랑이에 자꾸만 낯을 부벼댄다. 헛간 눈썹지붕* 위에서 햇귀를 쪼이고 있는 오소리 담비 족제비 같은 자잘한 짐승들 가죽서껀 털을 올려다보며 낑낑대는 그 작은 짐승 머리통을 두어 번 쓸어주던 만동이가 봉당 앞으로 가며 기침을 하는데, 신발이 보이지 않는다.

뵉이 지시넌가. 당신덜 부녀간두 시 끼를 다 못 채려 잡수먼서 뭘 가지구 손님 접대를 허시누.

만동이 낯에 그늘이 깔리는데, 이히힝! 하는 말울음 소리가 들려왔다. 외양간 쪽에서 나는 소리였다. 이 댁에 올 적마다 언제나

---

눈썹지붕 지붕 한쪽이 몹시 작고 좁은 지붕.

가장 먼저 가보는 곳이었고, 말먹이를 준다는 핑계로 자주 드나들 수 있는 발밭이 되기도 하였는데, 호랑이를 잡았다는 생각에 조금 들떠 있던 마음이었으므로 깜박하였던 것이었다.

생솔 울타리 옆 빈 외양간에 엇비슷이 잇대어 지은 마구간으로 가니, 주인을 알아본 짐승이 두 앞발을 모두어 들며 대가리를 흔들었다. 다섯 해 전 열일곱 나던 해 가읫날 상씨름판에서 결도국 되어 상급으로 받은 벽창우와 바꾸어온 철총이었다. 만동이가 손빗으로 철총이 갈기를 쓰다듬고 있는데 삽사리 짖는 소리가 들려왔고, 부엌 쪽에서 희끗 사람 모습이 보였다. 그쪽으로 걸어가며 만동이는 기침을 하였다.

"애긔씨, 만됭이늠 왔습니다유."

만동이가 꾸벅 하였고, 인선이는 물 묻은 손을 행주치맛자락에 문지르며 생긋 웃었다.

"손님덜이 오셨다지유?"

"응."

"워디서 오신 이들이우?"

"선비님네들 같은데…… 처음 뵙는 이들이라서."

"나으리 친구분덜이신감유?"

"초면은 아니신 듯하지만……"

"나으리께 이으쭐 말씀이 있넌디……"

어린아이처럼 공중 낯만 붉히다가 바깥채 쪽으로 가는 만동이 뒤꼭지에 대고 인선이가 말하였다.

"이따가 나와서 상 좀……"

윗채 쪽으로 간 만동이가 토방 앞에 놓여진 두 켤레 낯선 미투리에 잠깐 눈길을 주는데, 방안에서는 찻물이 끓는가. 쏴아쏴아 들려오는 것은 솔바람소리였다.

"나으리."

하고 부르며 만동이는 아래쪽 퇴 앞으로 갔다.

"만됭이오니다."

잔기침소리가 나면서 용자창˚이 열리더니

"웬일이냐?"

하고 장선전이 묻는데, 뜻밖이라는 얼굴이었다.

"이경에 모이기로 하지 않았더냐?"

"그게 아니오라……"

"응?"

윗목 쪽으로 희끗하게 보이는 낯선 손들이 마음에 걸려 만동이는 뒷말을 흐리었고, 잠깐 무엇인가를 생각하는 듯하던 장선전이 마른기침을 하였다.

"구기˚할 어른들이 아니시니, 괜치않다."

"……"

---

용자창(用字窓) 가로살 두 개와 세로살 한 개로 '用'자 꼴로 창살을 성기게 대어 짠 창. 구기(拘忌) 해가 될까 하여 꺼림.

"팬치않다는데두 그러는구나."

"저어, 큰 짐승이 걸려든 듯하와……"

"엉?"

"아무래두 범인 듯하오니다."

꿈틀 하고 장선전 눈썹이 비틀리더니

"틀림없으렷다?"

다짐을 두었고, 만동이 오른손이 뒷목으로 올라갔다.

"그레서 달려온 것입지요. 뇌린내가 확 끼쳐오넌 게 아무래두 예삿 짐승은 아닌 듯하와……"

"범이라."

나직한 목소리로 뇌어보던 장선전은

"크흐음."

헛기침을 한 번 하고 나서 윗목에 앉아 있는 두 사람을 바라보았다.

"저녁상 나오기 전에 우선 마른입들이나 축이시지요. 상년 곡우 적 산성 너덜바위 틈에서 따 말린 것으로 연작 혓바닥보다 작고 여리나 찰랑찰랑 쇳소리가 나니, 왈 작설이올시다그려. 일해께서야 장복을 하셨겠소만…… 찻잎도 찻잎이지만 차라는 게 자고로 물이 좋아야 제맛이 나는 법인데, 흑치상지며 사타상여 같은 장수들이 마시고 용력을 길렀다는 산성 안 장군샘물로 끓였으니 맛이 바이 없지는 않을 거외다. 허허."

내색은 하지 않았으나 호랑이가 덫에 걸려든 것 같다는 만동이 말을 듣고 어쩔 수 없이 복받쳐 오르는 것이 있는 탓인가. 장선전은 평소답지 않게 헛웃음 섞인 너스레*를 늘어 놓았고, 일해라고 불리운 사내가

"시원하기가 마치 안개를 머금는 듯하오이다."

치사하는 말을 하는데, 무릎 밑에 놓여진 찻종*에는 손도 대지 않은 채로였다. 장선전이 만동이를 바라보았다.

"인사 여쭙거라."

"네. 천가에 만짜 됭짜 쓰오니다."

언뜻 보기로도 갓 쓰고 중치막 걸친 것이 양반명색이므로 뜨악한 낯빛으로나마 어쩔 수 없이 하정배를 올리고 난 만동이가 주춤거리며 서 있는데, 날카로운 눈빛으로 벌써 만동이 행색을 훑어보고 난 뒤끝인 양반짜리 하나가 장선전을 바라보며

"뉘신데…… 들어오시라 하지 않고."

하고 말을 하니, 하정배를 올리는 천한 종놈한테 합시오를 올려붙이는 것이었다. 만동이가 제 귀를 의심하고 있는데

"윗말 김사과댁 사는 아희올시다."

장선전이 말하였고 양반짜리가 깜짝 놀라는 시늉을 하였다.

"어허, 저 사람이 바로 만동이올시다그려. 호서 아기장수로 유

---

**너스레** 남을 주무르려고 늘어놓는 말이나 짓. **찻종** 찻잔.

명짜한 바로 그 총각이야."

만동이 쪽으로는 고개를 돌리지 않은 채로 그 사내가 말하였고, 장선전은 헛기침을 하였다.

"과람하신 상찬이올시다. 용력이야 조금 있다 하나 풋심*깨나 쓰는 걸 가지고 아기장수라고까지야 할 수 있겠소이까. 열일곱 나이에 집채만한 멧도야지 꼬리를 감아 올려 몇 바퀴 훼술레*로 뽕을 뺐다고는 하나, 아직은 많이 부족한 치룽구니올시다."

"무슨 겸사의 말씀을. 과공이 비례*라고 겸사가 지나치면 욕이 되는 법. 진주가 열 그릇이나 꿰어야 구슬°이라고, 출중한 용력과 남다른 재조야 본디 전생 공덕으로 타고난 것이겠으되 갈고 닦지 않고서는 마침내 큰 그릇을 이룰 수가 없는 법. 스승이 누군가 했더니 바로 장선전이올시다그려. 장장군이 손때를 먹인* 사람이야. 헛헛."

"내 비록 출신을 했다고 하나 대장 아장에 병수사는 그만두고 만호 인뒤웅이 한번 차보지 못한 오십궁무로되, 쥐구멍 찾는 방책쯤은 알고 있소이다. 종시세하는 재조 없다 해서 너무 나무라지 마시오."

비록 면찬일망정 상찬을 해주는 인물이 인물인지라 상찬을 받는 것이 짜장 싫지만은 않은 듯 장선전 손이 턱밑으로 올라가는

---

풋심 아직 익지 않은 아이들 힘. **훼술레** 사람을 함부로 끌고 돌아다니며 우세를 주는 일. **과공비례**(過恭非禮) 지나치게 얌전하면 도리어 인사가 아니라는 말. **손때 먹이다** 어루만져 기르다.

데, 사내가 말하였다.

"들어오게 하시오. 반상이 비록 유별하다고 하나 나 또한 일찍이 양반이 아니니 그 벼리를 세울 바 없고, 하물며 귀천부빈이 없는 한울세상을 열어보고자 하는 자로서 앉아 하정배를 받는다고 해서야 말이 되겠소이까. 도무지 좌불안석이외다. 더구나 저 총각으로 말하면 호서에서도 꼽아주는 아기장수가 아니오."

그 사내는 이야기를 나누면서도 두 손을 앞으로 모아 잡은 채 저만치 퇴 아래 서 있는 구척장송九尺長松 같고 마치 숯가마에서 금방 나온 숯무지°같이 거무튀튀한 얼굴에 몸집은 또 깍짓동만 같은 만동이를 쏘아보고는 하였는데, 장선전은 두 손바닥으로 낮을 씻어내리는 시늉을 하였다.

서리 같은 검극 나부끼고, 징소리 북소리 나발소리 소라소리 대각소리 호적소리 나소리 바라소리 천지를 진동하며, 삼십팔면 대기치에 각색 깃발 두 손으로 받쳐든 이십 명 기수에 보검대궁은 또 숲을 이루고 있는 사이로, 운문대단 남철릭 위에 쾌자 받쳐입고 밀화패영 총립 쓰고, 유시장有是將에 유시마有是馬로 하루저녁 천리 가는 불덩이 같은 화탄마火炭馬 높이 올라 큰 갈 휘둘러 천군만마를 호령하는 도원수都元帥 꿈을 안고 본 무과였으되 겨우 오죽잖은 변두리땅 이력 몇 해를 하면서 보고 겪게 된 벼슬아

―――――――――――――――
숯무지 숯을 구워 파는 사람.

치들 그 자심한 자세며 행악에 치를 떨다가 숫제 낙향을 하였으나 또한 보고 듣고 겪게 된 두메고을 호세한 양반명색들 그 구역질나는 자세며 행악에 치를 떨며 사람살이 꼴이 정녕 이래서는 안 된다는 생각에 골똘해보지만, 반상을 차별하는 법도를 폐하여야 된다는 데까지는 차마 생각이 미치지 못하는 장선전은, 어쩔 수 없는 왈 잔반이었다. 그러나 제자명색으로 받아들여 말 타고 활 쏘고 창갈 쓰며 봉술에 총술에 권법이며 습진조련에 이르기까지 스스로 알고 있는 온갖 무예를 가르쳐주고 있는 만동이를 비롯한 몇 명 노복이며 상민 같은 아랫것들한테는 그런 법도를 따지지 않았으니, 방으로 들어오라고 하지 않은 것은 전수이 손들 낯을 생각해서였는데, 손 입에서 그런 말이 나오고 보니 그만 낯이 붉어졌던 것이었다. 이들은 더구나 동학東學을 하는 이들이 아닌가. 아직 거기까지는 말이 나오지 않았으나 나를 찾아온 까닭 또한 실인즉 입도入道에 있을 터.

"들어오너라."

만동이는 그러나 들어가지를 않는다.

"들어오라니까."

몇 차례 더 재촉을 하였으나 "네 네" 하고 고개를 조아리며 퇴까지만 올라간 만동이는 방안 양반들과 엉거주춤 모꺾어 앉은 채로 더 그만 움직이지를 않았고, 장선전이 말하였다.

"동학에 대해서 좀 아느냐?"

"웬걸입쇼. 삼칠주를 외넌 이덜이야 조금 알구는 있습지요 만…… 쉰네가 어찌 그 짚은 뜻까지야 알겠습지오니까."

양반 차림 낯선 손들 앞이므로 선생 체면을 세워주기 위해서 인가. 상전댁만 벗어나면 어떠한 양반 앞이라고 할지라도 종 말투를 쓰는 법이 없고, 더구나 부자지간인 듯 가깝고 따뜻하게 대해주는 장선전 스스로가 그런 말투를 듣기 싫어하였으므로 여느 양인들 말투를 쓰다가 갑자기 딱 떨어지는 종 말을 쓰는 것이었고, 장선전이 손들을 바라보며

"이쪽에 앉아 계신 어른이 서포시니 호서 대두령이시오, 저쪽 어른은 보은 황생원이시니 또한 동학에 두령이시로구나."

하고 다리를 놓는데, 만동이는 숨이 막혀왔다.

서포徐布라니. 서포가 먼저 일어나고 법포法布가 뒤에 일어났으므로 서포를 기포起布라 하고 법포를 좌포坐布라 이름한다는 바로 그 서포라는 말인가. 서포라면 동학 호서남접湖西南椄 영수로 교주인 법헌法憲 최보따리*보다 오히려 한 수 위로 꼽아준다는 그 유명짜한 도인道人 서인주徐仁周라는 말 아닌가. 삼십여 년간 불도佛道를 닦아 한소식 장하게 깨친 선승禪僧으로 무슨 주문 한마디에 바람과 비를 불러일으키고 호랑이를 타고 다니며 신병神兵을 마음대로 부리고 둔갑장신에 축지법까지 능준히 해낼 수

---

**최(崔)보따리** 동학 2세 교주인 최시형(崔時亨, 1827~1898).

있다는 그 이승異僧이라는 말인가. 중 이름은 일해一海요 동학 영수가 된 다음 이름은 서인주徐仁周라고 하며 서장옥徐璋玉 또는 서장옥徐長玉이라고도 한다는 바로 그 사람이라는 말인가.

세상 사람들이 그를 가리켜 도승道僧이요 이인異人이요 진인眞人이요 미륵彌勒이요 하는 엄청난 말로 높이 우러러 부르고 있다는 것을 일찍부터 들어 알고 있는 만동이로서는 도무지 부쩌지를 못하게끔 미주알이 졸밋거려지는 것이었다. 동짓달 삼경에 밤오줌을 누고 나서 자지를 흔들어 마지막 한방울 오줌까지 털어버리고 났을 때처럼 온몸이 부르르부르르 떨려오면서 안개가 끼고 먼지가 낀 듯 눈앞은 또 뿌옇게 흐려오는 것이었으니, 눈이었다.

힘껏 시위를 당기고 나서 깍짓손을 막 떼려는 찰나 활모양 성긴 수염 돋은 턱 쪽이 넓고 위로 올라갈수록 조붓하여지는 얼굴이 똑 분바른 계집사람 그것처럼 희기만 한데, 주사朱砂를 찍은 듯 붉은 입술이며 고집스레 비틀리며 우뚝 솟은 코에다가, 그리고 굵고 깊은 이랑이 파여 있는 이마며가 우선 범연하여 보이지 않지만, 무엇보다도 그 눈 속에 박혀있는 동자였으니, 겹동자. 관골 쪽으로 쭉 찢어져 올라가면서 화등잔만 하게 큰 눈에는 온통 안개가 낀 듯 아지랑이가 어린 듯 도무지 맑은 가운이라고는 하나 없이 땡감 우려내는 뜨물 빛깔로 온통 뿌옇기만 한데, 그런 눈 속에 박혀 있는 겹동자에서 뿜어져 나오는 눈빛은 또 혼불처럼 파란 인광이 나는가 하면 금방이라도 닭의똥 같은 눈물이 뚝뚝 떨어질 듯 물빛으로 아련하기만 한 것이어서, 까닭 모르게 두려우면서도 우러러보여, 감히 그 눈빛을 마주 받기가 어려운 것이었다.

예로부터 겹동자는 역적눈이라고 했는데, 저 사람은 그럼 역적질을 하는 사람이라는 말인가. 동학을 하는 사람은 만고역적이라며 나라에서 그토록 잡아들이는 까닭 또한 그래서 그러한 것인가. 대원위대감이 세를 잃으면서 천주학天主學 쟁이들한테는 전처럼 그렇게 박해를 하지 않으면서도 동학쟁이들만큼은 그토록 악착스레 박해를 하는 까닭 또한 그래서 그러한 것이며.

종잡을 수 없는 것은 그리고 그 얼굴이 시시각각으로 바뀌고 있다는 점이었다.

이야기품이나 팔러 다니는 늙은 광대廣大 그것처럼 꺽진 수리목으로 장선전과 이야기를 나누고 있는 것을 보노라면 장선전과 어상반한 나이로 보이기도 하나, 어떻게 보면 대가리에 아직 쇠똥도 벗겨지기 전 아주 어린아이 같기도 하고, 또 어떻게 보면 환잡진갑을 훨씬 넘겨 인내장에 콩을 팔러 갈 날만 기다리고 있는 늙은이같이 보이기도 하니, 비바람을 마음대로 불러올 수 있는 도술道術을 지니고 있는 이인이기 때문인가. 아니면 숨 한번 들이쉬고 내쉬는 찰나 순간에도 팔만사천 번씩 생겨났다가 없어졌다가 다시 또 생겨났다가 없어지기를 끊임없이 되풀이하고 있는

번뇌 많은 중생이기 때문인가. 언뜻 보아서는 나한羅漢이나 사천왕四天王 또는 팔부중八部衆같아 보이기도 하는데, 그러나 나한인가 하면 나한도 아니요 사천왕인가 하면 사천왕도 아니며 팔부중인가 하면 팔부중 또한 아니니, 어린아이처럼 하얗게 해맑은 얼굴로 지그시 눈을 내려깔고 있는 천수관음千手觀音 그것인 것이었다.

만동이는 문득 대방마님을 모시고 갈 적마다 보게 되는 적적암寂寂庵 백산노장白山老長이 떠올랐다.

갑년°을 훨씬 넘긴 노장 그것이라고는 도무지 믿어지지 않게 끔 찌르는 듯 형형한 눈빛이었다. 그러나 수행을 많이 한 도인들 눈빛은 다 그런 것이겠거니 여기었을 뿐, 비록 날카롭다고는 하나 백산노장 눈은 차라리 따뜻하고 부드러운 것이었으니, 거울같이 맑은 얼굴에 기이하게 반짝이는 정기가 넘쳐흐르는 것이어서, 다만 주제넘게 마주하여 오랫동안 쳐다보기가 어려웠을 뿐이었다. 그런데…… 이 사람은 그것과는 또 다른 그 무엇을 가지고 있는 게 아닌가. 까닭 모르게 두근거려지는 가슴을 진정시키고자 만동이가 직수굿이 턱 끝을 숙인 채로 먹물이 번지듯 마당가를 적시고 들어오는 땅거미를 바라보고 있는데,

"대저 곡식은 아침에 지어 저녁에 거둘 수 없고, 한번 죽으면

---

갑년(甲年) 예순한 살 되는 해. 환갑.

다시 살아날 수 없는 것이 백성이라고 했거늘······"

혼자서 하는 소리인 듯 중얼거리던 장선전이 나직하게 말하였다.

"시방 세상 형편을 말하자면 한 사람이 예사 사람 백집······ 아니, 백집이 무엇이오. 천집 만집 재물을 겸병하고 있는 자가 기천에 이르렀고, 이렇게 되어 부자땅은 날로 넓어지고 백성땅은 날로 좁아지니, 백성들이 무슨 재조로 견딜 수 있겠소이까. 외람되이 감히 반계선생° 말씀을 흉내내자는 것이 아니라, 토지야말로 천하에 근본이올시다. 그런데 이 큰 근본이 이미 헝클어졌은즉 다른 것들이 다 따라서 헝클어지는 것이야 마침내 당연한 것이 아니겠소."

장선전은 문득 탄식하면서 한숨을 길게 내려쉬었다.

"문벌과 지체와 색° 가름을 하지 말 것은 물론이고, 우선 시늉만 과거를 거치지 않고도 누구든 백성된 자라면 그 타고나서 배우고 닦은바 재주와 힘을 펼쳐볼 수 있게끔 각처에 숨어 있는 인재들을 골고루 등용시켜야 할 것이오. 우리 조선에서는 오직 문을 숭상하고 무를 천시하여 선비만을 위하는데, 그것도 오직 사장詞章을 짓고 경전을 익히는 재조에만 의거하고, 사람을 쓰는데 문벌과 지체와 색목色目만을 위주하니······ 이래서야 되겠소이까.

---

반계(磻溪)선생 조선왕조 효종 때 실학자 류형원(柳馨遠, 1622~1673). 색(色) 당파. 같은 갈래.

어즈버 오백 년을 그 타령으로만 내려옴으로써 더구나 그 폐단이 더욱 심해졌으니, 이래서야 어찌 나라를 바로잡을 수 있단 말이외까. 소위 국록을 먹는다는 벼슬아치들은 이서吏胥 것을 빼앗고 이서배들은 또 백성 것을 빼앗아 상하가 번갈아 괴롭히니 공사간에 모두 한가지로 병들었음이라. 흉년이 들어 추수할 것이 없음에도 관에서 는 환자 상환 독촉하기가 벼락같으니, 이래가지고야 어찌 써 백성이 견뎌낼 수 있단 말이오. 군역만 해도 그렇소이다. 부자는 군역에 따르는 멍에를 지지 않고 가난한 백성에게만 그 멍에를 모두 떠넘기니, 이래서야 어찌 나라를 지킬 수 있단 말이외까. 호란 뒤로 무인이 되는 것을 사람마다 모두 천하게 여기고 싫어해서 강한 자는 모두 빠지고 약한 자만 평생 동안 군포에 매어 그 멍에를 벗지 못해 허덕이니, 이러고도 나라가 위태롭지 않다면야 그것이 오히려 해괴한 일이겠지요. 군역에 따른 멍에는 뻑뻑이* 재물이 있고 권세가 있는 무리에게 더 지워야 마땅할 것이외다."

평소에는 여간 과묵한 사람이 아니었으나 한번 입을 열기 시작하자 장선전은 앞에 앉아 있는 두 사람이 전혀 안중에 없는 것만 같았다. 그는 천장을 우러르며 혼자서 말인 듯 나직하게 말하다가는 후유 하고 장탄식 한숨을 내어뿜으며 벽 쪽을 바라보고

---

**뻑뻑이** 틀림없이 그러하리라고 미루어서 헤아리는 뜻을 나타내는 말. 벅벅이.

는 하였는데, 병장기들이었다.

상처를 한 다음부터 도무지 방안에만 틀어박혀 있느라 잡아보지도 않은 각궁과 전통이 먼지를 뽀얗게 뒤집어쓴 채로 걸려 있는 밑으로는 환도며 창이며 화승대가 또한 먼지 속에 세워져 있었다. 한쪽 벽에 매어진 시렁 위에는 각종 병서들이 꽂혀 있고 사개가 뒤틀려 삐걱거리는 경상 하나만 달랑 놓여 있는 오십궁무 처소는 스산하였다. 일습 갖춘 구군복具軍服이며 융복에 철릭에 주립 패영에 미늘 붙인 유엽갑°에 투구는 벽장 속에 넣어두었는지 보이지 않는다.

"천하가 어지러워지는 것은 사람들이 이끗만 좇아 숭상하는 풍조가 일어난 까닭인데, 시방 세상은 오로지 이끗만 좇아 일신일가 안락만을 숭상하고 의리를 저버리고 있으니…… 무엇보다도 먼저 의리를 일으켜야지요."

다시 한 번 반자를 우러르며 혼자 중얼거리는데 눈시울이 붉어지고 있었다. 흐르는 물소리와 철 따라 바뀌는 산빛깔 사이에서 노닐며, 마음 흡족하게 읊조리고, 티끌세상 영욕을 허공에 뜬 구름같이 여기는 산림처사라 여기며 스스로를 달래어보는 살림이었으나, 살아온 오십평생을 돌아보니 문득 처연하여지는 모양이었다.

---

유엽갑(柳葉甲) 얼추 두 치 제곱 쇠로 만든 미늘에 검은 칠을 하여 검은 녹비로 얽어서 만든 갑옷. 미늘: 갑옷에 단 비늘잎 꼴 가죽조각이나 쇳조각.

"역부여시올시다. 큰 근본이 이미 흔들리니 저마다 세력길만 찾게 되는 것이겠지요."

황생원黃生員이라는 이는 올방자를 틀고 앉아 이따금 턱 끝만 주억이는 것으로 장선전 강개한 비분에 뜻을 함께한다는 뜻을 나타내었고, 반가부좌를 튼 채로 지그시 눈을 감고 있던 서장옥徐璋玉이 말하였다.

"선천 만년 동안에 베풀 바를 모르고 정사가 모두 어두운 안방에서만 나오니, 군자는 하늘에 빠지고 소인은 땅에 접해 있소이다. 백성들 마음이 이미 떠난 지 오래니 하늘에도 또한 따라서 변하지 않고서야 배길 이치가 있겠소이까."

무엇을 재촉하는 듯 장선전을 바라보는 서장옥 중동重瞳에서 푸른 빛이 쏟아지는데,

"장부가 세상에 나면 정승이 되어 그 음덕이 천하에 미치게 하고 경사가 자자손손 이어지게 하는 것이 성인으로서 즐거움이고, 출장입상하여 나라 안팎을 다스리며 만백성이 따르는 복덕을 누리는 것이 현인이 바라는 바이며, 일찍이 청운에 오르는 것이 중인이 바라는 바이어늘…… 이 사람은 이 가운데서 어느 것 한 가지 이룬 것이 없소이다그려."

장선전 목소리는 무겁게 가라앉아 있었으니, 무리에서 빼어난 용력과 무예만을 믿고 공명을 드날려보고자 헛되이 보내었던 젊은시절을 탄식하는 것 같았고, 어려서부터 늘 상찬만 받으며 자

라나 스무 살만 되면 나라에 크게 쓰일 인물이 될 것이라고들 하였으나, 스무 살이 지나가기를 세 번이 가까워오도록 무엇 하나 제대로 이룬 것이 없음을 한탄스러워하는 듯.

"세상에 어찌 일 없는 사람이 있겠소이까. 위로는 공경대부가 공경대부답게 일을 하고 아래로는 농공상고가 또 농공상고답게 일을 하는데, 초야 선비며 무인이라고 해서 어찌 그 사이에서 홀로 일이 없을 수 있겠소이까."

"아니외다. 그렇지 않소이다. 나는 공경대부 지위를 차지하지도 않았으면서 농군이 피땀 흘려 지은 곡식을 어찌 앉아서 먹으며, 공인들 그릇을 어찌 앉아서 쓰고, 상고들 재물을 어찌 또 앉아서 쓴다는 말이외까. 나는 도대체 어떤 사람이길래 이런 것들을 능히 얻을 수 있다는 말이외까."

장선전은 고개를 흔들었다.

"한 지아비가 밭을 갈지 아니하면 이 세상에 그만큼 주리는 백성 하나가 늘고, 한 지어미가 길쌈을 하지 않으면 그만큼 이 세상에는 추위에 떠는 백성이 생긴다는 옛 글도 있지요."

"장선전."

서장옥이 불렀고, 고개를 들어 바라보는 그 오십궁무 붉어진 눈시울에서는 금방이라도 눈물이 흘러내릴 것만 같았다.

서장옥이

"내 일찍이 방포원정이 되어 천하를 둘러보았던 바, 음양으로

먼저 주장되는 것이 천지이치라는 것을 깨쳤소이다그려. 헌데,
여알°이 홀로 우뚝하구려."

하더니 장선전을 바라보며

"산골이 험하게 솟고 물이 얕게 흐르므로 대저 우리 조선에
는 십 년 풍년이 없고, 삼십 년 평안이 없으며, 일을 그르치는 재
상이 어깨를 나란히 하여 조야에는 의론이 정해질 날이 없으
니…… 백성들 마음이 허공중에 떠 있은 지 무릇 오백 년이 지났
소이다. 역대는 왕씨보다 길지만, 참소를 믿는 왕이 천축노인°을
배척하는 신하로 인하여 마침내 국위가 무너지는 게 된 것이오."

말을 이어가는데, 무릎 위에 올려놓고 있던 장선전 두 주먹에
푸른 힘줄이 돋아났다.

"말씀이 조금 지나치시오이다. 어리석은 백성들이 난리를 깨
닫지 못하고 선비들이 쓸모없는 글만 숭상해온 까닭이 가히 풍
요롭고 태평하되 방백과 수령은 위에서 도적질하고 아전과 군교
는 아래서 늑탈만을 일삼으니 백성들이 불안하여 들에 살지 못
한 데 있음이지 그것이 어찌 써 공맹의 도를 숭상해옴에 있다는
말씀이외까."

이 사람이 비록 향화거사°로 동학 대두령이 되었다고는 하나
근본을 여의기 어려운 것이 또한 사람인지라 마침내는 석씨釋氏

---

여알(女謁) 대궐 안 정사政事를 어지럽히는 여자. **천축노인**(天竺老人) 부처.
**향화거사**(向化居士) 중으로서 세속으로 돌아온 사람.

도道로서 종을 삼는구나 싶어 장선전 목소리에 날이 세워지는데, 서장옥은 못 들은 체 말을 이어 나갔다.

"신라 임금 이후로 여러 무리가 나라를 갈라 저마다 이름을 지었으나 한결같이 대를 물리지 못하였으되, 왕씨와 리씨가 가장 오래되었소그려. 왕씨가 어지러우면 간신이 어명을 장악하여 나라에 분렬을 가져오고, 리씨가 쇠퇴하면 얼신孼臣이 분당分黨하고 지차가 국통을 이어받았소. 대를 넘기지 못하여 골육상잔이 일어나고 육칠 대 후에는 후사가 끊겨 지손과 서손이 겨우 승계하되 적통은 사람이 없고 서자가 임금으로 즉위하여 삼대 후에는 고립되어 가까이에는 종친이 없고 밖으로는 호위해 주는 신하가 없소. 이에 사람들이 이르기를 이 해가 언제쯤 사라지려나 하며 아침에 저녁을 도모하지 못하니 도무지 살맛이 나지 않았던 것이오. 가만히 그 횟수를 생각해 보니 백원선인白遠仙人이 학을 타고 돌아가며, 금계여주金鷄女主가 용상에 올라앉을 때이구려."

이미 식어버린 지 오래인 찻종을 들어 입술을 축이고 난 서장옥이 눈을 감았다.

"위태롭도다. 위태롭도다. 이것은 장차 소운小運이 다한 때이니라. 그때가 되어 척리戚里를 농락하면 붕당이 몹시 걱정되고 거실세족巨室世族이 마침내 멸망당하여 그 목숨을 보전할 자가 십 중 이삼도 되지 못할 것이니, 인재가 종종 많이 나오는데도 쓰지 않는 까닭은 어째서인가. 쓰이는 자가 있다해도 끝내는 개천에서 나뒹구니 성세聖世에도 이렇거늘 하물며 하원갑에 접어든지 벌써 오래임에랴. 리씨가 망할 무렵에는 여알이 기중 강할 것이라."

도승이요 이인이고 진인이며 또 미륵이라는 세상 사람들 우러름이 맞는 듯 그는 지그시 눈을 감은 채로 느릿느릿 말하였고, 장선전 목소리가 낮아졌다.

"상원갑*을 말씀하시는 것이오이까? 그 때가 다되었다는……"

"가장 뛰어난 성인은 천지 끝 일을 알고, 예사 성인은 만년 일을 안다고 하였으나, 내 무엇을 알리요만…… 만물의 이치는 움츠러들었다가는 반드시 다시 펴지게 마련이니, 하원갑 지나면 상원갑이 오지 않겠소이까. 만고 없는 무극대도無極大道지요."

"그것이 동학에서 말하는 개벽開闢이외까?"

"성인에 도가 비록 선하나 천년이 지나면 영기가 사라지고, 풀백성이 비록 어리석으나 때를 만나면 가히 쓸 수 있지 않겠소이까."

"그 때가 되면 어찌 되는 것이오?"

"천한 자가 귀해지고 높은 자가 낮아지지요. 억조창생 수많은 백성들이 언제까지나 이처럼 억눌려 살기만 할 것은 아니고, 또

---

상원갑(上元甲) 새 세상.

그럴 이치도 없소이다. 태평스러운 세상에서 저마다 격양가를
부르며 살게 된다는 것을 믿어야지요. 장선전께서는 음양술수°
를 아시겠지요?"

"음양술수야 예사 사람도 알아야 하는 것이겠거늘, 황차 무인
된 자로서 어찌 소홀히 할 수 있겠소이까. 지금 세상은 공맹 같은
성현도 미처 짐작하지 못했을 만큼 어지러운 하원갑이니, 이런
때일수록 다다 앞날을 내다볼 수 있는 궁구를 해야겠지요."

"십이제국°이 모두 독질에 걸려 있으니, 그 까닭이 어디에 있다
고 보시오이까?"

"양귀자°들 환술 탓 아니겠소."

"옳소이다. 저들은 싸워서 이기고 쳐서 빼앗아 이루지 못하는
일이 한 가지도 없소이다. 이런 때를 당하여 나라를 돕고 백성을
편안하게 할 계책이 장차 어디서 나와야 된다고 보시오이까?"

"그것은 나 같은 하방궁무가 대꾸할 대목이 아닌 듯하외다. 됫
박만한 재조도 없는 자로서 어찌 써 난세를 평정시킬 수 있는 경
륜이 있겠소이까. 다만 울울하고 또 민민한 심회를 달래보고자
스사로 되물어보는 혼잣소리에 지나지 않을 뿐이올시다."

입으로는 짐짓 겸사말을 하였으나 장선전 마른버짐 핀 입가
주름살이 좌우로 벙긋 벌어지는 것이었으니, 동학 호서남접 영

---

음양술수(陰陽術數) 음양오행으로 천지만물 이치를 헤아려보는 것. **십이제
국** 세계 만방. **양귀자**(洋鬼子) 서양 사람.

수로 일세를 휩쓸고 있는 서장옥 물음이 짜장 싫지만은 않은 듯하였다. 장선전은 헛기침을 한 번 하고 나서 희끗희끗 눈발이 듣기 시작하는 턱수염을 쓰다듬어 내리었다.

"이 사람이 보기에 복과 덕은 물론 없고 오직 살기와 독기만 가득 찬 여호나 삵 같은 무리들이 썩은 대궁밥˚에 들끓는 파리떼처럼 또 강청˚에 모여드는 개미 무리같이 혹은 수륙양서하는 개구리도 되고 혹은 주야병행하는 박쥐 구실이며 기중에는 또 길러주는 주인을 해하는 악한 노새와 어미 잡아먹는 살모사며 올빼미 같은 자들이 다만 더러운 이름을 팔아 치부하기에 바쁜 권문세가에 출몰하여 그 사타구니를 핥고 치질을 빨며 오로지 권병탈쟁에만 혈안이 되어 있으니, 필경은 종묘사직이 무너지지 않고서야 마침내 배겨낼 도리가 있겠소이까. 국법을 시행하는 데는 모름지기 강정하고 공명되고 정직하며 기미를 살피고 이치에 밝은 사람을 얻어서 공론을 주장하게 해야 하거늘 저 승냥이떼 같고 이리떼 같으며 또 도둑고양이같은 권간들이 국정을 맡아 흉함을 함부로 하고 악함을 극히하여 조금이라도 의리를 아는 자는 점차로 멀리 배척당하는 것이 아니라 곧바로 물리쳐서 이윽고는 죽임을 당하며 아첨한 무리들이 냄새를 좇아 다투어 모여서 임금을 속이고 사대부들 아름다운 이름을 더럽히며 더하여

---

**대궁밥** 먹다 남긴 밥. **강청**(江淸) 강원도 꿀.

명색이 무인 된 자를 욕보임이 이보다 더한 시절이 없었으니, 이래가지고야 어찌 써 나라가 망하지 않을 도리가 있겠소이까."

강개한 어조로 내리닫이 울기를 터뜨리는데, 서장옥이 지그시 눈을 감더니

"봉황이 천 길 높은 하늘에 뜸이여

오동나무가 아니면 깃들이지 않는다.

장수가 엎드려 밭두렁에 처함이여

그 때를 기다림이로다."

하고 『삼국지연의三國志演義』에 나오는 대군략가인 제갈공명이 남양 초당 앞에서 밭을 갈며 부르던 노래를 추연한 목소리로 읊조리고 나서 장선전을 바라보았는데, 금방이라도 닭의똥 같은 눈물이 뚝뚝 떨어질 것만 같게 어미 잃은 어린아이 그것인 듯 아련하면서도 눅진한* 슬픔이 가득 담기어 있는 것이었다.

"예로부터 신 삼고 자리 짜는 곤구직석을 하다가 풍운을 타고 일어나 천하를 뒤흔들었던 영웅호걸들은 많았소이다."

"새가 단산에 들어갔기에 봉이 되었고, 용이 비록 벽해에 날으나 근본은 한갓 물고기라……"

"용이 나오면 구름이 일고 범이 생기면 바람이 따르는 법이어늘…… 장군 같은 기개와 출중한 용력을 지니고 있음에, 더구나

---

눅진하다 몬이나 됨됨이가 누굿하고 끈끈하다.

천장사같이 호서에서도 유명짜한 아기장수를 수하에 두고 있음에, 어찌 써 그 그릇에 합당한 일이 없으리요. 폐일언하고 때를 기다려보시라 이런 말씀이외다."

"허허. 때를 기다리다가 부질없이 터럭만 세었소이다그려."

"대저 조물주 조화는 바둑판을 뒤엎는 듯하고 조짐 시작은 모깃불 피우는 듯한 법이니…… 그 때가 박두했음이 아니겠소이까."

"허허. 세궁역진하여 다만 벌터질이나 하고 있을 뿐인 이 남루한 오십궁무를 위자해주고자 하는 대사 고마운 뜻을 모르는 바는 아니로되…… 몸에 촌철도 지니고 있지 못한 일개 무부로서 어찌 써 저 금수만도 못한 왜적이며 양귀자 침노를 막아낼 수 있다는 말이오이까."

"장선전!"

하고 부르며 서장옥이 똑바로 바라보는데, 혼불처럼 파란 인광이 쏟아져 나오는 무서운 겹동자였다.

"인민들이 있지 않소이까?"

서장옥이 찌르는 듯 물어 왔고, 장선전은 슬그머니 고개를 숙이며 겹사라지°에 손을 대었다. 자작구비에서 이력질을 하던 이십여 년 전 백두산으로 범 사냥을 나갔다가 처음 만났을 적에도 만만하지 않은 기승임을 알아보기는 하였으나, 그간 그 도가 더

---

겹사라지 헝겊이나 종이를 결어 만들어서 기름에 절인 담배 쌈지.

깊고 넓어졌다는 말인가.

최수운崔水雲 의발상족衣鉢上足인 최해월崔海月이라는 이를 만나서 동학 남접 영수인 서포가 되었다더니, 동학이라는 것이 그렇다면 그렇게도 깊은 도를 지니고 있다는 말인가. 어허, 세상에 그런 이치는 없을 터이어늘. 어리석은 백성들이 믿고 따르는 것처럼 무슨 삼칠주인지 무엇인지를 외우고 또 무슨 영부靈符인지 무엇인지 하는 부작符作을 불살라 청수에 타 마시면 온갖 병이 다 없어져 무병장수하고 총갈도 몸을 범접하지 못하며, 부탕도화라도 뚫고 나갈 수 있는 신이한 힘을 얻을 수 있다는 말인가. 까닭 모를 슬픔에 젖어 사지 가닥이 녹작지근하게 풀리던 방금 전 그 갓난아이같던 눈빛은 어디로 가고 부르르부르르 진저리가 쳐지게끔 몸이 떨려 오는 것이어서 똑바로 맞받기 어려운 저 는실난실한 눈빛은 또 무엇인가. 만동이를 바라볼 적에도 언뜻 보기는 하였으되 아무리 세상에서 드문 역적눈인 겹동자라고 한달지라도 두 가지 눈빛이 한 눈에서 나온다는 이치는 정녕 무엇인가.

겹사라지를 끌러 막불경이 몇 낱을 대통에 다져넣는 그 늙은 무부武夫 손길은 가느다랗게 흔들리고 있었다. 태 낡은 진사립에서 양쪽 볼을 타고 흘러내려와 턱밑으로 드리워진 대갓끈이 보일 듯 말 듯 흔들리고 있었으니, 아아. 심신이 허하여졌음이로구나.

"인민이라……"

"백만이올시다."

"……?"

"나 서포와 법헌선생 법포를 따르는 동학 도인이 무릇 백만 인에 달하니, 고단할 이치가 어디 있겠소."

다시 어린아이 눈빛으로 돌아온 서장옥이 나직한 목소리로 말하는데, 탁 소리를 내며 부시를 치던 장선전이

"거병을 하시겠다 이 말씀이외까? 양이침범洋夷侵犯에 비전즉화非戰則和요 주화매국主和賣國이니 의병을 일으켜보시겠다?"
하고 묻는데, 서장옥이 빙긋 웃으며 고개를 흔들었다.

"다만 사람 도리를 좇자 이 말이외다. 다만 사직을 보위하고 어육지경으로 떨어지고 있는 억조창생들을 살려낼 방책을 도모해보자 이런 말이지요."

"이 사람이 남인색南人色인 탓에 발신을 못하였대서가 아니라, 이 나라에서 시방 기중 첫째로 큰 화폐가 붕당이올시다."

장선전이 잠시 말을 중동무이하고 다시 부시를 치는데, 서장옥 눈은 감기어 있었다. 장선전이 말을 이었다.

"좋은 사람을 골라 쓰고 좋지 못하고 바르지 못한 사람을 공정하게 골라내어 진퇴출척만 옳게 하면 그만이지, 거기에 무슨 정실과 은원이 있으리요. 이치가 이러함에도 무릅쓰고 나라에서 녹을 먹고 있다는 자들은 친청 친일 친로 친미파로 사분오열되어 밤낮을 두고 서로 싸우기에 영일이 없으니, 이러고도 나라가

망하지 않는달 것 같으면 그것이 오히려 별난 일이겠지요. 이처럼 당론으로 패를 갈라 서로 싸우는 것은 종묘사직과 인민에게 해만 되고 이 되는 일이 없거늘, 이것을 가지고 무슨 사정흑백邪正黑白을 찾아내듯 의론이 분분한 것은 또 무슨 짓이란 말이오. 비유해서 말하자면 사슴을 쫓아가는 사냥꾼이 앞에 가려 있는 태산을 보지 못하는 것과 같이 붕쟁이 심해지면 나라일을 망치기 쉬우니, 이것이 크게 통탄할 일이오이다그려."

장선전이 장죽을 입에 물며 슬그머니 바라보니 서장옥은 여전히 지그시 눈을 감은 채로 돌미륵처럼 꼼짝도 하지 않는데, 잔기침소리가 났다. 서장옥 곁에 올방자를 틀고 앉아 이따금 턱 끝만 주억이는 것으로 장선전이 터뜨리는 강개한 비분에 그 뜻을 같이한다는 것을 나타내고 있던 황생원이었다.

"지당하신 말씀이올시다. 소위 국록을 먹는다는 자들이 이처럼 그 본분을 잃고 붕당 이끗만 좇고 있으니 양귀자 무리가 발호하게 되는 것이겠지요."

황생원이 말하였고, 장선전이 새삼스럽게 바라보니 동탕한 용모에 여간 끼끗한 풍채가 아니었다. 연치는 십여 세 밑으로 보였으나 영채 나는 눈빛이며 주사니것은 아니나마 무명으로 깨끗하게 손질하여 다려 입은 의관이며가 깎은선비*였다. 장선전이 다

---

깎은선비 말쑥하고 얌전하게 차린 선비.

시 헛부시를 치다 말고

"태우시겠소?"

하며 겹사라지를 내미는데

"염이 없소이다."

　가볍게 손을 내젓는 황생원 단정한 입매에 보일 듯 말 듯 잔잔한 웃음기가 어리는 것이었으니, 곁에 있는 서장옥을 어려워한다는 뜻인가. 장선전이

"인재는 본디 귀천부빈과 문벌이며 색목에 따라 달라지는 것이 아니어늘……"

하는데, 황생원이 발을 달았다.

"어리석은 자는 지혜로서 이끌고, 가난한 자는 유족하게 되는 것으로서 가르치며, 인하지 못하고 의하지 못한 자를 없이해서 백성을 편안하게 하자는 것이 정사에 요체겠지요."

"백성이 나라의 근본이라고 정녕하게 말한 것이 상서였던가요?"

"중등 만큼 재조도 오직 위에 있는 자가 어떻게 쓰는가에 달려 있음이올시다. 비유하면 갈과 송곳 같은 연장은 무릇 살림살이를 공작하는 데 쓰이는 것이나 담벼락을 뚫는 도적질에도 쓰일 수 있고 혹 목을 찌르기까지 하지요."

"대저 나라에 임금을 세우고 정승을 두는 것은 다 백성을 다스려 요순세상을 만들자는 것이어늘……"

"백성은 대저 임금 노복이 아니며 토지에서 생산되는 몬 또한 임금 몬이 아니올시다."

잠시 말을 끊더니 천장을 한 번 올리어다보고 나서,

"임금이 그 위位를 사유私有로 하고 천하를 세업世業으로 자손에게 전함으로써 문득 헤아릴 수도 없는 폐단이 생겼소이다. 그러면서 스사로 이름하기를 천자天子라 하니, 이는 곧 상제上帝가 그 자식을 세상에 내려보내서 만성만물萬姓萬物을 주관하여 다스린다는 뜻이올시다. 드디어 살륙을 함부로 행하고 속박하고 억누르면서 하늘에 명이라 합니다. 백성을 다스린다는 임금으로서 탐학하여도 오히려 불가하거늘, 하물며 임금에게 부림받아 다스리는 직을 갈라 맡은 자가 탐학함이리요. 이것은 첫째로 충성되지 못할 뿐만 아니라 곧 도적이라. 주인이 용인傭人을 시켜 축목畜牧하면서 날짜를 따지고 삯돈을 주어서 일찍이 한 푼도 적게 하지 않았고 가끔은 포상까지 하였소. 그런데 용인은 이미 삯과 상급을 먹었으니, 이에 양모羊毛를 가만히 베어서 저자에 내다 팔고 먹기를 즐겨서 제 주머니를 채운다 합시다. 이런 자들을 보면 비록 흑백을 분간 못하는 치룽구니라 할지라도 그가 악도惡徒임은 반드시 알게 될 것이오."

하고 청산유수로 말하는 황생원은 본디 충청좌도 보은報恩태생 선비 황하일黃河一이었다.

일찍이 사마시 생원과에 상등으로 입격하여 앞뒤 촉망을 한 몸에 받았으나 과수科數가 없어 그러한 것인지 문과에 단자를 올리면 올리는 족족 낙방이 되고는 하는 황선비였다.

재조 운운하지만 실상 시방 경향간에 자네같이 학식재간을 구비한 사람이 어디 있겠는가. 자네가 시방 말하기를 사십 줄을 바라보며 과장에 다니기가 부끄럽다 하지만 고진감래요 흥진비래라는 옛말도 있지 않은가. 근고 유명짜한 인물들 또한 만고에 드물게 도저한 학식문장을 가지고도 모두 오륙십이 넘어서야 비로소 그 손자 연기 되는 유소한 도령들 틈에 끼어 겨우 등과하였으나 마침내는 경상卿相 반렬에 오르지 않았던가.

집안지친과 우붕들이며 이웃 사람들 대하기에도 우선 부끄러워 언제나 이번을 마지막으로 폐과하겠노라고 말할 때면 친구들이 하는 말이었다. 친구들 말을 들어서가 아니라 빨리 닫는 말이 반드시 넘어지게 된다는 생각과 또 대기만성이라는 옛말로 스스로를 위자하며 과하게 낙심하지 않고 꾸준히 과거를 보았으나, 뒤는 언제나 마찬가지였다.

과거에 떨어지는 것이야 타고난 뇌가 부실한데다 겸하여 궁구마저 옳게 못한 탓인즉 어찌 누구를 원망하고 누구를 또 탓하랴 싶어 다만 스스로를 더욱 채찍질하는 황선비였다. 그러나 스스로 학식이 모자람을 탓하고 과수 없음을 안타까워하였던 것은 물정 모르던 젊은 시절이었고, 그 까닭을 뚜렷이 깨닫게 된 것은 죽장망혜로 한양 출입을 하기 이십여 년이 지난 다음이었으니, 관자놀이께에 벌써 흰 터럭이 듣기 시작하는 나이 사십여 세에 이르렀을 때였다.

한마디로 지벌이 없는 탓이었다. 장선전 경우에도 그러하였듯이 당내간에 이렇다 할 현관 하나 없는데다가 세도재상댁 곳간으로 들이밀어볼 돈냥 또한 없는 오로지 포의한사布衣寒士일 뿐이었으니, 어려서부터 남다르게 총민하여 다섯 수레에 가득 차고 넘치는 책을 읽어 그 속에 담기어 있는 이치를 깨친 위에 운자韻字가 떨어지기 무섭게 용사비등龍蛇飛騰으로 죽죽 받아 써 내려가는 압축壓軸 알관주<sup>*</sup> 명문으로 문장이 장하다 한들 무슨 소용이 있고, 옥골선풍으로 인물풍신이 뛰어나다 한들 또 무슨 소용이 있다는 말인가. 홍지에 성명삼자는 올리지 못하였다 하더라도 생원시에 상등 입격이면 남행으로나마 당하말관은 할 수 있고 잘하면 외방 수령 한자리 못할 것도 없으련만 또한 소용이 없는 일이었으니, 그나마 자리로나마 이끌어줄 손이 없는 탓이었다.

속세를 떠나리라. 근고 유명짜한 선비들이 거반 오륙십에 등과하여 경화달관으로 이름을 날리었다 하나 그것이야 다 조선 음덕을 입어 복 많은 사람들 경우일 것이고, 이십여 년 낙방거자

---

알관주(-貫珠) 한시를 뽑을 때 잘되었다는 알림으로 비점 위에 치던 동그라미. 비점批點: 시문을 뽑아매기는 점.

는 아마 이 천지간에 나 하나밖에 없을 터인즉, 세상에 이같이 불쌍한 신세가 어디에 또 있다는 말인가. 늙으신 부모님과 처자 보기가 우선 부끄러우니, 무면도강동無面渡江東이라. 차라리 불문에 들어가 염불독경이나 하여 내생복이나 빌어보리. 자— 떠나자. 황하일이는 이제 살았으되 죽은 사람이요, 석釋아무개라는 것이 내일부터 내 이름이 될 터. 황아무개는 오늘 여기서 풍진고해를 떠나노라.

한수漢水가에 쭈그리고 앉아 자기자신 마음처럼 이리 출렁 저리 출렁 흔들리는 물결 너머로 저 앞쪽 노돌나루를 바라보며 중얼거리던 황선비는 분연히 몸을 일으키었다. 그리고 폐포파립을 흩날리며 무작정 금강산 쪽으로 허위단심 걸어가던 길에 만나게 된 야릇한 중이 있었으니, 일해라는 이름 괴승이었다. 서장옥.


"일찍이 영묘* 적에는 이렇지 않았소이다. 어즈버 망백이 가까운 극노인이심에도 평생에 명주와 세포 의복을 않으시고 탐장貪贓 율에 걸리는 벼슬아치는 대역률에 버금가게 다스려 그 포흠낸 액수가 천냥이 넘으면 정형正形에 처하기까지 했소이다그려. 또 천재가 들어 들판에 곡식이 줄면 감세와 정공停貢은 물론 휼민구휼에 전력을 들여 힘쓰며 참으로 검박하게 지내셨지요. 군왕

---

영묘(英廟) 영조.

이 이러하시므로 그 아래에서 신하된 자는 아무리 공경귀척이라도 공복 이외에는 무늬 있는 비단과 은옥이며 구슬패물을 몸에 걸치지 못하고 끼니때에 고기 반찬과 쌀밥을 먹지 못하며 녹봉 또한 해마다 감손되어 정승판서로서도 굶주리고 헐벗지 아니하면 조반석죽 위로는 감히 생의도 못하였지요."

장선전이 말하는데, 황생원이

"이 세상에서 첫째로 귀한 것이 사람이니, 그것은 인륜이 있기 때문이올시다. 군신과 부자는 인륜 가운데서도 커다란 벼리가 되니, 사람으로서 오륜삼강을 불고하고서는 왈 사람일 수가 없는 까닭이지요. 임금이 어질고 신하가 곧아야 백성이 잘살 수가 있고 아비가 애호하고 자식이 효도한 후에라야 집안이 번창하는 것이며, 마침내 그런 다음에야 나라가 부강해지는 것 아니겠소이까. 그런데 시방 세상 형편은 과연 어떠하오이까. 권관도權管道께서도 옳게 지적하신 바와 같이 학정이 날로 심하여 원성이 그치지 아니하니, 군신과 부자 상하 간 분分이 무너진 지 벌써 오래오이다. 소위 공경 아래 방백수령은 나라에 위난을 생각지도 아니하고 다만 비기윤산肥己潤産에만 급급하여 전선詮選구실을 돈벌이로 여길 뿐이며 과거마당을 벼슬을 매매하는 저자와 같이 이용하고 있소이다그려. 허다한 화뢰貨賂는 국고에 들어가지 아니하고 다만 벼슬아치들 곳간에 쌓이고 있으니, 나라 살림은 항시 빈약하여 적루積累 채債가 있어도 청산하기를 생각지 아니하고 교만하고 사치하고 음란하고 비루하고 방자한 일만 기탄없이 행하여 팔도 인민이 어육이 되고 수재* 탐학에 무고한 백성들은 곤궁한 가운데 아사할 위기에 처해 있는 것이오. 백성이 나라에 근본이라는 것은 권관도 말씀처럼 일찍이 상서(尙書)에 나오는 말이올시다. 근본이 쇠삭하면 나라는 망하는 것이어늘, 보국안민 책은 생각지 아니하고 다만 일신일가 안일만을 위하여 국록만을 먹으려는 것이 어찌 써 온당한 일이겠소이까. 안으로는 지키고 막는 방략을 실행하지 못하고 밖으로는 탈침하는 형세가 더욱 급하게 되었건만 벼슬아치들은 너무도 방자광포하여 저마다 붕당의 세를 늘려 이끗만 좇기에 혈안이 되어 있고, 호세한 양반 명색이며 토호들은 함부로 수탈착취하여 백성들 오오한 소리 들판에 가득하며, 책 읽는 선비들은 오로지 음풍농월에만 빠져 저마다 문호를 세우는 터요, 백성들은 아주 약해져서 조금도 진취성이 없으니…… 이 위급한 사정이야 큰 화근이 조석에 박두했음이어늘 조금도 깨닫지 못하니, 이야말로 근심스럽고 탄식함을 금할 수 없소이다."

하고 아까 장선전이 그러하였던 것처럼 내리닫이로 올기를 터뜨리다가 잠시 말을 끊고 반자를 한 번 올리어다보고 나서

"우리 도인들은 모두 수운선생 덕화를 입은 여생이요 나라에

---

수재(守宰) 수령방백.

서 길러주신 유민이지만 아직도 스승 유한을 씻지 못하고 나라에 은혜를 갚지 못하였소이다. 이에 부득이하여 장차 소리가 높게 글장을 올리어 군왕께 상소를 하려고 하오. 한번 사발통문을 돌려 충청 전라 경상 경기 강원 황해 백만 도인들이 기일 내에 일제히 모여 우리 도를 지키며 우리 스승을 높이는 사람이 되고 아울러 나라를 도와서 백성을 구제하는 보국안민 광제창생 길이 되기를 진실로 바랄 뿐이지요. 우리는 비록 초야 유민이나 군토君土에 살고 군곡君穀을 먹고 군의君衣를 입고 사는 자로서 어찌 차마 나라 멸망을 앉아서 보고만 있을 수 있다는 말이외까?"

하더니, 반가부좌를 튼 채로 곁에 앉아 지그시 눈을 감고 있는 서장옥을 슬쩍 바라보는 것이었다.

"대사께서 장군을 찾아오신 까닭이 진실로 여기에 있음이올시다."

장선전은 묵묵히 장죽만 빨았는데, 장죽에서는 연기가 나오지 않았다. 입에서 장죽을 떼며 장선전이 말하였다.

"입도를 하라는 말씀이외까?"

"불감청이언정 고소원이올시다."

"내 비록 하방궁무로되 일찍이 국록을 먹은 바 있는 무골이로소이다."

"독랄하기 짝이 없는 양귀자 무리가 이 강산을 짓밟아 들어오고 있소이다."

"몸에 촌철도 지니고 있지 못한 하방궁무라고 하지 않더이까."

보일 듯 말 듯 흔들리던 장선전 갓끈이 딱 멈추었다.

"최수운께서는 본디 서학지혐을 받았던 것으로 알고 있소이 다만……"

"아니지요. 그렇지 않소이다. 서학이 아니라 천도올시다. 동에 서 생하여 동에서 학하니 동학이라면 오히려 가하려니와 서학이 라 함은 언어도단이올시다."

"서학이란 게 무엇이오이까? 유불선 삼교회통에 서학까지도 마다하지 않는 게 동학이라고 알고 있소이다만."

"그 좋은 점만을 취하자는 것이지요."

"서학만이 아니라 근자에는 야소교*라는 것까지 들어왔다 지요?"

"서쪽 변방 사람들은 본시 타고난 성품이 사나워서 모질고 음 탕하며 또 온갖 귀신을 섬기기를 좋아하는 까닭으로…… 마서* 가 시초에 법을 세웠고, 야소가 마침내 계명을 남겼습니다.

추악한 종족을 변화시켜서 천여 년 후에 이르러서는 문명하 고 부강한 것이 천하에 첫째로 되었으니, 그 마서와 야소를 성인 으로 삼고 신으로 삼는 것이 또한 저희들로서는 마땅한 일이겠 지요."

---

**야소교**(耶蘇教) 예수교. **마서**(摩西) 모세.

"야소는 알겠소이다만…… 마서라는 자는 또한 어떠한 인물이외까?"

"대저 서학은 마서에서 기원하였고 마서는 애급국˚에서 나왔는데, 상대商代 태무太武 년간이올시다. 야소가 유태국에서 출생한 것이 한나라 애제哀帝 때이니, 그 세기를 상고하여 불도와 비교하면 의심되는 바가 없지도 않소이다그려."

황생원이 장선전을 바라보았고, 그 늙은 무부는 눈만 껌벅이고 있었는데, 눈을 감은 채로 서장옥이 말하였다.

"마서는 석존께서 사십이장경을 설하실 적에 살며 천주학의 소위 열 가지 계명을 만든 자로소이다."

"열 가지 계명이란 십계를 말함이니 십계라면 공문에도 있는 계율이 아니오이까?"

장선전이 아는 체를 하였고, 주사를 찍은 듯 붉은 서장옥 입술 끝에 보일 듯 말 듯 웃음기가 어리었다.

"다른 신을 섬기지 말고, 다만 상제만 받들며, 우상을 만들어서 절하지 말며, 상제를 지적해서 맹서하지 말며, 제칠일에는 공작하는 여러가지 일을 하지 말고, 부모를 공경하고, 살생을 말며, 간음하지 말며, 거짓 증질을 꾸미지 말고, 탐욕하지 말라. 이것이 서학에서 말하는 열 가지 계명이니, 일찍이 석존 사십이장경에

---

애급국(埃及國) 이집트.

나오는 말이올시다. 소위 대승이지요. 서학이 곧 불도 자질이 되는 까닭이올시다그려."

"서학이 불도 자질이라지만 내가 보기에 그자들이 하는 짓거리라는 게 하나같이 모두 남을 속이고 거짓 아님이 없습디다."

저 병인년에 불랑국 제독인 누비적˚이라는 자가 야릇한 꼴을 한 배 두 척을 끌고 강화섬으로 들어오고 미리견 철선 또한 대동강으로 들어와 천인공노할 살륙만행을 저지르면서부터 호란 뒤로 이백오십여 년 동안 병란을 보지 못하고 살던 조선백성들이 이에 이르러 늙은이를 붙들고 어린아이들을 이끌어서 피란을 하느라 길을 메웠고 저자 가가˚가 모두 비었던 것을 떠올리며 장선전이 주먹을 부르쥐는데, 서장옥이 말하였다.

"대저 그 교는 사람들에게 탐심을 경계한다고 하면서 스스로는 소약한 동방 제국을 병탄하고, 살생을 경계한다면서 숱한 병란을 일으켜 인민들을 도륙하고, 천제인지 천주인지를 빼놓고는 다른 신을 섬기지 말도록 경계한다면서 야소와 마리아 및 천사를 모두 그 상을 만들어서 경배하고, 제칠일엔 공작하지 말도록 경계한다면서 정묘 이래로 우리 조선 강역을 짓밟아온 불랑국이며 미리견이며 영길리 포도아˚ 같은 양귀자 황당선들이 제칠일이라고 해서 불질을 멈추었다는 말을 듣지도 보지도 못하였

---

**누비적**(鏤飛迪) 루스벨트 한자 취음이나, 여기서는 프랑스 해군 제독인 로오저. **가가**(假家) 가게. **포도아**(葡萄牙) 포르투갈.

으니, 장군께서 옳게 보셨음이오이다. 이웃 애호하기를 제 몸같이 하도록 경계한다면서 다른 나라 강토를 쳐서 빼앗았을 뿐만 아니라 아예 앵속* 같은 독약을 중원에다 잠상하여서 남을 해치고 제 몸을 이롭게 하였는바, 이러고도 스사로 그 교를 배반한 것이 아니라고 하겠소이까. 또 한 지아비에게 한 지어미라는 훈계인즉 인륜을 끊어지게 하는 폐단을 제어하는 말인 듯하나, 두 딸이 함께 그 아비를 범했고 일곱 형제가 함께 한 계집에게 장가들었으니……"

"어허, 해괴하고녀."

장선전이 낯을 찌푸리며 혀를 찼고, 서장옥이 말하였다.

"저들 경전이라는 구약에 나와 있는 말이니, 들어보시오. 네 부모를 공경하라는 말은 효에 근본 도리를 보인 것 같으나, 이에 사람은 모두 그 부모를 떠나서 그 안해와 화합하는 것이 마땅하다는 것은 또 무슨 말인가? 어떤 사람이 오직 실인 말만 듣고 부모를 돌보지 않는다면 세상 사람은 반드시 이 사람을 불효하다고 이르지 않겠소. 그런데 천당 경계에 합치된다는 연고로 상제가 이 사람을 옳다고 한다면, 세상에 이런 이치가 어디 있겠소이까. 살아 계실 적에는 예로써 섬기고 돌아가시면 예로써 장사지내고 예로써 제사를 드려야 하지요. 그런 다음이라야 바야흐로 인륜

---

앵속(罌粟) 양귀비.

의 지극한 정을 다할 수가 있는 것이겠거늘, 다른 신을 섬기지 말라는 계명을 좇아 제사하는 예를 폐한다는 것이니…… 이러고도 어찌 써 사람 도리를 한다고 할 것이오."

"저런 금수만도 못한 인종지말 우량하이들 같으니라구."

장선전이 주먹을 부르쥐는데, 만동이가 슬그머니 몸을 일으키었다.


퇴를 내려온 만동이가 서둘러 안채 쪽으로 가는데, 종종걸음으로 앞장서던 덕금이가 속에서 잡아당기는 듯한 소리로

"사람이 워째 그렇게 눈치가 읎냐."

하고 말하였고, 만동이는 벌쭉 웃었다.

"여적지 골이 안풀렸남?"

"픠, 누가 골냈남."

"그런듸 워째 그렇긔 뵉소리가 낙낙허지가 뭇허다네."

"흥, 누구 뵉소리넌 그럼 참블이 소리 같구우."

"그만혜둬."

"그렇긔 눈치를 줘두 당최 쳐다보지두 않으니게 말이지."

"긔척을 혜야 알지. 아니면 즉접 들구 들오던지."

"지집사람이 워치게 사랑 출입을 헌다. 더구나 즘잖으신 손덜 두 와 지신듸."

"하이구우, 행세허넌 양반댁 안애긔씬 모냥일세. 내오이럴 다

채리구."

하는데, 덕금이가 하얗게 눈을 흘기었다.

"아까버텀 대이구……"

입꼬리가 씰룩하며 무슨 말인가를 하려던 그 꽃두레는 인선이가 부엌에서 나오는 기척을 느끼고 얼른 입을 다물었다. 마루에 놓여진 밥상 곁 쪽소반에 술두루미를 놓으며 인선이가 조그맣게 말하였다.

"귀한 어르신들 같은데 소찬이라서……"

주칠이 벗기어져 희뜩거리는 소반에 셋겸상*을 차렸는데, 토장국 뚝배기에 군둥내* 나는 짠지보시기와 냉이 무친 것 한 접시와 달래장 한 종지 그리고 수저 세 매가 놓여 있었다. 손끝 맵짠 어머니한테 배운 솜씨라 여간 엽렵하고 범절 갖춘 솜씨가 아니었으나 조반석죽도 어려운 애옥살이라 도무지 솜씨를 부려볼 건지조차가 없는 것이었다. 한 손으로 소반을 들고 한 손으로는 술두루미가 놓여진 쪽소반을 든 만동이가 토방을 내려서는데, 인선이가 참기름같이 맑은 눈으로 만동이를 바라보았다.

"시장할 텐데……"

"시장허긴유. 늦즘심 먹은 게 아직 자위두 돌지 않었넌걸유."

"상 내가구 와서 저녁 먹어."

---

**셋겸상** 세 사람이 같이 먹게 차린 밥상. **군둥내** 김치가 오래 묵어서 나는 구리텁텁한 내음.

"애기씨두 진지 잡숴야지유."

"나허구 덕금이는 이따가 사랑에서 상 퇴히면 먹을 테니 거기나 얼릉 와서 먹어."

언제나 듣는 말이기는 하지만 반상을 떠나서, 그리고 더구나 친동기간 이상으로 살보드랍게 대하여 주는 인선아기씨 속 깊게 유정한 말을 들을 때마다 공중 코끝이 쩡하여지는 만동이는 얼른 발길을 내어딛는다. 두 손에 무엇을 들어서가 아니라 상 위 것들이 흔들리지 않게끔 조심조심 걸어가는데도 그 엄지락총각이 걸음을 옮길 때마다 발 밑에서는 지축이 흔들리는 듯한 소리가 난다.

만동이 뒤를 졸랑졸랑* 따라가던 삽사리가 허공중을 올리어다보며 두어 번 짖었다. 주칠을 한 듯 불그스레 물들어 있던 서녘 하늘 저녁노을도 어느새 먹빛으로 가라앉고 앞산 골짜기로부터 차츰 내려 덮이는 검은 기운이 들판을 에워싸고 있었다.

사랑방에 밥상을 내려놓은 만동이가 벽에 걸린 등잔에 불을 붙이는데, 장선전이 쪽소반을 당기었다. 그리고 술두루미를 기울여 서장옥 앞으로 내어밀며

"박주올시다만 곡차 한잔 드셔야지요."

하는데, 서장옥이 가볍게 합장을 하였다.

---

**졸랑졸랑** 가볍게 졸래졸래 움직이는 꼴.

"밤길 도와 가볼 데가 있소이다."

"허허. 귀동반정* 하시더니 그 즐기던 곡차까지 멀리하시오이다그려."

장선전이 웃음엣말을 하는데, 황하일이 말참례를 하였다.

"적적절 노장께선 화두가 성성하신지 모르겠소이다."

"글쎄올시다. 나야 상면한 지 하두 격조하여서……"

하던 장선전이 퇴로 나서는 만동이를 돌아보았다.

"얘, 근자에 적적암 노장을 뵈었더냐?"

"아니오니다."

"절 출입이 잦지 않던가?"

"대방마님 뫼시구 갔던 게 보름 전인데, 아니계셨사오니다."

"허. 그럼 불공 마지는 어찌 올렸누?"

"철산스님이 죽비루 때려 올리더니다."

"단학을 한다는 중 말이더냐?"

"네."

"원체 풍타낭타로 행운유수하는 노장이라 종잡기가 어렵지."

마뜩하지 않다는 낯빛으로 혼잣소리를 하던 장선전이 자신에게 쏠리는 서장옥 겹동자를 느끼고 헛기침을 하였다.

"주주객반이라고 했거늘, 이거 거꾸로 되었소이다그려. 찬은

---

귀동반정(歸東反正) 불교를 버리고 동학으로 돌아갔다는 뜻.

없소이다만 잡수십시다."

서장옥은 눈길을 내리었고, 황하일이 말하였다.

"백사지에서 맨손으로 지내시는 장군한테 폐를 끼치게 되어 송구하올시다."

"저 아희한테 홰*라도 잡혀 길라잡이를 시켜올려야 도리올시다만……"

장선전이 어두워오는 하늘을 바라보며 말하였다.

"하필 아희들과 추격붙이고* 진기습련을 약조한 날이라서…… 이거 예가 아니올시다."

서장옥은 묵묵히 들녘만 바라보았고 황하일이 말하였다.

"아는 길이니 염려 놓으시오. 보다도 궁하신 살림에 폐만 끼쳐 드린 것 같소이다."

"초행길이 아니라시니 그나마 다행이올시다만…… 멧꿩마리나 잡아다 연명하는 하방궁무이다 보니 도무지 예도 모르는 자가 되었소이다그려. 허허, 너그러이 살펴주시오."

"그만 들어가시지요. 너무 그러시면 우리가 오히려……"

"아니올시다. 저 아희하고 멧잣에 가볼 일이 있소이다."

사립 쪽을 바라보며 장선전이 말하는데 지축이 흔들리는 소리

---

홰 나무묶음에 붙여 둘레를 밝히는 횃불. **추격(追擊)붙이다** 습진習陣을 하도록 시키다.

368

를 내며 만동이가 뛰어왔고, 장선전이 허리를 숙이었다.

"살펴들 가십시오."

황하일이 마주 허리를 숙이며

"편안히 계십시오."

하는데, 서장옥이 장창을 들고 서 있는 만동이를 바라보았다.

"천장사."

"예."

"천장사 그 역발산기개세하는 용력이며 출중한 무예를 보고 싶지만…… 갈 길이 먼 것이 유감이로세."

"원제나 다시 뵈올 수 있을런지요?"

칭송을 하여주는 소리에 공중 낯이 붉어진 만동이가 뒷목을 훔치며 안타까운 눈빛으로 바라보는데, 서장옥은 몇 번이고 턱 끝을 주억이었다.

"암만, 봐야지. 봐야만 하고말고."

"원제쯤……."

"때가 박두하고 있음이니, 장장군 뫼시고 습련이나 많이 해두시게. 우리는 반다시 다시 만나게 될 날이 있을 것이네."

"그날이 원제오니까?"

하고 만동이가 되묻는데, 서장옥은 지그시 눈을 감았다.

"곰나루 비단강이 열흘 간 핏빛으로 변색되고, 강물 속 고기들이 모두 죽어 나오며, 장성 황룡장터에 있는 우물 하나는 별안간

에 누렇게 변하여 먹지를 못하게 되고, 공주감영 객관 지붕 위에
는 하루아침에 참새 수백 마리가 저절로 죽고, 계룡산에서는 꿩
수백 마리가 일시에 날아서 강경 저자로 가는데 그것을 잡아먹
는 사람은 개개가 다 즉사하고, 강원도 홍천땅 서석리에서는 가
축이 일시에 모두 산으로 도망을 할 것인즉…… 그때가 바로 그
때일 것이네."

　책을 읽듯이 나직한 목소리로 무슨 주문을 외우듯 야릇한 소
리를 하고 난 서장옥은 장선전과 만동이를 향하여 합장을 하여
보이고 나서 몸을 돌리었고, 한참 동안이나 멀어져가는 두 사람
뒷모습을 바라보던 장선전과 만동이는 산길로 발걸음을 옮기었
다. 무슨 야릇한 비기秘記 또는 참언讖言을 들려주는 것 같은 서장
옥 말뜻을 곰곰 헤아려보느라고 그러한 것일까. 멧잣 너덜경을
오르는 두 사람은 말이 없다. 그러나 말없이 내딛는 발걸음만은
비호처럼 빨라서 동문 허리에 들어서기까지는 단죽 한 대나 태
울 때쯤 되었을까.

　"그래, 산군일시 적실하더냐?"

　장선전이 입을 열었고, 그때까지 줄곧 서장옥이라는 이상야릇
한 사내가 남기고 간 야릇한 마지막 말들 뜻을 곱씹어보느라 덫
에 걸린 호랑이 생각을 깜박 잊고 있던 만동이는 꿀꺽 소리가 나
게 생침을 삼키었다.

　"굴왕신마냥 시커먼 속이라 짯짯이 뵈지는 않지먼, 아무래두

산신인 듯헀습니다."

"호오?"

"나뭇가지 틈새루 들여다보니 털이 누르스름허구 뇌린내가 나넌 게 아무래두……"

"소리는 못 들었더냐?"

"들었지요. 으르렁거리넌 소리두 분명 들었습니다."

새삼스럽게 시재 형편으로 돌아온 만동이는 어떻게 하든지 반드시 호랑이를 사로잡은 다음 그 가죽을 벗기어 팔아 곤경에 처한 인선아기씨를 구해드려야 된다는 생각에서 평소답지 않게 조금은 들뜬 목소리로 지망지망 말하였는데, 장선전이 헛기침을 하였다. 평생을 두고 고생만 하다가 죽을병에 걸리어 쓰러져버린 실인을 어떻게 하든 살려내어보고자 앞뒤 생각 없이 당기어 쓴 빚으로 윤동지한테 어늬를 잡히어 까딱하다가는 쥐면 꺼질까 불면 날아갈까 금지옥엽으로 고이고이 길러온 만득 무남독녀 외동딸을 그 부자 늙은이 몇째 첩으로 빼앗기게 될 판이라 어쩔 수 없이 가슴이 떨려오는 듯, 장선전 또한 평소 강강한 무골답지 않게 목소리가 들떠 나왔다.

"털이 누르스름하고 노린내가 나며 으르렁거렸은즉, 산군일시 적실코녀."

"여기두 산신이 오긴 오것지유?"

"오다마다. 근래 들어 조금 뜸하기는 하지만 범둥골이라는 지

명도 있지 않더냐. 아, 하룻밤에도 천리를 바람나는 듯 다니는 게 산군이어늘, 안 다니는 데가 있을까. 산군이 굶주리기만 하면 백두산 속에 있다가도 눈깜짝할 사이에 묘향산으로 금강산으로 동에 번쩍 서에 번쩍 내닫는데, 어딘들 못 가겠나. 이 산 저 산으로 뛰어다니다가 몇 십리 밖에서도 덫에 매달아놓은 강아지를 보면 초롱*같은 눈으로 환히 내다보고서는 담박에 달려온다니까."

"워치게 잡지유?"

"어떻게 잡기는, 덫에 치었으면 다된 거지."

"창이루 찔러 잡나유?"

"어허, 만약을 몰라서 장창을 가져오기는 했다만 함부로 창질을 했다가는 가죽이 상해서 제 값을 못 받느니라. 어린애 다루듯이 다다 조심해야지."

"그럼 워치게 허지유?"

"허허. 별걱정을 다 하는구나. 아, 무쇠 같은 네 그 주먹은 두었다가 무엇 하자는 게냐. 한 번만 골통을 쥐지르려무나. 너무 세게 내리쳐서 가죽을 상하게 하지는 말고."

장선전이 웃음엣말을 하는데, 만동이는 도무지 궁금한 것들이 많다.

"나으리."

---

초롱 촛불을 켜는 '등롱燈籠'을 일컫는 말.

"오냐."

"호피 한 릉이먼 월마나 받을 수 있으까유?"

"글쎄다. 자고로 그 몬은 무값*인 만큼 금으루 따지기 어렵다만…… 황소 한 마리가 마흔냥이니 임자만 만난다먼야 그 두 배는 받을 수 있지 않겠느냐."

하는데, 만동이 입에서 바람 빠지는 소리가 났다.

"애개……."

"허허. 쌀 한 섬이 엿냥금이니 여든냥이먼 쌀 열서너 섬은 들여놓을 수 있는 거금 아니냐."

말은 그렇게 하면서도 장선전 마음 또한 편하지가 않았으니, 윤동지한테 갚아야 할 빚만 하여도 여든냥으로는 어림도 없는 탓이었다. 원금이야 모두 쉰냥 남짓이었으나 세 해동안 새끼를 친 변리*가 백여든냥이라니, 호피 한 장에 여든냥을 받는다고 하더라도 변돈*을 다 갚기 위해서는 호랑이를 세 령은 잡아야 될터. 소리 없이 한숨을 뽑고 난 장선전이 말하였다.

"싸게 가보자."

마늘쪽봉우리로 올라선 두 사람은 서둘러 덫 놓은 곳으로 갔다. 덫 앞에 이르러 장선전은 만동이한테서 장창을 넘기어 받아 자루를 거꾸로 쥐더니 허당* 속으로 집어넣었다. 몇 번을 이리저

---

**무값** 너무 귀한 것이어서 값으로 매길 수 없다는 뜻에서 쓰는 말. **변리**(邊利) 변돈에서 는 이자. **변돈** 변리를 무는 돈. 이자 돈. **허당** 땅바닥이 갑자기 움푹 패어 빠지기 쉬운 땅.

리 찔러보던 장선전 입에서 후유— 하는 긴 한숨이 터져 나왔으니, 꿀꿀 꾸르릉 하고 소리를 지르는 것은 호랑이가 아니라 멧도야지인 것이었다.

〔『國手』3권 제9장으로 이어짐〕

부록

# |『國手』주요무대(충청우도忠淸右道 대흥부大興部) 지도 |

홍주계洪州界 5리

광시光時역참 19리

청양계靑陽界 15리

금룡산 금룡사
金籠山 金籠寺

묘순이 바위

상여바위

봉수산
鳳首山
임존산성
任存山城

깊은 골

은절골

아랫 장터

백월산
白月山

소스랑들

일남면십이방
一南面十二坊

대련사
大蓮寺

은사
銀寺

진밭미 된저리들

이남면십오방
二南面十五坊

가방원 터
加方院

적적암(백산노장)
寂寂庵 白山老長

고리태봉(봉산)
高嶺胎峰 峰山

읍성
邑城

김서방네

장고개

죽천천
竹遷川

오리정
五里亭

아구탕미다리

리서방네

내천
奈川

손문장네(갈꽃이)
孫文章

박서방네

달천
達川

씨름판

거변면십오방
居邊面十五坊

사자산獅子山

안곡사
安谷寺

백월사
白月寺

잿말

숯뱅이

박산朴山

차유현
車踰峴

소반찬

현종대왕태실
顯宗大王胎室

감탕사
甘湯寺

밀무리
(해복명당 자리)
蟹伏

공산계公山界 30리
감영監營 왕래 큰길

원동면구방
遠東面九坊

격양천
擊壤川

376

기우단
祈雨壇

홍주계洪州界 4리

골말

여단
厲壇

선학동
仙鶴洞

뒷들

장선전댁
張宣傳

범둥골

몽
득
이
네
夢得

덕
금
이
네
德金

비티
납죽어미
향월이 주막
向月

김사과댁(석규)
金司果　石圭

윗말

가운뎃말

리처사 댁 은수
李處士　銀秀

닭재

외
북
면
육
방
外北面六坊

중뜸

기생집
妓生

원옥圓獄
(옥담거리)

아랫말

사직단
社稷壇

아
가
물
들

갈울

읍
내
면
사
방
邑內面四坊

객사
客舍

큰뜸

향교
鄕校

내
북
면
오
방
內北面五坊

구렛들

팔봉산
八峰山

견사정
見思亭

향교밀

큰말

쌀돌이

경결천
京結川

섶무시

큰뜸

솔안말
윤동지
尹同知

송지못
宋之淵

허담선생댁
虛譚

한양漢陽 가는 길
3백23리

송림사松林寺
(도선국사부도)
道詵國師

근동면심사방
近東面十四坊

예산계禮山界
20리

부록　377

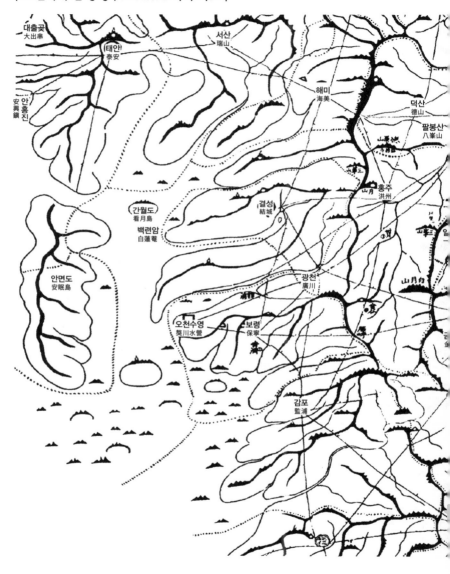

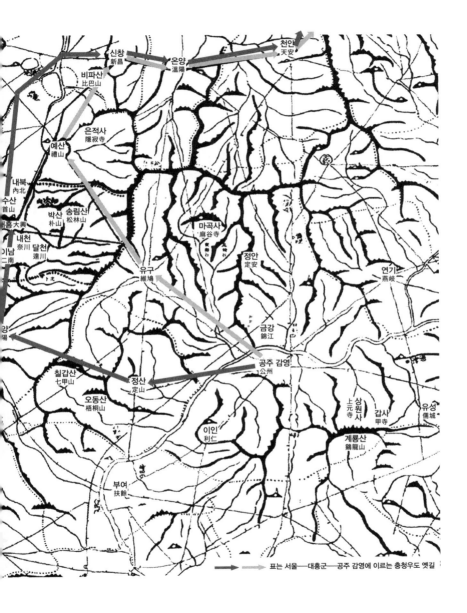

신창
新昌

온양
溫陽

천안
天安

비파산
比巴山

은적사
隱寂寺

예산
禮山

내북
內北

수산
首山

대흥大興

박산
朴山

송림산
松林山

마곡사
麻谷寺

정안
定安

연기
燕岐

내천
奈川

달천
達川

남
二南

유구
維鳩

금강
錦江

강場

칠갑산
七甲山

정산
定山

공주 감영
公州

상원사
上元寺

갑사
甲寺

유성
儒城

오동산
梧桐山

이인
利仁

계룡산
鷄龍山

부여
扶餘

표는 서울──대흥군──공주 감영에 이르는 충청우도 옛길

감사과댁金司果宅—1890년대 충청도 홍청지방 양반네 전형적 가옥구조

앵두·자두·복숭아 감나무·밤나무숲

채마밭

장독대

우물

감물천

사당祠堂

사당가는 숲길

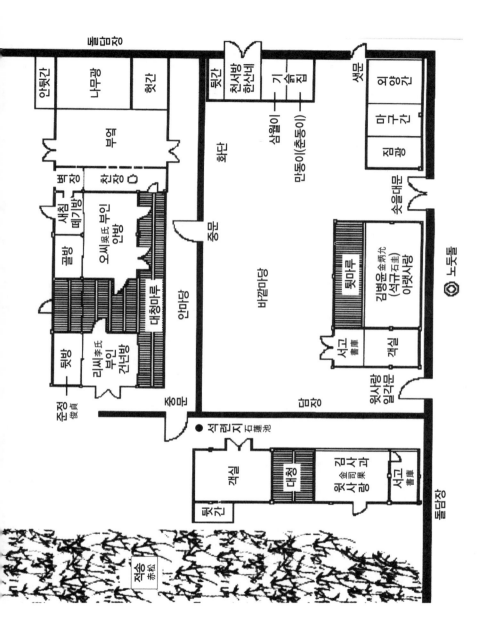

①홍현(紅峴) 김옥균 집: 옛 경기고등학교 자리 뒤쪽 화동으로, 옛이름 화개동花開洞 ②운현궁(雲峴宮): 흥선대원군興宣大院君 리하응 집 ③진골 박영효 집: 이제 운니동雲泥洞 ④육조(六曹)거리: 이제 교보문고에서 광화문까지 길 좌우에 있던 조선왕조 시대 정부청사 ⑤종루(鐘樓): 새벽 3시에 인정과 저녁에 파루를 알리는 큰 종을 쳐 도성 8문을 애닫게 하던 곳으로 이제 종각 ⑥운종가(雲從街): 조선왕조 때 서울 거리 이름으로 이제 종각에서 종로4가까지 한바닥이었음. ⑦전옥(典獄): 갑오왜란 때까지 있었던 그때 감옥 ⑧남별궁(南別宮) 터: 1897년 10월 대한제국을 선포한 고종高宗이 황제 즉위식을 한 곳으로 이제 소공동 87-1번지 ⑨청국 상권: 임오군변 뒤 원세개袁世凱 위세로 자리잡았던 청국 상인 거주지 ⑩숭례문: 서울 관문이었던 남대문 ⑪청파역참: 공무를 보러 서울로 오거나 떠나는 관인이 역말을 타거나 매어두던 곳 ⑫진고개: 이제 충무로 일대에 자리잡았던 일본인 거주지 ⑬구리개: 조선 상인들이 주로 살았던 이제 을지로 1가와 2가 사이 ⑭하도감(下都監): 이제 동대문역사문화공원 자리로 그때 군인들을 선발 훈련하던 훈련도감이 있던 곳(임오군변이 비롯된 곳) ⑮김옥균 별업(別業): 동대문 밖에 있던 김옥균 별장 ⑯새절: 개화당이 자주 모였던 이제 신촌 봉원사奉元寺 ⑰칠패·배우개·야주개: 그때 민간시장

## | 조선시대 말 서울 전도全圖 |

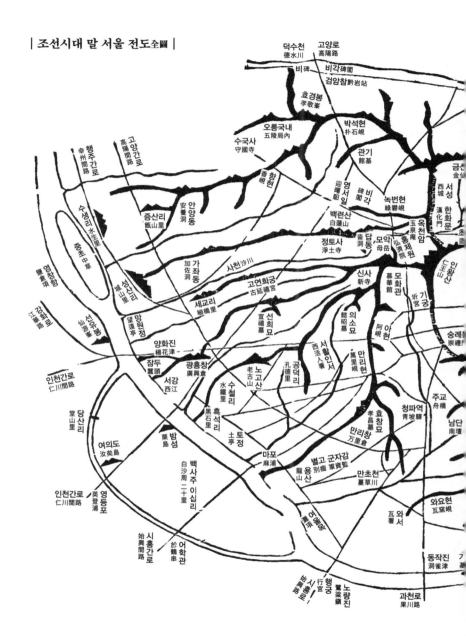

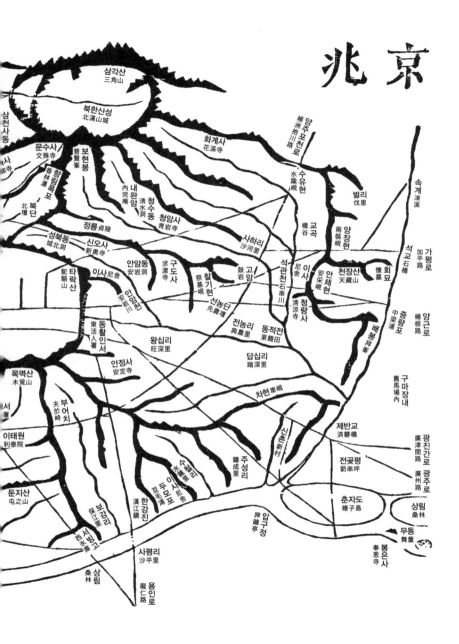

兆京

**김석규** 金石圭

　김사과댁 맞손자로 해맑은 얼굴에 슬기로운 도령임. 일찍이 아버지를 여의고 할아버지 김사과 곰살궂으면서도 호된 가르침 아래 경사자집 經史子集을 익혀가는데, 바둑에 남다른 솜씨를 보임.

**갈꽃이**

　손문장孫文章 양딸로 뛰어나게 아름다운 얼굴과 소리에 솜씨를 보이는데, 손문장이 동학을 한다는 것을 무섭게 올러대어 관아에서 억지로 기안妓案에 들게 함.

**금칠갑** 琴七甲

　산적 출신이었으나 만동이 동뜬 힘과 의기義氣에 놀라 복심이 된 젊은 이로, 만동이 부탁을 받고 김사과댁에 머슴으로 들어가 집안을 보살피다가 괘서掛書를 붙이며 고을 농군들 봉기를 부채질함.

**김병윤** 金炳允

　석규 아버지로 비렴급제飛簾及第하여 아산현감牙山縣監에 특명제수되었으나 아전 잔꾀에 말려 관직을 버리고 29세로 요사夭死하기까지 술을 벗하며 살던 꼿꼿한 선비였음.

**김사과** 金司果

　몇 군데 고을살이에서 물러나 서책을 벗하며 맞손자 석규 가르침에 오로지하는 판박이 시골 선비임. 벗인 허담과 함께 대흥大興고을 정신적 버팀목임.

**김재풍** 金在豊

　공주감영 병방비장으로 육십 근짜리 철퇴를 공깃돌 놀리듯 하는 장사면서 법수 갖춰 익힌 무예 또한 놀라운 무골이나, 충청감사가 올려 보내는 봉물짐 어거하여 가다가 끝향이가 쓴 닭똥소주에 녹아 쓰러지 게 됨.

**끝향이**
홍주관아 외대머리로 리 립이 입담에 끌려들어가 만동이를 만나게 되 면서 사내로서 좋아하게 되어, 리 립이가 꾸며대는 여러 가지 사달에 서 많은 공을 세우는 정이 많은 여인임.

**노삭불 盧朔弗**
홍주고을 부잣집 외거노비로 있으며 리진사 복심되어 움직이는 고지 식하나 꾀 많은 배알티사내로, 끝향이를 좋아함.

**덕금 德金**
면천免賤한 상민 딸로 태어나 만동이를 좋아하였으나 뜻을 이루지 못 하고, 만동이가 장선전 부녀와 앵두장수 된 다음부터 반실성을 한 꼴 로 다시어미인 향월이가 차린 비티 밑 주막에 붙어 꿈이 없는 나날을 보냄.

**리 립 李立**
옛사라비 전배인 홍경래를 우러러 모시는 평안도 정주定州 출신 가진 사假進土로 만동이를 홍경래 대받은 평호대원수로 모시고 새 세상을 열어보고자 밤을 낮 삼는 꾀주머니임.

**리생원 李生員**
대흥고을 책방冊房으로 딱한 나날을 보내는데, 음률에 뛰어나고 서화 에 밝은 재사才士로 은수 소리선생이 됨.

**리씨李氏부인**
석규 어머니. 젊은 홀어미가 되어 석규 오뉘에게 모든 앞날을 걸고 꼿 꼿하게 살아가는 판박이 조선 사대부가 부인임.

**리참봉 李參奉**
역관 출신 가짜 양반으로 최이방에게 뒤꼭지를 잡혀 갖은 시달림을 당하던 끝에 발피潑皮를 돈 주고 사 최이방을 혼내주고 대흥고을을 떠남.

**리평진 李平眞**
은수 아버지로 김병윤과 동문수학한 사이나 글에는 뜻이 없고 산천유람이나 다니며 잡기에만 골몰하는 조금 부황한 몰락양반임.

### 만동 萬同
김사과댁 씨종인 비부婢夫쟁이 천千서방 전실 자식으로 남다른 힘씀과 무예를 지녀 '아기장수'로 불림. 장선전 외동따님인 인선아기씨를 그리워하나 넘을 수 없는 신분 벽으로 괴로워하던 중 윤동지와 아전배 잔꾀에 걸려 옥에 갇힌 장선전을 파옥시켜 함께 자취를 감춤. 온갖 어려움 끝에 인선이와 내외간 연줄을 맺게 된 그는 장선전을 군사軍師로 하는 평호대원수平湖大元帥 꿈을 키우다가 명화적明火賊으로 충청감사 봉물짐을 털게 됨.

### 모세몽치 牟世夢致
백토 한 뼘 없이 조동모서朝東暮西하는 부보상으로, 일제 조선침탈 앞 장꾼으로 들어와 내륙 물화를 훑어가는 왜상倭商을 때려죽이게 됨.

### 박성칠 朴性七
창옷짜리 진사와 성균관 급수비 사이에 태어나 탄탄한 유가교양과 뛰어난 무예를 갖췄으나, 신분벽에 막혀 농세상을 하다가 대흥고을 인민봉기를 채잡는 사점士點백이임.

### 백산노장 白山老長
백두산에서 참선을 하였다는 노선객老禪客으로 석규에게 바둑돌을 통하여 도道에 이를 수 있는 길을 일러주며, '흑백미분黑白未分 난위피차難爲彼此 현황지후玄黃之後 방위자타方位自他'라는 비기秘記를 주어, 석규로 하여금 평생 화두話頭가 되게 함.

### 변 협 邊協
대흥고을 포도부장으로 본국검本國劍 달인達人임. 뼈대 있는 무인이었으나 향월이 색에 녹아, 봉물짐을 털던 명화적 만동이와 겨룸에서 크게 다치게 됨.

### 삼월 三月
춘동이 누이로 세상에서도 뛰어난 소리꾼이 되려는 꿈을 지니고 있는 되바라진 꽃두레임.

### 서장옥 徐璋玉
황하일黃河一과 함께 장선전을 찾아와 동학에 들 것을 넌지시 구슬리고,

만동이를 눈여겨보며 무슨 비기 같은 말을 남기고 떠나는 처음 동학남접東學南接 우두머리임.

**쌀돌이**

갈꽃이를 좋아하는 고아 출신 곁머슴으로 갈꽃이가 기생이 되어 감영으로 간 다음 꿈을 잃은 나날을 보내다가 동학봉기에 들게 됨.

**안익선 安益善**

양반 신분이나 스스로 광대로 나선 비가비임. 국창 정춘풍鄭春風 제자로 마침내 중고제中高制라는 내포內浦 바닥 남다른 소리제를 이룩하는데, 여난女難에 시달리는 감궂은 팔자임.

**오씨吳氏부인**

석규 할머니. 잡도리 호된 몸과 마음가짐으로 무너져가는 가문을 지켜가는 판박이 반가 노부인임.

**온호방 溫戶房**

가리假吏 출신 고을 호방으로 윤동지를 쑤석거려 장선전을 사지死地에 떨어뜨린 사납고 모진 아전배임.

**운산 雲山**

철산화상 상좌로 백산노스님 시봉을 하면서 많은 가르침을 받아 조선 선불교를 다시 일으키려는 큰 뜻을 품고 정진하는 눈 맑은 수도승임.

**윤경재 尹敬才**

윤동지 둘째아들로 사포대士砲隊를 이끌며 행짜가 매우 호된 가한량假閑良. 죄 없는 양민들을 화적으로 몰아 관가에 넘기다가 만동이 들이침을 받고 황포수黃砲手 불질에 보름보기가 됨.

**윤동지 尹同知**

홍주목洪州牧 퇴리退吏 출신으로 대흥고을에서 첫째가는 거부巨富임. 군수도 마음에 들지 않으면 갈아치울 만큼 거센 힘이 대단한 고을 세도가로 인선이를 첩으로 들여앉히려다 비꾸러짐.

**은수 銀秀**

리평진 외동따님으로 거문고와 소리에 뛰어난 너름새를 보임. 리책방을 스승으로 모시며 소매를 걷어부치고 갈닦음을 하는데, 두 살 밑인 석규도령이 보내오는 마음에 늘 가슴 졸여함.

## 인선 仁善

오십궁무五十窮武인 장선전 외동따님으로 아름다운 얼굴과 슬기롭고
도 숭굴숭굴한 인품이며 만동이와 내외가 됨. 명화적 여편네로 주저
앉게 된 제 팔자를 안타까워하며 만동이한테 늘 높은 뜻을 가질 것을
일깨우는 스승 같은 여인임.

## 일매홍 一梅紅

김옥균金玉均 정인情人으로 상궁 출신 일패기생임. 갑신거의甲申擧義가
무너진 다음 한양 다방골에서 자취를 감추었다가, 청주 병영淸州兵營에
관비官婢로 박혀 있다는 김옥균 부인을 찾아왔던 길에 김병윤 생각을
하며 대흥고을을 지나가게 됨.

## 장선전 張宣傳

미관말직인 권관權管을 지낸 타고난 무인으로 때를 못 만난 나날을 보
내다가 만동이를 따라 산으로 들어감. 홍경래洪景來 군사軍師였던 우군
칙禹君則처럼 만동이를 도와 큰 뜻을 펴보려는 꿈을 지니고 있음.

## 준정 俊貞

석규 누나. 곱고 여린 참마음 지닌 이로서 양반 퇴물로 백수건달인 박
서방에게 시집가 평생 눈물로 지냄으로써 석규에게 한평생 마음에 생
채기가 되는 여인.

## 철산화상 鐵山和尙

백산 상좌로 행공行功과 무예에 뛰어난 미륵패임. 동학봉기 때 미륵세
상을 꿈꾸는 불교 비밀결사체인 '당취黨聚'를 이끌고 들어가나, 서장
옥과 함께 무너지게 됨.

## 최유년 崔有年

충청감사 앞방석으로 충청도 쉰세고을을 쥐고 흔드는 칼자루 쥔 사람
인데, 끝향이가 쓴 패에 떨어져 만동이네 화적패한테 봉물짐을 털리
고 도망치다 죽이려던 노삭불이한테 됩세 맞아 죽게 됨.

## 최이방 崔吏房

감영 이방과 길카리가 된다는 것으로 온갖 자세藉勢를 부리며 군수를
용춤추이는 대흥관아 칼자루 쥔 사람인데, 은수를 며느리로 데려와보
고자 갖은 간사위를 다 부림.

**춘동** 春同

　만동이 배다른 아우로 자치동갑인 상전 석규 손발 노릇을 하는데, 언니와는 다르게 가냘프고 무른 몸바탕이나 끼끗한 기상에 슬기롭고 날쌘 꽃두루임.

**큰개**

　임술민란에 부모를 잃고 떠돌다가 훈련도감에 들어가 임오군변과 갑신거의 때 기운차게 움직인 남다른 힘씀과 무예를 지닌 피끓는 사내임. 만동이를 좋아하였으나 그가 명화적이 된 것에 크게 꿈이 깨졌고, 동학봉기 때 서장옥 복심으로 눈부시게 뛰게 됨.

**향월** 向月

　감영기생 출신 술어미로 만수받이나 색을 밝혀 온호방·변부장과 속살 이음고리를 맺었다가 만동이한테 혼찌검을 당함.

**허담** 虛潭

　김사과 하나뿐인 벗으로 평생 벼슬길에 나아가지 않고 애옥한 살림 속에서도 오로지 경학經學 궁구에만 골똘하는 도학자道學者인데, 무섭게 바뀌는 문물 앞에서 허겁지겁 어리둥절함.

# 國手 2

| | |
|---|---|
| 1판 1쇄 발행 | 2018년 8월 1일 |
| 1판 9쇄 발행 | 2018년 8월 17일 |

| | |
|---|---|
| 지은이 | 김성동 |
| 펴낸이 | 임양묵 |
| 펴낸곳 | 솔출판사 |

| | |
|---|---|
| 기획 | 임정림 김경수 |
| 책임편집 | 임우기 |
| 교정·교열 | 남인복 |
| 편집 | 조소연 신주식 이신아 |
| 디자인 | 오주희 박민지 |
| 경영 및 마케팅 | 김형열 이예지 |
| 재무관리 | 이혜미 김용렬 |

| | |
|---|---|
| 주소 | 서울시 마포구 와우산로29가길 80(서교동) |
| 전화 | 02-332-1526 |
| 팩스 | 02-332-1529 |
| 홈페이지 | www.solbook.co.kr |
| 이메일 | solbook@solbook.co.kr |
| 출판등록 | 1990년 9월 15일 제10-420호 |

| | |
|---|---|
| ISBN | 979-11-6020-049-2 (04810) |
| | 979-11-6020-047-8 (세트) |

· 이 도서의 국립중앙도서관 출판예정도서목록(CIP)은 서지정보유통지원시스템 홈페이지(http://seoji.nl.go.kr)와 국가자료공동목록시스템(http://www.nl.go.kr/kolisnet)에서 이용하실 수 있습니다. (CIP제어번호:CIP2018020111)
· 저작권 보호를 받는 본 저작물은 본문 중 일부 문장을 인쇄물 또는 디지털 방식으로써 인용할 때에는 저자 및 솔출판사의 서면 허가를 받아야 합니다.
· 잘못된 책은 구입한 곳에서 바꿔드립니다.
· 책값은 뒤표지에 표시되어 있습니다.